클
로
리
스

클 로 리 스

라이 커티스 장편소설
이수영 옮김

시공사

차례

1부

\#

나는 더 이상 남자든 여자든 함부로 판단을 내리지 않는다. 사람은 사람일 뿐, 그 문제에 대해 그렇게 많은 말이 필요하다고 믿지 않는다. 20년 전이라면 달리 생각했겠지만, 그때의 클로리스 월드럽은 지금의 나와는 다른 사람이었다. 1986년 8월 31일 일요일, 72세가 된 내가 하늘을 날던 그 조그만 비행기에서 떨어지지 않았더라면 달라지지 않았을 수도 있다. 한 여자가 인생의 막바지에 다다라서야 자신에 대해 전혀 몰랐다는 것을 깨닫다니, 진정 놀라운 일이다.

그날 나는 창가에 앉아 있었고, 나의 친애하는 남편 월드럽 씨는 내 오른쪽에 앉아 있었다. 남편은 손끝의 너덜거리는 거스러미를 잡아 뜯느라 바빴다. 내 남편은 친절한 성격으로, 무턱의 새 같은 얼굴에 도수가 높은 안경을 꼈다. 그는 텍사스 주 애머릴로에서 차양 판매상과 산파의 아들로 태어났다. 나는 1927년 여름 읍내 축제 때 처음 그를 보았다. 그의 가족이 크고 소란스러운 신흥 도시 애머릴로에서 100킬로미터 정도 떨어진, 내가 태어나고 자란 조그만 옛 마을 클래런던으로 이사 온 후였다. 검은 머리에 키가 훤칠한 잘생긴 소년이었다. 하지만 조그만 파란 캡 모자를 써서 무지 실없어 보이긴 했다. 우리 둘 다 아직 애였다. 내가 막 열세 살이 되었을 때니까. 그는 나에게 매키 부인의 정원에서 몰래 꺾어 온 딱할 만큼 시든 장미를 주었다.

1986년 8월 그날 아침 그의 턱에는 할라피뇨 소스가 묻어 있었다. 몬태나 주 미줄라의 빅스카이 모텔에서 아침을 먹을 때 묻은 것이었다. 손수건으로 닦으라고 하려고 했다. 내가 남편의 이름 머리글자를 새겨 성탄절마다 주었던 손수건으로 말이다. 하지만 그는 새로운 남자를 만나면 늘 그러듯이 벌써 조종사한테 강우량에 대한 수다를 늘어놓고 있었다.

월드립 씨는 우리가 비터루트 국유림에 빌린 통나무집 근처 비행장까지 타고 갈 경비행기를 섭외했다. 그가 고용한 조종사는 테리 스큄이라는, 체격 좋고 잘 차려입은 젊은이였다. 테리는 서른이 넘지 않은 새신랑이었다. 그가 신부 사진을 보여주었다. 신부는 예뻤고 우리 제일감리교회의 무례하고 답답한 갈색 머리 캐서린 드루어를 닮았는데, 스큄 부인이 상당히 더 어리고 턱도 덜 구둣주걱 같고 코도 덜 늙은 버섯 같았다. 나중에 알고 보니 스큄 부인은, 내가 이 부분은 읽지 말라고 하긴 했는데, 유쾌하고 이타적인 젊은 여성이었고 캐서린 드루어와는 닮은 점이 거의 없었다.

　월드립 씨는 강우량과 성가신 비버 녀석들에 대해 혼잣말을 계속했고 나는 작은 창으로 시선을 돌렸다. 우리가 탄 세스나 340기는 좌석 여섯 개짜리 이륜 프로펠러 경비행기였고, 미줄라의 외곽 비행장에서 이륙해 남쪽 비터루트 산맥 위로 날아가고 있었다. 이 산맥은 아무리 늙어도 대지에 비하면 무한히 젊은 사람을 연상시키는 그런 산들이라고 말하고 싶다. 겹겹이 뾰족뾰족한 게 내 남동생, 신께서 그의 작은 영혼을 돌보실 데이비와 내가 어릴 때 팔로두로 협곡에서 파냈던 화살촉들을 거대하게 키운 모양과 닮았다. 나는 텍사스주 팬핸들에서 72년을 살았고 그 고장에서는 산맥 같은 지형은 찾아볼 수 없다. 더 이상 평평할 수 없을 정도의 평지고, 그 위를 걸어 다니는 사람들의 체질과 정신과 딱 같은 수준으로 평탄하다. 우리 평야 사람들은 땅에 붙어 살기에 산을 보는 일이 드물다. 하지만 내가 여기서 보게 된 것들을 그들도 보고 나면, 진짜 산들이 뭔지 알게 될 것이다.

　나는 그때 월드립 씨랑 결혼한 지 54년째였다. 우리는 클래런던의 약 2천 명 목마른 영혼들을 위해 복무하는 지역 급수탑이 드리우는 그늘 속 작은 벽돌 농장 주택에서 살았다. 현관문을 잠그고 애머릴로 공항으로 트럭을 몰기 바로 전날까진 말이다. 우리는 공항에서 비행기를 타고 덴버에서 잠깐

내렸다가 미줄라로 갔다. 우리의 작은 집을 벗어나 멀리 모험을 떠나는 일은 별로 없었기 때문에, 이번 여행은 아주 오랜만이었다. 보름달이 뜨던 첫날을 고속도로 옆의 빅스카이 모텔에서 묵었다. 눅눅한 양탄자와 니스 칠한 가구가 있는 곳이었다. 월드립 씨는 가난하지 않았지만 사치하는 사람도 아니었다. 나는 결혼 초기부터 이 점을 받아들여야 했다.

월드립 씨가 강우계에 관해 이야기하다가 잠깐 머뭇거리는 틈에 테리가 우리에게 몬태나에는 얼마나 머물 거냐고 물었다.

그냥 이삼 일요. 월드립 씨가 대답했다. 우리 목사님 부부가 여기서 최고의 시간을 보냈다길래 우리도 통나무집 하나 빌리면 좋겠다고 생각했죠. 낚시도 하고 쉬면서. 하지만 돌아오는 목요일에는 꼭 돌아가야 해요.

월드립 씨는 은퇴하지 않은 척하길 좋아해요. 내가 말했다.

테리가 돌아보았다. 무슨 일을 하셨던가요?

1945년에 소목장을 샀다가 작년 9월에 팔았다오.

그렇군요. 두 분도 여기서 즐거운 시간을 보내실 거예요. 테리가 말했다.

그 말 믿어요. 월드립 씨가 말하며 엄지에서 거스러미를 잡아 뜯었다. 손톱 밑에서 핏방울이 솟자 자기 청바지에 슥 문질렀다.

월드립 씨의 청바지를 세탁하다 보면 저런 얼룩이 여기저기서 발견됐다. 어떤 사람인지 몰랐다면 싸움이라도 하나 싶었을 것이다. 하지만 내가 목격한 그의 유일한 혈투는 우리 현관 아래서 못에 걸려버린 못된 늙은 주머니쥐를 상대할 때뿐이었다. 월드립 씨에게 손톱 주변을 뜯는 버릇 같은 게 있는 이유는 생각만큼 몸이 빨리 따라주지 않아서, 늘 머리가 몇 걸음 앞서가서, 안달복달하다가 그렇게 된 게 아닐까 짐작한다.

월드립 부인은 일을 하셨나요? 테리가 물었다.

초등학교에서 영어를 가르쳤고 사서로 44년 일했다오. 그리고 2년 전에 은퇴했지요. 내가 대답했다.

이제는 편히 쉴 시간만 남았지. 월드립 씨가 말하며 내 무릎을 토닥였다.

자녀 분은요? 테리가 물었다.

그럴 기회가 없었다오. 월드립 씨가 대답했다.

나는 다시 작은 동그란 창으로 고개를 돌렸다. 푸른 하늘과 유리판이 나의 모습을 비춰주었다. 나의 증조할머니 준 폴리앤더의 타원형 초상화와 비슷했다. 아흔 살이 넘어 작고 하실 때까지 침대 위에 걸려 있던 초상화였다. 나는 머리를 매만졌다. 제일감리교의 부인들이 많이 하는 스타일이었다. 우리는 그걸 파마해서 세운다고 불렀다. 젊었을 때는 머리가 겨울의 갈대 색이었고 길이도 더 길었다. 마흔 무렵부터 회색이 되기 시작했는데, 회색에서 점점 더 하얀색이 되어가자 월드립 씨는 내가 민들레 홀씨 같아 보인다고 말하곤 했다.

나는 대단히 미인이던 적은 없었지만—그러기엔 코가 너무 남자 같았다—늘 남부끄럽지 않게 보이려 최선을 다했다. 루실 카버라는 여자는 대포에서 발사된 것 같은 뾰족 머리를 하고 자주 교회에 왔는데, 어떻게 그런 머리를 하고 집 밖으로 나오는지 나로서는 도무지 이해할 수가 없었다. 예배를 무시하거나 여성성을 경멸하는 게 아닐까 생각했더랬지만, 이젠 잘 모르겠다. 8월의 그 따뜻했던 일요일, 나는 갈색 주름치마와 하얀 블라우스를 입고 멋진 가죽 핸드백을 들고 있었다. 지금 생각하니 가장 편한 보행 구두를 신었던 게 무지 잘한 일이었다.

나 같은 여자들은 과거의 유물일 것이다. 텍사스의 주도 댈러스에서 지저분하고 이상한 긴 머리를 한 어떤 여자가 남자를 위해 식당 문을 열어주는 것을 보았다. 그 당시에는 이 젊은 여자가 예의범절도 교양도 없나 보다고 생각했다. 하지만 지금은 시대의 표지였다고 생각한다. 아마 미래의 좋고 새로운 어떤 것이었으리라.

나는 평생을 제일감리교회 네 번째 줄 좌석에 앉아, 나와 비슷하다고 느껴지는 여자들과 함께 살았다. 그들 각각 나름

대로의 고충과 이런저런 괴로움을 겪어왔다는 걸 안다. 메리 마사는 천성적으로 콩팥에 문제가 있어서 눈의 흰자가 달걀노른자처럼 되도록 고통이 심했다. 새러 매는 타이어 그네 사고로 어린 아들을 잃었다. 매브리 카트라이트는 누런 이와 가축우리 같은 입 냄새 때문에 결혼을 못 했다. 나의 시련과 환난이 이런 여자들에 필적할지는 모르겠다. 우리가 자신 이외에 어느 누구의 고통에 대해서 알 수 있겠는가. 그러나 그들 중 누가 비터루트에서 살아남을 수 있었을까 하는 생각은 가끔 든다.

식품저장실 불을 안 끈 것 같다고, 월드립 씨가 말하며 창밖을 내다보았다.

나는 그에게 끈 것 같다고 말해주었다.

핸드백에서 사탕을 꺼내 포장을 벗겼다. 나는 그때 캐러멜이라면 사족을 못 썼지만 지금은 먹지 않는다. 입맛을 잃어버렸다. 전날 묵은 고속도로 옆의 빅스카이 모텔에서 쉽게 잠이 오지 않아 피곤했다. 나는 캐러멜을 먹고 의자에 머리를 기댔다. 창 아래 산들을 보고 월드립 씨가 회전 실수에 대해 하는 말을 들으며 꾸벅꾸벅 졸았다.

–

월드립 씨가 내 무릎에 손을 얹어서 잠이 깼다. 작은 비행기가 뭔가 몹시 떨렸고 그는 고개를 앞으로 내밀고 조종석을 들여다보려 애썼다. 나는 이렇게 공중에 떠 있는 게 처음부터 불안했다. 우리를 미줄라로 태워 온 제트기를 제외하면 내 평생 비행기를 타본 적은 딱 한 번이었다. 1954년 6월 내 마흔 번째 생일이 막 지났을 무렵 남편의 아픈 형 새뮤얼 윌드립을 만나러 플로리다로 갈 때였다. 그때 우리는 바다도 보았다.

남편은 내 무릎에서 손을 떼더니 말했다. 식품저장실에 불을 켜놓고 온 게 분명하다고.

그때는 이런 실없는 소리나 하려고 나를 깨웠나 하는 생각을 했지만 말은 하지 않았다. 이제는 그가 왜 나를 깨웠는지 이해한다. 그의 턱에는 여전히 소스가 묻어 있었다. 휴지를 꺼내려고 핸드백을 열었는데, 비행기가 갑자기 요동쳤다. 안전띠의 버클이 배를 꽉 조여왔다. 나도 조종석을 향해 고개를 내밀었다. 테리의 팔이 조종간을 힘껏 당기고 있었고 팔꿈치가 치솟아 부들부들 떨렸다. 비행기가 수평을 되찾아 나는 다시 좌석에 기댔다.

남편이 테리에게 무슨 일이냐고 물어보았다. 테리는 대답하지 않았다. 우리를 돌아보려는 마음이 전혀 없는 사람처럼 얼굴을 앞으로만 향하고 있었다. 나는 그 뒤통수에 시선을 고정했다. 그 반대편에 떠올랐을 표정이 어떨지 무척 두려웠던 기억이 난다.

작은 비행기가 다시 요동쳤다. 그러고 싶지 않으면서도 창밖을 내다볼 수밖에 없었다. 무시무시한 산등성이 하나가 우리를 향해 다가왔다. 발톱을 벌리고 우리를 하늘에서 낚아채려는 듯했다. 비행기가 다시 수평을 찾았다. 태양이 비행기 날개에 번쩍 반사되어 눈을 가렸다. 월드립 씨가 내 무릎에 다시 손을 얹었다. 나는 그를 보았다.

괜찮아, 클로리. 좀 덜컹이는 것뿐이야. 당신 싫어하던 길처럼.

무슨 길?

동쪽 초원에서 당신이 불평하던 길.

나는 그에게 내가 길에 대해 불평한 적이 없는 것 같다고 말했다.

작은 비행기가 낑낑거리더니 프로펠러가 느려져서 창밖으로 날 하나하나가 보일 지경이었다. 그리고 보니 공중에 비행기가 어떻게 떠 있는지 내가 아무것도 모른다는 생각이 떠올랐다. 그러면서도 비행기에 발을 들여놓을 생각을 하다니 얼마나 어리석은지. 비행기 코가 아래로 기울어지면서 내 팔이 가벼워지고 뱃속도 둥둥 뜨는 느낌이 들었다. 비행기가 하강하고 있었다. 이제 테리의 뒤통수는 형체를 알 수 없는 털투성이 악마의 얼굴처럼 더욱 무섭게 보였다.

나는 월드립 씨의 손을 잡고 얼굴을 들여다보았지만 그는 나를 보지 않았다. 두 남자 다 나를 보려 하지 않았다. 여자의 얼굴에 펼쳐진 날것 그대로의 공포를 보며 자신의 두려움이 확인되는 순간을 감히 마주할 수 없었던 게 아닐까 싶다. 월드립 씨는 앞만을 바라보았다.

창밖으로 산들이 우리 주변에서 솟아올랐다. 비행기가 진동하며 내 좌석도 덜덜거렸다.

마주 잡은 우리 손이 축축해졌고, 나는 다시 월드립 씨를 보았다.

그는 여전히 앞만 보며 딱히 누구에게랄 것도 없이 말했다. 왜 이러지?

테리는 대답하지 않았다.

나도 대답하지 않았다.

지금도 내가 그때 기도를 하지 않았다는 게 늘 심히 당황스럽다. 대신 나는 월드립 씨의 얼굴을 양손으로 잡고 뺨을 눌렀다. 그는 대단히 겁을 먹고 창피를 당한 어린 소년처럼 보였는데, 도무지 내가 알던 사람 같지가 않았다. 그 오랜 세월 동안 결혼 생활을 했는데 그런 표정을 지을 수 있는 줄은 처음 알았다. 나는 그의 얼굴을 놔주고 그의 가슴에 머리를 기댔다. 세상에나, 그때 아무 일도 안 일어났으면 우린 얼마나 창피했을까!

나는 월드립 씨의 늙은 심장이 점점 더 빨라지는 소리를 들었다. 그리고 그의 목소리가 가슴속에 커다랗게 갇혀 있는 것처럼 들렸다. 우리 목사님 빌 도우가 새 마이크에 대고 설교하던 때처럼 말이다. 갑자기 그 목소리는 내가 어떤 믿음도 가지지 못하는 어떤 끔찍한 차원에서 유래한 것처럼 낯설게 들렸다.

월드립 씨는 숨을 헐떡이며 내가 아내였다고 말했다. 아마도 '좋은' 아내였다고 말하려 했던 것 같다. 그렇게 믿고 싶지만, 말을 다시 하기도 전에, 그 작은 비행기는 충돌했다.

충돌음은 귀가 감당하기에 너무 컸다. 그런 소리가 어떻게 발생하는지 모르겠다. 아마도 충격이 모든 소리를 조각조각 파열시켜 더 이상 그 자체로는 알아들을 수 없게 된 것일 터였다. 테리는 뭔가 무시무시하도록 남자답지 못한 비명을 내질러, 돌이켜보면 그러한 때에 사람들이 신에 대한 두려움을 내보이는 방식에 아연해진다. 그때 우리 모두는 평생에 걸쳐 해온 방식대로 행동할 수 없었다. 그때 테리가 냈던 소음을 글로 묘사하기 위해서는, 칠면조가 괴롭게 꾸르륵거리는 소리 비슷했다고밖에는 할 수가 없겠다. 그가 아무래도 '신이여 커스터드 부인을 구하소서'라고 말했다고 생각되긴 하지만 오늘날까지도 대체 그게 무슨 뜻인지는 조금의 감도 잡을 수가 없다.

월드립 씨는 아무 소리도 내지 못하고 내 곁에서 떨어져

나갔고 내가 언뜻이라도 본 것은 그의 악어가죽 부츠의 닳은 뒤축뿐이었다. 내가 수년 전에 지금은 기억나지 않는 연유로 선물한 것이었다. 나는 어떤 물체에 부딪혀 숨이 턱 막혔고 어깨가 짓눌렸다. 언제 움직임이 멈췄는지는 기억나지 않지만 내가 먹은 캐러멜이 다시 목구멍에서 튀어나온 건 기억이 난다.

\#

산림 경비대원 데브라 루이스는 메를로 와인이 담긴 보온병을 허벅지 사이에 끼고 44구경 리볼버를 허리춤에 차고 태양빛에 바랜 먼지 날리는 도로를 운전해 이집션포인트로 갔다. 이집션포인트는 산 위 전망 좋은 장소로, 구릉지역 십대들이 약 하고 술 마시고 섹스하러 오는 곳이었다. 근처 이동식 주택에 사는, 실크 풋 매기라는 이름의 쇼숀족 원주민 여자가 숲에서 어른거리는 모닥불과 욕설 소리를 듣고 경비대에 무선 통신기로 연락을 했다. 루이스는 아이들이 공격적으로 나올 경우에 대비해 곰 퇴치 스프레이를 카키색 1978년형지프 왜고니어 뒷좌석에 던져 넣었다.

길머리에 주차된 픽업트럭 두 대를 발견했다. 정오의 태양이 트럭 아래 드리운 검은 그림자 안쪽엔 두 마리의 창백한 불도그가 묶여서 자고 있었다. 데브라 루이스는 차를 세우고 백미러를 보며, 층을 내어 어깨까지 내려오게 자른 갈색 머리 위로 경비대 모자를 고쳐 썼다. 제복의 소매로 와인 자국 묻은 이를 문질렀다.

한 손에는 곰 스프레이를, 다른 손에는 보온병을 들고 이집션포인트로 가는 길을 올랐다. 도착하니 바람결에 목소리들이 실려 왔고 외투 소매 하나가 소나무 군락 속으로 사라졌다. 보온병을 벨트에 끼우고 곰 스프레이는 상의 주머니에 넣었다. 화강암 바위들이 빈터를 둘러싸고 있었다. 부서진 접이식 의자와 찢어진 비닐봉지를 태우는 구덩이에서 연기가 솟아올랐다. 검게 그을린 맥주 캔이 쓰고 버린 콘돔을 머리에 두른 망가진 마네킹 발치를 뒹굴었다. 바위 앞면과 나무에 욕설과 세례명이 나란히 짝지어 새겨졌다. 자작나무 군락과 화강암 뒤쪽에서 속삭임이 들리며 여러 쌍의 눈이 그늘 속에서 휙휙 움직였다.

자 이놈의 자식들 죽기 싫으면 잘 들어야 한다. 데브라 루이스가 말했다. 너희 목숨을 어떻게 할지 막 결정하려고 하니까 말이야.

루이스는 무용수처럼 다리를 하나씩 교차시키며 화강암 바위를 빙 돌아갔다. 허리춤의 리볼버에 손을 올렸다.

너희들이 여기서 하던 빌어먹을 일들은 하면 안 되는 거였어. 루이스가 말했다. 알코올을 마시거나 뭔가를 피우면 안 돼. 여기는 금지 구역이야. 저쪽의 낡은 표지판 이후부터는 야생 보호 지역이거든. 여기선 내가 빌어먹을 법이고 어른이

기도 하지. 집으로 가. 빌어먹을, 집으로 가라고.

아무 대답도 없었다.

너희 멍청이들이 재빨리 내려가는 꼴이 안 보이면 내가 하늘에 맹세코 기분 좋을 일이 없을 거야. 저기 아래 자동차 번호판들도 다 적었어.

데브라 루이스가 그만 갈까 하는데, 외설적인 말들이 새겨진 바윗돌들 사이 우묵한 구석에 쭈그려 앉은 십대 소녀가 보였다. 하얀 머리에 부정교합인 소녀는 브래지어밖에 안 입고 눈도 깜빡이지 않았다. 소녀는 루이스를 바라보며 작은 가슴에 손을 얹었다. 뼈가 드러난 가슴팍이 빠르게 오르내리고 있었다. 얼굴은 더러웠고 재의 수요일에 세례라도 받은 것처럼 이마에는 검댕이 묻어 있었다. 루이스는 서른일곱이었고 소녀는 적어도 스무 살은 어린 듯했다. 루이스는 소녀의 눈을 한 번 마주 보고 빈터를 떠났다. 길머리로 돌아와 왜고니어에 앉아서 보온병에 담긴 메를로를 마셨다. 그러자 십대들의 거렁뱅이 같은 마른 몸들이 쌍쌍이 숲에서 빠져나와 킬킬거리며 휙휙 지나갔고 그들이 픽업트럭을 타고 떠나가는 동안 태양이 먼 산봉우리들 뒤로 졌다.

루이스는 지난 11년간 살아온 작은 통나무집 쪽으로 차를 몰았다. 소나무로 만든 그 집은 산악 도로에서 약간 벗어나 비어 있는 별장들 근처 고산 숲 지대에 있었다. 루이스는 다시 보온병을 마시며 유일하게 산속에서 잡히는 라디오 방송에 귀를 기울였다.

여러분은 '닥터 하우에게 물어보세요'를 듣고 있습니다. 오늘 밤 제가 다시 돌아오기 전, 우리의 마지막 전화를 받을 시간입니다. 오늘 참여해줘서 감사하네요. 무엇을 도와드릴까요, 샘?

남자인지 여자인지 확실히 구분 가지 않는 지치고 비통한 목소리가 어떻게 사람들은 그렇게 서로에 대한 오해를 고집스레 우길 수 있냐고 물었다.

닥터 하우가 대답하기 전에 루이스는 로드킬을 피하려 운전대를 확 틀었고 보온병이 제복 위로 쏟아졌다. 루이스는 신의 이름을 헛되이 들먹였고 라디오 신호는 잡음으로 변했으며 닥터 하우의 대답은 영영 들을 수 없었다.

#

모든 게 조용했다. 그리고 주전자 소리 비슷한 휘파람 소리가 들렸다. 나는 눈을 떴다. 기절을 했던 건지 확실하진 않지만 경험상 그런 건 알기가 어렵다는 게 내 생각이다. 처음 보는 빨간 여행가방이 내 어깨를 누르고 있었다. 테리의 것인 듯했다. 여행가방을 밀쳐냈다. 작은 창이 있던 내 옆에는 이제 거인이 잡아 뜯어낸 듯 커다란 구멍이 비행기 동체에 뚫려 있었다. 나는 안전띠를 풀었다.

나는 그 작은 비행기 안에서 세상의 끝에 도달했던 것이다. 그리고 그토록 끔찍한 고요 속에서 나는 구멍을 통해 기어 나와 다른 세상으로 태어났다. 비행기는 높은 바위산 봉우리 근처 화강암 경사면에 멈춰 있었고 비행기 앞부분에서 3미터도 안 되는 곳, 경사면의 벼랑 아래에는 키 큰 침엽수들의 밀림이 솟아 있었다. 사방이 산이었다. 두 개의 큰 산이 우리 양쪽으로 펼쳐지고 멀리엔 눈 덮인 산맥이 푸르스름해지며 계속 이어졌다. 마치 이 세상에 존재해온 건 온통 산뿐이라는 듯이.

이마를 만져보았다. 피가 묻어 나왔다. 깨진 거울 조각으로 보니 눈썹 위에 베인 상처가 작게 났다. 얼굴에 물감을 칠한 인디언 전사처럼 보였다. 있는 힘을 다해 리처드를 불렀다. 나는 직접 부를 때가 아니면 월드립 씨의 세례명을 사용하지 않는다. 어머니에게서 배운 습관이다.

해가 나와 있어 따뜻했다. 이렇게 쾌적하고 아름다운 장소가 이렇게 사악하게 느껴질 수 있다니 이상한 일이었다. 산은 높았지만 땅에는 눈이 없었고 북슬북슬한 식물들과 씩씩하게 예쁜 꽃들만 바위틈에서 자라고 있었다. 나중에 그것들이 '산비탈 물감붓'으로 불린다는 걸 알았다. 비행기는 가운데가 두 동강 나 있었다. 꼬리는 사라졌다.

나는 월드립 씨의 빈 좌석을 돌아보았다. 다시 그를 외쳐 불렀다. 경사면 아래쪽으로 나무 꼭대기들이 보였고 벼랑 직전에 월드립 씨의 악어가죽 부츠 한 짝이 똑바로 놓여 있었다. 나는 그리로 가보았다. 가다가 작은 비행기를 돌아보았더니 조종석 앞부분이 날아간 게 보였다. 조종판이 대부분 날아가고 테리가 허공에 노출된 채 여전히 안전띠에 묶여 있었다. 고개를 수그리고 있었는데 절명한 듯했다.

벼랑에 도착하니 월드립 씨가 5~6미터 아래 커다란 가문비나무 위에 엎어져 있었다. 땅에서 꽤 높은 위치였다. 괜찮냐고 소리쳐보았지만 이미 답은 알고 있었다. 그는 움직이지 않았고 청바지 엉덩이 쪽에 피가 고이는 것이 보였다. 다시 이름을 불렀다. 마비된 채 걸려 있어서 대답을 못 하는 건지 걱정이 되었다. 내가 할 수 있는 일은 없었다. 가까이 갈 수도 없었고 가까이 간다 한들 무슨 소용이 있겠나? 그제야 기도할 생각이 처음 들었다. 나는 벼랑 끝에 무릎을 꿇고 거대한 골짜기를 내려다보며 기도했다. 하늘에 계신 우리 아버지, 월드립 씨가 저기 나무에 있습니다. 심하게 다쳤습니다. 부디 우리를 도우소서, 제발 우리를 도와주세요. 제발 구해주세요. 주여…… 내 눈이 항상 주를 향함은 내 발을 그물에서 뽑아주실 줄 알기 때문입니다.

몇 번 그렇게 기도를 하는데 월드립 씨의 청바지가 자줏빛으로 물들었다. 그래도 당연히 계속 무릎을 꿇고 기도를 했겠지만, 중단될 수밖에 없었다. 뒤쪽에서 난생처음 들어보는 무시무시한 소리가 들려왔기 때문이다. 비명 같은, 제정신이 아닌 울음소리였다.

나도 손으로 얼굴을 덮고 비명을 질러댔다. 그러다가 몸을 돌리고 손을 내려보니, 맙소사! 테리가 정신이 들어 입에서 피를 씹어 뱉으며 끔찍한 소리를 반복해 지르고 있었다. 내가 지금 지내는 버몬트 주 브래틀보로의 리버벤드 요양원에는 제이컵이라는 아들을 둔 이가 있는데 그 아들은 휠체어

생활을 하며 몸을 움직일 수가 없다. 눈꺼풀조차. 끔찍한 일이다. 간병인이 밤에는 눈을 감겨주고 아침에는 뜨게 해줘야했다. 간병인은 땅딸막하고 두상이 큰 여자인데 흰옷을 입고 식염수 분무기를 허리띠에 차고 하루 종일 2분마다 그의 눈에 뿌려준다. 제이컵은 눈도 깜빡이지 못하지만 비명은 지를 수 있다. 그게 할 수 있는 유일한 일일 것이다. 복도에서 그의 비명 소리를 들었을 때 나는 테리가 생각났다.

나는 몇 걸음 다가갔다. 테리는 좋은 상태가 전혀 아니었다. 아직 이가 몇 개 붙어 있는 턱 일부가 셔츠 깃 속으로 떨어졌다. 푸른 눈 하나는 완전히 까매졌다. 두 눈이 다 보이지 않는 것 같았다. 그는 계속 정신 나간 비명을 질러댔고 나도 매번 대꾸하듯 질러댔다. 손이 떨리며 심장이 산토끼처럼 뛰어댔다. 그렇게 우리는 서로에 대고 비명만 지르고 있었다. 다른 상황이었다면 우습게 보일 수도 있는 꼴이었다.

테리는 땅에서 2미터가량 높이의 조종석 의자에 묶여, 마치 끔찍한 일들의 끔찍한 감독관처럼 공중에 들어 올려져 있었다. 나는 그 앞에 서서 계속 한심하게 비명을 지르며 어떻게 해야 할지 아무 생각도 할 수 없었다. 다리에라도 손을 얹고 위로를 해줄 수 있었을지 모르겠다. 하지만 가까이 가고 싶지 않았다. 정말 미안하게 생각한다. 나의 가족은 모두 감리교파였고 늘 연민을 가지고 자선을 행하라 가르침을 받았

지만, 이 세상에서 저 남자를 위해 내가 할 수 있는 일은 하나
도 없었다.

끔찍한 시간이 지나고, 테리는 아기처럼 스스로 진정이 되
어 조용해졌다. 누구를 부르는 사람처럼 팔을 번쩍 들더니
너무나 상냥한 투로 속삭였다. 끝났나요?

뭐라고요? 내가 말했다.

실례지만, 난 늘 치과의사에게 정직했어요. 내가 치과에
있는 거 맞죠? 잠깐만요. 우리 아직 안 죽었나요?

내 남편은 나무 위에 있어요. 내가 뒤쪽을 가리켰다.

잘됐네요. 테리가 말했다. 늘 그 나무에 올라가려 했죠.

그러고 나서 테리는 '웨이트리스'라고 스무 번쯤 말하고,
집배원을 소리쳐 부르며 이름과 주소를 잊어버린 친척에게
편지를 부쳐야 한다고 했다. 그렇게 테리는 치과병원에서 마
취약에 취해 이를 뽑고 있다고 생각하는 듯 말을 계속했다.
나는 우리가 어떻게 해야 하느냐고 물으려 했지만 마음을 접
었다. 불쌍한 남자.

테리는 말했다. 웨이트리스, 목욕 시간, 웨이트리스, 목욕
시간. 내가 집배원을 얼마나 오래 기다렸는데. 절대 안 될 것
같았지. 그 남자는 늦었어. 늦었다고. 벌써 이를 뽑았어. 이
마취약 때문에 너무 아파. 집에 가고 싶어.

—

그날의 남은 시간들은 햇빛이 내리쬐는 석회암벽에 등을 기대고 발을 뻗고 멍하니 앉아 손가락의 결혼반지를 돌리며 보냈다. 월드립 씨의 할머니 세라 루이스 월드립이 물려준 반지였다. 그녀는 남편이 어느 떠돌이에게 밀가루 한 부대와 화승총 한 자루를 주고 반지를 바꾼, 꽤 거창한 사연을 들려주곤 했다. 그 떠돌이는 밤에 돌아와서 양치기 개를 쏴 죽이고 집 안의 모든 물건을, 심지어 커튼까지 훔쳐 가면서 반지는 가져가지 않았다고 한다. 내가 미신을 믿는 사람이었다면 좀 걱정이 되었을 것이다.

내가 보기에 나는 심각한 부상을 입은 곳이 없었다. 이마에 상처가 나고 관절염 있는 무릎이 말을 잘 안 듣긴 했다. 오줌을 싼 게 창피스러웠지만, 빼놓고 싶은 불쾌한 부분도 여기서는 그대로 이야기해야 하니까. 어쩌면 불쾌한 부분일수록 더 말해야 할 것이다. 내가 앉아 있는 곳은 작은 비행기 뒤쪽이라 테리의 모습이 보이지 않았지만 안타깝게도 그가 하루 종일 내가 모르는 사람들에 대해, 논리적으로 이해할 수 없는 일들에 대해 고함치고 웅얼거리는 소리가 들렸다. 나는 가끔 경사면 끝의 월드립 씨 부츠를 내려다보았다. 다시 그 벼랑으로, 그의 시신이 얹힌 나무 위가 내려다보이는 곳으로 가보려고 노력했지만 그럴 수가 없었다.

그때는 어떻게 눈물 한 방울 흘리지 않았을까? 나도 모르겠다. 극한의 상황에서 우리 정신이 자신을 쉽게 만드는 방식이 재미있다. 한동안은 생각이 온전치 못했던 것 같다. 여러 의사들이 내가 쇼크 상태였을 거라는 의견을 내놓았다. 그들이 옳을지 모른다. 어쩌면 아직도 그럴지 모르고.

산들이 어두워지기 시작하자 나는 하늘에 호소했다. 주여, 저를 이 어둠 속 산중에서 죽게 내버려두지 말아주세요, 제발 구해주세요, 주여. 나는 기도했다.

세상에, 이보다 이기적인 여자가 있을까?

그때 테리가 목소리를 낮추고 말했다. 당신? 그래! 남자애라고? 난 그렇게 생각하지 않아. 욕조마다 내가 둘 있어. 미안하지만, 실례지만, 용서해줘. 당신이 알길 원치 않았어. 이제 끝났나요, 케슬러 선생님? 이 마취약 무서워요. 난 움직일 수가 없어. 산속에 와 있는 것만 같아.

나는 비행기로 가까이 갔지만 테리가 보이지 않게 옆쪽에 있었다. 좌석에서 건들거리는 그의 다리만 보였다. 나는 그에게 좀 어떠냐고 물어보았다.

다 컸는데요. 테리가 말했다. 나는 다 큰 것 같아요. 아주 어른이 돼서 이런 건 필요 없어요.

잘됐네. 내가 말했다. 테리가 또 소리치지 않도록 나도 침착하게 물었다. 우린 이제 어떻게 해야 하느냐고.

머리가 아파요. 그가 말했다. 구멍이 뚫린 건가? 목욕물!

웨이트리스!

먼 곳의 산 너머로 태양이 반쯤 내려갔다. 산들이 장엄한 보랏빛으로 물들었다. 모든 풍경이 윌드립 씨의 어머니가 사용하던 수채물감 색이 되었다. 그분은 말년에 정신이 온전치 않게 되어 그림이 자신의 천직이라고 생각했다. 덧신을 손에 신었고, 그림은 뭘 그리려고 했던 건지 아무도 알아낼 수 없어 보였다.

테리의 모습을 제대로 보려고 비행기를 둘러 갔다. 눈을 뜨고 있었지만 텅 비어서 유리구슬처럼 번들거렸다. 아내들이 질색해도 윌드립 씨의 사냥 친구들이 벽에 걸어놓은 동물 박제들 같았다. 나는 윌드립 씨가 그런 걸 집 안에 걸어놓도록 허락한 적이 없다. 동물 머리를 벽에 걸어두는 건 소름 끼치는 짓이라는 주장에서였다.

테리는 부서진 턱 조각을 우물거리고 있었다. 그 모습을 보고 나는 부르르 떨었다. 그런 참혹한 모습은 처음 보았다. 윌드립 씨와 나는 그런 쪽 광경은 보러 가지도 않았다. 사람이 세상을 떠나는 모습을 본 적은 있지만 이렇게는 아니었다. 아버지도 5년 전 거위털 이불 속에서 평화롭게 가셨고 어머니도 그 후 얼마 안 돼 아흔셋의 나이로 비슷한 방식으로 가셨다. 데이비는 학질에 걸려 열한 살 때 침대에서 자다가 죽었다. 신께서 그의 영혼을 쉬게 하시길.

테리의 오른쪽 귀 위쪽에 구멍이 나 있었다. 구멍이라고는 하지만 머리의 상당 부분이 사라졌다고 해야 할 것이다. 뭘로 떠내기라도 한 듯했고 얼마간은 어깨 위에 멜론 속처럼 얹혀 있었다. 그리고 가성으로 〈타임 애프터 타임〉이라는 노래를 조용히 부르기 시작했다. 몇 년 전에 신디 로퍼라는 젊은 레즈비언이 불러서 유명해졌다는 건 그 후에 알게 되었다. 나중에 스큅 부인은 테리가 그 노래를 부르는 걸 들어본 적도 없고 좋아할 것 같은 노래도 아니라고 했다. 그가 죽기 전에 왜 그 노래를 불렀는지 알 수 없다고.

나는 그 앞의 땅바닥에 앉았다. 그가 좋은 동반자는 아닐지라도, 혼자 있기 싫었던 것 같다. 테리가 그 노래를 부르고 또 불러서 나는 가사를 다 익히게 되었다. 결국 태양이 저물고 머리 위로 밝은 보름달이 떠올랐다. 테리는 그러다가 조용해졌다. 그의 손상된 얼굴도 더 이상 움직이지 않았다. 눈은 여전히 활짝 뜨고 있었지만 멍해 보이지 않았고 푸른색은 회색이 되었다. 그때야 그가 결국 숨졌음을 깨달았다. 그런 광경은 난생처음 보았고 다시는 보지 않기를 바란다. 아직까지도 잊히질 않는다.

나는 작은 비행기 안 내 자리로 다시 올라갔다. 추워졌지만, 내 코트가 들어 있는 가방은 비행기의 반쪽과 함께 사라졌다. 몇 주 후에 같은 봉우리 북쪽에서 거의 별모양으로 흩어져 있는 게 발견되었다고 한다. 충돌 때 내 위로 떨어진 빨간 여행가방 안에서 색색의 지그재그 무늬 울 스웨터를 발견했다. 텔레비전에서 젊은이들이 입은 걸 봤던 듯했다. 운이 좋게도 테리의 몸집이 커서 그 옷의 넉넉한 섬유들이 추위에 아주 쓸모가 있었다. 나는 스웨터로 몸을 감싸고 내 좌석에 앉았다.

그때는 끔찍하도록 조용했다. 테리가 부르던 노래의 잔상만이 귓가에서 울려댔다. 나는 내 상황을, 혹은 아직도 가문비나무 위에 엎어져 있는 월드립 씨를 걱정하지 않으려고 노력했다. 그리고 테리의 뒤통수를 보고 있지 않으려고 애썼다. 내가 앉은 자리는 우리가 하늘에서 떨어지기 전과 무섭도록 똑같아 보였다. 마치 이 세상의 어떤 조각들은 시간이 정지되고 다른 부분들은 계속 흘러가버린 듯했다.

꽤 어두워지고 몇 시인지 짐작이 안 가게 되었을 때, 테리의 다리 옆쪽, 일부 남아 있는 계기판에서 노랗게 깜박이는 불빛을 발견하고 조종석으로 기어갔다. 무전기였다. 나는 심장이 뛰었다! 송신기를 잡고 입으로 가져갔다. 와들와들 떨면서 목과 귀가 벌게지던 기억이 난다. 송신기 옆의 단추를 누르고 여러 번 외쳤다. 내 이름은 클로리스 월드립, 도와줘요, 내 이름은 클로리스 월드립, 도와줘요, 누구 없어요?

\#

눈은 충혈되고 입술은 보라색이 된 루이스가 제복의 검은 얼룩을 문질러보았다. 국방색 셔츠를 헹군 다음 주방 개수대 위쪽 빛에 비춰보았다. 셔츠를 다시 물에 담그고 청동 배지를 수도에 대고 씻었다. 배지 위의 침엽수 부조를 엄지손가락으로 닦아 옆에 놓은 다음 개수대 위 창문으로 밖을 내다보았다. 숲이 우거져 어둑하고 좁은 골짜기와 그 너머 산등성이가 내려다보였다.

제복을 물에 담근 채 내버려두고 메를로 한 잔을 들고 거실로 갔다. 소파에 앉아 협탁의 라디오를 틀었지만 신호가 잡히지 않았다. 벽난로 위에는 전남편이 어릴 때 쏘아 잡은 빈약한 암사슴 머리가 박제돼 있었다. 그 먼지투성이 검은 코에 말벌이 내려앉는 게 보였다. 밖에서 목소리가 들렸다. 루이스는 라디오의 잡음을 줄였다. 현관 계단으로 부츠 신은 발이 올라왔다. 루이스는 메를로 잔을 비우고 라디오를 끈 다음 문으로 갔다. 방충망은 놔두고 문만 열었다.

경비대원 클로드 폴슨이 문틀에 기대 있었다. 심한 동상에 걸린 후 코가 퍼렇게 되었지만 그것만 빼면 잘생긴 얼굴이라고 루이스는 생각했다. 깔끔한 검은 머리에서 경비대 모자를 벗어 허리춤으로 내려 들었다. 어이, 데브. 일요일 밤 9시에 방해해서 미안해요. 불이 켜져 있기에.

괜찮아. 루이스가 말했다.

클로드는 이웃의 파랗게 칠한 작은 통나무집에서 찰리라는 늙은 골든리트리버와 살았다. 침실에는 커튼도 없어서 루이스는 종종 그가 침대에서 뭘 읽거나 입을 벌리고 자는 모습을 보았다. 매일 아침이면 루이스는 커피와 메를로를 마시며 클로드가 제복을 다리는 모습을 지켜보았다. 한번은 자정이 지나도록 안 자고 침대 발치에 벌거벗고 앉아 개를 붙들고 우는 것도 보았다.

루이스가 방충문도 열자, 클로드 뒤로 한 남자가 비틀거리며 계단을 올라왔다. 들고 있는 비디오카메라가 시멘트 덩어리라도 되는 것처럼 힘겨워 보였다. 새가슴을 하고 몸을 어느 기둥에 기댄 남자의 눈이 현관 불빛에 누렇게 비쳤다. 그는 비디오카메라를 어깨에서 내리고 떨리는 손을 비쩍 마른 목으로 가져가더니 붉은 수염 그루터기를 셔츠깃 안쪽까지 긁어댔다. 좋은 저녁요, 대원님.

클로드가 어깨 너머 남자를 엄지로 가리키며 피트라고 소개했다. 고등학교 때 친구인데 당분간 자기랑 찰리랑 같이 지낼 거라고.

아내가 떠나서요. 피트가 말했다.

저런 빌어먹을. 안됐네요.

난 괜찮을 거예요, 대원님, 고마워요. 클로디가 나 괴로운 동안 재워주기로 해서.

클로드는 루이스에게 피트가 마침내 코르넬리아 아케르손의 유령을 새 비디오카메라로 녹화하는 데 도움을 주기로 했다고 말했다. 그리고 피트가 '숲의 친구들' 자원봉사 프로그램에 지원해서 기분 전환을 하고 좋은 일도 하게 될 거라고 했다.

피트는 어두운 산길을 흘긋 돌아보았다. 그래서 여기 경비대원은 당신과 클로드뿐인가요? 그럼 나도 좀 도움이 되겠네요. 괴로워하는 중이긴 하지만요.

피트가 사과주를 좀 마셨어요.

우린 그 외눈박이 유령을 찾으러 나갔다 왔어요. 피트가 말하며 빈약한 붉은 머리꼬리를 다시 묶고 비디오카메라의 끈을 조정했다. 여기 클로디가 그 유령 영상을 찍으라고 했지만 난 사진 찍는 재주가 없어서요. 녀석은 늘 나를 좋게 봐줘요. 빅팀버에서 고등학교 다닐 때부터 친구였는데, 마음이 괴로울 때 옛 친구랑 같이 있는 건 참 좋으니까.

루이스는 끄덕이고 클로드를 보았다. 현관 불빛에 그의 제복에 붙은 개털이 보였다. 클로드가 손에 든 경비대 모자를 운전대처럼 돌렸다.

그래서, 무슨 일이야, 클로드?

뭐라 말하기 어려운 일인데.

무전으로 조난 신호를 들었어요. 피트가 대신 말했다.

클로드가 손을 들어 올렸다. 내가 말할게, 피티. 조난 신호인지는 확실하지 않아요. 클로리스라는 사람 목소리를 들었을 뿐이니까. 세 번 말했어요. 클로리스, 클로리스, 클로리스, 하고. 잘 알아듣기도 힘들었고.

클로리스라고?

클로리스요.

내가 잘 놀라는 편이라 좀 무섭게 들리더라고요. 피트가 말했다.

빌어먹을 클로리스가 뭐지?

나도 모르겠어요. 클로드가 말했다. 무슨 암호인지도 모르겠고. 목적이 뭔지도 알 수 없고.

잘못 들은 거 같은데.

그럴 수도. 그럴지도 모르죠. 그럴 것 같진 않지만.

클로리스랑 비슷한 단어가 뭐가 있지?

모리스. 피트가 말했다.

어디쯤에서 들었는데?

달링패스 근처요.

그 빌어먹을 유령 보러 갔다가?

클로드가 웃었다. 이봐요, 데브, 나 노력하는 거 보고 놀릴 필요는 없잖아.

피트가 붉은 눈썹을 추켜올렸다. 루이스 대원님은 유령 안 믿어요?

본 적이 없어서.

보이지 않으면 믿기 힘들죠. 피트가 말했다. 아내가 나를 사랑한다고 믿으려 했지만 결국 그녀는 너무 늦기 전에 인생에 변화를 가지고 싶다더군요. 나더러 억압돼 있다나. 아내는 가끔 내가 교육 못 받은 기분을 들게 하려고 생전 처음 듣는 말을 사용하길 좋아해요. 하지만 나도 대꾸해줬죠. 호박에 깨끗한 이도 하나 없고 서른아홉에 예순아홉처럼 보여서는 원하는 대로 되지 않을 거라고.

피트가 사과주를 좀 마셨어요. 클로드가 말했다.

그랬더니 뭐랬는지 알아, 클로디?

나중에 얘기해.

아니, 얘기해봐요. 루이스가 말했다. 뭐라고 했는데요?

내가 괴상한 가슴에 괴상한 심장을 가졌대요. 말라비틀어진 젖을 가진 못생긴 여자처럼 생겼다고.

저런, 피티. 그 여자 그런 식으로 말하면 안 되지.

뭐, 난 괜찮아. 내 가슴이 이상한 건 아니까. 그렇게 태어나서 평생 살아왔는데. 하지만 괴상한 심장이라니. 머리를 쥐어짜봤지만 무슨 소린지 알 수가 있어야지.

방해해서 정말 미안해요, 데브. 클로드가 말하며 루이스를 보았다. 그래도 클로리스라는 말에 대해 보고는 해야겠다는 생각이 들어서. 당신은 뭔가 조치를 취해야 한다고 생각할지도 모르니까.

루이스는 문설주에 기대어 캄캄한 하늘을 올려다보았다. 아버지가 안락사시키는 걸 본 적 있는 검은 래브라도의 털가죽이 생각났다. 그녀는 다시 클로드를 보았다. 주말마다 나 확인하러 안 와도 돼. 난 괜찮다고.

나도 알아.

좋아. 루이스가 말했다. 남자 목소리야 여자 목소리야?

글쎄. 여자나 소년일 수도 있을 것 같아.

피트가 손가락이 작은 한쪽 손을 쫙 펼쳐서 내밀었다. 내가 듣기엔 절망에 빠진 여자 목소리 같던데. 그가 의미심장하게 말했다.

알았어. 내일 아침에 좀 더 알아보지. 두 사람은 코르넬리아가 혀를 빼먹고 넵튠한테 끌고 가기 전에 집에 들어가요.

그만해, 데브. 놀리지 마요.

그게 무슨 소리예요? 피트가 말했다.

클로드가 찾으려는 그 빌어먹을 유령 말이에요. 루이스가 말했다. 혀랑, 머리털이랑, 불알을 다 벗겨 먹잖아.

루이스는 두 남자를 보내고 문을 닫았다. 다시 개수대로 돌아왔다. 제복의 얼룩이 아직도 안 빠졌다. 셔츠를 쓰레기통에 버렸다. 메를로 한 잔을 마시고 병 하나를 더 가지고 오래 목욕을 하며 '닥터 하우에게 물어보세요'를 들었다. 목소리가 우레 같은 여자가 라디오에 전화해서 왜 그녀와 남편이 비현실적이고 비실용적인 사람들처럼 행동하는 것 같아 보이는 거냐고 물었다. 사람이 텔레비전의 등장인물처럼 행동하는 게 흔한 일이냐고 말이다. 수술실의 의료진처럼 높다랗고 실용적인 목소리로 닥터 하우는 그렇다고, 흔한 일이라고, 아마도 우리의 진정한 충동과 관심에 따라 행동하고 판단하는 것보다 그편이 쉽기 때문일 거라고 대답했다.

루이스는 라디오를 끄고 욕조에서 나왔다. 몸을 닦고 벌거벗은 채 침실 창문에 서서 컴컴한 소나무와 산골을 내려다보았다. 김 서린 창에 손끝을 가져가서 거기 비친 자신의 윤곽을 길게 따라가 보았다. 그 너머 숲속에서 멀리 어둠 속에 회중전등이 움직이며 나무들을 언뜻언뜻 비추었다. 루이스는 남자들이 아직도 코르넬리아 아케르손의 유령을 찾는가 보다고 생각했다.

창문을 닦고 욕실로 돌아가 세면대에 토한 다음 잠자리에 들어 밤새 꿈에 시달렸지만 깨어나서는 분명 꿈을 꾸었다는 것 이외에는 아무것도 제대로 기억나지 않았다. 아침에 루이스는 중얼거렸다. 빌어먹을 꿈속에서 무슨 일이 있었는지는 신만이 아실 거라고.

—

루이스는 도로에서 납작해진 참매를 치우기 위해 왜고니어를 멈추었다. 사체를 원반처럼 아래쪽 나무들 속으로 날려버린 후 가슴 주머니에 넣어 다니는 수첩에 사고를 기록했다. 태양이 뜨기 전이어서 길은 아직 어두웠다. 운전을 계속해서 산 높이에 지어진 방 하나짜리 삼나무 건물로 갔다. '국립 산림청 산중 경비대 사무소'라고 새겨진 표지판 아래 잠긴 현관문을 열고 안으로 들어갔다.

간이주방에서 커피를 준비하고 아스피린 세 알을 먹었다. 개수대에서 얼굴에 물을 끼얹고 전기난방기를 켰다. 그녀의 책상은 서쪽으로 난 커다란 창 앞에 놓여 있었다. 통나무집에서 보이는 것과 같은, 울창한 산골이 내다보였다. 상록수들 속으로 내려앉은 안개가 떠오르는 태양 아래 막 증발하고 있었다. 시커먼 새들 한 떼거리가 하늘로 날아올랐다. 루이스는 모자를 벗어 벽의 고리에 걸었다. 자리에 앉아서 책상위 무선장비 전원을 켜고 작동이 되기를 기다렸다. 호출 마이크를 향해 몸을 기울였다.

경비대원 루이스가 개스켈 대장에게. 경비대원 루이스가 개스켈 대장에게. 응답 바랍니다, 개스켈 대장. 오버.

좋은 아침, 경비대원 루이스. 수신이 아주 크고 또렷하게 잘된다. 이렇게 일찍 사무소에서 뭐 해? 오버.

신경 쓰이는 일이 있어서 더 기다릴 수가 없었네요. 존, 클로리스라는 거에 대해 아는 거 있어요? 오버.

클로리스가 뭔데? 다시 말해봐. 오버.

클로리스. 나도 몰라요. 당신은 알까 싶었는데. 오버.

나도 몰라. 오버.

암호는 아니죠? 무슨 약자도 아니고? 오버.

나는 모르겠네. 오버.

폴슨 대원이 어젯밤에 달링패스 근처에서 무전기로 송신을 들었대요. 조난 신호가 아닌가 하더라고요. 그냥 클로리스라고만 했대요. 세 번 말했고. 클로리스, 클로리스, 클로리스. 잘못 들었을 수는 있지만. 오버.

클로리스? 다시 말해봐. 오버.

클로리스. 철자는 C-L-O-R-I-S 같아요. 오버.

클로리스. 알았다. 클로리스. 들어본 적 없는데. 클로리스. 내가 좀 더 알아볼게. 달링패스? 클로드가 거북이를 타고 다닌다는 그 유령을 찾으러 나갔던 건가?

빌어먹을 코르넬리아요. 그랬죠. 오버.

이상한 놈이야. 당신은 잘 지내고 있나? 오버.

루이스는 몸을 뒤로 기대고 창밖을 내다보았다. 창문 안쪽 유리를 검은 딱정벌레가 기어오르고 있었다. 창밖의 산봉우리들을 징검다리로 사용하는 거대한 동물이 나타난 것처럼 보였다. 루이스는 다시 마이크로 몸을 숙였다. 난 괜찮아요, 존. 고마워요. 오버.

알았어. 필요한 게 있으면 뭐든 말해주고. 우리 모두 걱정하고 있어. 마시도 당신 생각 자주 한대. 어떤 상황에서든 이혼은 힘든 일이야. 오버.

감사하네요. 오버.

더 없나, 루이스 대원? 오버.

더 없어요. 끊습니다.

루이스가 일어나서 간이주방으로 가 커피를 따르고 캐비닛 뒤 배전판에 숨겨두었던 메를로를 약간 탔다. 그리고 다시 책상으로 돌아갔다. 그리고 딱정벌레를 쳐서 날렸다.

\#

월드립 씨와 나는 제일감리교회에서 준 1986년 달력을 식품저장실 문에 붙여두었다. 몬태나 주로 여행을 가기 전에 월드립 씨는 8월 31일에 검은 펜으로 동그라미를 치고 비터루트 국유림의 통나무집까지 우리를 태워 갈 테리 스큅과의 약속을 단정하게 적어놓았다. 나는 늘 그 8월 31일이 마침 연중 기간의 첫 번째 일요일이었다는 점에 주목할 만하다고 생각해왔다. 나이 든 감리교도가 아니면 연중 시기가 뭔지 못 들어봤을 것이다. 연중 시기란 부활 후 성령강림절 이후부터 성탄 전 대림절 이전까지의 기간으로, 신의 왕국에서 자선과 통합이 이루어지는 절기를 의미한다. 많은 교회들이 더 이상 준수하지 않는 절기다. 나에게는 비터루트에서 보낸 날들 이후로 상당한 괴로움과 슬픔의 절기가 되고 말았다.

지금 살고 있는 리버벤드 요양원의 내 책상 위 벽에 그 달력이 걸려 있다. 월드립 씨는 자신이 나무 위에 떨어지고 나는 깊은 산속에서 실종돼버린 날을 달력에 표시하게 된 줄은 몰랐던 것이다. 하지만 운명이란 그렇게 흘러가기 마련이다. 종종 우리는 어떤 일이 과거에 안착하기 전까지는 그 일의 중요성을 알지 못한다. 나는 이제 눈만 감으면 그 달력과 동그라미 쳐진 연중 시기의 첫 일요일이 눈꺼풀 안쪽, 반들거리는 어둠 속에 보인다. 내가 마지막으로 보는 것도 그게 될까 두렵다.

첫 번째 날 밤에는 괴로움 속에 거의 잠을 자지 못했다. 무전기에 대고 내 이름을 거의 천 번은 외쳤다고 해야 할 것이다. 월요일의 개척 전도사보다 더 목이 쉬었다. 무전기가 아직 작동을 하는지도 알 수가 없었지만 어쨌든 계속 노력했다. 눈을 좀 붙이려고 노력하면서야 내가 얼마나 겁에 질려 있는지 깨달았다. 작은 비행기 안에 있는 건 상관없었다. 끔찍한 고요 속에 테리의 손상된 시신과 함께이긴 했지만, 어둠 속의 온갖 놈들, 밤을 집으로 삼는 동물들이 있는 야외보다는 낫다는 생각이 들었다.

일어나보니 태양은 높이 떠 있고 어깨와 무릎과 등이 끔찍하게 쑤셨다. 목도 말랐다. 마른 피가 이마에서 조각조각, 오래된 초원의 집에서 페인트가 벗겨지듯 떨어졌다. 이리 긁히고 저리 긁힌 상처들이 지저분하게 팔뚝을 뒤덮고 있었다. 내 팔뚝이 아니라 늙고 딱한 취급을 받는 어느 빈궁한 여자의 팔뚝 같았다. 나는 일어나서 반 토막 난 작은 비행기 밖으로 나갔다.

테리는 여전히 좌석에 묶여, 상당히 오랜 시간 동안 밖에서 날씨에 시달려온 담배 가게의 인디언 조각상처럼 뒤틀려 있었다. 손가락은 독수리 발톱처럼 오그라들었고 턱은 비뚜름하게 말라붙었다. 내가 대체 왜 그랬는지 모르겠지만, 나는 입을 막고 테리에게 가까이 다가갔다. 조그만 각다귀들이 그의 불투명한 눈 위에서 춤을 추었고 더 큰 날파리들이 벌어진 입 안의 혀 위에서 조그만 녹색 배불뚝이 폭군들처럼 웅크리고 있는 모습을 관찰했다.

나는 테리를 놔두고 경사면 끝으로 갔다. 월드립 씨가 남겨둔 부츠 한 짝 옆에 서서 벼랑을 내려다보았다. 나의 불쌍한 남편은 아직 저 아래 가문비나무에 걸려 있었다. 움직이지 않은 그대로였다. 나는 그때 거기서 이것이 내가 목격하는 가장 비정한 광경이 되기를 기도했다. 조약돌을 한 줌 집어 들고 그에게 던졌다. 아예 빗나간 것도 있었지만 등에 딱 맞고 튀어나간 것도 있었다. 월드립 씨는 움직이지 않았다. 1974년에 그가 척추 수술로 입원했던 기억이 났다. 모르핀을 주사하자 그는 조용히 무기력해졌다. 그런 모습은 처음 보았다. 사망한 모습도 분명 처음 보는 것이었다. 무지 다정한 남자였는데, 나의 월드립 씨, 신께서 그의 영혼을 쉬게 하시길. 난 그가 몹시 그립다.

여기 리버벤드 요양원의 치료사인 젊은 흑인 여자가, 요즘 유행인 이중 성씨를 가진 스위스 여자 이야기를 해주었다. 엘리자베스 퀴블러-로스라는 그 여자는 애도에 다섯 단계가 있다고 믿는다. 부정, 분노, 타협, 우울, 수용. 분명 좋은 뜻으로 한 말이겠지만, 그녀가 꼭 옳은 것은 아니라고 생각한다. 애도의 단계는 무수하고 그것들에 모두 이름을 붙이려 애써 봤자 소용없다. 매번 기억이 떠오를 때마다, 또는 점점 기억이 잊혀져갈 때마다, 이 모든 수많은 단계들에는 이름이 없어서, 우리 눈앞에 펼쳐지는 것은 막연한 향수와 상실감의 구분 불가능한 연속체인 것이다. 애도는 그 밤의 차가운 끝이라고 나는 믿는다.

나는 비행기로 돌아가서 다시 무전기를 시도해보기로 했다. 그 무렵에는 테리의 악취에 익숙해져서 그의 다리 옆으로 망설임 없이 기어가 송신기를 집어 들었다. 전날 밤새 했던 말을 그대로 다시 했다. 도와줘요. 내 이름은 클로리스 월드립. 우리 비행기가 추락했어요.

쉬엄쉬엄 족히 백 번은 반복했다. 무지 배가 고프고 목이 말라서 핸드백을 찾았는데 내 좌석 옆 바닥에 뒤집혀 있었다. 주워 들고 찾아낸 물건들을 도로 담았다. 담낭 약(다행히 거의 다 먹어서 딱히 더 먹을 필요는 없었지만), 휴지 한 봉, 제임스 킹 성경 소책자본, 집 열쇠. 좌석 아래 흩어진 캐러멜도 주웠다. 하지만《안나 카레니나》가 보이지 않았다. 지갑도. 지갑이 꼭 필요할 것 같지는 않았지만《안나 카레니나》는 있으면 좋았을 것이다. 물 종류도 찾을 수 없었다.

핸드백을 가지고 다시 비행기에서 나왔다. 혹시 누가 연결되면 무전기 소리를 들을 수 있도록 근처 바위에 앉아서 캐러멜 하나를 까먹었다. 그날은 월요일이었고 월요일이면 나는 보통 굿나잇하우스에서 열리는 '팬핸들 여성 조찬 모임'에 갔다. (굿나잇하우스는 팬핸들 지역 정착을 도운, 명망 높은 목장주 찰스 굿나잇 대령의 멋진 사유지를 후손들이 역사적으로 의미 있는 사적지로 가꿔온 곳이다.) 우리는 베란다에서 식사할 때가 많았다. 월드립 씨가 이 미친 여행을 가자고 나를 설득하지만 않았더라면 지금쯤 새러 매 데이비스와 루스 무어 사이에 앉아, 태양빛을 받아 성탄절 전구처럼 빛나는 루스의 주황색으로 염색한 머리를 보며, 애머릴로 시내에 새로 들어선, 여자를 좋아하는 여자들과 남자를 좋아하는 남자들을 위한, 부당하기 짝이 없는 곳이라는 건물에 대한 둘의 불평불만을 듣고 있었을 것이다.

캐러멜을 하나 더 먹으려 핸드백에 손을 집어넣는데 갑자기 테리가 부르르 떨면서 그르렁 소리를 냈다! 얼마나 기겁했던지! 코와 입에서는 엄청난 파리 떼가 역겨운 연기처럼 날아올라, 나는 무시무시한 비명을 지르며 얼굴을 손으로 감싸고 무릎을 꿇은 채 기도를 올렸다.

　나중에 어느 친절한 의사가 테리에게서 트림이 나온 것이라고 알려주었다. 불쾌한 사실이기는 하지만, 시신이 부패하면서 내부에 가스가 쌓여 어디론가 빠져나가야 하는 것이다. 카다베린이라 불리기도 하는 가스였다. 뭔가 이상하게 들렸지만 이 의사는 과학자였으니 나로선 믿는 수밖에. 늙은 여인을 놀리느라 실없는 소리를 한 게 아니라면 말이다.

　한동안 기도를 하고 눈을 떠보니 테리는 이전과 그대로였다. 파리들도 다시 내려앉아서 입이 새까맣게 뒤덮였다. 나는 그가 다시 움직일지 모른다는 두려움에 떨었다. 얼마간 지나고 결국 그가 다시 움직이지는 않을 것이고 정말 사망한 거라는 결론이 내려지자, 나는 몇 시쯤 되었나 싶어 하늘을 올려다보았지만 알 수 없었다. 우리 작은 집이었다면 거실 창문으로 비쳐드는 햇빛의 기울기로 알 수 있었을 것이다. 한 장소에 오래 살다보면 그런 것으로도 시계를 대신할 수 있게 된다. 카펫 위의 의자 다리 그림자처럼 모든 게 시간을 일러준다. 하지만 그 산중에서는 빛이 너무 낯설게 떨어져서 나는 어느 것도 확신할 수 없었다.

　늦은 오후일 거라 짐작돼서 어두워지기 전에 주변을 둘러보기로 했다. 그때쯤에는 그래도 머리가 제대로 돌아가고 뭘 해야 할지 이성적으로 생각하기 시작했다. 비록 아직 이 상황에 대해 완전히 이해하지는 못했던 것 같지만 말이다. 나는 경사면 주변을 정찰했지만 비행기 주변을 떠나지는 않았다. 그리 넓은 장소는 아니었다. 비행기가 저 산 아래, 숲속이 아니라 여기서 멈춘 건 드문 확률이었다. 내가 내려갈 수 없는 화강암 절벽에 둘러싸였다는 것 말고는 별로 알아낸 게 없었지만 한쪽 눈이 하얀 너구리가 바위에서 자라난 덤불 속에 숨어 있는 걸 발견했다. 나는 녀석을 잠시 지켜보았고 녀석도 나를 꽤 바라보았다. 우리 동네에 남다른 소년이 기르는 애완 너구리가 생각났다. 두오님이라고 이름 붙이고 지저분한 개집에서 익힌 고깃조각들을 먹였는데, 두어디넘은 눈둘이 다 멀쩡했다.

나는 비행기로 돌아가 조종석의 잔해들에서 몇 가지를 더 주웠다. 찢어진 몬태나 주 지도와《타임》지 한 부가 나왔는데 레이건 대통령의 결장 수술 소식이 나온 걸 보니 작년 것이었다. 바위에 앉아서 해가 완전히 질 때까지 읽었다. 그런 다음 무전기로 가보았다. 무전기에서 나오던 조그만 불빛이 꺼져 있었다. 다시 시도해보았지만 전과 같은 잡음이 나오지 않았다. 아까 무전기가 죽기 전까지 계속 시도해보았어야 했다는 생각이 그제야 났다.

밤이 내려앉았고 내 평생 가장 긴 하루가 저물었다. 부슬비가 내리기 시작해서 작은 비행기 의자에 몸을 기대고 눈을 감았다. 가문비나무에 걸린 월드립 씨를 생각했다. 목이 엄청 말랐지만 너무 무서워서 밖에 나가 비를 마실 수가 없었다. 밖에서 뭔가 부스럭거렸다. 애꾸눈 너구리일 거라고 스스로를 다독인 후 확인을 위해 눈을 뜨지는 않았다.

–

아침에 눈을 떴다가 기겁을 했다. 테리가 비행기 좌석들 사이 통로로 미끄러져 나왔고 그의 얼굴이 바로 내 앞에 놓여 있었다. 눈코입이 모두 사라져버렸다. 애꾸눈 너구리가 먹어 치우고 나서 피 묻은 주둥이를 하고 어딘가에 숨어 푹 자고 있는 게 아닐까 싶었다. 나는 기적 소리처럼 비명을 내지르며 비행기에서 허둥지둥 나왔다. 무릎을 꿇고 눈을 감고 한동안 기도를 했다. 눈을 떠보니 굽이굽이 이어진 계곡과 산맥이 펼쳐져 있었다. 계곡 안에 뭔가 보여서 처음에는 날아다니는 새인가 싶었다. 하지만 눈을 비비고 잘 보니 연기였다! 납색 연기가 나무들 위로 피어올랐다.

나는 일어나서 스타킹의 먼지를 털고 머리를 정돈했다. 경사면 가장자리까지 가서 보니 연기는 모닥불에서 나는 듯했다. 여기서 나는 운명을 건 결정을 내려야 했다. 비행기 근처에서 계속 기다리는 게 최선일까? 당장 물도 없고 누가 무전을 들었는지도 알 방법이 없었다. 우리를 찾아봐야 한다는 게 알려지기까지 시간이 얼마나 걸릴 것인가? 아니면 저 아래 야영지가 있을지 모르는 연기 나는 곳까지 찾아가는 모험을 감행해야 할까? 연기는 상당히 멀어 보였지만 밤이 되기 전에는 갈 수 있을 듯했다. 그러다가 다치지는 않을지 걱정이 됐지만(일흔두 살 여자는 어디를 기어 올라가거나 해서는 안 되는 법이다), 저 작은 비행기는 끔찍한 무덤이 되어버렸고 거기서 하룻밤을 또 보내야 한다는 게 나는 그 무엇보다 두려웠다. 힘든 결정이었을 뿐 아니라 훗날 운명을 바꾼 결정이었다는 게 밝혀진 그 순간, 나는 비행기를 떠나 연기를 향해 가기로 마음먹었다. 저기서 착한 가족이 아침식사를 요리하고 있을 거라는 좋은 생각을 품고서.

그러다가 우연히 옆을 보니 월드립 씨의 부츠 한 짝이 아직 거기 경사면 끝에 똑바로 서 있었다. 발목까지 빗물이 가득 차 있었다. 내가 좋은 악어가죽 부츠를 사주었던 것이 그렇게 기쁠 수가 없었다. 방수 가죽이었으니까. 나는 무릎을 꿇고 부츠를 들어 물을 모두 마셨다. 조금씩 아껴가면서 마시고 남겨뒀어야 했지만 목이 마를 땐 그런 생각이 안 드는 법이다.

다시 비행기로 돌아왔다. 날이 전보다 서늘해졌기에 테리가 입은 커다란 울 코트를 가져가기로 했다. 월드립 씨였어도 같은 결정을 내렸을 것이다. 그는 내가 비행기나 테리 물건 중에서 필요한 것들을 전부 가져가지 않았다면 오히려 실망했을 것이다.

나는 시선을 피한 채 테리에게 조금씩 가까이 갔다. 죽은 말 같은 냄새가 풍겼다. 그를 붙잡으니 안전띠가 걸려서 풀어냈다. 그는 좌석에서 완전히 빠져나왔고 쿵 소리를 내며 바위들 위로 떨어졌다. 역겨운 파리들이 오래된 방석을 두들겨 먼지를 털 때처럼 솟아올랐다. 나는 그를 옆으로 돌리고 한쪽 팔에서 코트를 빼냈다. 그의 관절이 삐걱거렸다. 제일 감리교회에서 열리던 브리지게임 때처럼 오래된 카드 게임 탁자의 뻣뻣한 다리를 펴는 것과 같다고 스스로를 다독였다. 테리를 다시 굴려 다른 쪽 팔도 빼냈다. 그는 결국 등을 대고 눕게 되었고 나는 그의 코트를 들고 일어섰다. 회색 코트는 피가 여기저기 묻어 마치 붉은 무늬처럼 보였다. 내가 테리 코트를 강탈했다는 생각이 들었다. 나는 그의 얼굴, 혹은 얼굴에 남아 있는 부분을 정면으로 응시했다. 다 갉아먹혀 피도 살점도 남아 있지 않았다. 소풍 후의 수박 껍질 같은 것만 남아 있을 뿐이었다.

나는 그의 품위를 건드리지 않으려 조심하며 엉덩이 주머니를 뒤졌다. 악취가 심해서 숨을 참았다. 지갑과 함께, 근육질의 춤추는 스컹크가 색색으로 그려진 '폴캣'이라는 남성 클럽의 성냥갑이 나왔다. 이런 시설에 드나드는 남자를 알고 지낸 적은 없지만 이런 사람들이 많다고 들었다. 그러고 보니 알지 못한 채 몇 명은 만나보았을 듯했다. 테리의 성격에 대해 품평하고자 이 성냥갑에 대해 설명한 게 아니라는 점을 여기서 언급해두어야 하겠다. 남자든 여자든 흔해빠진 비밀스러운 생활을 영위하기 위해 흔해빠진 비밀스러운 장소들이 필요한 법이다. 나는 그런 것들에 대해 어떤 판단도 내리지 않는다.

나는 성냥을 코트의 가슴 주머니에 넣었다. 지갑을 열어서 어떤 사진을 보관하고 있는지 보았다. 매력적인 금발 남자가 낚시하는 사진 한 장과 어린 소녀가 폭포 옆에서 풍선을 들고 있는 사진이 있었다. 그리고 비행기에서 우리에게 보여준 스큅 부인의 사진도 찾았다. 나는 지갑을 다시 그의 가슴 위에 놓았다. 내가 좋은 보행 구두를 신어서 다행이었다. 아니었으면 맞지도 않는 그의 신발까지 벗겨야 했을 것이다. 게다가 죽은 자의 신발을 신는 것에 대해 경고하는 오래된 격언도 있으니까.

테리의 시신을 뒤지는 동안 웃긴 생각이 떠올랐다. 월드립 씨가 아닌 남자, 게다가 고인이 되고 시신이 훼손당한 남자의 몸에 손을 대고 있자니, 갈런드 프라일이라는 소년이 기억났다. 갈런드는 우리 집에서 좀 떨어진 작은 사료 작물 농장에서 자랐다. 우리의 어머니들은 옛날 감리교회당에서 나란히 앉던 사이였고 나보다 네 살 어린 갈런드는 초원에서 나의 남동생과 전쟁놀이를 하면서 조금이라도 총과 더 닮은 막대기를 찾아 사방을 헤맸다. 갈런드는 녹색 눈에 섬세한 턱을 가진 무지 잘생긴 소년이었다. 왜 그에 대한 기억을 떠올렸는지 곧 솔직히 말할 테지만 지금 꼭 하고 싶은 말은, 세월이 흘러가며 우리는 기억을 떠나보내기 마련이지만 어떤 것들은 참으로 고약해서 꼭 불편한 때에 돌아오기도 한다는 것이다.

테리의 큰 코트를 입으니 내가 아주 작게 느껴졌다. 나는 다시 동체로 기어 올라가 테리의 좌석 아래서 작은 검은색 손도끼와 낡은 파란 우산이 든 비닐 주머니를 발견하고 기뻤다. 매직으로 '스트레스'라고 쓴 테니스 공 하나와 들어오지 않는 손전등도 있었는데 그것들은 놔뒀다. 《타임》지와 지도는 돌돌 말아 핸드백에 넣었다. 동체에서 나온 다음에는 다시 작은 비행기를 돌아보지 않았다. 나중에서야, 혹시 누가 비행기를 발견하면 내가 어느 쪽으로 갔으니 따라오라는 쪽지를 남겼어야 했다는 걸 깨달았다.

경사면 끝에서 월드립 씨의 부츠를 주워 앞코 부분을 핸드백에 최대한 집어넣었다. 주변을 좀 살펴보다가 부드러운 흙과 돌로 된 적당한 비탈면을 발견했다. 신발 뒤꿈치를 깊이 박아 넣으며 조심스레 아래쪽 숲으로 내려갔다. 어릴 적 이후 이렇게 흙에서 뒹굴긴 처음이었다. 숨을 좀 돌린 후에 나무 사이를 헤치고 나갔다.

얼마 가지 않아 땅에서 월드립 씨의 안경을 발견했다. 고개를 들어보니 월드립 씨가 내 위에 걸려 있었다. 팔을 활짝 벌리고 있어서 마치 전혀 그래본 적 없는 방식으로 나를 맞이하는 듯했다. 부푼 연보라색 머리는 이상한 각도로 기울어 있었지만 얼굴에는 상처나 피가 보이지 않았다. 얼굴의 표정은 누구와 가뭄에 대해 얘기할 때와 비슷했고 턱에 묻은 할라피뇨 소스가 그대로였다.

한바탕 울고 싶던 기억이 난다. 하지만 그러지 않았다. 뭔가 너무 슬프면 눈물조차 온당할 수 없어서이리라.

월드립 씨와 내가 젊은 부부였을 때 우리도 다른 젊은 부부들처럼 작은 갈등으로 다투곤 했다. 어느 여름날 밤 우리 새집의 뒤뜰 급수탑 아래서 매미들이 시끄럽게 울어대던 날, 내가 무지 화가 나서 우리가 서로 목소리를 높였던 기억이 난다. 무슨 일 때문이었는지는 기억이 안 난다. 하지만 내가 계속 고함을 치고 얼굴이 벌게지는 동안 남편은 침착해졌다. 그는 미소를 짓고 손을 뻗어 내 머리를 쓰다듬더니 말했다. 아무리 화를 내도 클로리, 당신은 여전히 귀엽고 착한 사람이라는 거 알고 있어.

그때 그의 시신 아래 서서, 그가 나를 가장 사랑했던 때로 돌아갔으면 하고 바랐다. 월드립 씨는 늘 자기가 만난 사람

중 내가 제일 영리하다고, 사전보다도 나을 거라고 말했다. 나는 생각했다. 만일 내가 이따금씩만 그런 여자가 될 수 있어도 이 고난을 이겨내고 살아남을 수 있을지 모른다고. 이 거대하고 무시무시한 곳을 빠져나갈 수 있을지 모른다고. 그래서 나는 최대한 머리를 귀 뒤로 넘기고 무릎을 꿇은 다음 윌드립 씨의 안경을 주웠다. 테리 코트의 가슴 주머니에 잘 넣은 다음 연기가 나는 방향으로 나무들을 헤치고 나갔다.

2부

#

화요일 아침 루이스는 넓은 창 앞의 자기 책상에 앉아 퀭한 눈으로 지역 신문을 펼쳐놓고 그 위에서 변하는 빛을 지켜보았다. 그녀는 또 경비대 사무소에 해가 뜨기도 전에 도착해서 클로드와 피트가 올 때쯤엔 벌써 커피 두 잔과 책상 아래 보관했던 병에서 메를로를 머그잔에 가득 따라 마셨다. 그리고 1면 기사를 두 번 읽었다. 한밤중에 침대에서 사라진 열 살짜리 소녀의 실종 기사였다. 다시 사진이 실린 면을 펼쳐보았다. 소녀는 더듬이 머리띠를 하고 협곡 풍경 그림 앞에서 비딱한 미소를 짓고 있었다.

실종 소녀 기사 읽었어? 루이스가 클로드에게 물었다. 새러 호벳이라는 애 말이야.

클로드는 서쪽 벽의 좁은 책상 앞에서 몸을 숙이고 파란 코끝에 연고를 바르고 있었다. 봤죠. 그가 대답하고 발치에서 코를 고는 늙은 개의 머리에 손을 올렸다. 대체 무슨 일이 일어난 건지 알고 싶지도 않아.

나를 여기 있게 해줘서 정말 고마워요. 간이주방 쪽에서 피트가 말했다. 그는 비디오카메라를 조리대 위에 세우고 뷰 파인더를 들여다보며 커피메이커에서 떨어지는 물방울을 찍었다. 이런 힘든 때 곁에 있게 해줘서 고마워요.

우리도 알아. 클로드가 말했다. 커피 찍느라 테이프 다 쓰면 안 돼.

루이스가 신문을 접어 쓰레기통에 버렸다. 빌어먹을 산속에 우리랑 이러고 있는 게 어떻게 누구한테 좋은 일이 되는지는 모르겠네.

피트가 높은 소리로 웃고 비디오카메라를 껐다. 커피 두 잔을 따랐다. 당신 정말 재밌어요, 루이스 대원. 그는 클로드에게 한 잔을 주고 자기는 한 손으로 벽을 집고 창밖을 내다보며 홀짝였다. 그가 바깥을 가리키며 말했다. 그냥 아름답다는 말 하나면 충분한 것 같아요.

흰 구름이 산들 높이 걸쳐 있고 그 아래 계곡엔 엘크 떼로 보이는 것들이 지나갔다. 무의미하다 할 풍경 속에 검은 점들이라도 보이는 순간이었다.

어떤 때는 나도 빌어먹을 도시에 살고 싶어. 루이스가 말했다. 온갖 종류의 빌어먹을 인간들과 함께.

피트는 커피잔을 기형의 가슴에 가까이 대고 수수께끼를 앞에 두고 고민하는 표정으로 고개를 끄덕였다. 아침 내내 피트는 커피를 마시고, 사무소를 이런저런 각도로 찍고, 루이스에게 아내가 자기 모를 때 창고에서 저지른 불륜을 읊어댔다. 옆집 잔디를 깎던, 손가락과 발가락이 열아홉 개인 동네 재즈 가수에게 매독이 옮은 사연도.

그 여자는 자기가 가진 거에 만족할 줄 모르게 된 거예요. 클로드의 쓰레기통에 비디오카메라 각도를 맞추며 피트가 말했다. 그래서 결국 어떻게 됐나 봐요. 나는 또 어떻게 됐고. 이기적인 여자면서도 그게 건강한 거라고 설득하려 수작을 아주 잘 부렸지. 거리를 두고 지내자나.

클로드가 한숨을 쉬고 빈 연고 튜브를 버렸다. 늙은 개가 고개를 들고 너덜거리는 입을 핥았다. 여기서 그런 얘기 좀 하지 마. 뭔가 무난한 얘기를 하라고. 아 진짜.

피트, 무슨 일을 해요?

금융 쪽이에요. 클로드가 말했다.

통조림 공장에서 일하며 모은 돈을 조카가 만든 텔레비전 게임에 투자했어요. 엉덩이에 풀칠할 만큼보다는 더 들어와요. 피트가 말했다.

입에 풀칠이겠지. 클로드가 말했다.

지금은 치즈 맛 탄산음료에 돈을 좀 넣었는데 아주 기대가 커요.

이제 창문 밖에서 태양이 높이, 산들 너머 칠흑 같은 소나

기구름 위로 떠올랐다. 루이스는 몰래 메를로를 머그잔 가득 또 따랐다. 그리고 두 남자에게 여긴 아무 일이 없으니 얼른 코르넬리아의 유령을 잡으러 가보라고, 여긴 혼자 마무리하겠다고 말했다.

코르넬리아는 야행성인데. 클로드가 말했다. 알잖아요.

피트가 비디오카메라를 어깨에 메고 클로드에게 코르넬리아의 유령에 대해 더 알려달라고 했다. 둘이서 뭘 해야 한다는 건지 완전히 이해를 못 하겠다면서.

클로드가 늙은 개의 목줄을 묶고 자리에서 일어나면서 코르넬리아 아케르손이 스웨덴에서 1841년 남자로 태어났지만 여성적 특성을 가지고 여자로 살기로 결심한 이야기를 들려주었다. 그녀는 열여덟 살이던 1859년에 남편 오드바르와 함께 보스턴 항구에서 마차를 타고 몬태나 주로 오다가 남자 셋에게 강간을 당하며 정체가 발각되었다. 그러자 남자들은 그녀의 이를 뽑고 비터루트 산속에 죽게 내버려두었다. 오드바르도 살해해서 시신을 계곡에 버렸다.

피트가 비디오카메라를 클로드에게 맞추고 물었다. 눈 하나만 커다란 여자라며.

눈 두 개가 점점 커져서 가운데로 합쳐져서 그래, 피티. 시간이 지나며 그늘도 점점 커지고. 이 산이 여기서 죽은 사람들의 영혼을 다 품고 있으니 그늘이 점점 많아지는 거야. 심지어 수백만 년 전에 죽은 선사시대 동물들 유령도. 그래서 코르넬리아가 신생대 때 거대 아르마딜로인 글립토돈트 유령을 타고 있는 거잖아. 그 영상을 찍는다고 생각해봐.

난 못 해. 피트가 말하며 뷰파인더에서 눈을 떼고 비디오 카메라를 끈 다음 목에 늘어뜨렸다. 어릴 때 새 사냥 가본 적 있어?

루이스가 다시 한번 남자들에게 여기는 자기에게 맡기고 나가라고 말했고 그들은 개를 데리고 나갔다. 루이스는 책상 아래 병으로 머그를 다시 채웠다. 와인을 홀짝이며 실크 풋 매기가 어느 야영지 바위 위에 금색 스프레이 페인트를 칠하고 고양이 털가죽과 고무젖꼭지를 늘어놓았다는 내용의 훼손 보고서를 정리했다.

그러고 있는데 무전기로 수신이 들어왔다. 루이스가 송신 마이크 위로 몸을 기울였다.

루이스 대원이다. 오버.

일이 하나 있다, 루이스 대원. 어제 테리 스큅이라는 경비 행기 조종사의 아내가 남편이 행방불명이라며 미줄라 당국 에 연락했다. 일요일 오후에 미줄라로 노부부 한 쌍을 코모 호수로 데려다주고 돌아오기로 했다는데. 근데 부부 이름이 리처드 월드립과 클로리스다, 오버.

클로리스 월드립? 그럼 클로리스가 빌어먹을 이름이었

네? 오버.

그래. 그런 것 같네. 오버.

추락한 건가, 존? 오버.

월드립 부부가 묵기로 했다는 통나무집을 확인했는데 오지 않았어. 소유주한테도 연락이 없다고 하고. 스큅의 비행 경로가 그쪽을 지나게 돼 있어. 내가 수색구조대를 보낼 거야. 당신은 현지 담당자니까 오늘 오후에 같이 헬기 타고 가서 확인해봐. 한 시간 내에 스티븐 블루어가 팀을 데리고 갈 거야. 블루어는 진짜 재밌는 놈이니까, 당신도 마음에 들 거야. 딱하게 홀아비가 됐지. 좋은 놈이야. 주 방위군 때부터 알던 오랜 친구인데. 서로 도울 수 있을 거야. 폭우 조심하고. 오버.

알겠다. 오버.

이거 오랜만에 흥분되네. 그동안 별일 없었어? 오버.

난 괜찮아요, 존. 오버.

좋아. 내가 도와줄 수 있는 게 있으면 알려줘. 말할 상대가 필요하다거나 할 때도 우리가 있으니까. 마시도 언제든 시간 내겠대. 오버.

고마워요. 난 괜찮아요. 오버.

그래, 알았어. 우리 모두 기도하고 있다고. 마시도. 그래서 경비대원 공동체가 있는 거잖아. 자연을 돌보고 사람에게 봉사하고. 오버.

　고마워요. 이제 끝? 오버.

　그렇다, 루이스 대원. 끊는다.

−

　경비대 사무소 창밖으로 검은 적란운이 낮게 드리워졌다. 뒤섞여 버려진 검푸른 내장 같았다. 마치 루이스가 종종 지선 도로에서 발견하는 밀렵된 곰이나 엘크에게서 버려진 폐기물처럼, 하늘이 사냥당하고 내장이 제거된 듯 보였다. 계곡에 있던 엘크 떼도 사라지고, 바람이 불어 수풀이 눕고 숲이 흔들리며 경비대 사무소가 삐걱거렸다. 바람 속에서 어느 여자의 절정 소리가 들린 것 같았다. 루이스는 부르르 몸을 떨었다. 머그잔 가득 따랐던 메를로를 다 마시고 다시 한 잔 따랐다. 창에서 몸을 돌려 경비대 사무소 앞쪽으로 가서 뺨에 손을 대고 열이 있나 보았다. 문을 바라보며 다시 여자 소리가 들리는지 귀를 곤두세웠다.

　그때 밖에서 송판 계단이 삐걱대더니 문이 열렸다.

　키 큰 남자가 고개를 숙이고 들어와 선글라스를 벗었다. 뒷머리만 기름한 숱 적은 금발을 한 번 쓸어 넘겼는데, 앞쪽은 너무 성겨서 불그레하게 반들거리는 두피가 들여다보였다. 셔츠와 카키 바지, 등산화의 평상복 차림에 '수색구조대'라 쓰인 형광 주황색 윈드브레이커만 덧입었다.

남자는 선글라스를 셔츠에 걸고 우량아 대회에 나온 어린이처럼 하얀 건치를 씩 드러냈다. 쿠지. 그가 말했다.

루이스가 일어서 소매로 입을 닦았다. 뭐라고요?

아이 없나요?

없어요.

남자가 고개를 흔들었다. 내 딸 때문에요. 그의 목소리는 힘이 없고 높은 데다 사탕이라도 빠는 듯 말마다 숨을 들이쉬었다. 딸애의 역겨운 남자친구가 원달러 스토어에서 점원으로 일하는데 이가 안 좋아요. 정치적이지. 모든 게 늘 정치적이야. 있죠, 난 진보적인 사람이지만……

수색구조대죠?

남자가 쯧 소리를 내고 고개를 끄덕였다. 당신이 그 대원이군요. 보러 왔어요. 존이 이름을 알려줬는데 냅킨에 적어 놓았다가 잃어버렸어요. 웨이트리스가 버렸지.

루이스 대원이에요.

루이스, 맞아요. 미안합니다. 앉으시죠.

괜찮아요.

서 있겠다고요?

네.

남자가 눈을 감고 한숨을 쉬었다. 다시 뜨고 루이스 뒤쪽 창을 가리켰다. 폭우가 올 거예요.

난 출발할 준비 됐어요.

남자가 가까이 왔다. 아뇨, 루이스 대원. 남자가 그녀를 내려다보았다. 우리가 이 날씨에 헬기를 타고 거기 가다가 추락하면 우린 누가 구해줍니까? 그가 손을 내밀었다. 손가락에 먼지 같은 흰 가루가 묻어 있었다. 수색구조대 스티븐 블루어라고 합니다.

루이스가 손을 잡았다. 그래도 긴급 상황이니까 가야 한다고 생각하지 않아요? 빌어먹을 날씨가 어떻든?

타코마에서 미줄라까지 내 동료들이랑 얘기해보면 다들 내가 신중하고 프로페셔널하고 진보적인 사람이라고 할 겁니다. 오늘은 그게 우리 목숨을 구해줄지도 몰라요. 그는 루이스의 손을 꽉 쥐었다 놓아주었다. 그래서 내일까지 기다릴 거요. 폭우가 잦아들 거라고 봅니다.

이건 빌어먹을 위급 상황이에요.

그렇게 위급한 상황은 아니에요, 루이스 대원.

무슨 뜻이죠?

그 비행기가 정말 추락했다면 탑승자들은 사망했을 가능성이 더 커요. 쿠지.

블루어가 가슴 주머니의 지퍼를 열고 사진 한 장과 체조선수들이 쓰는 것 같은 백묵 한 덩이를 꺼냈다. 사진은 루이스에게 주고 백묵은 손바닥에 문질렀다.

루이스가 사진을 들여다보며 백묵 가루를 털어냈다. 주립 공원 내 나지막한 간헐 온천 앞에서 스티로폼 카우보이모자를 쓰고 웃으며 자세를 취한 젊은 커플 사진이었다.

왼쪽 남자가 테리 스큄이에요. 블루어가 말했다. 비행기 조종사요. 스큄 부인이 사진을 보냈어요. 파란 모자 쓴 예쁜 여자 쪽이겠지. 부하들도 보게 복사해요.

클로드 말하는 건가요?

그렇겠죠. 블루어는 루이스를 찬찬히 살펴보더니 서쪽 벽의 작은 책상에서 의자를 빼서 앉은 다음 백묵을 주머니에 넣었다. 긴 다리를 펴고 등산화로 바닥 송판을 두드렸다. 빈 의자가 있을 때는 절대 실내에서 서 있지 말라고 내 아내가 맨날 그랬거든요.

클로리스 월드립과 남편에 대해서는 더 정보 없나요?

은퇴했고 70대 중후반이에요. 텍사스 작은 도시에서 살다가 여기 통나무집에서 며칠 즐겁게 보내려고 날아왔죠. 쿠지. 루이스 대원은 여기서 1년 내내 삽니까?

그건 무슨 소리예요?

뭐가 말입니까?

당신 계속 집어넣는 괴상한 말 있잖아요.

쿠지?

네.

아내가 쓰던 말인데 이런저런 감정이나 걱정을 표현하는 거예요. 감탄사죠. 나도 입에 붙어서 그래요. 그래서, 당신은 여기서 1년 내내 사는 겁니까?

식료품과 석유를 사러 내려가죠.

블루어가 선글라스 한쪽 끝을 입에 넣고 우물거렸다. 여기가 나쁘진 않은데. 활달한 사람이면 혼자서는 외로울 것 같아요. 동반자는 있어요?

개라도 키우냐는 말인가요?

아뇨. 같이 사는 사람요.

아뇨.

개는 있고요?

클로드한테 있죠. 난 이혼했어요.

언제요?

이제 빌어먹을 3개월 됐네요.

가족은?

아버지는 미줄라에 살았는데 돌아가셨죠.

어머니는?

오래전에 돌아가셨고.

내가 너무 캐묻는 게 아니었으면 좋겠는데. 가끔 내가 좀 그래요. 아내는 늘 내가 너무 캐물어서 사람들이 불편해한다고 그랬죠. 그런 건 어린애한테나 허용된다고.

난 괜찮아요.

난 진보적인 남자예요. 같이 일할 사람들이랑 친해지는 게 나한텐 중요하거든요. 사람 좋아하는 타입이라. 루이스 대원은 사람 좋아하는 타입인가요?

빌어먹을, 나도 몰라요.

블루어가 선글라스를 입에서 뗐다. 나에 대해서도 좀 알려드리지. 워싱턴 주에서 결혼했고 타코마에서 살아왔죠. 실은 나는 미술 수집가인데 사회에 도움이 되고 싶어서 수색구조대 일만은 계속하고 있어요. 최근에는 아칸소 주의 워시번에서 어느 트랙터 정비공의 멋진 작품을 입수했죠. 조지 무즐리라는 남자인데 화폭에 혼수상태 어머니를 담아요. 풍경화들 속에 자기 어머니를 머리에서 발끝까지 그려 넣죠. 그런 다음 사진을 찍고. 미줄라의 우리 집에 〈김빠진 급류〉라는 작품을 걸어놨었는데 가슴이 찢어져요.

난 우리가 얼른 가서 뭐라도 찾아봐야 하는 게 아닌가 빌어먹게 걱정된다고요.

난 그러다가 죽기 싫어요. 루이스 대원, 당신은 그러고 싶어요? 블루어가 자기 무릎을 철썩 치고 일어나서 카키 바지에 하얀 손자국이 남았다. 내일 아침 6시까지 올게요. 그는 루이스의 눈을 한 번 똑바로 들여다보고 윙크를 한 다음 선글라스를 다시 썼다. 루이스는 아버지의 동물병원에서 일하던

청소부 남자가 떠올랐다. 가끔 학교가 끝나고 저녁에 병원에
서 일을 했는데 그 청소부와 자주 마주쳤다. 그는 카펫 증기
청소기를 들고 푸른 복도를 왔다 갔다 하거나 호스 끝을 엄지
로 막고 동물 우리에서 똥을 씻어내거나 안락사시킨 개와 고
양이의 시신을 벼락 맞은 참나무 옆의 플라스틱 통에 집어넣
었다. 그를 거기서 마지막으로 봤을 때 그 역시 그녀에게 윙
크를 했다.

–

그날 저녁 루이스는 자신의 통나무집을 향해 산악 도로를
운전하면서 '닥터 하우에게 물어보세요'를 들었다. 누가 집
으로 쳐들어오는 동안 책상 밑에 숨어 있는 것처럼 다급하게
속삭이는 말투의 남자가 꿈속에서 주먹을 날릴 수가 없다며
걱정하는 전화를 걸어왔다. 죽임을 당할 판인데도요, 박사
님.

루이스는 라디오 음량을 키우고 깊은 배수로 옆의 갓길에
차를 세웠다. 보온병에 담긴 메를로를 마시며 닥터 하우가
남자에게 가라앉지 않는 성적 열등감 때문에 불안한 상태로
잠들어서 그렇다며, 모든 사람은 특정 면에서 열등하게 창조
되었으므로 다 평등한 거라고 말하는 걸 들었다. 파트너를
존중하며 친밀감을 키우려 노력하면서 성교를 즐기려 한다
면 괜찮아질 거라고.

루이스는 보온병을 비우고 왜고니어에서 내렸다. 저녁 안개가 내려앉은 대기와 산중 비구름을 살펴보았다. 지는 해가 그녀의 얼굴을 물들이고 사라졌다. 뒤따라 번개가 번뜩였다. 손가락을 혀에 대고 적셨다. 정부에서 만들어준 바지 속에 손을 넣고 어둠 속에 눈을 감았다.

#

지긋지긋한 모기떼가 가파른 돌투성이 숲을 휩쓸었다. 그래도 그냥 계속 뚫고 가는 수밖에 달리 방법이 없었다. 나는 입과 코를 손으로 덮고 숨을 참았다. 나에게 모기들은 언제나 특별한 골칫거리였다. 어릴 때 우리 집 옆에 습지와 연못이 있었는데, 어머니는 더운 여름밤이면 창문을 열어두곤 했다. 그 날개 달린 악마들이 방충망에 뚫린 구멍을 찾아내는 건 시간문제였다. 나는 달이 질 때까지 모기들을 후려치곤 했다. 짜증나는 앵앵 소리도 싫었다. 세상에나, 바로 귓가까지 와서 울어대는 소리는 어찌나 지옥 구덩이에서 불러대는 노래처럼 무시무시한지.

나는 천천히 산을 내려갔다. 사방이 바위와 수풀이고 소나무와 커다란 가문비나무의 뒤틀린 뿌리들이라 발 딛는 곳마다 무지 조심했기 때문이다. 넘어지지 않으려 낮은 가지들을 붙잡으며 나아갔고 자주 멈춰서 숨을 가라앉혀야 했다. 다시 또 무지 목이 말랐다. 한번은 제대로 넘어져서 내 치마와 지그재그 무늬 스웨터가 엉망으로 더러워졌지만 그럭저럭 다 치지는 않았다. 월드립 씨와 나는 아침마다 칼슘정을 먹어왔기에 내 뼈 상태가 나쁘지 않았다.

거의 세 시간이 걸려서 연기가 나던 숲속 작은 빈터에 도착한 것 같다.

일흔두 살쯤 먹게 되면 머리가 좀 웃기게 굴러갈 때가 있다. 월드립 씨가 교체해주지 않으려 했던 23년 된 진공청소기처럼 말이다. 청소기 속의 고무벨트가 늘어지면서 작동할 때마다 뜨뜻한 머리칼과 먼지 냄새가 났다. 전에는 치매 걱정을 별로 한 적이 없었는데. 블랙모어 할머니는 아흔여섯에 세상에서의 일을 다 마무리하는 날까지도 정신력만큼은 들소 가죽도 벗길 수 있을 정도였다. 하지만 나는 큰 가문비나무 기둥에 늙은 등짝을 대고 주저앉으면서 내가 헛것을 봤나, 빈터에서 솟아오르는 연기를 봤던 내 머리가 걱정이 되었다. 모래뿐인 사막에서 호수를 보는 사람처럼 혹시 뇌가 스스로를 속인 걸 수도 있다는 생각이 들었다. 빈터에는 바위와 풀, 어딘가에서 시끄럽게 울어대는 부엉이 말고는 아무것도 없었다. 하지만 난 정말 연기를 본 것 같았다.

위에서는 구름들이 불어오고 나무 그림자가 모여들었다. 갑자기 사방이 어두워졌다. 복통이 일었다. 우리 운명의 비행 날 아침, 빅스카이 모텔에서 먹은 토스트와 젤리가 아직

변으로 안 나왔다. 게다가 배도 무지 고팠다. 잠시 배를 감싸고 앉아 있는데 남아 있던 태양이 산 위에 걸렸다. 빈터는 무서워 보였고 나는 겁에 질렸다. 진짜 어둠이 곧 몰려올 것이고 나에겐 들어가 있을 비행기도 없었다.

불을 피우기로 결정했다. 가지와 솔방울을 모아 제일 평평한 곳에 쌓았다. 썩은 통나무도 끌고 왔다. 테리의 코트 주머니에서 찾은 성냥갑을 꺼냈다. 다시 한번 근육질의 춤추는 스컹크 그림을 뜯어보고 성냥을 그었다. 불꽃이 통나무로 잘 옮겨 붙지 않아서 손가락만 데이고 꺼졌다. 세 개의 성냥이 남았다.

윌드립 씨와 나는 텍사스 주 캐니언의 역사박물관에 가곤 했는데, 거기엔 실물 크기 원시인들 석고상이 있었다. 털북숭이 원시인 남녀가 종이로 만든 가짜 모닥불 옆에 쭈그리고 앉아 있었고, 원시인 여자 하나는 불을 피우려고 하는 자세였다. 내 생각엔 그렇게 옛날에도 그렇게 힘든 방식으로 불을 피울 수 있었다면 나도 당연히 할 수 있을 듯했다.

나는 레이건 대통령의 수술 기사가 실린《타임》지를 찢어서 나무들 밑에 집어넣었다. 그러고 나서 다시 성냥에 불을 붙여 넣었다. 종이는 좀 타다가 꺼졌다. 두 번째 성냥에 불을 다시 붙이면서는 그 원시인 여자 말고는 아무 생각도 나지 않았다. 불이 붙어 천천히 불쏘시개를 태워나갔다. 다윈의《종의 기원》이라는 책에 대해서 예전에는 그다지 생각해본 적이 없었지만 그때는 생각이 났다. 어떻게 그렇게 됐다는 건지 알 것 같았다. 불을 피울 수 없었던 사람들은 추위에 멸종했을 것이다. 남자들을 멸종에서 구한 것은 여성 인류가 아니었을까 싶다.

불꽃이 잘 피어올라서 한동안 멍하니 바라보았다. 나 자신이 무지 자랑스러워 조심스럽게 환호성도 질러보았다. 이런 지독한 상황에서도 불이 큰 위안이 된다는 건 정말이지만, 불빛이 닿지 못하는 부분은 더욱 어두워지고 말았다. 나는 어둠 쪽을 보지 않으려, 대신 썩은 통나무에서 발갛게 달아오르는 빛을 보려 애를 썼다. 작은 벌레들이 불빛에 이끌려와 쉬익 소리를 내며 팝콘처럼 튀었다. 불쌍한 거미 한 마리가 불길을 피해 후닥닥 달아났지만 섬세한 부위들이 순식간에 그을렸고 곧 불이 삼켜버렸다.

그러고 있는데 배가 끔찍하게 아파지며 내장들이 움직이기 시작했다. 나는 서둘러 모닥불 뒤쪽으로 가서 어둠 속을 둘러보았다. 여기 이 내용을 포함시키는 건 별스러운 재미가 있어서 그러는 게 아니다. 하지만 나는 이 이야기를 온전하게 전하길 부끄러워하지 않을 작정이다. 이 이야기를 이루는 이상한 사건들의 서글픈 진실을 있는 그대로 전하려 할 뿐임을 여러분이 믿어주는 게 중요하다. 어느 나무를 잡고 균형을 유지하면서, 나는 치마를 들추고 스타킹을 말아 내린 뒤 모든 창조물들 앞에서 모닥불 빛을 고스란히 쬐면서 몸을 풀었다.

나는 늘 스스로를 잘 자란 텍사스 여자라고 여겨왔지만 아무리 훌륭한 사람도 장운동은 해야 할 거라고 생각한다. 우리 세대는 그런 걸 무지 창피해했는데, 왜 그랬는지는 정확히 모르겠다. 하지만 나 자신이 확실히 불쌍해졌고 눈물이 좀 나오려다가 몰려드는 조그만 파리들과 모기들을 쫓아내느라 손을 휘둘러야 했다. 눈 뜨고 보기 딱한 모습이었다. 일을 다 본 후 솔잎을 발로 차서 위에 뿌리고 원래 앉아 있던 자리로 돌아가 신발을 풀잎에 문질렀다. 내 평생 내가 이렇게 나 같지 않은 적은 처음이라는 상념이 머리를 스쳤다.

불길이 통나무를 더욱 집어삼키는 모습을 보다가 지쳐 잠이 들었다.

—

천둥소리에 깨어났다. 아직 어두운데 바람이 불며 비가 나무들을 때렸다. 모닥불이 꺼지고 검게 탄 나무통에서 뱀처럼 연기가 솟아올랐다. 나는 가문비나무에 최대한 바짝 붙어보았지만 그래도 비가 떨어졌다. 내가 앉아 있는 곳이 집수정이라도 된 것처럼 물이 몸을 타고 흘러내려 고였다. 비에 머리 파마가 씻겨 내렸다. 흠뻑 젖은 생쥐 꼴로 보였을 것이다.

나는 머리가 젖었을 때 보기 좋지 않았다. 비행기에서 가져온 우산을 꺼내 폈더니 크게 찢긴 곳이 있었다. 이글루 안의 천장 선풍기만큼이나 쓸모없는 셈이었다. 옆쪽에 던져두고 빗물을 받기 위해 월드립 씨의 부츠를 세워서 내놨다. 테리의 코트로 몸을 단단히 감쌌다. 비는 생각보다 차갑지 않았지만 그럼에도 뼛속까지 떨려왔다. 어떻게 그때 거기서 비명횡사하지 않았는지 지금도 모르겠다.

기쁘게도 오래지 않아 빗줄기가 가늘어지고 드문드문해졌다. 나무 위 어둠 속으로 번개가 계속 기어올랐다. 하늘이 갈라진 거울처럼 번뜩이며 그 아래 땅의 흉측한 본성을 비춰주는 듯했다. 황량한 산들이 이어진 시커먼 땅은 진정 불길하고 각박한 풍경이었다.

번개 하나가 멀지 않은 곳에 떨어지면서 앞쪽 커다란 소나무 기둥 사이의 무지 이상한 존재를 비췄다. 빛이 너무 빨리 사라져서 봤다고 확신하기는 힘들었다. 처음엔 후드를 뒤집어쓰고 있는 젊은 남자 얼굴이 아닌가 생각했다. 불빛이 사라지자 암흑천지가 되었다. 나는 비명을 냅다 질러버렸고 뒤이어 번개가 어둠을 번쩍 갈랐다. 나는 무척 겁에 질렸다.

다른 사람이 저기 있을지도 모른다는 생각에 떨었다니 지금 생각하면 웃긴 일이다. 다른 사람들을 찾으려고 여기까지 왔으면서 말이다. 아무래도 낯선 사람이니까. 그리고 어떤 미치광이이기에 비 오는 밤에 가만히 서서 노부인이 고생하는 꼴을 지켜보고 있다는 말인가? 아니면 하얀 눈 너구리가 토해버린 테리의 분해된 얼굴이 자기 물건을 가져간 나를 쫓아오기라도 한 것일까? 유령을 그다지 믿는 편은 아니지만 아마 신의 통치에서 벗어나버린 영혼들도 있긴 할 것이다.

나는 어둠 속 그 자리를 주시했지만 다음 번개가 나무들을 때렸을 때 그 무언가는 사라져 있었다. 숲은 한동안 번쩍거리길 계속했다. 다시 그 얼굴을 찾아보았지만 보이지 않았다. 보이는 것은 장대한 소나무 기둥들뿐이었다. 그때의 나에게는 나를 둘러싼 소나무들이 내가 이해 못 하는 척하는 유죄 선고를 내리려고 나를 가두고 있는 감옥의 거대한 창살들처럼 느껴졌다. 나는 머리를 숙여 감싸 안고 아침이 올 때까지 기다렸다.

–

월드립 씨의 부츠는 밤새 발목을 넘어 물을 받아주었지만 아침에 나는 한 모금도 제대로 못 마시고 비틀거리다가 흘려버렸다. 그러고는 하루 종일 목이 말라 뗏목 위의 메기처럼 뻐끔거렸다. 구름이 잔뜩 낀 아침이었지만 나무들은 온통 싱그럽고 영롱한 빗방울을 부옇게 달고 있었다. 모든 게 젖고 서늘하니 모기들이 쉬는 시간인지, 다른 할 일을 하는 것인지, 우리 고등 피조물들을 괴롭히러 나오지 않아 좋았다.

나는 한동안 움직이지 않았다. 다시는 움직이지 말고 여기서 굶어 죽자는 생각도 들었다. 이때 처음으로 그냥 단념하자는 달콤씁쓸한 생각에 빠져들었던 것 같다. 이렇게 일흔두 살 먹은 여자가 산속에서 실종되면 그렇게 되기 쉽다고 많은 사람들이 말할 테니까 말이다. 나도 테리처럼 되지 않을까 상상해보았다. 저 가문비나무에 기대어 딱딱하게 굳고 파리들은 내 두개골 안을 아파트로 만들다가 턱은 관절에서 빠져 떨어질 것이다. 머리카락은 얼마나 붙어 있을까 궁금했다. 그런 흉측한 상태로 발견될까 아니면 아예 인간의 눈에 띄지도 않게 될까. 어느 쪽이 더 나을지 결정을 내리기 어려웠다.

찢어진 지도를 꺼내 이해하려고 애를 써보았지만 불가능했다. 밉살스러운 캐서린 드루어가 응접실에서 쓰던 중국 벽지를 들여다볼 때와 마찬가지였다. 나는 빈터를 떠나 산 아래쪽으로 내려가보기로 했다. 비록 곧바로 내가 싸지른 물건을 그대로 밟는 바람에 젖은 풀 위에 구두를 한참 문질러야 했지만. 역겹게 만들려는 게 아니다. 다시 한번 말하지만, 빼놓을 수도 있는 이런 세부 사항을 기록하는 이유는, 이것이 내 역경의 터무니없음에 일조했고 내가 말을 지어내거나 대단한 체하는 게 아님을 증명해준다고 믿기 때문이다.

한 시간 정도 후에 바위가 많은 장소에 도착해 나무들 너머 골짜기를 내려다볼 수 있었다. 내 가슴은 뛰었다! 멀리 아스팔트 도로가 보였다. 다시 문명 세계로 돌아갈 길이 나타난 것이다. 저기까지만 내려가면 구조되는 건 금방일 듯했다. 새로 얻은 기운과 희망으로 골짜기로 내려갔다. 가는 내내 뒤에서 이상한 소리가 들렸다. 누가 따라오는 기분이 들었다.

두어 시간 뒤에 나는 비틀거리며 숲에서 나와 아까 그 도로로 들어섰다. 그런데 그건 도로가 아니라 계곡이었다. 아뿔싸, 나는 실망을 했다. 그러나 그때쯤엔 무지 목이 마르던 터라 물을 발견하고 그렇게 실망만 할 수는 없었다. 갓 태어난 송아지처럼 어기적거리며 내려가다가 스타킹이 또 크게 찢겼다. 계곡가에 풀썩 주저앉아 손을 오므려서 물을 떠 마셨다. 아주 차갑고 맑았다. 두 번 가득 떠먹고 고개를 드는데 얕은 곳에 거대한 동물의 털북숭이 사체가 있었다! 나는 물을 뿜어버리고 펄쩍 물러섰다. 거의 토할 뻔했지만 입을 손으로 막았다. 사체는 뿔이 있었고 무슨 망토 두른 이교도 마귀처럼 너덜너덜한 가죽이 물에 흔들리고 있었다.

죽은 괴물을 지나 상류 쪽으로 올라가 윌드립 씨의 부츠에 물을 떴다. 물속에 또 어떤 흉측한 것들이 우글거릴까 하는 생각을 자꾸 떠올리지 않으려 최선을 다했다. 앉아서 윌드립 씨의 부츠에 든 물을 마시는 동안 주위를 에워싼 산들 위로 빛의 색이 바뀌었다. 배고프고 추웠기에 기도를 하고 나서 다시 한번 불을 피울 준비를 했다. 이전 날 밤과 마찬가지로 장작을 모았지만 더 많이 모았고 더 마른 불쏘시개를 찾았다. 계곡 가까이에 자리를 만들었다. 지쳐서 자리에 앉아 테리의 성냥을 꺼낼 때는 거의 어두워졌다.

바람이 세차게 느껴졌고, 계곡 위에선 더 거칠게 울부짖으며 날아다녔다. 하늘 전체가 구름으로 어두워졌다. 성냥갑을 열어 마지막 남은 성냥을 조심스레 찢었다. 성냥을 단단히 잡고 바람을 등지고 앉았다. 불쏘시개 더미에 최대한 몸을 가까이 다가가 기도를 한 다음 성냥을 켰다. 성냥머리가 쉬익 하며 까매졌지만 불이 일어나진 않았다.

어두워졌고 곧 어느 짐승의 윤곽이 보였다. 먼 바위 등성이 위를 기어가고 있는 퓨마 같았다. 불안하고 겁에 질린 데다 굶어 죽을 지경이라 저녁으로 마지막 캐러멜을 먹었다. 금방이라도 비가 올 듯했지만 바람이 구름을 하늘에서 몰아내며 달과 별들을 드러냈다. 발가벗은 천상 아래서 이제 어둠은 그다지 어둡지 않았고 하늘은 계곡의 풀밭과 은빛 시냇물, 근처 나무들에 빛을 내려주었다.

이제 뭘 해야 할지 알 수 없었다. 내 앞날이 너무 불길해진 듯해서 걱정이 됐다. 하지만 아침은 올 것이고 아침이 오면 뭐라도 하게 될 것임을 알고 있었다. 죽은 괴물이 아직 근처에 있었다. 검은 뿔 위에도 달빛이 내려오고 그 아래 시냇물이 사랑스러운 보석 받침대처럼 반짝였다.

뭔가 숲속에서 움직이는 소리가 들렸다. 전날 본 것이 확실한 그 남자 얼굴이 생각났다. 아까 본 퓨마일 수도 있었다. 핸드백에 든 성경을 꺼내 테리의 코트 가슴 주머니에, 내 심장 바로 위에 넣었다. 하지만 무지 피곤했다. 알 수 없는 얼굴이나 퓨마가 무서운 것보다 졸음이 더 강했다. 신께 기도를 드리고 기진하는 것 이외에 할 수 있는 일이 하나도 없었다.

\#

헬리콥터가 나무들이 자라지 못하는 수목한계선 위쪽 회색 돌투성이 봉우리들 위를 낮게 훑듯 날았다. 루이스는 눈을 가늘게 뜨고 햇빛에 빛나는 화강암 바윗덩이들을 보았다. 8천만 년 전에 맨틀에서 융기한 암석이었다. 메를로가 담긴 보온병을 천천히 입으로 가져갔다.

옆 좌석의 블루어는 긴 다리를 어린애처럼 접어 앉고 턱을 거의 무릎에 댄 채 루이스에게 창백한 얼굴을 돌렸다. 헬리콥터 날개 소리 위로 헤드셋의 목소리가 질척거렸다. 마카오에 가본 적 있어요?

루이스가 고개를 저었다.

손가락 끝이 부은 나이 든 남자가 건너편에 앉아 창밖을 내려다보았다. 블루어가 그의 이름이 세실이라고 알려주었다. 눈 까뒤집고 찾아봐. 세실이 말했다.

질은 할머니한테 맡기고 지난겨울을 마카오에서 보냈어요. 블루어가 말하며 과장되게 유리창 밖을 두리번거리는 시능을 했다. 휴식이 필요했거든. 키가 190이 넘는 베이징 여자를 만났어요. 이름이 체사피크였는데 자기가 고른 영어 이름이래요. 그 여자 친구들은 그 여자를 중국말로 불렀고요. 사다리라는 뜻이라던데. 당신도 크네요, 루이스 대원.

세실이 고개를 돌렸다. 그 멍청한 눈 똑바로 뜨고 찾아보라니까.

세실은 장기 구조 구급대원이에요. 블루어가 말했다. 만성 폐색성 폐질환에도 불구하고 계속 일하죠. 날 별로 안 좋아해요.

우리가 찾는 이 사람들, 죽었어. 세실이 말했다. 다시 창밖으로 몸을 돌렸다. 햇살을 정면으로 얼굴에 받으면서도 눈을 찡그리지 않았다.

쿠지. 블루어가 말했다.

헬기는 턱을 파고든 어금니처럼 대지를 침식한 화강암들 위로 계속 날아갔고 그들은 각자 이제는 더 강해진 햇빛을 선글라스로 가리고 아래쪽을 수색했다. 돌풍이 헬기를 급하강시켜 루이스는 무릎의 보온병을 움켜쥐었다. 바람이 가라앉자 마셨다. 블루어는 노란 선글라스를 끼고 루이스를 바라보다가 물었다. 자신을 윤리적인 사람이라고 생각하냐고.

루이스는 입술을 닦고 와인으로 붉게 물든 이를 혀로 문질렀다. 보온병의 뚜껑을 단단히 닫았다. 잘 모르겠네요. 루이스가 대답했다.

블루어가 백묵으로 허연 손가락을 휘둘렀다. 내 시간과 능력의 일정 부분을 타인의 안녕을 위해 쓰고, 그러고 나서 우주의 균형을 위해 나에게 윤리적으로 이기적인 특정 쾌락들을 허락하는 거죠. 체사피크도 그 윤리적으로 이기적인 쾌락의 하나였고요.

루이스는 미소를 지으며 보온병의 뚜껑을 비틀었다. 마시고 다시 닫았다.

당신은 어떤 윤리적으로 이기적인 쾌락들을 자신에게 허락하나요, 루이스 대원?

빌어먹을, 생각해봐야겠네요.

생각해봐요.

세실이 손을 들어 올렸다. 내가 눈 좀 똑바로 뜨게 해줄까?

고마워요, 세실. 블루어가 말했다.

헬기 조종사는 다른 산 두 곳을 더 빙 돌고 어느 음산한 숲 위를 빠르게 지나갔다. 루이스는 시선을 아래쪽에 고정하고 눈을 좀 깜빡였다. 블루어가 고개를 돌려 루이스를 바라보는 모습이 유리에 비쳤다. 벌써 그들 위로 황혼이 내려 조종사가 빛이 없어지기 전에 돌아가야 한다고 경고했다.

빌어먹을. 루이스가 말했다.

세실은 한동안 창밖만 내려다보았다. 한참 후에야 덜거거리며 고개를 돌렸다. 어느 나이대의 사람이라도 저 아래서 살아남을 수 있다고 보기는 힘들지. 세실이 말했다. 그리고 퉁퉁한 손가락 끝으로 입을 막고 기침을 했다.

조종사가 경비대 사무소를 향해 헬기를 돌리기 시작할 때 블루어가 야망 없는 사람들의 우울에 대해 말했다.

있죠, 지금은 80년대예요. 십대처럼 옷을 입는 삼십대들도 본 적이 있어요. 난 늘 야망이 넘쳤죠. 당신은 여기서 하는 일을 좋아해요, 루이스 대원?

어두워가는 산 옆을 지나가며 루이스가 대답했다. 네.

내 딸은 11월에 열여덟 살이 돼요. 그 애한테 당신 얘기를 해주려고요. 세상엔 야심 찬 여성들이 있다는 걸 일깨워줄 거예요.

조용히 좀 해. 세실이 말했다. 조종사가 너 때문에 짜증나잖아.

하나만 더요, 세실. 그다음엔 내 입을 꿰매도 돼요. 저기, 루이스 대원, 내가 너무 나간 거면 사과할게요. 가끔 난 너무 앞서 나갈 때가 있어요. 오늘 저녁에 같이 식사 어때요? 외진 데 있는 큰 통나무집을 빌렸는데 혼자라 외로울 것 같아요. 이번 사건도 검토하고 어떤 방법이 좋을지 의논할 수도 있고.

루이스는 남자의 얼굴을 불안하게 바라보았다.

—

루이스는 주방 개수대에 서서 메를로 한 병을 마시고 깨끗한 제복을 입은 다음 위풍당당한 2층짜리 통나무집으로 차를 몰았다. 동쪽 계곡이 내려다보이는 도로 끝에 소나무 기둥을 받쳐 지어 음침하고 외롭게 자리 잡은 통나무집은 깨끗한 흰 페인트칠이 돼 있었다. 아래쪽 산 구릉에서는 작은 마을의 불빛이 빛났다. 나무들과 다투는 바람도 없고 유리 같은 창공에선 별들이 톱니바퀴처럼 돌아갔다. 루이스는 자갈 깔린 진입로에 왜고니어를 주차했다. 조수석에 놓아두었던 4달러짜리 메를로 병에서 가격표를 뗐다.

하얀 통나무집의 현관문이 열렸다. 블루어가 가로대 밑으로 고개를 빼고 루이스를 내다보았다. 마른 검은 그림자가 마루 틈새에서 나타난 벌레 같았다. 블루어가 손을 들어 기다란 손가락들을 흔들었다. 루이스는 왜고니어에서 내렸다.

블루어가 말 한 마디 없이 루이스를 집 안으로 안내했다. 문을 닫고 자물쇠를 잠갔다. 백묵 가루 묻은 손을 저어 보이며 집이 어떠냐고 물었다.

루이스는 커다랗고 탁 트인 방을 둘러보았다. 둥근 금속제 난로가 중앙에서 타고 있었다. 어두워진 길쭉한 전망창들 너머로 야외 데크와 욕조, 바비큐 장치가 보였다. 긴 하얀 소파가 유리 거실 탁자를 에워싸고 탁자 위엔 와인 한 병이 놓여 있었다. 아치형 입구로 들여다보이는 주방엔 불이 환히 켜져 음식 냄새가 풍겨왔는데 왠지 깊숙한 지하 느낌이었다.

빌어먹을 모던 스타일이네요. 루이스가 말했다.

나도 그렇게 생각했어요. 블루어가 말하고 루이스에게서 병과 코트를 받아 들었다. 어디나 제복을 입고 다녀요, 루이스 대원?

이게 편해서 그렇게 된 거라고 해야겠죠.

멋진 제복이긴 해요.

전에 여기 와본 적 있어요. 하얀 통나무집이란 게 빌어먹게 보기 드무니까.

체리라는 게이 남자가 소유주예요. 좋은 사람이죠. 그 사람 알아요?

이 집을 세 놓은 건 알죠. 만난 적은 없어요.

블루어가 루이스에게 와인에 대해 감사 인사를 하고 말했다. 내가 좀 산만해 보이는 거 미안해요. 방금 딸아이랑 통화를 했는데. 최근 좀 말썽이거든요.

그럴 만한 나이니까.

블루어가 거실 탁자에 와인들을 나란히 세워놓고, 가슴 주머니에서 백묵 덩이를 꺼내 손에 문질렀다. 좀 늦된 녀석이라고 말하고 싶지는 않은데, 복잡한 일을 이해시키려면 시간이 오래 걸려요. 블루어가 병들을 들어 루이스에게 선택하라고 내밀었다.

루이스가 메를로를 가리켰다.

블루어가 병마개를 땄다. 내가 얘기했던 그 이가 썩은 점원하고 오늘 딸아이가 같이 있다가 걸렸어요. 학교 화장실에서. 정학을 먹었지. 어떻게 생각해요?

아무 생각 없죠.

블루어가 메를로를 잔 두 개에 따랐다. 어느 날 아침 딸애가 달걀을 먹다가 하고 싶다고 그러는 거예요. 이해가 가요?

뭘 하고 싶다고요?

섹스. 난 진보적인 남자예요, 루이스 대원. 요즘 문화도 익혔고. 앞으로 어떻게 되리라는 것도 압니다. 하지만 있잖아요, 내 딸만은 영원히 처녀였으면 좋겠다는 마음도 있는 거예요.

자연스러운 마음이라고 해야겠죠. 루이스가 말했다.

블루어는 미소를 짓고 소파에 앉았다. 자기 옆의 방석을 두드렸다. 루이스도 가서 앉았다. 블루어가 루이스에게 잔을 건네주고 자기 잔을 들어 올렸다. 월드립 부부와 테리 스큄을 위해. 빛과 사랑이신 분이 그들에게 자비를 베풀길, 평안히 쉴 수 있길.

루이스도 잔을 들어 올렸다. 아직 너무 이른 말인데요.

두 사람은 와인을 마셨다.

전남편은 어떻게 만났어요? 내 호기심이 너무 지나친 거면 미안합니다. 내 아내는 늘 내가 너무 캐물어서 사람들을 불안하게 만든다고 타박했죠.

루이스는 아버지의 동물병원에서 일하다가 롤런드를 만난 이야기를 들려주었다. 롤런드가 개를 데려왔던 것이다. 고등학교를 마치고 미줄라 국립공원에서 일을 시작한 직후 둘은 결혼했다. 몇 년 후 루이스가 비터루트 산의 경비대원이 되었고 롤런드는 사냥용품 가게에서 작은 사냥감 부서의 구매 담당자가 되었다. 당시 루이스는 롤런드가 격주로 출장을 떠난다고만 생각했다.

다른 사람이 있었던 거예요?

네브래스카 주에 아내가 있었어요. 콜로라도 주에도 하나, 몬태나 주에도 하나 더 있었던 거죠. 루이스가 자신을 가리켰다.

그럼 모르몬교도네요.

그랬더라도 말을 안 했어요. 3중 결혼으로 지금은 감옥에 있어요.

쿠지. 그래도 당신은 아이는 안 낳았네요.

그건 빌어먹을, 필요를 느낀 적이 없어서요.

아이들이란. 우리가 다코타에서 미줄라로 옮겼을 때 장소의 변화가 도움이 되지 않을까 했어요. 하지만 모르겠네요.

내 딸은 벌써 변기를 타고 앉아서 처녀를 잃었어요. 내가 성을 불편해해서가 아니에요. 내가 주 방위군에서 병장으로 제대한 걸 보면 알 수 있죠.

블루어가 한 잔을 다 마시고 병을 들어 스스로 한 잔 더 따랐다. 백묵 바른 손가락으로 병을 쓰다듬으며 꼼꼼히 들여다보는 척했지만 눈의 초점이 병에 있지 않은 듯했다.

3년 전에 아내가 세상을 떠났을 때, 하고 블루어가 말했다. 난 더 나은 사람이 될 수 있을 것 같았어요. 아내의 추억을 기리기 위해서 말이죠. 하지만 전혀 그렇질 못했어요. 왜 그랬는지 모르겠어요.

힘들었겠네요.

블루어가 하얀 손가락 끝을 보았다. 난 사람을 정말 좋아해요. 아내가 예전에 뭐라고 했는지 알아요?

아뇨.

내가 사랑과 연민으로 세상을 지배할 수도 있었을 거라고.

그랬군요.

아내가 보고 싶네요. 아내가 얼마나 통찰력 있는 여자였는지, 내가 얘기할 때면 사람들이 이해를 못 하는 게 얼굴에 보여요. 아내가 나한테 어떤 의미였는지 모르는 거죠.

그럴 수 있겠네요.

난 늘 사람들을 잃게 돼요. 그래서 수색구조대 일을 시작하게 된 것 같아요. 엄마는 내가 아기 때 어느 날 아침 팬지꽃에 물을 주다가 사라졌어요. 슬리퍼와 물 주던 호스만 나뒹굴고 있었죠. 아빠는 떠난 지 오래였어요. 어디서 죽었는지 살았는지. 어떤 사람들은 아빠가 돌아와서 엄마를 납치해 호수에 빠뜨려 죽였다고 생각하죠. 엄마는 발견되지 않았어요. 누나가 나를 키웠죠. 하지만 10년 전 추수감사절에 어느 호텔에서 식중독으로 죽었어요. 쿠지.

이런 빌어먹을 정말 속상했겠어요.

룸서비스 때문에 그렇게 됐죠. 호텔은 확실하게 재판정으로 갔어요. 그래서 난 이제 더 이상 일을 하지 않아도 돼요. 내가 원하지 않는다면.

그건 좋은 일이겠네요.

아델라이데를, 아내를 잃은 게 제일 힘든 일이었죠. 우린 어릴 때부터 알던 사이였어요. 하지만 아내는 아이였던 적이 없는 듯했어요. 한 번 살아보고 태어난 사람처럼 말을 했죠. 대부분의 사람들은 그녀를 어떻게 대해야 할지 몰라서 불쾌해했어요. 학교 남자애들은 괴롭히고. 하지만 누구도 정말 그녀를 이긴 적은 없었다고 생각해요. 심지어 그녀는 사람들이 그렇게 못되게 굴길 원하는 것 같았어요. 마치 이 모든 게 자기만 아는 즐거움을 위해 직접 지휘하는 거라는 듯이.

빌어먹게 특별한 여자였던 것 같네요. 루이스가 말했다.

와인을 마시려다가 몇 방울을 제복에 흘렸다. 루이스는 소매로 닦아내고 빈 잔을 내밀었다.

블루어가 한 잔 더 따라주었다. 헬쑥한 얼굴을 창문으로 돌렸다. 밖의 푸른빛이 나무 사이 안개를 보여주었다. 뺨에 손가락의 백묵 자국이 묻어 있었다. 당신은 모를 거예요. 블루어가 말하고 백묵 묻은 두 손으로 루이스의 손가락들을 잡았다. 오늘 밤에 와줘서 고마워요. 그는 루이스의 약지 피부를 세게 꼬집더니 물에 잠기려는 사람처럼 폐 한가득 숨을 들이쉬었다.

루이스가 손을 뺐다. 별말씀을요.

블루어가 숨을 길게 내쉬고 미소를 지었다.

–

루이스가 손등을 문지르며 왜고니어를 진입로로 비뚜름하게 집어넣었다. 통나무집에선 불이 꺼져 창문이 까맸다. 라디오에서는 닥터 하우가 전화를 걸어온 로니라는 여자에게 상냥하게 얘기하고 있었다. 여자는 자신이 하고 싶은 일은 남편과 세 아이를 떠나 내시빌에서 밤새도록 컨트리웨스턴 음악을 노래하는 것뿐인데, 어떻게 이렇게 계속 살아야 하는지 모르겠다고 물었다. 루이스는 엔진을 끄고 라디오만 켜고 계속 들었다.

여자는 말했다. 난 130킬로그램이에요. 이것도 문제긴 하죠. 하지만 이건 지방이 아니에요. 이 모든 절망감이 전부 내 배에, 허벅지랑 엉덩이에 쌓인 거라고요. 난 컨트리웨스턴 가수가 될 수 없어요. 흉측하게 비만이고 목소리가 딱히 좋지도 않으니까. 자신한테 배신당한 거예요, 닥터 하우. 난 어릴 때부터 가수가 될 거라고 믿었어요. 하지만 지금의 난 이렇게 거대하고 음치네요. 내 할머니가 가수였어요. 가끔 시내 도서관에 가서 할머니에 대한 기사나 할머니가 했던 공연 광고들을 훑다가 지랄 맞게 질투가 나요. 욕해서 미안해요. 죽은 할머니를 질투하다니. 한심하죠? 한심하다고 해줘요. 그리고 내 남편. 얼마 전에 교회 소풍 때 내 여동생한테 눈짓하는 걸 봤어요. 계속 생각이 나네요. 이제 겨우 술 마실 나이가 됐고 몸무게는 나보다 50킬로는 덜 나가니까, 상대가 안 되죠. 이런 좌절감이 들어찬 나 같은 사람은 어디로 가서 자존감을 찾아야 하나요? 나는 멸시당하고 또 멸시당해왔어요. 심지어 나를 사랑한다고 말하는 사람들한테서도. 심지어 나 자신도 그래요, 닥터 하우. 나 자신을 멸시하게 되고 아이들이 학교에 가고 남편이 일하러 간 동안 침대 끝에 앉아서 고양이가 방을 들어왔다 나가는 것만 보고 있어요.

닥터 하우가 말했다. 로니, 삶은 우리 기대치들을 맞춰가는 과정이에요. 현재 삶이 이렇다면 이런 거고, 앞으로의 삶이 이러할 거라면 이러하게 되겠죠. 좋든 싫든요. 그리고 난 이렇게 생각해요. 행복으로 가는 비결은 다가오는 삶을, 어떤 식으로든 주어진 삶을 받아들이고 인내할 뿐 아니라 자신의 상태와 주변 상황에도 불구하고 즐겨낼 방법을 찾는 데 있다고. 원하는 걸 다 가질 순 없어요. 아니면 자신이 폭발하거나 사라져버리게 될걸요. 내 말 이해하나요, 로니? 당신은 이미 가진 게 많아요. 당신이 갖지 못했다고 생각하는 모든 게 없었더라면, 당신은 아예 아무것도 가진 게 없었을 거예요.

#

계곡에 도착한 다음 날, 끔찍한 작은 모기와 왕파리들을 쫓으며 잠시 기도를 했다. 부패해가는 괴물이 있는 곳에서 좀 올라간 상류의 축축한 풀밭에 무릎을 꿇고 물을 마셨다. 처음에는 손으로 뜨다가 나중에는 월드립 씨의 부츠를 썼다. 물은 무지 좋았고 텍사스에서 어릴 때 파낸 우물에서 마셨던 맛이 났다.

그러고 나자 배가 너무 고파서 위에서 끔찍한 꾸르륵 소리가 났다. 나는 눈을 뜨고 기도하며 먹을 것이 없나 찾아보았다. 맑은 계곡물에는 고기 한 마리 없었다. 이번에는 풀숲을 둘러보면서 나한테 잡힐 정도로 느리고 얼빠진 동물이 존재할까 생각해보았다. 비록 작은 새 사냥을 수없이 보며 자라났고 아버지가 집 뒤쪽으로 나가 코요테를 쏘는 것도 보았지만 난 살아 있는 동물을 죽여본 적이 없었다. 집에서 생쥐와 파리를 죽여본 적은 있지만 그것들은 가정에서 벌어지는 오랜 사소한 죽음들이지 야생에서 벌어지는 필사적인 학살

과는 전혀 다르다. 심지어 사냥도 오늘날에는 남자들이 하는 놀이일 뿐이다. 이 편리의 시대에 사냥은 더 이상 절박한 필수 사안이 아니다. 남자들은 굶주림 때문이 아니라 심심해서 사냥을 한다. 비록 그 밖에도 사람들은 더 이상 자연에서 요구되지 않는 많은 일을 하는 것 같긴 하지만.

나는 계곡에서 일어나 내가 전날 밤 쌓아둔 모닥불로 갔다. 테리의 성냥은 다 써버렸고 더 이상 불을 피울 방법을 알지 못했다. 읽어본 적도 있고 팬핸들 역사박물관에서 보기도 한 예전 인디언들 모형처럼 막대기 두 개를 비벼볼까 생각해보았다. 하지만 나에게는 불을 붙일 기술도 기운도 없을 게 분명했다. 저녁거리로 뭐라도 잡는다면 익히지 않고 먹어야 할 것이었다. 안 익은 고기를 먹어야 한다고 생각하니 걱정이 되었다. 화려한 도시들에서는 일부 사람들이 안 익은 고기 먹는 걸 좋아한다고 들었지만 나는 아니었다.

나는 테리의 검은 손도끼를 들고 돌 많은 풀밭을 천천히 돌아보았다. 키 큰 풀포기를 향해 도끼날을 휘둘러보았다. 혹시 뭔가를 놀래켜서 머리라도 때려볼 수 있지 않을까 하는 기대에서였다. 이는 무지하게 바보 같은 짓임이 드러났고 한 시간 정도 후에 나는 기진해서 다시 계곡으로 돌아갔다. 나는 바보짓 하는 걸 아주 싫어한다. 그래서 손도끼를 긴 막대 끝에 구두끈으로 묶었다. 그런 뒤 계곡물로 가서 뭔가 어두운 형상이 지나갈 때마다 물을 내려치기 시작했다. 불쌍한 수중 생물들 중 적어도 한 마리는 결딴이 났을 게 분명했다. 그럼에도 불구하고 나는 배고픈 채로 물러나 앉을 수밖에 없었고 어깨 근처 팔도 우리 집 싱크대 문짝처럼 뻑뻑해졌다.

물속에서 썩어가는 동물 쪽을 건너다보았다. 그리고 큰 소리로 기도했다. 오, 하늘에 계신 아버지, 굶어 죽기는 싫습니다. 오늘 제가 성스러운 당신 곁으로 가야 한다면, 부디 빨리 데려가주세요. 굶주리게 하지는 마세요.

정말이지 나는 굶주림으로 죽을 것 같았다.

오후 중반이 되자 하늘에서 소리가 들렸다. 탁탁거리며 반향이 산들 사이에서 튀어나왔다. 너무 희미해서 잘못 들은 것인지, 확실하지는 않았다. 그리고 어디서 나는 소리인가 하면서 태양빛이 환한 봉우리들 사이를 차례로 돌아볼 때쯤엔 이미 더 이상 들리지 않게 되었다. 남은 소리라고는 계곡에서 졸졸거리는 물과 앵앵대는 모기들의 아우성뿐이었다. 그 후로 나는 산중에서 들리는 이상하고 신비스러운 소리들에 대한 많은 이야기를 들었다. 비터루트의 유령 이야기들은 특히 슬픈 뭔가가 있었다.

계곡물에서 헤엄쳐 다니던 고기들도 해가 지자 더 이상 보이지 않았다. 그러나 달빛은 계속 물속의 죽은 동물을 비추었고 푸르게 보이는 깨진 뼈들이 썩어가는 가죽에 단단히 싸여 있었다.

—

다음 날 나는 풀밭 쪽으로 올라가 조그만 회색 꽃들을 먹었다. 냉장고에 며칠 들어 있던 신시아 위버의 여름 멜론 샐러드 맛이 났다. 좋지는 않았다. 한 줌 정도 먹었을 때 머리가 어지럽기 시작해서 모닥불 모아놓은 곳 옆의 어느 나무 그루터기에서 쉬었다. 간밤은 손도끼 날에 서리가 어릴 정도로 추웠고 나는 잠을 많이 자지 못했다. 햇빛이 비치니 이제야 잠이 왔다.

팔 아래가 따끔해서 깨어났다. 찾아보니 진드기였다. 조그만 괴물이 벌써 만찬을 즐기고, 어느 개의 귀 뒤에서 찾아냈던 것보다 뚱뚱해져 있었다. 꼭 멀구슬나무 열매 같았다. 월드립 씨는 자기 새 사냥개들의 털에서 진드기들이 커다랗고 노랗게 보일 정도가 되면 내 핀셋을 난로 위에서 가열해 집어내곤 했다. 팔에서 진드기를 본 나는 깜짝 놀라 소리를 지르며 찰싹 치고 말았지만, 그래선 안 된다는 걸 누구나 알아야 한다. 새까만 피가 흘러내렸다. 사악한 녀석은 나한테 착 달라붙은 채 씨 뺀 과일처럼 등짝에 구멍이 뚫렸다. 녀석을 털어냈지만 머리 부분은 그대로 붙어 있었다.

치마에 피를 닦자 원시인들의 동굴 안 그림처럼 손자국이 남았다. 손바닥의 핏자국도 마르며 갈라져서 손금의 작은 생명선과 애정선을 따라 유혈의 음각이 새겨졌다. 우리 조카손녀 제시카 폴라드가 어느 추수감사절날 나를 위해 손금을 읽어주었는데, 사랑받으며 오래 천수를 누리다가 갈 거라고 예언한 적이 있었다. 제시카는 지금 연갈색 피부의 남편과 잘생긴 아들 둘과 애리조나 주 피닉스에 산다. 나는 한때 그 애의 손금 읽는 습관을 걱정한 적이 있었지만 지금은 그것이 영혼의 상태에 진정한 영향을 미치는 일은 거의 없을 거라고 생각한다.

그때 갑자기 나는 열기를 느끼고 돌아보았다. 안 믿길지도 모르지만, 내가 전날 쌓아놓은 나무 더미에 불이 붙어 있었다. 불이 일어난 것이다!

나는 얼어붙었다. 대부분의 사람, 특히 최근 세대의 회의적인 젊은이들은 더구나, 불이 저절로 일어날 수 있다니, 무지 믿기 힘들 것이다. 나도 믿기 힘든 건 마찬가지였다. 나는 고개를 사방으로 돌리며 나무숲과 풀숲을 훑어보았지만 별다른 건 눈에 띄지 않았다. 살금살금 가까이 가서 불을 보았다. 맙소사, 어떻게 할지 알 수 없었다.

더 가까이 가보았다. 파리들이 땅 위에 놓인 웬 금속 냄비 주위를 돌고 있었다. 심장이 쿵쿵 뛰었다. 그 안에는 조그만 가죽 벗긴 몸체가 들어 있었다. 토끼 같았다. 나는 다시 한번 주위를 둘러보았다.

누구 있어요? 소리쳤다. 여보세요? 여보세요? 내 이름은 클로리스 월드립이에요!

몇 분 지나 땅에 주저앉았다. 한동안 겁에 질려 꼼짝 않고 낮의 햇빛 아래 창백해 보이는 불꽃을 지켜보았다. 곰곰 생각을 하다보니 빌 목사님이 몇 달 전에 했던 설교가 생각났다. 신도들에게 〈마가복음〉 10장 27절을 읊어주었다. '그리고 예수께서 그들을 내려다보며 이르시되, 사람으로는 할 수 없으되 하나님으로는 그렇지 아니하니, 하나님으로서는 다 하실 수 있느니라.' 내 기도가 고귀하심의 기적 같은 현현으로 응답을 받았음이 곧 분명해졌다. 신은 알 수 없는 방식으로 일을 하신다고들 한다. 이번 일은 그렇게 알 수 없는 상황도 아니었다. 나는 무지 배가 고팠고 기도를 올렸더니 지금 여기에 만찬이 나타났다. 나의 기도에 대해 이보다 이해 가능한 응답이 있을 수 있을까? 군중을 먹인 기적이 그랬듯이 말이다.

나는 심호흡을 하고 냄비를 불 위에 올려 토끼를 끓이기 시작했다. 그리고 큰 소리로 기도했다. 감사합니다, 주여, 감사합니다, 예수님!

그러나 그때조차도 내 머릿속에선 산 위쪽 나무 사이에서 본 게 확실한 후드 쓴 얼굴이 떠올랐다는 걸 여기 적어두련다. 나는 유령과 악귀 이야기나 떠들어대는 실없는 여자가 아니었다. 그런 것들은 나태하고 사악한 마음의 후예로, 신의 세상에서는 아무 실체도 가지지 못한다고 생각해왔다. 하지만 내가 어렸을 때, 더 음침한 이야기꾼들의 세대인 블랙모어 할머니는 나랑 데이비에게 오래전 헤어진 종조할머니 맬비나 얘기를 해주곤 했다. 어느 이름 모를 악당에게 납치당해 늪지에 산 채로 매장된 후 안식을 찾지 못한 그녀의 영혼이 살아 있는 자손들을 찾아 텍사스 전체를 떠돈다고 말이다. 어떤 날 밤은 데이비가 잠이 든 후 나 혼자 말똥하게 깨어 창밖을 내다보면 검은 진흙 범벅이 된 무명 원피스를 입고 초원을 이리저리 떠돌아다니는 모습이 보일까 상상하곤 했다.

하지만 이런 생각들은 그럭저럭 몰아냈다. 종조할머니 맬비나와 후드 쓴 얼굴과 테리 스큅의 섬뜩한 죽음 같은 것들은 신에게 속한 이야기가 아니었다. 나는 그날 밤 모닥불 옆에서 만찬을 먹고 월드립 씨의 부츠로 물을 마셨고 통나무들이 발갛게 타들어가는 모양을 바라보면서 깨끗하게 발라 먹은 조그만 뼈들 더미 옆에서 잠이 들었다.

–

그 작은 계곡가에서 이틀을 보내며 쉬고 기적에 대해 곰곰 생각했다. 하릴없이 앉아 있다가 배가 고파지자 나는 곧 토끼의 뼈까지 먹어치웠다. 먼저 한 번 더 끓이고 말려서 돌을 가져다가 먹을 만하게 갈아서 입에 넣었다. 콩 줄기에 대한 동화 속 거인이 그랬던 것처럼 말이다. 나는 우리 유치원 아이들에게 그 동화를 들려주면서 일부 지어내 덧붙이곤 했다. 대부분의 동화 이야기를 그렇게 했다. 하지만 이번 이야기는 그렇게 하지 않을 작정이다. 비록 자라난 학생들이 나를 방문하러 와서 다른 온갖 이야기들보다 내 이야기가 더 재밌었다고 하지만 말이다.

뼈는 별맛이 나지 않아서 오히려 감사했다. 계곡물을 끓여 마시고 아침에 잎이 없는 덤불 옆에서 배설할 수 있었다. 죽어서 석회화된 덤불을 보니 리니 커펠의 거실 탁자에 놓여 있던 괴상한 산호 생각이 났다. 리니와 남편은 60년대에 카리브해 섬에서 그걸 가져왔는데 그 이후로는 그 밖의 어떤 것에 대해서도 대화를 나눌 줄 모르게 된 것처럼 보였다. 어쨌든 그 덤불을 사용해야 할 때마다 최대한 잘 내 몸을 숨겨보려 노력했다. 지금 쓰면서 생각하니 웃음이 나온다. 야외에서 신 앞에 창피했던 것 같으니까. 모닥불과 냄비 속의 토끼가 나타난 이후에는 텍사스에 살 때보다 신이 훨씬 가깝게 느껴질 수밖에 없었다.

태양이 높이 뜨고 충분히 따뜻해지자 나는 옷을 벗고 죽은 동물보다 상류로 올라가서 계곡물에 빨았다. 그러고 나서 얕은 물에 목욕을 했다. 내가 쉽게 인정하기 어려운 종류의 일이긴 하지만 중요한 부분 같아서 말해두자면, 야외에서 벌거벗으니 낭만적이었다. 나의 첫 키스 생각이 났다. 찰스 맨슨이라는 이름의 소년과였다. 캘리포니아에서 불쌍한 사람들을 죽였다는 그 끔찍한 남자와는 아무런 연관이 없는 아이였다. 그저 훗날 끔찍해져버린 이름을 가지게 된 불운의 소유자였을 뿐이다. 당시 나는 열두 살, 찰스는 열네 살이었다. 찰스는 빵 껍질 위의 곰팡이 같은 턱수염을 기르고 있었다. 그애는 나를 야외로, 흙 둔덕이나 트랙터 부품이 쌓인 자기 집 뒷마당으로 데리고 갔다.

간질거리던 느낌과 재채기를 참느라 엄청 고생했던 것 말고는, 키스 자체는 잊었다. 하지만 그 애의 말은 기억이 난다. 입 벌려봐, 달님아. 무지 입담이 좋은 애였던 찰스는 커서 클래런던의 교육감이 되었고 일을 아주 잘하다가 마흔두 살 생일에 갑자기, 원인 모르게 숨을 거뒀다. 냉장고 앞에서 쓰러졌다고 한다. 미망인이 된 제럴딘 맨슨은 경찰에게도 다른 사람들에게도, 그저 신께서 그가 돌아오길 원하셔서 하늘로 간 거라고만 했다지만, 나는 그 여자가 신께서 뭘 원하고 원하지 않는지에 대해 아는 게 있을 거라고 장담하진 못한다.

계곡물에서 빠져나와 보니 다리에 반들거리는 검은 거머리가 붙어 있었다. 이 산속 모든 생물들이 내 피에 목마르고 내 몸에 굶주린 듯했다. 녀석을 떼어내어 냇물 속에 던져버리고 옷을 말리고 있던 모닥불로 가서 벌거벗은 채 따뜻한 테리의 코트 속으로 들어갔다. 파마가 다 풀려서 귀 뒤로 넘겨 붙이니, 한 세기 전 유행한 아버지 머리 모양이 됐다. 나한테 당시 아버지의 은판 사진이 하나 있는데, 산타페 열차선을 따라 화장품을 팔러 다니는 외판원 일을 시작했을 때의 사진 이다. 어머니를 만나 텍사스에 정착하기 전 일이다.

몸을 말리자 다시 배가 고파졌다. 월드립 씨와 나는 많이 먹는 편이 아니었다. 나는 먹어야 할 때, 저녁으로 무슨 요리 를 해야 할까 결정할 때를 제외하면 음식에 대해 생각하는 경 우가 별로 없었다. 하지만 비터루트에서 이렇게 헤매어 다니 게 된 이후로는 굴속에 숨은 토끼든 물속에 잠긴 뿔 달린 동 물이든 뭐든 다 먹을 수 있을 것 같았다. 나는 다시 한번 큰 소리로 주께 굶주림에서 구해주십사 기도를 했다. 기도하는 동안 이틀 전 들었던 소리가 다시 들려왔다. 산 위에서 탁탁 거리는 소리, 하늘에서 들려오는 소리였다. 북쪽 산등성이에 조그만 검은 점이 걸려 있는 게 보였다.

감사하게도 헬리콥터였다!

나는 팔을 들어 올려 있는 힘을 다해 소리를 질렀다. 말이 라기보다는 목청을 찢는 비명에 가까웠지만 말이다. 아, 주 여, 내 목소리가 저들에게 들리게, 내가 저들에게 보이게 하 소서! 나는 테리의 코트를 벗어젖히고 벌거벗은 채 부끄러 움도 없이 마구 팔을 흔들며 풀밭 쪽으로 기어 올라갔다. 헬리콥터가 내 쪽으로 돌았다! 그러다가 나는 바위에 걸려 넘어지면서 거칠고 딱딱한 풀줄기에 가슴을 긁혔다. 몸을 다시 일으켰을 때는 헬리콥터도 소리도 사라진 후였다.

얼마간 앉아서 어디 부러진 데 없나 걱정을 했지만 갈비뼈를 하나하나 만져보니 괜찮은 것 같았다. 팔꿈치가 꽤 피범벅이 됐다. 하지만 울음을 터뜨리지도 그렇게 실망하지도 않았다. 그러다가는 무너져버릴까 두려웠다. 여기서 발견되지 못했다고 절망이나 하고 이게 내 마지막 구조 기회가 아니었을까 걱정하며 왜 비행기에 있지 않고 떠났을까 자책하기 시작했다면 난 더 이상 앞으로 나아갈 수 없었을지도 모른다. 하지만 나는 대신 이렇게 생각했다. 이제 사람들이 나를 찾고 있다는 걸 알게 됐다고.

그날 밤 나는 조그만 비행기가 추락하지 않고 월드립 씨와 무사히 통나무집에 도착했더라면 얼마나 멋진 저녁을 보냈을까 생각하면서 모닥불 옆에서 잠이 들었다. 저녁 식탁에 앉아 촉촉한 스테이크를 써는 월드립 씨의 모습이 머릿속에 떠올랐다. 심지어 상상 속의 그 모습에는 아직 턱에 소스가 묻어 있었다. 이런 연관이 어떨지 모르겠지만, 평생을 함께한 동반자를 잃는다는 것은 자신의 이름을 잃는 것과 비슷하다고 말하고 싶다. 나 자신도 그리고 세상 누구도 더 이상 나를 뭐라고 불러야 할지 알 수 없게 되는 것처럼 말이다. 오래 생각해보고 싶은 일은 아니다.

아침에 찡한 냄새가 나서 눈을 떴다. 내 말을 믿기 힘들지도 모르겠다. 내가 꽤 늙은 여자이니 머릿속이 죽은 거미집들처럼 엉켜버려서 이런다고 할지도 모르겠지만, 정말이지 눈을 떠보니 바위 위에 커다란 송어 한 마리가 놓여 있었다. 거기엔 아가미를 관통한 나뭇가지에 쪽지도 꽂혀 있었다. 식료품점에서 받은 갈색 종이를 찢은 듯했다. 어린이 필체의 파란색 두꺼운 글자로 '계곡 아래로'라고 쓰여 있었다.

3부

\#

쿠지.

루이스와 두 남자는 경비대 사무소에서 고개를 들었다.

블루어가 문간에 기대서 있었다. 손에 새 백묵 덩이를 들고 문지르며 말했다. 수색을 끝내려고요.

루이스가 벌떡 일어나다가 메를로와 커피가 든 잔을 바닥에 떨어뜨리고 욕설을 뱉었다.

그럴 때가 됐죠. 클로드가 말했다.

클로드의 발치에서 늙은 개가 고개를 들고 쏟아진 반 조각난 머그를 바라보았다. 클로드는 책상 위 전화선을 풀고 있었다. 수화기에서 통화중 신호가 희미하게 들렸다.

블루어가 백묵을 주황색 상의 주머니에 넣고 사무소 안으로 들어왔다. 벌써 사흘째 날아다녔는데 아무것도 못 찾았어요. 실종된 지는 거의 일주일이 되어가고. 추락에서 어떻게 살아남았다고 해도 이렇게 오래 야생의 산속에서 살아남았을 가능성은 적어요. 우리 탓을 해서는 안 돼요. 우린 최선을 다했어요. 당신도 알잖아요, 루이스 대원. 세상 여기저기서 사람들은 늘 죽고 우린 알 수가 없어요.

늙은 개가 쌕쌕거리며 일어나 쏟아진 액체로 가서 핥았다. 모두가 지켜보았다.

피트가 꿍얼거려서 모두 돌아보았다. 그는 간이주방의 의자에 앉아서 자수틀을 들고 있었다. 텔레비전에서 중세 농부 역할을 하는 배우들이 쓸 법한 하얀 두건을 쓰고 있었다. 삼각대 위에 놓인 비디오카메라가 피트를 잡고 있었다.

클로드가 한숨을 쉬었다. 왜 그래, 피티?

피트가 바늘을 꺼내고 목의 수염 그루터기를 긁었다. 나살던 빅팀버에서 내 어린 조카가 독립기념일에 불놀이를 하다가 머리에 불이 붙었는데, 그때 내가 우연히 옆에 물총을 들고 서 있었어. 이 사람들한테도 그런 기적이 생길 수 있다고 믿지 않아요?

블루어가 믿지 않는다고 말하고 피트에게 뭘 하고 있느냐고 물었다. 클로드가 대신, 자수를 놓고 있다고 대답했다.

피트는 의자 발치의 자홍색 실패에서 느슨한 가닥을 풀어냈다. 이렇게 하면 생각을 아픈 마음에서 떼어낼 수 있을까 하고 기도하는 거예요.

그 모자는요? 블루어가 물었다.

피트가 두건을 바로잡았다. 클로디의 옷장에 있더라고요.

나의 새로운 평화 모드에 어울릴 것 같아서요.

엄마 거예요. 르네상스 축제에서 일했거든요. 클로드가 말했다.

블루어가 두 남자를 보다가 다시 루이스에게 고개를 돌렸다. 얘기 하나 해드리죠, 루이스 대원. 내가 옐로스톤에서 일할 때 어떤 남자가 야영하다가 아홉 살짜리 아들을 잃어버렸다고 왔어요. 우리는 2주 동안 전면 수색 작업을 폈지요. 엄청난 물량이 할당되었어요. 알고 보니 남자가 몇 주 전에 아들을 아이다호의 집에서 죽이고 쓰레기 처리 기계에 넣어버린 거였어요. 그런 동안 내 딸 나이의 알비노증 소녀가 파인파크에서 실종되었다는 보고가 올라왔죠. 하지만 나랑 동료들은 그날 밤 지쳐서 그다지 열심히 찾아보지 못했어요. 다음 날 어느 층층나무 아래서 소녀의 시신이 발견되었는데, 체온저하로 죽어서 양파처럼 하얗더군요.

그런 모든 빌어먹을 이야기들을 들으니 우리가 더욱 서둘러야 한다는 생각이 드네요. 루이스가 말했다.

개가 쏟아진 액체를 다 먹고 이제는 루이스의 부츠에서 먼지를 핥고 있었다.

내 아내가 늘 나한테 말했어요. 진정한 지혜는 상황에 희망이 없는 때를 아는 것이라고요.

피트가 자수틀을 블루어 쪽으로 들었다. 아내 분이 분명 멋진 여성이었겠네요, 블루어 대장.

고마워요. 당신은 모르겠지만.

클로드가 전화선을 팽팽하게 당겨보고는 수화기를 내려놓았다. 월드립 부부는 노인들이에요. 산비탈에서 폭발이라도 당하는 게, 산속의 냄새나는 잠자리에서 천천히 죽는 것보다 나을 거야. 클로드가 손뼉을 한 번 치자 루이스의 부츠를 핥던 늙은 개가 클로드를 보았다. 그만하면 오래 살았다고 할 수 있지 않을까요?

이런 빌어먹을. 루이스가 말했다. 우린 그 사람들이 어떻게 됐는지도 모르잖아.

클로드가 책상 서랍에서 연고 튜브를 꺼냈다. 우리 잭 삼촌은 여든여섯인데 자기가 누군지도 모른다고요. 내가 잭 삼촌 안녕하세요, 해도 누가 목청을 가다듬는 거나 똑같은 소리로 들리는 거지.

테리 스큄은 젊은 남자야. 루이스가 말했다. 갓 결혼한.

그러니까 더 슬픈 일이네요. 피트가 말했다. 과부가 된다니 진짜 슬플 거야.

루이스가 책상에서 경비대 모자를 집어 옆구리에 꼈다. 밖에는 허연 구름들이 이 세상 것 같지 않은 거미줄처럼 산등성이에 달라붙어 있었다.

저기요. 블루어가 말했다. 너무 많은 인력과 예산이 들어가고 오존에도 좋지 않아요. 내 팀은 철수하고 있어요. 세실은 벌써 오늘 아침 일찍 떠났다고요.

블루어는 이제 사무소 가운데로 들어와서 천장에서 나는 소리를 듣는 것처럼 고개를 갸웃하고 있었다. 루이스는 침침한 빛 때문에 블루어의 얼굴이 잘 안 보였지만 그가 천천히 미소를 지으며 눈을 감는 듯했다. 전에도 그런 표정을 본 적이 있었다. 텔레비전에서 판사가 극악무도한 범죄의 판결을 내리면서 그 안에서 뭔가 잔혹하고 이기적인 유머를 발견하며 짓던 표정이었다. 늙은 개도 그를 올려다보고 있었다.

루이스가 모자를 다시 책상에 떨어뜨렸다. 그럼 빌어먹을 우린 여기서 뭘 하고 있는 거죠?

괜찮아요, 데브?

난 괜찮아, 클로드, 빌어먹을. 계속 그렇게 물어보지 좀 마.

블루어가 루이스 가까이 다가왔다. 당신이랑 의논하고 싶은 중요한 문제가 있어요, 루이스 대원. 괜찮으면, 여성의 관점이 필요해서요.

루이스가 남자를 노려보았다.

블루어가 손가락 두 개로 루이스의 손등을 건드려 백묵으로 등식 기호 자국을 남겼다. 이 산이 말이에요, 무슨 굴속으로 미끄러져 들어가는 것처럼 날 혼란스럽게 만들어요. 내 아내는 말이에요, 남자가 혼란스러울 때는 여자의 견해를 들어보는 것도 좋다고 늘 그랬거든요.

루이스는 블루어의 어깨 너머 두 남자와 개가 자신을 바라보는 것을 보았다. 대체 뭐 때문에 혼란스러운데요?

보여줄 게 있어요. 그러고 나서 블루어는 퇴근 때 데리러 와도 되겠느냐고 물었다.

루이스가 알았다고 했다.

블루어는 미소를 짓고 고개를 돌려 천장을 향해 한 번 고개를 끄덕이고는 성큼성큼 건물을 나갔다.

피트는 블루어의 뒷모습을 빤히 보다가 중세풍 두건을 올렸다. 저 사람도 참 괴짜야.

–

블루어는 검은 트럭에 루이스를 태우고 산길을 달려갔다. 루이스가 얼핏 보니 블루어는 손목까지 밀북을 묻히고 운전을 하고 있었다. 루이스는 보온병에 담긴 메를로를 홀짝였다. 운전석 주변은 온통 하얀 자국투성이였다.

여기서 11년을 근무하면서 한 번도 현지 담당이었던 적이 없어요. 루이스가 말했다.

여기서 누가 실종된 적이 없었어요?

몇 시간 실종됐던 술 취한 등산객은 있었지만 아내들이 발견했죠. 내가 누굴 찾아낸 적은 3년 전쯤이 유일해요. 폴슨 대원이 자기 통나무집 뒤 숲에서 길을 잃고 빌어먹을 코가 망가져 있는 걸 발견했죠. 테리 스큄과 빌어먹을 월드립 부부가 어딘가에 살아 있다는 걸 난 알 수 있어요. 누가 계속 찾아주길 바라고 있을 거예요.

여자의 직감은 강력한 거죠.

난 여자의 빌어먹을 직감 얘기를 하는 게 아니에요.

내가 여기서 지내는 동안 같이 있는 게 즐거웠나요?

루이스는 남자의 충혈된 눈을 빤히 보았다. 광대뼈는 낮았고 성긴 금발 콧수염이 유리처럼 들여다보였다. 모르겠네요. 새로운 사람들이 오니까 좋았던 것 같아요.

둘은 부러진 나무와 녹슨 쓰레기차들이 있는 갓길에 트럭을 댔다. 태양은 거의 지고 금빛이 비스듬히 땅 위로 내려왔다. 블루어가 시동을 끄자 운전석 조명이 꺼졌다. 침침한 속에서 루이스는 블루어의 형체를 살폈다. 엔진이 멈추자 사방이 조용해졌다.

블루어가 내리고, 루이스도 보온병을 들고 일몰 속으로 나왔다. 블루어가 쓰레기차들 뒤쪽으로 갔다.

오늘 아침에 쓰레기를 버리러 왔다가 이걸 발견했어요. 블루어가 말했다.

거기에는 쓰레기와 고양이 뼈를 엮고 촛농과 전기 테이프로 붙여 조잡하게 만든 냄새나는 인체 모형이 기대서 있었다. 노란 살쾡이 해골을 머리 삼고, 반 가른 테니스 공으로 눈을 삼고 붉은 얼룩이 묻은 산림경비대 제복을 입고 탐폰으로 귀걸이를 만들었다.

빌어먹을 실크 풋 매기.

누구요?

주 정부에서 이 근방에 살도록 허락한 여자예요. 루이스가 말했다. 가끔 이런 짓을 하는데 왜 그러는지 모르겠어요.

블루어가 잡동사니 사체 위로 큰 몸집을 숙여 살펴보았다. 예술가예요?

빌어먹을 예술가라고 부를 수 있는지는 나도 몰라요.

제복 때문에 특히 눈길을 끌었던 것 같아요. 당신 거던데. 루이스 대원. 저기 써 있네요.

이건 공공기물 훼손이에요. 루이스가 말했다. 그 여자가 어설프게 손대지 못하게 하려면 불태우거나 묻어야겠네. 이 빌어먹을 걸 치우려면 고생이죠. 나한테 보여준다는 게 이거예요?

난 휴가가 필요해요. 있죠, 내 아내는 늘 내가 죽은 심장들을 먹는 굶주린 독수리라고 했는데, 그러다가 어느 날 전선에 휘감기게 되면 그 심장들이 전부 다 다시 펄떡거릴 거라고 했어요.

대체 무슨 소린지 모르겠네요.

나는 좀 놀아야 해요, 루이스 대원. 집주인에게 얘기해서 여기 체류를 연장했어요.

이 산골에 더 있겠다고요?

난 이곳과 사랑에 빠졌어요. 그러고는 루이스에게, 아직 얼마나 있을지는 모르겠지만 수요일에 산 아래 버스 정류장에서 딸애를 데리고 와서 한동안 같이 지낼 거라고 설명했다. 개스켈 대장이 딸아이가 경비대에서 자원봉사를 하면 어떻겠냐고 제안했단다.

빌어먹을 '숲의 친구들' 봉사단 말인가요?

그 활동이 딸아이한테서 안개를 좀 걷어내면 좋겠어요. 블루어가 말했다. 대학 지원서에도 넣기 좋을 거고.

날파리들이 인체 모형의 두개골 주위를 에워쌌고 뭔가 흙색 진액이 앞발에 해당하는 부착물에서 뚝뚝 떨어졌다.

이미 빌어먹을 피트를 받아준 것만으로도 용량 초과인데.

피트 같은 특이한 사람과 대화해보는 것도 얻을 게 있을 거예요.

빌어먹을. 그러든지요. 그런다고 무슨 해를 입을 것 같진 않으니까.

블루어는 루이스에게 감사를 하고 질 블루어가 얼마나 특이한 아이인지 말했다. 아이가 결코 머리 회전이 느리다고 할 수는 없지만 또래의 아이들과 같은 방식으로 발달하지는 못했을 수 있다고 말했다. 딸애가 아기 때 아내와 함께 시애틀 대학의 어느 연구 대상 광고에 지원해본 적이 있었다는 것이다. 어머니가 아이에게 차갑게 행동하고 나서 아이를 위로해주고 또다시 차갑게 대하고 하면서 아이가 우는 걸 몇 시간씩 촬영하는 실험이었다고 했다.

아이가 그런 걸 어떻게 이해하겠어요. 루이스가 말했다.

못 하죠. 그러고 나서 우리는 일광욕실에서 홈스쿨링을 했는데 결국 아델라이데가 림프종에 걸렸지 뭐예요. 쿠지. 나는 더 이상 일할 수 없었고 열정은 덮어둔 채 딸아이 교육을 직접 시켰죠. 그렇게 해서 공립학교에 입학시켰단 말이에요. 그렇지만 자랄 때 혼란을 겪은 영향이 남게 된 것 같아요.

난 돌아가봐야겠네요.

블루어가 주머니에서 백묵 덩이를 꺼내 손에 들고 굴렸다. 난 개입을 하고 싶단 말이죠. 이제 딸아이에게 성적 욕망이 있다는 것도 알았으니 우리 사이에 못 할 말은 거의 없는 거죠. 나는 딸애의 월경 주기도 미줄라 집의 냉장고 문에 붙여놨어요.

당신 트럭에 혹시 빌어먹을 장갑 있어요?

있을걸요.

저것들을 치우는 데 맨손을 쓰고 싶지 않아요. 인체 모형을 보며 루이스가 말했다.

당신이 괜찮다면 내가 보관하고 싶은데요. 그 실크 풋 매기도 신경 쓰지 않을 것 같으면.

루이스가 창작물을 한 번 보고 블루어를 보았다. 하고 싶은 대로 해요.

블루어가 미소를 지었다. 당신도 의미 있는 영향을 줄 게 분명해요.

누구한테요?

내 딸한테요.

나 같은 사람이 누구한테 어떤 영향을 끼칠 일이 있는지 모르겠네요.

왜 그런 소리를 해요, 루이스 대원.

데브라라고 불러요.

난 루이스 대원이라 부르는 게 좋아요, 당신만 괜찮으면.

루이스는 보온병의 메를로를 마시고 남자를 향해 인상을 썼다. 난 사람을 좋아하는 편은 아닌 것 같아요. 어쩔 땐 누구한테도 빌어먹을 관심이 없죠. 노력은 해야 하는데. 내 눈에 잘 안 들어온다 해도 다들 엄연히 존재한다는 걸 잊지 않으려고 노력해야죠. 당신도 나에 대해 대충 짐작하겠죠.

내 아내는 늘 말했어요. 사람이 지구상에서 가장 무섭고 제멋대로인 동물이지만, 카펫 위에 똥을 싸지 않게 훈련시킬 수는 있다고.

루이스가 흙 위에 침을 뱉었다.

블루어가 트럭에서 방수포를 꺼내 인체 모형을 싸서 조심스레 짐칸에 놓았다. 그리고 루이스가 조수석에 타려는데 멈춰 세우더니 끌어당겨 안았다. 루이스의 등을 한 번 토닥이고는 그녀의 전남편 행동을 사과했다. 모든 남자가 똑같이 창조되었다고 생각하진 않았으면 해요.

그가 루이스를 놓아주었을 때 그녀는 블루어의 하얀 손이 눈에 들어왔다. 손에다 빌어먹을 그건 왜 칠하는 거예요?

축축해지는 게 싫어서요. 정신 작용이 왕성해지면 생기는 기벽 중 하나예요. 아델라이데는 늘 이게 바로 나한테 정신적 문제가 있다는 가장 뚜렷한 증거라고 했죠. 한동안 그만두었었는데 아델라이데가 죽고 다시 버릇이 됐어요.

블루어가 어두운 산길을 운전해 루이스를 통나무집에 내려주었다. 멀어져가는 트럭의 짐칸에서 방수포가 펄럭거렸다. 루이스는 밤에 옷을 벗다가 제복 등에서 백묵 손자국을 발견했다.

#

1972년에 우리 집 옆의 급수탑 아래 작은 노란 집으로 잘생긴 젊은 부부가 이사 왔다. 깔끔하고 자세도 좋은 데다 잔디도 잘 가꾸는 부부였다. 그 집에는 다리 없는 조그만 치와와 개가 있었는데, 도로변에 버려진 꽃병 속에 끼어 있는 걸 발견했다고 했다. 따뜻한 날 저녁이면 작은 개를 조그만 맞춤 휠체어에 태워 데리고 나왔다. 사람들은 그런 데서 쾌감을 느꼈다. 이 부부는 예절도 발랐고 폰드 거리의 성공회교회에 다녔다.

하지만 어느 날 밤 그 남편이 아내를 패야겠다고 결정을 했다. 나는 그 소동을 듣고 침대에서 일어났는데 월드립 씨는 깨지 않았다. 나는 거실로 가서 그 집 창문 블라인드에 비치는 그림자들의 전쟁을 보았다. 엿보려고 한 건 아니었다. 나는 하루 종일 창밖이나 내다보며 눈알을 굴리는 그런 여자는 아니니까. 그래도 거실에서 한참을 조용히, 그 그림자 연극을 지켜보았다.

물론 그들이 주고받는 말은 들리지 않았지만, 다음 날 아침이 되자 현관 조명 전선에 그 불쌍한 작은 치와와가 목매달려 있고 젊은 부부는 보이지 않았다. 다리 없는 동물이 죽어서 무슨 추처럼 하루 이틀 흔들리고 있다가 집배원이 줄을 잘라서 내려놓았다. 내가 할 생각은 못 했다. 불쌍한 치와와! 때로 힘없고 온순한 사람들이 타인들의 빚을 대신 갚는 일이 자주 있다. 그러고서 바로 그 집은 매물로 나왔고 나는 다시 그 부부 소식을 듣지 못했다. 이런 얘기를 털어놓으니 내가 한심한 늙은 겁쟁이처럼 보일지도 모르겠다. 뭐든 했어야 하는 게 아니냐고 말이다. 놀라 입 다물고 있는 대신 최소한 불쌍한 동물을 더운 바람에 풍경처럼 흔들리는 수모에서는 구해주었어야 하지 않느냐고 말이다. 하지만 나는 아무 일도 하지 않았고 아무 말도 하지 않았다. 오직 신께만 이야기했는데, 이 문제에 대한 그분의 의견이 어떤지는 불명확하다.

비터루트 산속에서 그 젊은 부부가 한 번 생각이 나 눈물이 났다. 그들이나 그 치와와가 불쌍해서가 아니라 나 자신이, 그런 무지 잔혹한 일들과 그 앞에서 드러난 나의 형편없이 부족한 인품 때문에. 심리학자들이 자기애성 성격장애라고 부르는 것에 내가 해당되는 게 아닐까 두렵다. 여기 리버벤드 요양원의 아주 상냥한 흑인 심리치료사 멜린다는 그렇게 생각하지 않지만 말이다. 어쩌면 그녀가 나를 충분히 몰라서 그런지도 모른다.

이제 산속에서 지낸 지 열흘이 되어갔다. 수수께끼의 쪽지가 나타난 지 사흘째였다. 쪽지에 쓰인 대로 계곡을 따라 내려가니 강에 가까운 물이 되었다. 저 앞쪽은 빽빽한 산림 속으로 사라졌다. 강이 구불구불 끝없는 대자연 속으로 흘러가는 듯했다.

매일 밤 어둠이 내려앉으면 앞쪽에 깜빡이는 불빛이 발견되었고 가까이 가보면 타고 있는 모닥불과 신선한 송어가 통나무나 바위 위에 놓여 있었다. 나중에는 조그만 검은 손도끼로도 깨끗이 손질할 수 있게 되었지만 처음에는 분명 엉망진창이었다. 토끼가 들어 있던 금속 냄비를 계속 가지고 다녔고 매일 밤 송어를 거기 넣고 지진 다음 손도끼로 긁어서 먹었다. 로버트 루이스 스티븐슨의 《보물섬》에 나오는 해적이 따로 없었다.

어느 구름 낀 날에 우리 작은 비행기가 추락한 큰 산을 향해 더 많은 헬리콥터가 날아가는 것을 보았다. 세 대까지 발견했다. 다들 파란색이었고 한 대는 아주 크고 시끄러웠다. 나는 손을 흔들고 소리를 질렀지만 소용없었다. 그들은 나를 볼 수 없었다. 나는 묘지처럼 천천히 강을 따라 내려갔다.

하루에 기껏해야 6킬로미터 정도 갔을 것이다. 지금보다야 젊었지만 그때도 늙은이였고 그런 거친 땅을 횡단하는 일엔 익숙지 않은 데다 핸드백과 테리의 코트 주머니에 든 짐도 많았다. 기껏해야 나랑 월드립 씨는 저녁을 먹은 후 느릿느릿 산책을 다녔을 뿐이다. 그럴 때면 천천히 돌아가는 낡은 풍차에 뿔 없는 거세 수소가 묶여 있는 서쪽 목초지까지 2킬로미터 남짓 가보는 게 고작이었다. 이따금씩 아이들이 불쌍한 짐승의 입에 담뱃대를 붙여놓는 장난을 치기도 했다.

테리가 숨을 거두기 전에 불렀던 신디 로퍼 양의 노래가 끈덕지게 내 머리를 맴돌았다. 당시에는 원래 노래를 제대로 몰랐고 테리가 엉망으로 부른 곡조만 기억하고 있을 뿐이었다. '당신이 길을 잃어버리고 나면 볼 수 있겠지, 나를 찾게 되겠지, 다시 또다시……' 내가 그 노래를 다시는 안 듣고 싶을 거라고 생각할 수도 있지만 로퍼 양이 부르는 원래 노래를 듣고 나니 싫지 않게 되었다. 루스 에팅의 〈캐롤라인을 위한 눈물〉이나 페리 코모가 부른 대부분의 노래만큼 음악성이 높지는 않지만 말이다.

하류로 내려가기 시작한 네 번째 날에 검은 구름이 하늘을 덮었다. 바람이 일어나고 비 냄새가 공기를 채웠다. 앞쪽에는 또 다른 불빛이 깜빡였다. 나는 좀 서둘러 갔다. 뜨겁게 달아오른 모닥불은 비가 내리기 시작하자 피식거리며 불똥이 튀었다. 근처에 쓰러진 가문비나무 위에 다람쥐 비슷한 마른 동물이 약간 묻은 피 이외에는 깨끗이 손질돼 누워 있었다.

그날은 특히 피곤했고 그다지 배고프지 않아서 나는 비를 최대한 피하고 그 불가해한 동물은 아침에 먹기로 결정했다.

—

다행히 비는 밤새 오지 않았고 불도 그럭저럭 꺼뜨리지 않을 수 있었다. 드디어 태양이 산들 위로 솟아올랐고 나뭇잎과 풀잎들에 물방울이 매달려 반짝였다. 약쟁이 남편이 석유 업계에서 얼마나 잘나가는지 교회 사람들에게 자랑하려고 캐서린 드루어가 일요일마다 하고 오는 천박한 보석들이 생각날 정도였다. 테리의 코트를 짜고 신발도 벗어 말렸다. 막대를 하나 구해서 어제 받은 껍질 벗긴 이상한 동물을 꿴 다음 네 발은 태워버리고 조금 먹어보았다. 나머지는 냄비에 넣고 계속 강을 따라 내려갔다. 그 후 한동안 나는 환각 상태 비슷하게 되었다. 몸이 쑤셨고 낡은 배에서 뒤흔들리는 것처럼 제정신이 아니었다. 내시경을 받으러 병원에 실려 가서 늙은 손을 가진 젊은 간호사가 크림색 알약들을 주었을 때와 비슷했다. 그날 아침은 거의 앞으로 나아가질 못했다.

오후가 되어 태양이 타오르고 벌레들이 재잘댔다. 덤불 속에서 방울뱀이 소리를 내는 텍사스와는 달랐다. 산속의 곤충들은 훨씬 부드럽게 말한다. 모든 생물이 속삭이는 듯했다.

나는 악령도 마법도 믿지 않지만 이 야만적인 산들이 나에게 주문 같은 걸 걸기 시작한 듯했다. 산들이 이루는 능선은 아무리 바라봐도 도무지 익숙해지지가 않았다. 대양 위의 파도와 마찬가지로 끊임없이 움직이고 무너지기를 반복했다. 얼마 전에 텔레비전을 봤는데 공영방송에서 19세기 초 루이스와 클라크의 탐험에 대한 프로그램을 했다. 거기서 그들의 여행 동반자 패트릭 개스 하사가 비터루트의 산들은 그가 본 중 가장 끔찍한 산이라고 썼다는 걸 알게 되었다. 나도 동의하는 편이다.

무지 현기증이 나고 제대로 걸을 수가 없었다. 나는 가던 길을 멈추고 어느 평평한 화강암 위에 올라가 내 상태를 살폈다. 하지만 계속 어지럽더니 제대로 아프기 시작했다. 일어설 수도 없어 네 발로 기며 강가로 가서 얼굴에 물을 끼얹었다. 얕은 물에서 조그만 올챙이 몇 마리가 돌아다니는 것을 보다가 물에 대고 게우고 말았다.

거기 누워 갈대 사이로 졸졸거리는 물소리를 들으며 월드립 씨가 보 캐슬베리, 밥 구핀 같은 친구들과 사냥으로 하루를 보내고 나서 목욕물을 받는 소리를 듣고 있다고 상상해보았다. 월드립 씨는 샤워를 하기보다는 욕조에서 시간을 보내며 하루를 돌아보길 좋아했다. 그러다가 손바닥으로 물을 두드리며 타악기 연주 비슷한 소리를 꽤 훌륭히 내곤 했다. 내가 다시 그런 걸 들어볼 수 있을까 싶었다.

곧 발에서까지 땀이 나며 세 번 토했다. 눈이 뜨거워지며 몸에서 열이 났고 근처 가문비나무들 사이에서 윌드립 씨가 나를 지켜보는 것이 보였다고, 성경에 손을 얹고 맹세할 수도 있다. 나는 눈을 질끈 감았다.

문득 의문이 들었다. 나를 강 하류로 인도하고 식사를 제공하고 불을 피워주는 이가 신이 아니라면 혹시 사탄은 아닐까. 오호라, 내가 잘못되어가고 있는 건 아닐까 두려웠다. 알 수 없는 동물, 악령의 우리에서 빠져나온 뭔가 사악한 거미 고양이 같은 걸 먹고 병에 걸려, 지옥 그 자체인 말라리아 기후에서 배양된 학질로 고통을 받으면서 말이다. 내가 올바로 속죄를 못 했다는 걸 알고 있었다. 살면서 잘못한 모든 일들이 나를 찾아다니다가 아무 목적 없는 우화의 끝에서 나를 발견한 건지 몰랐다.

이제 여기서 갈런드 프라일에 대해 좀 적어야겠다.

갈런드와의 문제는 그의 가족이 하던 식료품점에서 시작되었다. 당시 클래런던의 유일한 식료품점이었다. 그는 자기 눈 색깔과 같은 에메랄드의 녹색 앞치마를 두르고 일했다. 당시 스무 살이었을 것이고 나는 스물네 살이었다. 내가 윌드립 씨와 결혼한 지 얼마 되지 않아서 우리 둘 다 아직 아주 젊었다. 윌드립 씨가 콜로라도의 소 경매에 간 어느 저녁 내가 갈런드의 집으로 가도록 꾀임을 당했던 거라고 말할 수 있으면 좋겠다. 하지만 이 클로리스 윌드립은 진실을 허투루

다루어서 사별한 남편과의 추억을 불명예롭게 기릴 생각이 없다. 나는 이 글에 털어놓겠다. 드물게 비가 억수같이 오던 날 완두콩 통조림이 진열된 선반 옆에서 갈런드를 불러 세우고 그의 앞치마 허리띠를 잡으며 우산 좀 씌워달라고 부탁한 건 나였다고 말이다. 이런 일을 윌드럽 씨가 알았더라도 어떤 선한 혹은 딱한 이유에서든 그냥 한 마디도 안 했을까 나는 늘 궁금했다.

나는 일어나 앉아 강 옆 어느 나무 둥치에 등을 기대고 햇빛을 받으며 눈을 감고 있었다. 눈꺼풀 속의 피가 붉게 펄떡이며 괴물스러운 벽을 만들었다. 이마에서 솟아난 땀방울이 떨어져 팔을 타고 흘렀고 내내 주변에서 들끓던 검은 파리나 모기 같은 뭔가 끔찍한 작은 것들이 나를 간지럽혔다. 하지만 나는 움직이지 않았다. 다시 토를 하고 나서도 움직이거나 눈을 뜨지 않았다. 무지 딱한 모습이었다.

나중에 아주 친절한 의사가 그때 내가 고인이 된 남편의 부츠로 깨끗하지 못한 물을 마셔서 편모충 감염이 되었을 거라고 설명해주었다. 하지만 나는 오늘날까지도 그 이름을 알 수 없는 종의 동물을 먹은 탓에 그랬던 게 아니었을까 한다.

나는 다시 한번 내 시신이 어떻게 발견될까 상상을 해보았다. 온갖 야생 생물들이 모여들어 끔찍하게 더럽혀지고 괴롭힘 당할 것이다. 뼈는 사방으로 흩어지고 수색대가 찾아낸다고 해도 굳이 한데 모으려 하지도, 모을 수도 없고 그것이 한때 텍사스의 늙은 감리교도 클로리스 월드립이었던 신원을 확인하려 하지도 않을 것이다. 또한 나무의 나이테처럼, 뼈의 자국 같은 것으로 나의 나이를 알아낼 수 있을까 궁금했다.

곧 오후가 다 지나가고 해가 건너편 산들 사이로 숨었다. 골짜기의 색들이 하루 지난 멍처럼 깊어졌다. 나는 얼마 남지 않은 힘을 그러모아 핸드백에서 손도끼를 꺼냈다. 그리고 내 이름을 나무 그루터기에 새겼다. 묻히지도 않고 내가 직접 만든 묘비명 아래서 안식에 이르게 될 거라고는 내 평생 한 번도 생각해본 적이 없었다. 게다가 이렇게 험악하고 추레한 곳에서 말이다. 거기 써진 내 이름이 내가 한때 잘못했던 모든 일들에 대한 선고를 의미하는 저주의 말처럼 보였다. 어쩌면 우리가 내린 결정들의 결과에 대해 우리가 할 수 있는 일이 얼마나 없는지 보여주는 사례일 수도 있다. 클로리스. 칙칙한 나무에 새겨놓으니 얼마나 형편없는 이름처럼 보였는지 모른다.

—

다음 기억나는 것은 이랬다. 어둠 속에 몸이 없는 눈동자 두 개가 나를 내려다보는데 그 뒤 하늘은 무지 까맣고 별도 달도 보이지 않았다. 두 개의 에메랄드 같은 환한 녹색 눈동자가 갈런드 프라일처럼 천국에서 나를 내려다보는 듯했다. 이것이 내 앞에 모습을 드러낸 신의 얼굴일지 모른다고 나는 생각했다. 아니면 비터루트에 내려온 천사의 얼굴인지도. 따뜻하고 강한 손이 내 목을 받치고 또 다른 손이 내 머리를 안더니 일으켜 앉혔다. 그리고 부드러운 목소리로 마시라는 목소리가 들렸고 내 입에는 은제 성배라도 되는 것 같은 용기의 차가운 가장자리가 와서 닿았다. 목소리는 상냥했으나 클래런던의 주유소에서 일하던 그 남성적인 젊은 여자처럼 힘이 있었다. 이름이 스토클리였다고 믿고 싶은데, 시대극 속의 중국 여자들처럼 파우더를 바르고 있었다. 나는 마셨다. 맛은 기억이 안 난다. 잠을 자며 꿈을 꾸었다.

침침한 빛의 눅눅한 방에 있는 꿈이었다. 주물 냄비 크기의 부츠를 신은, 급수탑처럼 생긴 투명한 남자가 내 주변을 조심스레 돌아다녔다. 나를 깨우지 않으려 노력했지만 나는 이미 깨어난 지 한참 되었다는 것을 그는 몰랐다. 바닥이 거울로 된 궁전에 있는 꿈을 꾸었다. 화려하게 장식된 공간들을 헤매 다니며 내가 입은 드레스를 자세히 볼 수 있었다. 그리고 이 궁전에는 빨간 머리의 여자가 있었다. 그 여자의 드레스도 자세히 볼 수 있었고 그 아래로 일련의 거꾸로 된 산들과 광막한 우주, 그리고 수많은 화난 아이들이 보였다. 하지만 가장 생생한 꿈은 조그만 세스나 340기가 미줄라에서 출발해 날아가고 그 밝은 창들 가운데 하나에서 처음 보는 여자의 환영을 본 것이었다. 검은 머리를 남자처럼 짧게 자른 슬픈 여자가 이 무자비한 산들 속에서 누군가를 찾고 있었고 그 얼굴은 두려움 한 점 없이 순수했다.

내 꿈은 거기서 끝났고 나는 더 이상 눈을 깜빡일 수도, 질끈 감을 수도, 뜰 수도 없었다. 깨어나보니 여전히 아직 아주 깜깜하다는 것을 깨달았다. 일어나 앉아서 이름을 새긴 나무 그루터기를 더듬어보았다. 정신을 차리려 애쓰며 주변을 둘러보았다. 모닥불 빛이 내 이름 위에서 춤을 추었다. 강가에는 웬 남자가 책상다리를 하고 앉아 일렁이는 모닥불을 연기 나는 막대기로 저었다. 남자 뒤에서 불빛을 받은 강물이 으스스한 피의 강처럼 번뜩였다. 남자는 흰 티셔츠로 얼굴을 가리고 있었다. 셔츠 가운데 달걀과 팬케이크 이미지가 프린트된 곳을 오려내 눈구멍을 뚫고 팔소매는 뒤통수로 돌려, 제멋대로 길게 자란 갈기 같은 검은 머리 위로 두건처럼 묶었다. 어느 식당 종업원용 티셔츠가 아닐까 싶었다.

아무래도 남자가 나를 보고 있었던 것 같은데, 내 쪽으로 고개를 돌리지는 않았다. 지저분하고 음침한 게 무서울 법한 모습이었지만 그렇게 두렵진 않았다. 매일 밤 나를 위해 불을 피워주고 저녁을 준 게 이 남자였다는 걸 알 수 있었으니까. 외양과 마스크에도 불구하고 나는 반가운 마음이 들었다. 그리고 그 당시에는 내 상태도 그랬고, 그가 이 세상 사람인지 아닌지 아주 확신이 서지는 않았다는 점을 말해두려 한다. 어쨌거나 그가 거기 앉아 있는 건 분명했다.

나는 좀 기다리다가 누구냐고 물어보았다.

얼굴을 가린 남자는 고개를 들더니 막대기를 놓았다. 입고 있던 청바지에 손을 닦고는 아무 말도 하지 않았다.

그래서 나는 다시 그에게 천사냐고 물어보았다.

그는 여전히 말없이 불가에서 일어나며 으스스한 그림자를 만들었다. 산림에서 태어난 신적인 존재같이도 보였다. 호리호리한 체격에 맨발이면 175센티미터 정도 되었을 것이나 낡고 커다란 부츠를 신어 훨씬 커 보였다. 허리춤에는 애머릴로의 리틀시어터에서 본 셰익스피어 연극에서처럼 근사한 칼집을 차고 있었다. 나중에 자세히 보니 정교한 세공이 돼 있었는데 1644년 마스턴 무어의 전쟁에 대한 부조였던 것 같다.

나는 말했다. 내 이름은 클로리스 월드립이에요.

남자는 조심스레 한 발 다가오더니 낮고 차분한 목소리로 좀 어떠냐고 물었다.

좀 나아졌어요. 내가 말했다.

살아남은 사람이 더 있어요?

나는 고개를 저었다.

비행기에 몇 명이 있었어요?

둘 더 있었어요. 조종사랑 내 남편.

마스크를 쓴 남자는 다시 불가에 앉아 다른 막대기를 집어 들고 숯을 뒤적였다. 유감이네요.

사람들이 서로를 위로하기 위해 하는 말들은 사실 무지 이상하다. 이곳 리버벤드 요양원에서도 자주 듣는 말이고 나도 비탄에 빠진 사람들 앞에서 그런 말을 하는 게 예의 바르다고 본다. 마치 그것이 아이를 낳아본 모든 남자와 여자의 잘못이어서 누구든 마음에 비탄을 품어야 하는 것처럼 말이다. 우리 모두는 모든 죽음과 모든 닫혀버린 친지의 창문, 여름이 지나 물이 빠진 모든 수영장에 책임이 있는 것 같다. 왜냐하면 우리가 죽음 그 자체니까. 나는 지구에서 우리만 유일하게 비탄 같은 것이 존재함을 안다고 생각하는 경향이 있지만 죽음을 애도하는 고래들도 있다고 나의 조카손녀가 알려주었다.

나는 그루터기에 기대앉아 무릎을 감싸 안고 결국 정신 나간 어린아이처럼 통곡을 했다. 얼굴이 수세미처럼 붓고 푸석푸석해질 때까지 계속 울다가 고개를 들어보니 남자는 가버리고 불은 여전히 뜨겁고 밝게 타오르고 있었다.

#

루이스는 거실에서 벌거벗은 채 부츠만 신고 천천히 원을 그리며 돌면서 메를로 잔을 벌컥벌컥 마셨다. 벽난로 선반에 몸을 지탱하고 그 위에 박제된 암사슴 머리를 쳐다보았다. 입술로 쪽 소리를 낸 다음 소파 위로 쓰러졌다. 밤이 창문을 캄캄하게 가렸고 루이스는 거실 탁자 위의 메를로 병을 들어서 통째로 마셨다.

지역 사무소에서 리처드와 클로리스 월드럽의 사진을 보내왔다. 루이스는 한 시간 동안 열두 번이나 사진을 다시 집어 들여다보았다. 노부부는 누런 참새그령 수풀과 나뒹구는 관목들 앞에서 함께 미소를 짓고 있었다. 여자의 머리만 빼고 모든 게 바람에 뒤집혀 있었다. 그들 뒤쪽으로 하얀 교회 건물이 비딱하게 인사를 건넸다. 구리 첨탑 십자가가 하늘 높이 들어 올린 낙인 도구처럼 번뜩였다.

루이스는 다시 벽난로 위의 사슴 머리를 노려보고 사진으로 눈을 돌렸다. 클로리스를 더 자세히 보았다. 조금조금한 얼굴의 반을 감싼 하얀 머리, 찡그린 듯한 미소. 거실 탁자에 사진을 놓고 소파에서 비틀거리며 일어났다. 제복을 입은 후 권총집을 허리에 차고, 벽에서 사슴 머리를 내려서 현관으로 가지고 나왔다. 통나무집 뒤쪽으로 가서 삽을 가지고 왔다. 집 앞의 자갈 깔린 진입로에 얕은 구덩이를 파고 사슴 머리를 묻었다.

구덩이를 덮은 후 삽을 던져놓고 왜고니어에 탔다. 구불구불한 산길을 내려가 쭉 곧은 막다른 길 끝의 커다란 하얀 통나무집으로 갔다. 현관으로 가서 전자식 초인종을 눌렀다. 창문들에 불이 켜지고 안에서 그림자가 비쳤다. 루이스는 기다리다가 문을 주먹으로 쿵 두드렸다. 밤은 잠잠하고 멀리 늑대가 루이스는 모르는 탄식을 흘렸다. 아버지 동물병원 뒤쪽의 창살 우리에 갇혔던 개들이 그랬던 것처럼.

문이 열리고 블루어가 체크무늬 가운을 입고 나타났다. 루이스 대원? 무슨 일 있어요?

뭘요?

셔츠를 뒤집어 입었고 울타리를 뭉개고 들어왔잖아요.

전화 넣어서 내일 아침 해 뜨자마자 빌어먹을 헬기 이리 오라고 해요.

루이스는 돌아서려고 했지만 블루어가 어깨를 잡아 안으로 들이고 문을 닫았다. 소파를 가리켰다.

루이스는 앉지 않았다. 벽에 기대서서 무거운 눈을 들어 하얀 높은 천장을 보았다. 킁킁거리며 냄새를 맡았다. 고양이 뼈와 쓰레기로 만든 인체 모형이 한 구석에 널브러져 있었다. 맙소사, 빌어먹을. 루이스가 말했다.

물 한 잔 갖다줄까요?

테리 스큄과 월드립 부부 수색을 재개해줘요. 루이스가 말했다. 메를로 있으면 주고.

블루어가 주방으로 가서 물 한 잔을 가져왔다. 루이스는 고개를 저어 거절했다. 블루어는 소파에 앉으며 잔을 탁자에 놓았다. 그리고 가운 주머니에서 많이 닳은 백묵 덩이를 꺼내 손 안에서 문질렀다. 루이스 대원, 낯선 사람들의 문제에 대해 지나치게 화를 내지 않도록 노력해봐요.

화나지 않았어요.

일단 앉아요.

루이스는 다시 고개를 저었다. 고맙지만 괜찮아요.

우린 공공선을 위해 여기 모인 거잖아요. 제발 앉아요.

루이스는 그대로 서서 턱을 손가락으로 눌렀다. 그 빌어먹을 사람들을 포기하라는 거잖아요.

당신이 그렇게 격앙된 이유가 그 실종된 사람들보다는 당신 삶의 문제들과 더 관계가 있을지 모른다고 생각하지는 않나요?

내가 무슨 빌어먹을 멍청이라도 되는 것처럼 말하지 마요.

미안합니다. 아니면 이 산에 너무 오래 있어서 그런 건 아닐까요? 여기 계속 있는 거 힘들지 않아요?

이 산에 계속 있는 게 내 빌어먹을 직업이에요. 내 직업이 그거라고요. 메를로는 어딨어요?

블루어가 소파에서 일어나 루이스의 어깨를 잡았다. 당신은 술을 너무 많이 마셨어요, 루이스 대원. 쿠지.

그 말 좀 하지 말아요.

너무 많이 마셨다고요.

평소 마시던 양이에요.

루이스는 고개를 푹 숙였고 체크무늬 가운 아래 블루어의 발 위로 금발 털과 백묵 가루를 보았다. 다시 고개를 들어 얼굴을 보았다. 말 같기도 하고 무슨 옛날 영화에서 보던 귀족처럼 고상해 보이기도 했다.

알았어요. 루이스가 말했다. 이렇게 쳐들어와서 미안해요. 빌어먹을 프로답지 못하고 부적절한 행동이었어요.

블루어가 루이스의 어깨를 둥글게 문질러서 하얀 자국을 남겼다. 내가 수색구조대에 오래 있었잖아요. 블루어가 말했다. 어느 여름에 소노라 사막에서 사흘간 실종되었던 소년의 시신을 내가 발견했어요. 구운 돼지 비슷한 모양에 냄새가 나더라고요. 입에 사과만 있으면 말이에요. 그 후에 새러토 가스프링스에서 주로 고양이를 그리던 친구에게 그 소년의 초상화를 의뢰했어요. 한 번 보면 잊을 수 없는 초상화죠. 여기 가져올걸. 당신 보여주면 좋았을 텐데. 그 초상화에서 소년은 입에 사과를 물고 있어요. 비록 좀 고양이같이 그려졌지만. 내가 무슨 말 하려는지 알겠어요?

전혀요.

아내는 늘 나한테 범상한 것으로 특별한 것을 만들라고 말했어요, 루이스 대원. 특히 닫힌 문에 대고 비명을 지르고 싶게 만드는 그런 것들을 말이에요.

알았어요. 무슨 말인지 전혀 모르겠지만, 이제 알겠다고요.

블루어가 루이스의 어깨를 놓아주고 거실 안쪽으로 들어가며 긴 팔을 들어 올렸다. 마치 성경에 대고 맹세라도 하는 자세로 팔을 들더니 인체 모형을 가리켰다. 승화 말이에요, 루이스 대원.

저거 얼른 버려야 돼요. 냄새나요. 루이스가 말했다.

이건 예술이에요.

한 번 더 날 거기로 데려가줘요. 우리가 아무것도 발견 못 하면 나도 다 그만두고 다시는 나타나지 않을게요. 개스켈 대장한테는 내가 연장 허락을 받아낼 수 있어요. 당신은 그 사람한테 헬기만 요청해줘요.

일요일에는 비행하고 싶지 않을 거예요.

그냥 한 번만 더 훑어봐달라는 거예요. 루이스가 말했다.
그 사람들은 어느 빌어먹을 나무 아래서 우리를 기다리고 있
는 게 분명해요. 어디로 가야 할지도 알아요. 이제 알겠어요.
빌어먹을.

–

조종사는 낡은 헬리콥터를 산들 사이로 깊이 집어넣었다
가 바위 사이 길게 패인 협곡 위로 서쪽을 향해 가기 시작했
다. 허리까지 쥐 같은 수염을 기르고 색 바랜 스티커와 기독
교 상징들을 덕지덕지 붙인 헬멧을 쓰고 있었다. 강풍이 날
을 흔들었고 조종사는 조종간을 쥐고 가느다랗게 찬송가를
불렀다.

루이스는 창에 코를 납작하게 붙이고 핏발 선 눈으로 아
래쪽 여기저기로 시선을 던졌다. 블루어가 그 옆으로 가까이
다가앉으며 무릎을 건드렸다. 루이스가 창문에서 고개를 떼
고 도시락통에 토했다.

우리 몇 시간밖에 없어요. 블루어가 헤드셋으로 말했다.
대니얼은 8시까지는 저녁 예배 때문에 돌아가야 해요.

루이스가 고개를 끄덕이고 셔츠 자락으로 입을 닦았다. 도
시락통을 닫고 무릎 위에 놓았다. 좀 멀리까지 들어가야 해
요. 클로드가 달링패스에 갔을 때 약한 신호를 들었다고 했

어요. 다행히 반항이 걸려들었던 건지도 몰라요.

내 아내는 당신을 재밌어했을 거 같아요.

루이스는 눈살을 찌푸리고 다시 창밖으로 고개를 돌린 뒤 이마에서 땀을 닦았다. 계곡과 회색 산비탈들을 지나갔다.

조종사는 이제 큰 소리로 어부에 대한 찬송가를 부르며 거친 바람 속으로 그들을 밀어 보냈다. 구름 걸린 산을 지나 또 다른 골짜기의 수풀과 빽빽하게 얽힌 숲 위로 날아갔다. 루이스가 뭔가 움직이는 것을 보았다고 생각한 장소를 맴돌아 보았지만 아무것도 보이지 않아 다시 계속 날아갔다. 조종사는 손가락을 꺾으며 40분 후면 돌아가야 한다고 경고했다.

있죠, 아델라이데는 늘 우리가 살아가면서 사람들을 계속 포기하기 마련이라고 했어요. 블루어가 말했다. 어느 순간에 우리는 모두 서로에 대해 포기하고 각자의 운명에 맡겨야 한다고 말이죠. 알겠어요? 결국 진짜 구조는 없는 거예요. 난 그들이 정말 무사하기를 바라지만요. 진심이에요. 쿠지.

루이스는 한 손으로 입을 막고 구토를 참았다. 그리고 말 없이 수풀 지대를 지켜보았다.

조종사는 또 다른 찬송가를 부르며 낡은 헬기를 높은 산 옆으로 몰다가 하강 기류로 들어가 고도를 뚝 떨어뜨렸다. 조종사는 하늘에 대고 혀 짧은 소리로 욕설을 뱉고 조종간과 씨름했다. 그러고는 새로 므두셀라의 탄생 노래를 큰 소리로 불렀다. 그때 루이스가 몸을 긴장시키며 금속의 반짝임과 검은 콘도르가 둥글게 모여 있는 곳을 찾아냈다. 블루어의 무릎에 손을 올리고 조종사에게 입 닥치고 헬기를 돌리라고 소리를 질렀다. 조종사가 노래를 멈추고 헤드셋을 누르며 고함은 못 참는다고 말했다. 원을 그려 돌아가자 작은 비행기 잔해가 산비탈에 놓여 있었다.

—

조종사가 낡은 헬기를 산 위의 평평한 곳으로 내렸다. 끔찍하네. 조종사가 말했다.

헬기가 제대로 착륙도 하기 전에 루이스가 나갔다. 잔해로 달려가다가 천천히 멈춰 섰다. 발 앞에 여전히 옷소매에 들어 있는 절단된 팔이 놓여 있었다. 푸르뎅뎅하게 부푼 손가락들은 갉아먹힌 상태였다. 붉은 개미들이 휩쓸고 있어 마치 핏줄을 통해 아직 피가 흐르는 듯했다.

블루어가 뒤에서 들여다보았다.

루이스는 팔을 넘어 비행기로 계속 가며 입을 막아 악취를 가렸다. 아버지의 동물병원 뒷마당에서 태우던 더미와 같은 냄새였다. 불이 동물과 잔여물들을 모두 태우지 못하고 꺼져서 재 속에서 썩는 경우가 많기 때문이었다. 비행기의 다른 쪽으로 가보았다. 한쪽 살이 벗겨진 벌거벗은 시신이 유산된 희생물처럼 바위 위에 놓여 있었다. 복부는 비었고 얼굴은 보이지 않았다. 한때 머리였던 둥근 덩어리는 이제 번들거리는 진흙 구가 되었고 근막은 자수 놓인 비단처럼 여기저기 하얗게 널렸다. 루이스는 시신을 응시하며 입을 가린 손에 힘을 주었다. 뒤에서 발소리가 들렸다.

보이죠. 블루어가 말했다. 저기 하나 더 있어요. 이 부분에선 늘 뱃속에 구름이 들어차요. 쿠지.

블루어가 백묵 묻은 손으로 가리키는 곳을 루이스가 돌아보았다. 나무들 위에 부푼 시신이 느릿한 파리 떼에 검게 덮여 얹혀 있었다. 루이스는 눈을 훔치며 태양에 눈이 부셔서 우는 거라고 생각했다.

다시 비행기로 가면서 냄새에 입을 가리고 기체 구멍에 고개를 집어넣었다. 너구리가 좌석 아래서 하나뿐인 눈을 번뜩이며 루이스를 지켜보았다. 흐트러진 내부에서는 소변과 동물 악취가 났고 검은 덩어리가 뿌려져 있었다. 루이스가 바닥에서 지갑을 주웠다. 머리를 밖으로 빼고 열어보았다. 지갑 안에는 회원카드와 '신의 왕국'에 관한 〈시편〉 구절이 코팅되어 있었고 클로리스 월드립의 텍사스 주 신분증이 나왔다. 루이스는 흐릿한 조그만 사진을, 하얀 모자 같은 머리를 들여다보았다. 신분증을 블루어에게 건넸다. 블루어가 들여다보고 루이스에게 돌려주며 있던 데 다시 놓으라고 말했다. 루이스가 신분증을 지갑에 넣고 기체 안으로 몸을 숙여 지갑을 바닥에 놓았다. 다시 몸을 뺀 루이스가 심호흡을 했다.

블루어가 다가가 기체 안을 들여다보았다. 그리고 나와서 루이스의 손을 잡았다. 루이스는 수술 장갑을 낀 아버지의 손에서 느꼈던 메마른 감촉이 떠올랐다. 그들은 태양 아래 서서 땀을 흘리고 있었다. 블루어가 루이스의 눈을 탐색했다. 강풍이 비행기 잔해 안에서 엄숙한 음조를 울려냈고 헬기에서는 턱수염 조종사의 노래가 희미하게 들려왔다.

내가 가진 작은 왕국,

생각과 감정이 사는 곳,

그리고 그것을 잘 다스리는

아주 어려운 과업……

시신이 두 구네요. 루이스가 마침내 말했다.

블루어가 루이스의 뺨에 붙은 파리를 날려 보냈다. 세 번째 시신도 근처에 있을 거예요. 꽤 멀리 떨어졌을지도 모르죠. 염소나 청소부 동물들이 끌고 가 먹었을 거예요. 그런 생각 하기는 싫겠지만 그게 현실이에요. 알잖아요.

빌어먹을, 시신은 두 구예요. 남자 둘. 클로리스는 어디 있죠?

\#

이틀은 무지 날씨가 좋았고 나는 이름을 새겨 넣은 강가의 나무 그루터기 옆에서 회복되었다. 내가 계산하기로는 9월 14일이었고 열이 나던 날 이후 마스크 남자는 흔적도 보이지 않았다. 하지만 내가 잘 때도 불은 꺼지지 않았고 일어나보면 가재나 송어가 금속 냄비에 담겨 있었다. 그런데도 나는 그 남자를 정말 봤던 건가 싶었다.

이전에도 나는 늙은이의 머리는 좀 이상할 때가 있다는 말을 여기 적었더랬다. 일흔이던 나의 이모 벨린다는 남은 날을 보내던 요양시설 뒤에 퓨마 무리가 살고 있다고 확신했다. 그 시설은 테네시 주 프랭클린에 있었는데, 내가 알기로는 퓨마가 없거나 아주 드문 곳이다. 사촌오빠에 따르면 이모가 창밖으로 보았던 것은 너무 취해서 똑바로 서지도 못하던 떠돌이와 부랑자 무리였다고 한다. 술 때문에 네 발로 기다시피 움직이며 좁은 길에서 비틀거리던 사람들이라고. 머리가 어떤 환영을 만들어내는지 알 수 없는 것이다.

기운이 좀 돌아오자 나는 다시 강 하류를 목표로 잡았다. 마스크 남자가 어딘가에서 계속 나를 지켜봐주기를 기도했다. 떠나기로 계획한 전날 밤 나는 잠을 자지 않고 그가 나타나기를 기다렸지만 결국 잠에 빠지고 말았다.

늦게 일어나보니 양식이 아무것도 없었지만 물을 좀 끓여서 월드립 씨의 부츠에 담고 늦은 오후에 그냥 하류로 출발했다. 내가 새겼던 묘비명을 돌아보았다. 그걸 놔두고 떠난다는 게 정말 이상한 기분이 들었다. 내가 무덤에서 일어난 유령이 된 듯했다. 곧 어둠이 나를 감쌌고 오래지 않아 멈춰야 했다. 멀리 가진 못했다. 3킬로미터도 못 갔을 것이다.

마스크 남자는 아무 데도 보이지 않았고 나는 모닥불을 피울 방법도, 먹을 것도 없었다. 다행히 날은 춥지 않았다. 잠시 어둠 속에 앉아 있었더니 예쁜 푸른 안개가 강에서 피어올라 구름 사이로 빠져나온 작은 달빛 아래 빛났다. 개구리가 개굴대고 귀뚜라미가 귀뚤대며 알 수 없는 동물들이 흉내도 낼 수 없는 소리들을 냈다. 삵이 덤불을 돌아다니며 은동전 같은 눈을 빛냈다. 이 살쾡이는 벌써 며칠째 나를 따라다녔다. 낮에도 한 번 보았다. 귀에 조그만 노란 꼬리표가 붙은 놈이었다. 나중에 찾아보니 몬태나 대학 학생들이 당시 연구하던 스라소니라는 야생 고양이 종류였던 것 같다.

나는 그날 하루 종일 잇새에 낀 가재 조각을 가지고 씨름

하고 있었다. 너무 신경이 쓰여서 도무지 혀를 뗄 수가 없었다. 품위 없는 얼간이처럼 몇 시간이나 잇새를 빨아들였다.

나는 얕은 강물로 가서 손과 얼굴을 씻었다. 부분틀니도 뽑아서 씻었다. 여기서 내가 부분틀니를 한 건 이 관리를 소홀해서가 아님을 짚고 넘어가야겠다. (나는 관리를 잘했고 우리 모두 그래야 한다.) 내 아버지 쪽 가계엔 노인성 잇몸 질환과 충치가 유전된다. 블랙모어 할머니도 나의 색슨계 고조할아버지 위틀리 블랙모어가 독일 쾰른의 성 베드로 대성당의 계단에서 훔쳐낸 검은 대리석으로 조각한 가짜 이를 끼고 있었다는 이야기를 들려주곤 했다.

그런데 내가 가재 조각을 가지고 씨름하는 사이 내 부분틀니가 손에서 미끄러져 얕은 물에 퐁당 빠졌다! 차가운 물에 손을 쑥 넣어보았지만 바닥에 닿질 않았다. 그래서 숨을 참고 고개를 물에 넣었다. 물은 끔찍하게 차갑고 물살은 아주 날랬다. 손끝이 바닥에 닿을락 말락 했다. 한참을 애를 써보았지만 차가운 흙탕물과 매끄러운 자갈들 속에서 틀니는 찾을 수 없었고 한 줌 떠낸 알 수 없는 검은 진흙 속에서도 보이지 않았다. 나는 차갑고 어두운 강가에 배를 깔고 엎드려 무지 절망적으로 돌과 진창을 헤집어댔지만 소용없었다.

결국 일어나 앉아 치마에 손을 문지르는데, 그 어느 때보다도 추워진 듯했다. 나는 흠뻑 젖은 채 덜덜 떨며 일어났다.

바로 뒤의 검은 숲을 돌아보았다. 그리고 참담함에 미친 사람처럼 외쳐댔다. 일제히 주문을 합창하는 거대한 무리의 사람들처럼 흔들리는 나무들에 대고 두서없는 고함을 퍼부었다. 연단 위의 코요테처럼 말도 안 되는 분노의 소음이었던 게 분명하다.

원하는 만큼 고함을 지른 후 테리의 코트를 뒤집어쓰고 마스크 남자가 돌아와 다시 나를 도와주기를 소리 없이 기도했다. 그러다 소리를 내어 기도했는데, 나는 벨린다 이모와 같지 않으며 마스크 남자는 지치고 겁에 질리고 절박한 늙은이의 환영이 아니라는 내용이었다.

–

밤새 앉아서 끔찍하게 떨면서 잇몸을 혀로 더듬었다. 위스콘신의 전기의자에 앉은 것처럼 춥고 축축해서 이제 마지막이구나 싶었다. 그날 밤 체온저하로 분명 죽을 줄 알았다.

희망을 포기하려 할 때쯤 나무들 사이에서 부스럭 소리가 들렸다. 마스크 남자가 아니라 다른 동물인가 겁이 났다. 아마 내가 전날 피한 작은 오븐 크기의 위협적인 땅다람쥐나 그 인식표 단 스라소니일 수 있었다. 아니면 더 큰 존재일 수 있었다. 늙은 여자를 탐하는 회색 곰 같은 아주 위험한 포식자 말이다. 병든 악마처럼 추위에 떨면서 나는 일어나 치마를 바로잡았다. 핸드백의 손도끼로 손을 뻗었다. 회색 곰이든 퓨마든 상대를 하게 되면 어째야 할지 잘 모르면서도 일단 앞으로 들어 올렸다. 귀를 기울였다. 움직이는 소리도 멈췄다.

누구예요? 여보세요? 내가 말했다.

아무 대답도 없었다. 그러다가 갑자기 나무 그늘에서 큰 팔다리와 머리가 나타나더니 곧 달빛 아래 마스크 남자를 알아볼 수 있었다! 다시 보게 되어 얼마나 반가웠는지 모른다.

그는 장작을 한 아름 팔에 안고 어색하게 움직였다. 나를 재빨리 지나갔는데, 두려워하던 노망 난 환영이 아니라 분명 진짜 살과 피를 가진 남자로 보였다. 그는 한 마디도 하지 않았다. 심지어 나를 보지도 않았다. 장작을 떨어뜨리고 벨트 뒤에서 빨간 막대와 딸깍하고 열게 돼 있는 작은 라이터를 꺼냈다. 막대를 장작들 사이에 끼워 넣더니 라이터로 불을 붙이자 더미가 타올랐다.

그는 다시 나를 지나 숲으로 갔다.

잠깐만! 내가 말했다. 잠깐 기다려요! 어디 가는 거예요?

하지만 그는 돌아보지도 않고 조금도 머뭇거리지 않고 어둠 속으로 사라졌다. 그렇게 다시 순식간에 사라졌고 나는 마구 떨며 서서 손도끼를 필사적으로 잡고 밝아지는 모닥불 빛 속에서 그가 사라진 쪽만 보고 있었다. 오래지 않아 그가 장작을 더 가지고 돌아왔다. 다시 성큼성큼 걸어 내 옆을 지나갔다. 마치 몽유병 상태인 것처럼 진흙투성이 부츠를 끌면서 마스크도 머리에서 흘러내리고 있었다.

그는 한 가득 안고 있던 장작을 전부 모닥불 위로 쏟아내고 불꽃이 솟아올랐다가 조그만 번개 벌레들처럼 강물 위로 밀려나가는 앞에 버티고 섰다. 마스크를 바로잡고 구멍을 눈에 맞추더니, 자리에 앉아 고개를 돌리고 발을 뻗었다. 우리 둘 다 아무 말 하지 않았다. 나는 손도끼를 들고 있던 것도 잊어버리고 모닥불 건너편에 앉아 몸을 녹였다. 다시 따뜻해지니 무지 좋았다.

우리는 말하지 않았다. 나는 불꽃들 사이로 그를 훔쳐보았다. 그는 커다랗고 헐렁한 가죽 장갑을 끼고 커다랗고 푹신해 보이는 오리털 패딩을 입었는데 색은 꼭 집배원 같은 파란색이었다. 목에는 쌍안경을 걸고 손목에는 다양한 색의 팬티 고무줄 같은 것을 겹겹이 걸었다. 그의 모습을 보고 있자니 동화책에 나오는 부랑자나 월드립 씨가 가끔 처마 흙 청소나 가축우리 페인트칠에 고용하는 노숙자 레너드가 생각났다. 레너드는 훌륭한 일꾼이었지만 얼마 후 내 파우더와 원피스 한두 벌이 옷장에서 사라지게 되었다. 오래지 않아 월드립 씨가 못생기고 이상하게 낯이 익은 여자가 이상하게 낯익은 원피스를 입고 고속도로 진입로에서 히치하이킹 하는 것을 발견했다. 그런 변신을 했다고 레너드를 비난하는 게 아니다. 하지만 물건을 훔치는 것은 좋지 않다고 생각한다.

결국 내가 마스크 남자에게 말했다. 신께서 나를 도우라고 당신을 보냈나요?

그는 불을 지켜보았다. 마스크 속의 눈이 금속 조각처럼 번들거렸다.

나는 그에게 아주 무서웠다고 말했다.

그가 나를 건너다보았다. 이빨은 어디 갔어요?

대답이 생각나기까지 시간이 좀 걸렸다. 강에서 잃어버렸어요.

강에서요?

나는 그에게 부분틀니였다고 말해주었다.

그래도 씹을 수 있어요?

그럭저럭요.

그러고 보니 야생에서 동물이 늙어 이빨이 없어지면 오래 가지 못한다. 남자도 같은 생각을 했음이 틀림없다. 그 예쁜 에메랄드 녹색 눈에 걱정을 담고 나를 보았으니까. 요즘 문명화된 세상은 사람을 그 어느 때보다 오래 살게 만든다. 그러니까 내가 제일감리교회에서 알던 달턴 밀스라는 변호사가 있는데, 그는 내가 이걸 쓰는 지금 104세이고 세 명의 아내와 이혼했으며 목에서 여섯 가지 다른 암을 제거했고 이제 거의 눈이 안 보인다. 자는 동안에는 스테인리스로 된 기계로 숨을 쉬고, 올리브 절임과 땀띠분의 음산한 냄새가 난다.

그가 이 글을 읽을까 걱정하지 않아도 되니, 만일 그가 코끼리였다면 무리는 오래전에 그를 내버려서 죽게 했을 거라고 할 수 있을 것이다. 코끼리는 그런다고 들었다.

남자는 다시 모닥불을 보았다. 그리고 말했다. 계속 강을 따라 내려가면 일주일 좀 안 돼 어느 숲에 도착할 거예요. 하루 종일 계속 가면 말이에요. 강이 왼쪽으로 돌면 당신은 오른쪽으로 가는 거예요. 숲속으로요. 거기서 옛날 집의 열쇠 구멍 모양으로 난 키 큰 소나무 두 그루를 찾아요. 그 사이로 똑바로 나가면 '목마른 강도'라는 옛날 등산로를 만날 거예요. 나무 꽃 조각이 달린 표지판이 있을 텐데, 그 등산로를 따라가면 고속도로가 나와요.

고속도로까지는 얼마나 멀어요?

멀어요. 하지만 그리로 가는 게 제일 나아요. 서둘러야 해요. 여기는 안전하지 못하고 날씨가 안 좋아질 거예요.

내가 갈 수 있을지 모르겠네요.

남자가 허리춤 칼집에서 이상하게 생긴 칼을 뽑았다. 우리 목장의 카우보이들이 짐말을 거세할 때 사용하는 작은 칼 같았는데 그보다는 약간 더 길었다. 내 호흡이 거칠어지는 걸 눈치챘는지, 해치려는 게 아니라 부츠 밑창 틈에서 진흙을 파내려는 거라고 했다. 가서 자요. 그가 말했다. 동트면 떠나야 해요. 내가 보이진 않겠지만 열쇠구멍까지는 같이 갈게요. 그다음부터는 혼자 가요.

나랑 같이 안 가요?

미안하지만 안 돼요. 하지만 열쇠구멍부터는 괜찮을 거예요.

왜 얼굴에 티셔츠를 쓰고 있냐고 물어보았지만 그는 대답하지 않고 부츠만 팠다. 더 물어보고 싶은 게 많았지만 그만두기로 했다. 그때는 그를 어떻게 생각해야 할지 알 수 없었다. 나를 해치지 않으리라는 건 거의 확신할 수 있었지만 이런 데서 얼굴을 그렇게 가리고 뭘 하고 있는지 알 수가 없었다. 당시에는 일종의 괴짜 은둔자나 지상에 내려온 천사, 아니면 그 둘 다인가 보다고 편하게 생각했던 것 같다. 남자는 더 이상 말을 하지 않았고 얼마 있다가 나는 모닥불 옆에 웅크리고서 하얀 마스크에 일렁이고 칼날에 반사되는 불빛을 보며 꿈결을 넘나들었다.

─

불이 꺼지고 마스크 남자는 아무 데도 보이지 않았다. 태양은 아직 뜨지 않았다. 큰 산들을 음산한 창백한 빛이 감쌌다. 산들 너머에는 문명이 펼쳐져 있다고 상상해보았다. 페인트칠한 집들과 울타리 두른 잔디밭, 조그만 외국의 꽃들을 가꾼 정원, 방울 단 고양이와 전봇대에 묶인 조그만 늙은 개들, 옷을 입은 남자와 여자가 보도를 따라 걷고 신발 신은 발과 바퀴를 위해 포장된 도로. 은은하게 빛나는 가로등.

나는 일어나 몸을 털었다. 풀밭에 남은 아기 모양 자국이 딱해 보였다. 아무리 오래 살아도 충분하지 못하다는 생각이 머리를 스쳤다. 모친의 뱃속에서 나와 눈 깜짝할 사이 비터루트의 무시무시한 수풀까지 갔고 그사이 모든 세월은 거기서 맞닥뜨린 것들 앞에 아무 소용이 없었다. 신은 우리를 한 방향으로 이끌지만 우리는 다른 길로 가버린다. 이를 인생의 황혼기에 배운다는 것은 무지 골치 아픈 불운이다.

클래런던 초등학교의 사서일 때 나는 종종 벽시계가 짤깍이며 분침이 움직이는 모습을 지켜보면서 아무 생각 없이 시간의 경과 자체에만 집중할 때가 있었다. 도서관은 학교 건물 지하에 있어서 춥고 퀴퀴하며 창문이라고 할 만한 것도 없이 하루 중 어느 때든지 똑같은 빛을 내보내는 천장의 간유리뿐이었다. 우리 도서관은 시간이 지쳤을 때 눈을 붙이러 오는 곳이라는 재밌는 생각도 했었다. 영원히 살기 위해서는 누구든 그 도서관에 앉아 벽시계만 바라보면 된다고 말이다. 은퇴를 하고 클래런던 초등학교를 떠난 후에는 그 벽시계에 대해 잊고 지냈다. 뭐, 하지만 그 벽시계는 나를 잊지 않았다고 확실히 말할 수 있고 나는 갑자기 그런 야생에 떨어진 늙은 여자가 되었다. 그리고 더욱더 갑자기 나는 이렇게 책상에 앉은 더욱 늙은 여자가 되었다.

손도끼는 땅에 떨어져 있었다. 날에서 이슬을 닦아내고 다시 핸드백에 넣었다. 희미한 연기를 올리는 숯 더미 근처 평평한 바위 위에는 조그만 나침반과 작은 빨간 물통이 놓여 있었다. 마스크 남자가 밤에 나에게 주려고 놓아둔 게 분명했다. 그것들을 핸드백에 담고 하류로 나아가며 큰 낫과 모래시계를 든 시간 할아버지가 인식표 붙은 삵처럼 살금살금 내 뒤를 따라오는 모습을 떠올렸다.

#

9월 어느 흐린 날 항공안전위원회가 도착해 추락 지점을 정리했다. 파란 헬기 세 대로 와서 고무장갑 낀 남자들이 사진을 찍고 부패해가던 시신들을 수거해 양막낭 같은 얇은 조개 색 주머니에 넣고 지퍼를 닫았다. 루이스는 남자들이 두 구의 시신을 수습하고 기체 안의 지갑을 챙기는 광경을 지켜보았다. 그들은 장소를 사진 찍고 잔해는 녹슬어 흩어지도록 놓아둘 것이었다. 대머리를 뒤로 빗어 넘긴 남자가 클립보드를 들고 기록을 하면서 돌아다녔다.

그날 저녁 돌아오는 헬기 안에서 루이스는 이 남자에게 비행기가 왜 추락한 걸로 보느냐고 물었다. 그는 아직 모르지만 원인을 알아낼 만큼의 보수는 안 받기로 했다고 말했다. 그의 할아버지가 도살업자였고 오래된 고기 냄새가 속을 뒤집어놓기 때문이라고. 그는 추락 원인이 무엇이었든, 유해는 못 찾았어도 클로리스 월드립 역시 다른 사람들과 함께 죽었을 거라고 거의 확신하고 있었다.

다음 날 루이스는 산 아래로 내려가 읍내 전신주들에 클로리스의 흑백 전단지를 붙였다. '미국 산림청이 클로리스 월드립을 찾을 수 있게 도와주세요.' 피트 이외에는 지원자가 없었다. 그래도 밤에 전화 한 통을 받았다. 어떤 남자가 클로리스가 1953년에 잃어버린 자기 엄마인 것 같다고 말했다. 루이스는 그에게 클로리스는 빌어먹을 자녀가 아무도 없고 텍사스에서 나고 자랐다고 말했다. 남자는 알 수 없는 언어로 욕을 하고 끊었다.

—

루이스는 경비대 모자의 챙을 밀어 올리고 가문비나무를 올려다보았다. 속이 비어 부러진 나뭇가지들을 바람이 잡아당겼다. 나뭇가지에는 무르익은 열매처럼 검고 뚱뚱한 날파리들이 들끓고 있었다. 나무 기둥에도 오래된 시커먼 피가 줄무늬를 그리며 밑둥까지 흘러 있었다. 루이스는 보온병에 든 메를로를 마셨다.

피트가 가문비나무에 기대어 비디오카메라를 어깨에 멨다. '자원봉사'라고 쓴 주황색 형광 조끼를 입고 같은 색 야구 모자를 두건 위로 써서 우스워 보였다.

그 아래서 나와요, 피트.

피트가 가문비나무 꼭대기를 올려다보고는 가슴께의 플라스틱 호루라기를 쥐고 한 발 물러서며 말했다. 맙소사, 내 인생이 정말 괴상해지네.

리처드 월드립이 발견된 곳이에요.

냄새가 나는 거 맞죠?

사흘 전에 끌어내렸어요.

피트는 썩은 장소에서 눈을 떼지 못하고 호루라기를 천주교 묵주처럼 만지작거렸다. 상상도 못 할 일이네. 피트가 말했다. 몬태나 주 나무 위에서 인생을 마치리라고는 그 남자도 상상하지 못했을 텐데.

둘은 아래로 내려가서 버스 크기의 이끼 긴 빈터에서 수첩에 뭔가 적고 있는 클로드를 만났다.

당신이 찾고 있는 노부인 흔적은 없네. 클로드가 말했다.

루이스가 모기를 뺨에서 문질러내자 핏자국이 남았다. 누가 여기를 지나간 것 같은데. 루이스가 말했다.

클로드가 코르넬리아의 이름을 속삭이며 파란 코끝에 휴지를 댔다. 아무것도 발견 못 할 거예요. 모기들 때문에만도 살아남기가 힘들어. 트럭까지 돌아가는 것만도 한참인데. 찰리도 산책시켜야 하고.

루이스가 두 남자에게 그곳을 한 시간 더 수색하겠다고 하고 먼저 숲 쪽으로 가서 외쳤다. 월드립 부인! 월드립 부인! 클로리스!

루이스는 주머니에서 월드립 부부의 사진을 꺼냈다. 다시 클로리스를 보았다. 조그만 얼굴을 하얗게 감싼 머리. 보온병을 마시고 성큼성큼 걸으며 실종된 여자를 외쳐 불렀다.

–

두 남자를 클로드의 통나무집으로 보내고 루이스 혼자 차를 몰아 경비대 사무소로 돌아왔다. 책상에 앉아 머그잔에 메를로를 따라 마시고 무전 수신기의 지직거리는 잡음에 귀를 기울였다. 아무 송신도 없었다. 창밖에서 산등성이가 어둡게 변하고 있었다.

도로에서 엔진 소리가 부릉거렸다.

오래지 않아 블루어가 안으로 들어와 문을 잡고 섰다. 뒤이어 나이를 가늠하기 힘든 십대 소녀가 들어왔다. 가운데 가르마를 탄 숱 많은 황갈색 곱슬머리가 등까지 내려왔다.

루이스는 머그잔에 남은 걸 마저 삼키고 책상에 놓은 다음 일어서서 소녀를 살펴보았다. 소녀의 가장 남다른 점은 코에서 퍼져나간 완벽한 그물형 장밋빛 상처들인 듯했다.

블루어가 소녀에게 백묵 바른 손을 내밀며 딸이라고 소개했다. 자기 엄마랑 대고 그린 것같이 닮았어요. 블루어가 말했다. 질, 이쪽은 데브라 루이스 대원.

이 산을 떠난 적이 있어요? 소녀가 물었다. 약간의 어색함이 느껴지는 이상한 북서부 억양이었다.

일주일에 두 번은 내려가는 것 같은데. 루이스가 말했다.

블루어가 주머니에서 백묵 덩이를 꺼내 손바닥에서 손바닥으로 굴렸다. 지나가다가 불이 켜져 있는 걸 보고 들렀어요. 블루어가 말했다. 늦게까지 일하네요, 루이스 대원. 우리가 당신을 구하게 해줘요. 저녁 좀 대접할게요.

나도 막 잠그고 가려던 참이에요.

개스켈이 오늘 전화를 했어요. 당신이 부하들을 데리고 월드립 부인의 시신을 찾아서 추락 지점까지 올라갔었다면서요? 운전도 한참 걸렸을 테고 걷기도 한참 걸렸을 텐데.

빌어먹을 시신을 찾았던 게 아니에요. 산을 내려가고 있을 거라고 생각해서 그런 거예요. 살아서 추락 지점을 떠났으니까.

블루어가 혀를 차고서 루이스 뒤의 창문을 보았다. 당신 같은 사람을 뭐라고 하는지 알아요, 루이스 대원?

당신이 곧 말해주겠죠.

매혹적이고 지칠 줄 모르는 여자.

루이스도 창문으로 고개를 돌렸다. 산속 안개가 피어오르고 달빛이 내려왔다. 알았어요. 루이스가 말했다.

질은 이제 눈을 깜빡이고 새끼손가락을 씹으며 침침한 경비대 사무소 안을 돌아다녔다. 질은 파리를 쫓으려는 듯 손을 휙 휘둘렀지만 루이스에게는 파리 같은 건 보이지 않았다. 그러고서 질은 북쪽 벽의 코르크 게시판으로 가서 거기

꽂아놓은 사진을 가리켰다. 억센 턱과 짧은 검은 머리의 젊은 남자 몽타주였다. 질은 이게 누구냐고 물었다.

애리조나 키스쟁이. 루이스가 말했다. FBI는 그 남자가 여기 어디 숨어 있다고 봐.

여기요?

어쩌면. 아이다호에서 대량으로 식료품을 구매하던 게 마지막으로 목격된 거였거든. 질은 이 남자가 무슨 짓을 했냐고 물었고 루이스는 열 살 난 소녀의 실종에 의혹을 받고 있다고 말해주었다.

질은 돌아서서 눈을 비볐다. 당신이 볼 때 매력적이에요?

키스쟁이가?

네.

한 번도 생각해본 적 없는 것 같네.

오늘 질을 안과에 데려갔었어요. 블루어가 말하고 백묵을 치웠다. 날파리증이라고, 안구에 부유물이 있어서 그런 것 같더라고요.

아냐, 난 각다귀 유령한테 쫓기고 있어. 질이 말하고 손가락으로 허공의 한 지점을 찍었다.

젊은 사람들한테는 보통 나타나지 않는 증상이래요. 쿠지.

빌어먹을, 안됐네요.

—

저녁 식탁에서 향초가 낮게 탔다. 루이스가 질 건너편에 앉아서 유리잔으로 메를로를 마시며 허약한 불빛 속에 자주 소녀를 흘긋거렸다. 소녀는 상처 자국 있는 얼굴을 손으로 감싸고 얇은 팔꿈치를 접시 양쪽으로 닿지 않게 두었다. 소녀의 아버지는 식탁 머리에 앉아 양쪽으로 번갈아 와인에 물든 느린 미소를 보여주었다. 백묵에 하얗게 된 손은 의자 팔걸이에 얹은 채 잊어버렸다.

루이스는 블루어 뒤의 악취가 진동하는 인체 모형을 바라보았다. 이제는 건너편 구석에 골목길 취객처럼 늘어져 있었다. 그것이 무심히 루이스를 마주 응시했다. 여기 있는 동안 뭔가 특별한 계획은 있어요? 루이스가 두 사람에게 물었다.

아뇨. 질이 대답했다.

블루어가 일어서서 잔에 가득 메를로를 따랐다. 그는 질 앞에 잔을 놓았다. 대부분의 나라에서 애 나이에 술을 마시는 건 합법이에요.

질이 잔을 들어 꿀꺽꿀꺽 마셨다. 아빠가 취했으니까 우리도 따라 취해서 한 패가 돼주길 바라는 거죠.

블루어가 웃으며 고개를 젓고 나서 자기가 치울 테니 나머지 둘에게 밖에 나가 욕조에 들어가라고, 서로 좀 시간을 보내라고 권했다. 그는 두 사람과 인체 모형에 대고 절을 한 다음 주방으로 갔다.

질은 빈 잔을 엄지손가락으로 누른 다음 촛불에 들어 보였다. 혹시 모르니까요. 그러고서 루이스에게 엄지 지문의 소용돌이무늬를 보여주었다. 이러면 내가 여기 있었던 걸 알 수 있잖아요.

무슨 말이지?

질이 파란색 눈으로 루이스를 응시했다. 우리가 살해당했을 경우에 말이에요.

루이스는 양해를 구하고 깨끗한 하얀 화장실로 갔다. 입을 헹구고 변기 뚜껑에 앉아 젖은 손으로 머리를 빗었다. 총집에 든 권총 총신이 변기에 부딪쳐 캉캉 소리가 났다.

식탁으로 돌아와보니 질은 데크로 나갔고 블루어는 주방에 있었다. 루이스는 식탁에서 메를로 병을 들고 데크 난간에 서 있는 작은 몸집의 질 곁으로 갔다. 질이 입은 격자무늬면 원피스가 바람에 부풀었다. 먼 곳 산들 위로 비가 내렸고 나무 꼭대기들이 수천 마리 거대한 개들처럼 목털을 곤두세웠다.

루이스가 병째 마시고서 내밀었다. 여기를 좋아하게 될 것 같아?

질이 병을 받았다. 이런 산속에 오래 있으면 사람이 미칠 것 같지 않아요?

루이스는 조그만 얼굴을 들여다보았다. 소녀의 얼굴은 고등학교 때 같이 수업을 들었지만 친구 삼을 용기를 내지 못했던 섬세한 골격의 아름다운 소년이 생각나게 했다. 난 멀쩡해. 루이스가 말했다. 여기서 빌어먹을 11년을 살았지만.

다른 사람들이 자신에 대해 하는 말을 믿는 사람은 제정신이 아니라고 생각해요.

닥터 하우 라디오 들은 적 있어?

아뇨. 그게 뭐예요?

루이스는 병을 돌려받고 벌컥벌컥 마시다가 한입 가득 액체를 앞섶에 흘렸다. 여기서 아버지랑 지내게 된 거 괜찮니?

질이 담배에 불을 붙였다. 아빠가 불안하고 우울하대요. 그러면 이기적으로 굴어도 괜찮은 것처럼. 질이 병을 받아다 마셨다. 우리 들어갈까요?

욕조는 데크 한쪽 구석에, 태양과 초승달이 새겨진 나무판으로 덮여 있었다. 두 사람은 뚜껑을 열고, 질은 검은 팬티와 브래지어만 남기고 옷을 벗었다. 루이스에 비하니 비쩍 말라 보였다. 추위에 뼈만 남은 어깨가 옹송그려졌다.

루이스도 옷을 벗었고 냉기에 팔의 검은 털이 일어섰다. 와인 묻은 제복을 데크 의자에 접어놓고 권총을 그 위에 놓았다. 그녀는 갈색 팬티에 하얀 러닝을 입고 있었다.

둘은 욕조에 들어가 허연 거품 속을 시계 방향으로 돌아 한 구석씩 차지했다. 아직 말은 하지 않았다. 질은 고개를 젖히고 밤하늘을 올려다보았다. 엄지와 검지로 콧잔등을 잡고 아무것도 없는데 자주 손을 내저었다. 물속의 녹색 조명들 때문에 질의 작은 얼굴과 지방 없는 몸이 익사한 소녀의 환영처럼 빛났다.

산림 경비대에서 자원봉사를 하고 싶어 한다고 그러던데. 루이스가 말했다. 빌어먹을 '숲의 친구들' 프로그램 말이야.

소녀는 아무 말도 하지 않았다.

정말 하고 싶다면 환영이야.

당신이 좋은 영향을 줄 거라고 아빠가 그러던데요.

그 문제에 대해서는 네 아빠가 틀린 것 같아. 난 대부분 내가 뭘 하고 있는지도 잘 모르고 지내는걸.

좋은 영향 같은 거 필요 없어요. 소녀가 말했다. 난 11월이면 열여덟 살이에요. 그럼 떠날 거예요.

어디로 가려고?

이 나라를 떠날지도 몰라요. 어쨌든 이 통나무집에 앉아서 아빠가 자신을 이해하려 애쓰는 모습이나 바라보고 싶진 않아요. 그러니 내가 여기 있는 동안은 그 노부인 찾는 걸 도울게요.

잘됐네. 그 사람은 구조되기만을 기다리고 있을 거야.

둘은 한동안 말없이 욕조에 앉아 있었고 블루어가 나와서 조그마한 대머리독수리 무늬 팬티만 남기고 홀딱 벗었다. 메를로 또 한 병과 잔 세 개도 가지고 왔다. 루이스 못지않게 불그죽죽한 입으로 씩 웃어 보이고서 둘 사이의 물속으로 길쭉한 하얀 몸을 쑥 담그고 기분 좋은 신음을 흘렸다.

나의 아가씨들. 블루어가 말했다. 욕조 속의 아가씨들. 오늘은 내가 운이 좋네. 질, 난 취했어. 원래는 이렇게 취하는 거 안 좋아하는데. 여기 같이 와줘서 얼마나 고마운지 몰라. 있잖아, 우리 함께 의미 있는 경험을 쌓을 수 있을 거야. 그리고 너도 내 나이가 되면 여기서 아빠랑 보냈던 시간을 돌이켜보며 얼마나 중요한 순간이었는지 생각하게 될 거야. 힘든 노동과 타인을 위해 봉사하며 보낸 하루의 가치에 대해 배우는 건 꼭 필요한 일이거든. 우리 둘 다 여기서 보내는 시간이 도움이 될 거란 말이야.

구름이 별들을 멈춰 세웠다. 소녀가 녹색 하부 조명들에서 얼굴을 돌려 표정이 보이지 않았다.

블루어가 병의 코르크 마개를 따고 병뚜껑을 물에 떨어뜨렸다. 세 잔에 와인을 따랐다. 네 엄마가 죽은 후 난 내가 늘 염려해왔던 사람이 되어가고 있었어.

질이 하늘에서 시선을 내려 아버지를 보았다.

꽁지머리가 젖어 찰싹 달라붙어서 마치 아픈 새 깃털 같았다. 블루어의 시선이 물에 뜬 코르크 마개를 따라갔다. 저건 내가 어떻게 해주기를 바라는 걸까?

뭐가 당신한테 뭘 원한다고요? 루이스가 물었다.

블루어가 코르크 마개를 향해 고갯짓했다. 저거 말이에요.

취해서 저래요. 질이 말했다. 일일이 대꾸할 필요 없어요.

블루어가 잔을 비웠다. 당신 동료의 코는 어쩌다 파랗게
된 거요, 루이스 대원?

대답 안 해도 돼요.

루이스도 잔을 비웠다. 괜찮아, 하고서는 3년 전 겨울 클
로드가 폭설 속에 개를 찾다가 길을 잃은 이야기를 들려주었
다. 루이스가 동틀 무렵 어느 바위 아래 웅크리고 있는 그를
발견했다. 얼굴은 동상에 걸려 거의 검게 변하고 거대한 아
르마딜로를 타고 있던 애꾸눈 빨간 머리 유령을 보았다며 웅
얼거리고 있었다. 코는 낫질 않더라고요. 루이스가 말했다.
어쩌면 정신적으로도 그런 것 같고. 말끝마다 그 빌어먹을
유령 얘기를 빼놓은 적이 없으니. 내가 메를로에 취미를 붙
이게 된 것도 그때쯤인 것 같아요. 롤런드는 좋아한 적이 없
었으니까.

블루어가 손을 하늘로 들어 달을 가렸다. 사람들은 원하
는 게 있으면 뭐든 해야 하는 법이에요. 더 이상 유혹당할 만
큼의 의욕도 가질 수 없게 되기 전에는 유혹들에 굴복하지.
언젠가 아무 유혹도 느끼지 못하게 될 테니까. 아델라이데가
하던 말이죠.

질이 자기 아버지를 보고 욕조를 나가서 수건으로 몸을 감쌌다. 잘 자요. 질이 말하고 병을 집어 들고 문을 열었다. 안으로 들어가기 전에 뒤돌아보다가 알 수 없는 표정의 루이스와 눈이 마주쳤다.

루이스가 물속에서 김 나는 손을 들어 소녀에게 인사했다.

질이 문을 닫았고 루이스는 블루어가 유리문 너머로 딸의 뒷모습을 좇는 것을 보았다. 그는 아기처럼 손가락 끝을 입에 물었다.

괜찮아요?

당신은요, 루이스 대원?

루이스가 야생의 어둠 속을 눈으로 훑었다. 바람에 나무들이 검게 흔들렸다. 월드립 부인이 아직 저기 있어요. 빌어먹을, 무서울 겁니다. 무섭고말고. 근데 우린 빌어먹을 아무것도 안 하고 취해서 빌어먹을 욕조에 앉아 이해도 못 하는 것들에 대해 개소리나 하고 있어요.

블루어가 물속에서 루이스를 끌어당겼다. 오늘 밤은 우리가 모르는 죽은 사람들에 대해서 속상해하지 맙시다. 그는 루이스의 목 뒤를 손으로 감쌌다. 아직 키스를 하지는 않았지만 입술을 가까이 가져가며 그녀가 강한 여자라고 말했다. 루이스는 그의 목에 팔을 두르고 키스했다.

곧 블루어가 루이스 위로 올라갔다. 대머리독수리 팬티가 코르크 마개와 함께 녹색 물 위를 떠다녔다. 둘은 엎치락뒤치락하며 거품을 첨벙거렸다. 블루어가 루이스의 어깨를 잡아 눌렀지만 발기가 안 돼 안으로 들어갈 수 없었다. 블루어가 루이스의 허벅지 안쪽에 자기 걸 대고 엉덩이를 춤추듯 돌렸다. 가벼운 비가 내리기 시작했고 블루어가 루이스의 벌린 입 안에 대고 질문을 해서 마치 목소리를 공유한 사람처럼 블루어의 말소리가 루이스의 머릿속에서 울렸다. 어떻게 해줄까요?

뭘요?

내가 어떻게 했으면 좋겠어요? 뭘 좋아해요?

몰라요. 상관없는데.

블루어가 손가락 두 개를 들더니 물속에 넣어 루이스의 옆구리를 꼬집었다. 루이스가 웃었고 블루어는 그렇게 잡고 있었다. 그의 얼굴엔 웃음기가 없었고 죽은 사람처럼 표정이 텅 비어 있었다. 블루어가 더 세게 꼬집자 루이스가 웃음을 멈추었다. 블루어는 물속에서 꼬집기를 여러 번 계속했고 루이스는 하늘에서 떨어지는 검은 비를 바라보았다.

4부

#

사흘 밤 동안 황혼이 내리면 강가에서 모닥불이 연기를 피워 올렸다. 그날의 양식이 평평한 돌이나 통나무 위에 놓여 있었다. 첫째 날 밤에는 송어와 가재였고 다음 날은 들쥐 종류 같은 걸 먹은 듯하다. 어머니가 세상을 떠난 후 지하실에 쌓인 신문과 정원 잡지 더미에서 발굴해냈던 생물들의 뼈대와 비슷했으니까. 세 번째 날에는 깨끗이 손질돼 반으로 나뉜 고양잇과였다. 녀석의 커다란 머리도 붙어 있었는데, 귀한쪽에 숫자 쓰인 노란 인식표가 붙어 있었다. 나를 따라다녔던 스라소니가 거의 분명했다. 147인가 하는 숫자였던 걸로 기억하지만 내 목숨을 걸 정도로 확실하진 않다. 나는 기억력이 무척 좋지만 이제 그것도 예전 일이 돼간다.

먹을 게 충분하진 않았다. 강가 퇴적지를 지나갈 때도 딱할 정도로 느린 속도면서 식욕은 어마어마했다. 마스크 남자가 자길 다시 못 볼 거라고 했으니 당연히, 고속도로 가는 방법을 알려준 이후로는 모습을 드러내지 않았다. 하지만 매일 그가 제공한 저녁을 먹으면서 나는 숲 쪽을 계속 살폈다. 나를 지켜보고 있는 게 아닌가 싶었다.

어느 날은 여우 한 마리가 풀밭에서 뭔가를 쫓는 것을 보았다. 내가 어릴 때 길렀던 개가 생각났다. 활달하고 행복한 얼굴을 한 조그만 개였지만 오래지 않아 나이 들고 아파져서 아빠가 내 남동생에게 녀석이 너무 오래 살았다고 말하는 소리를 듣게 됐다. 데이비는 그 조그만 개를 정성껏 돌보았다. 녀석 이름이 페퍼였는데 명랑하고 건강할 때는 우리 모두 얼마나 사랑했는지 모른다. 하지만 뒷발을 끌면서 여기저기 부딪고 다니고 가구 뒤에 변을 보기 시작하자 다들 녀석을 떠나보낼 준비가 되었던 걸 생각해보았다. 아버지가 목초지로 데리고 가서 총을 쏘았다. 나는 이따금씩 그 생각을 했다. 사랑과 애정에 대해서 우리가 얼마나 조건적인지.

네 번째 날, 강가에서 붉은 모래톱에 둘러싸인 적당히 얕은 웅덩이가 나타났다. 그때 나한테서 나던 냄새는 전혀 내 냄새가 아니었다. 아니, 오히려 그게 비누와 세제의 문명 세계에서는 경험해보지 못했던 진정한 나의 냄새였을 수도 있다. 어찌 됐든 태양도 높이 떠 뜨겁던 날이라 한숨 쉬어가며 며칠 만에 다시 목욕할 기회로 받아들였다. 마스크 남자가 지켜보고 있다고 생각하니 망설여져서 그동안 못 했다. 강가에서 한참 두리번거렸지만 산과 산꼭대기에서 불어오는 만

년설, 골짜기, 얌전한 풀뿐이었다. 골짜기가 좁아지고 강둑에는 노란 꽃이 핀 덤불이 빽빽하게 자라며, 숲의 경계에는 전나무와 소나무들이 둘러쳐져 있었다. 무지 괜찮은 지점이었다.

나는 더워서 허리에 단단히 묶었던 테리의 코트와 지그재그 무늬 스웨터를 풀었다. 블라우스 버튼을 풀었다. 마스크 남자가 저기서 지켜보고 있을 수 있었다. 그렇게 계속 옷을 벗고 딱한 속옷 차림의 내가 되었다. 스타킹에 난 구멍들이 피부에 웃긴 무늬를 만들었다. 늙어가면서 몸은 물렁해지고 모양이 허물어졌다. 우리 집 뒷마당의 돌능금나무 아래 떨어진 능금들처럼. 내 나이의 대부분 여성처럼 나는 실용적인 속옷을 입었다. 제조사에서는 살색이라고 부르길 좋아하지만, 누구의 살을 염두에 두고 결정한 것인지 의아한 색이다. 이 살색을 가진 불쌍한 사람들이 어디 있을 수도 있지만, 그럴 것 같지는 않다. 나는 짙은 색의 속옷을 입어본 적이 없고, 많은 사람들이 믿는 것으로 알고 있는, 우리가 우선적으로 남자들의 성적 목적에 봉사하기 위해 이 지구에 존재한다는 것을 늘 믿기가 힘들었다.

내가 어렸을 때, 열한 살도 안 된 소녀였을 때, 어머니와 아버지는 나와 데이비를 데리고 애머릴로의 수영장에 가곤 했다. 거기엔 소독제 냄새가 나고 바닥은 동굴처럼 미끄럽고 울퉁불퉁한 작은 탈의실이 있었다. 햇볕에 탄 대머리 남자가 거기 벽 위쪽 작은 둥근 창으로 나를 지켜보는 일이 종종 있었다. 그가 거인이었든지 아니면 의자를 놓고 올라섰을 것이다. 흐릿한 작은 둥근 창으로는 빨간 정수리와 희번덕거리는 눈밖에 안 보였다. 나는 비명을 지르지도 않았고 누구에게 한 마디 하지도 않았다. 가끔 내가 왜 그 남자가 지켜보는 걸 알면서도 옷을 벗었었는지, 나 자신에 대해 궁금해질 때가 있다. 대부분의 사람들은 욕망의 대상이 되는 걸 좋아하는 것 같다. 심지어 때로는 가장 바람직하지 못한 환경에서조차도 말이다. 그게 사람으로서 우리의 큰 흠결일지도 모른다.

나는 브라를 벗고 스타킹을 말아 내리고 옷들을 풀밭 위에 접어놓았다. 이상하게 가벼운 기분을 느끼며 몸을 돌렸다. 자연 속에서 완전히 벌거벗었다. 나는 늘 몸집이 작았고 지금도 되도록 그렇게 유지를 하려 노력하고 있다. 하지만 비터루트에서는 식량 공급이 적고 많이도 걷고 있었으니 점점 말라서 내 그림자도 금방 알아보지 못했을 정도였다.

내 몸을 내려다보았다. 소녀 때는 종종 교만하고 불손한 생각을 품었던 적이 있다고 여기서 인정을 해야겠다. 그 이후 많은 심리학자들이 그런 것을 여성의 자연스러운 발달에 따라오는 과정이라고 생각한다는 것을 배웠다. 요즘 사람들이 나한테 관심을 가지게 되기 전까지는 심리학에 대해서 많이 모르고 살아왔다. 나의 부모 대에 인기가 있었던 골상학과 별반 다르지 않은, 혼란스러운 과학으로 보이는 것을 가지고 사람들이 서로를 이해하려고 애쓰는 모습을 보면 재미있다. 내 머리를 가지고 다른 사람의 머리를 이해하려고 노력하는 것은 망치를 가지고 다른 망치를 고치려고 하는 것과 같다. 어쨌거나 심리학은 시 같은 것에 더 가까운지도 모른다. 하지만 시보다는 도움은 안 될 거다. 특히나 성에 대해서 논하려 할 때는.

요즘 여자들은 성적 욕망을 허락받았다. 내가 젊을 때는 여자의 성이라는 건 모두가 아는 지저분한 작은 비밀이었다. 일요일에 잘 차려입고 어머니와 데이비와 함께 옛날 제일감리교회당까지 중앙로를 걸어갈 때면 남자들이 나를 알아봐주길 바라던 기억이 난다. 옛날 교회를 부수고 워시번 거리에 새 교회를 짓기 전이었다. 옛날 교회가 더 좋았는데. 내 눈색을 받쳐줘서 입으면 너무 사랑스러워 보인다고 생각되던 파란 면 원피스가 있었다. 내가 열네 살 때 어느 일요일, 엄마가 나를 부르더니 그런 식으로 걷거나 남자들을 쳐다보아서는 안 된다고 경고했다. 나를 조그만 불개미라고 하면서 언젠가 문제가 생길 게 분명하다고 했다. 어떤 관점에서는 어머니가 옳았지만, 나로서는 필리스 스토어라는 여자애가 한 짓들의 반도 해본 적이 없었고 그 애는 결국 나와 비슷하게 귀결이 났다. 신께서 그녀에게는 네 명의 건강한 아이를 허락하셔서서 다들 내가 이걸 쓰는 오늘날까지 잘 살아 있고 자식들도 낳았다는 것만 제외하면 말이다.

나는 모래톱으로 들어갔다. 물이 발목까지 올라왔다. 무지 추웠지만 목욕을 꼭 하겠다고 마음을 다잡았다. 휘적거리며 무릎까지 물속으로 들어갔다. 나이가 들면 균형 감각이 예전 같지 않다. 게다가 물살이 예상보다 셌다. 나는 갑작스레 비틀거리다가 넘어져 물에 빠졌다!

차가운 강물이 내 몸을 집어삼키자 소몰이 막대에 감전된 듯했다. 돌투성이 강바닥을 걷어차며 손으로 헤집었다. 갑자기 아무 바위도 손에 잡히지 않았다. 나는 수면으로 떠올라 머리를 내밀려 분투했다. 나무와 강둑이 바뀌면서 정신없이 지나갔다. 더 이상 내 옷을 접어둔 곳이 보이지 않았다.

나는 있는 힘을 다해 고함을 지르려 했지만 물이 너무 차가웠고 입을 가득 채워버렸다. 나는 미친 사람처럼 물을 꿀꺽꿀꺽 삼키고 웩 뱉고 기침했다. 물살에 휩쓸려 어쩔 줄 모르다가 간신히 숨 한 번 들이마시고 다시 물속으로 거꾸러졌다. 폐와 팔이 엄청 힘겨웠다. 너무 무서웠다. 다시 물속으로 들어가기 직전에 숲에서 웬 형체가 나타나 나를 앞질러 강둑을 달렸다. 이런 아뿔싸! 나는 그런 생각이 들었다.

뭔가가 내 앞쪽 물 위로 첨벙 떨어졌다. 나는 최선을 다해 눈을 닦으며 커다란 썩은 통나무 쪽으로 허우적거렸다. 굵은 목소리가 통나무를 잡으라고 소리쳤다. 나는 열심히 헤엄을 쳐 통나무 끝을 제때 잡았다! 갑자기 물살이 내 뒤로 빠져나갔다. 통나무 속에 살던, 지네로 짐작되는 벌레를 건드렸는지 손가락 사이를 쏘였다. 끔찍하게 아팠지만 그 와중에도 통나무를 놓지 않았다.

눈을 깜빡이며 물을 털어내니 마스크 남자가 강둑에 버티고 서서 통나무를 끌어당기는 게 보였다. 이런 세상에나! 가까이 갈수록 물살 소리 위로 그의 용쓰는 숨소리가 커졌다. 월드립 씨의 농장에서 소가 출산할 때 관리인이던 조 플러드가 끙끙거리며 새끼를 빼내면서 내던 소리랑 비슷했다.

어느새 나는 물가로 끌어당겨져 그의 하얀 티셔츠 마스크에 그려진 팬케이크를 알아볼 수 있게 됐다. 입 위의 천은 숨을 빨아들이고 내뿜느라 축축한 둥근 자국이 났다. 그는 통나무를 놓고 내 겨드랑이를 잡고 물 밖으로 끌어냈다. 나는 강둑에 뻗어 숨을 헐떡였다. 세례자처럼 젖고 벌거벗고 추위에 질렸지만 살아 있었다.

사람들은 그 작은 비행기가 비터루트에 추락할 때 무슨 생각을 했냐고 물어보곤 한다. 늘 젊은 사람들이 그런 질문을 했다. 나는 그들을 실망시킬 수밖에 없었다. 무슨 생각을 했는지 기억나지가 않았다. 내 머리는 월드립 씨가 뒤뜰 현관에 내놓은 콜라병들처럼 텅 비어 있었으니까. 그러나 강에서 익사할 지경이 되었을 때는 떠오른 생각이 있었다고 할 수 있다. 월드립 씨 생각이었다. 아무것도 생각할 수 없게 되기 전 마지막으로 떠오르는 것이 그였으면 했다. 그래서 내 상태가 괜찮아지기 전까지 머릿속으로 그의 이름을 되풀이했다.

구름 한 점 없는 푸른 하늘이 보였다. 남자가 몸을 굽혀 나를 내려다보았다. 마스크가 젖어서 얼굴에 달라붙자 수염 난 턱선이 드러났다. 그의 에메랄드 녹색 눈 속에서 분홍색의 벌거벗은 늙은 여자의 모습이 분명히 보이는 듯했다. 그렇게 나를 구해주러 온 것을 보니 내가 옷을 벗고 목욕을 하러 갈 때도 지켜보고 있었다는 걸 알 수 있었다.

괜찮아요? 그가 물었다.

나는 괜찮다고 말했다.

남자는 자기 오리털 패딩으로 나를 감싸고 불을 피워주었다. 늦은 오후였고 바람이 일어났다. 나는 바닥에 앉아 작은 생물에 찔린 손을 문질렀다. 모닥불이 옆으로 넘실거리며 강가의 키 큰 풀들을 그을려 모기와 각다귀를 쫓았다. 낮에 보는 불은 무지 낯설고 가짜처럼 보였다. 남자는 상류 쪽으로 가서 내 핸드백, 손도끼, 금속 냄비, 물통, 테리의 코트, 더러운 옷가지, 월드립 씨의 부츠를 가지고 오겠다고 했다. 그는 바위와 풀들 뒤로 사라졌고 나는 기다렸다. 손을 그의 코트 주머니에 넣고 있다가 작은 만능키를 발견했다. 골동품 같았다. 다른 쪽 주머니에는 처음엔 손수건이 들어 있는 줄 알았는데 알고 보니 여성 팬티였다. 파란 면 소재였고 깨끗해 보인다는 것 이외에 별다른 특징이 없었다. 다시 넣어놓고 당시에는 별생각 하지 않았다.

벌거벗고 남자 코트를 입고 있자니 아버지가 그린벨트 호수로 수영을 데려가던 기억이 났다. 나는 호숫가에 앉아 작은 몸을 수건으로 감싸고 나의 땋은 머리를 텍사스 태양에 말렸다. 아버지는 아주 종교적인 사람은 아니었다. 어머니와 이웃들 때문에 교회는 다녔다. 문맹에 사금 채취자였던 블랙모어 할머니는 콜로라도에서 아버지를 거칠게 키웠다. 할머니의 진짜 과거가 어땠는지는 아버지에게도 수수께끼였다. 아버지는 할머니가 한때 유럽에서 혀 없는 광대와 결혼했다가 마라케시 시장에서 석화된 원숭이 심장을 팔았다는 대단한 이야기를 들려주곤 했다. 나는 이야기 능력을 아버지 쪽 가계에서 물려받았다. 어쨌든 아버지는 나랑 데이비를 데리고 가서 다 같이 아기처럼 벌거벗고 수영을 했다. 어머니가 알면 못 하게 했다. 어머니는 아버지의 이름을 부르는 수천 가지 방법만으로도 아버지를 주눅 들게 만들 줄 알았다. 결국 말년에 아버지는 어머니가 하라고 하는 일만 하게 됐다.

30분이 좀 더 걸려서 남자가 테리의 코트를 입고 내 핸드백을 들고 상류에서 돌아왔다. 내 핸드백과 옷가지와 테리의 코트를 내 옆에 얌전히 놓았다. 한 마디도 없이 모닥불 건너에 앉아서 고개를 돌렸다.

나는 다시 도와주어 고맙다고 인사했다. 내가 끔찍하게 폐를 많이 끼치네요, 하고 말했다.

그는 답하지 않았다.

나는 일어서며 그의 패딩을 땅에 떨어뜨리고 다시 벌거숭이가 됐다. 태양이 지고 있어서 큰 산이 우리 위로 무한한 그림자를 드리우고 있었다. 남아 있던 모든 낮이 봉우리 뒤에서 고귀한 색으로 타올랐다. 모닥불 빛은 벌거벗은 몸에 도움이 안 됐다. 나는 옷을 입기 시작했다. 너덜너덜해진 스타킹은 돌돌 말아 핸드백에 넣었다. 나는 남자에게 다시 옷을 입었으니 돌아앉아도 좋다고 말했다. 그래도 그의 마스크 쓴 얼굴은 멀리 바위 지대를 향했다.

해가 얼마 남지 않아 더 이상 갈 순 없어요. 마침내 그가 말했다. 오늘은 여기서 자요.

나는 테리의 코트로 몸을 감싸고 넘실거리는 불꽃 너머로 남자를 보았다. 당신도 나랑 같이 있을 거예요?

난 여기 있을 수 없어요.

나는 왜 안 되냐고 물었지만 그는 대답하지 않았다.

예수님이 당신을 보냈나요? 내가 물었다.

아뇨.

내 이름은 클로리스 월드럽이에요. 당신 이름은요?

남자는 마스크를 바로잡고 일어섰다. 포일에 싸인 네모난 초콜릿을 꺼내더니 이걸로 저녁을 대신하라고 했다. 나는 초콜릿을 받으며 그의 손을 만지려 했지만 그는 과거 있는 개처럼 손을 뺐다.

내일은 숲을 가로질러 가야 해요. 내가 말한 열쇠구멍이 바로 저기 있어요. 아침에 볼 수 있을 거예요. 남자가 어두워 가는 숲 입구를 가리켰다. 바로 저기예요. 등산로를 따라가요. 표지판이 보일 거예요. 기억하죠? 동쪽으로 곧장 가면 돼요. 퓨마를 조심해요. 뱀도. 너무 많이 쉬지 않으면 고속도로에 일주일 안에 도착할 수 있어요.

나는 그에게 제발 같이 가면 안 되느냐고, 혼자서는 갈 수 없을 것 같다고 말했다.

부인, 그가 말했다. 정말 미안합니다. 그리고 자기 외투를 챙겨 어두운 숲속으로 들어갔다.

–

나는 아주 피곤했기에 잘 잤고 아침이 빨리 찾아왔다. 불은 꺼져 있었다. 나는 남자를 찾아보지 않았다. 땅 위에 작은 상자가 놓여 있었다. 그 안에는 귀리와 소금에 절인 물고기 네 마리가 아이다호 주 작은 도시 영화관의 상영시간을 실은 신문지에 싸여 있었다. 도시 이름은 기억이 안 난다. 그것 말고도 여섯 개의 불쏘시개 막대와 색소폰 부는 돼지 그림 같은 게 그려져 있는 라이터가 들어 있었다. 나는 정신을 차리고 시리얼 박스를 월드립 씨의 부츠와 함께 핸드백에 욱여넣었다. 그리고 불쏘시개들과 라이터, 조그만 빨간 물통은 테리의 코트 주머니에 넣었다.

그쯤 되자 마스크 남자가 무지 궁금했다. 마스크는 범죄자들이 범죄를 저지를 때 쓰는 것이라고 들어보았을 뿐이다. 자선과 이타적인 행동을 위해 얼굴을 가리는 사람에 대해 들어본 적은 많지 않다. 그래도, 내가 잘 몰라서 그랬을 수도 있지만, 그가 범죄자일 수 있다는 생각은 아직 들지 않았다.

그때는 계산해보니 비터루트의 야생에 떨어진 지 21일째 되는 날이었다. 하루 종일 야외에서 지내는 데 익숙해지고 있었다. 하지만 통재라, 어딘가 지독하게 아팠고 뿌리 뽑혀 굴러다니는 풀처럼 힘들고 피곤했다. 집에 가고 싶었다. 그래서 나는 마스크 남자가 준 붉은 물통을 채우고 몸을 좀 곧게 세우며 산들과 야생의 땅을 바라보았다. 그러고 나서 그가 가리키던 빽빽한 숲으로 들어가는 컴컴한 입구에 서니 좀 용감해진 기분이었다. 정말 열쇠구멍처럼 생긴 모습이었다.

나중에 들으니 이때쯤 클래런던에서는 교회가 나와 월드립 씨를 위한 촛불 기도회를 열었다고 한다. 신도들 대부분이 나왔고 심지어 120킬로그램이 되어 걷지 못하게 된 홀든 부인도 네 명의 손자에 의해 캔버스 천에 실려, 마치 살아 있는 시체처럼 옮겨 나왔단다. 기도회는 어느 따뜻한 수요일 저녁에 시청 앞 깎은 잔디 위에서 열렸는데, 빌 목사가 실종자들에 대한 기도를 시작할 때 술 취한 깡패들을 가득 태운 트럭이 길 건너 약국을 뚫고 들어갔다. 신이 보우하사 아무도 다치지 않았지만 어떤 사람들은 우리가 돌아오지 않을 거라는 징조로 받아들였다고 한다.

나는 다시 한번 몸을 돌려 비행기가 추락했던 거대한 산을 올려다보았다. 그때의 충격과 형용할 수 없던 소리에 대해 생각했다. 아직 가문비나무 위에 있을 불쌍한 월드립 씨와 그가 걷기 시작한 이래 매해 사냥했던 종족의 원수를 갚겠다는 듯 그를 쪼고 있을 새들을 생각했다. 넌더리나는 산을 마지막으로 한 번 더 쳐다보고 열쇠구멍 속으로 들어가 어두운 숲을 결연히 헤쳐나가기 시작했다. 거기서 나를 기다리고 있었던 것을 쉽게 잊지는 못할 것이다.

#

푸른 새벽에 루이스는 경비대 모자를 옆구리에 끼고 하얀 통나무집 초인종을 울렸다. 블루어가 나왔다.

딸애를 또 데리러 와줘서 고마워요. 블루어가 말했다.

질이 산에 도착한 지 일주일이 더 지났고 매일 아침 루이스는 질을 데리고 경비대 사무소로 갔다. 그들은 아무 말 없이 히터의 웅웅 소리만 들으며 같이 차를 타고 갔다.

가는 길인걸요. 루이스가 말했다.

블루어가 고개를 숙여 루이스의 뺨에 키스했다. 질은 뒤쪽에 나가 있어요. 블루어가 말했다. 오늘 아침 출발에는 좀 문제가 있겠네요.

블루어가 루이스에게 커피잔을 건넸고 루이스는 유리문을 밀고 나가 데크 난간에서 담배를 피우며 뭔가를 응시하고 있는 질을 보았다. 루이스도 다가가 시선을 따라 보았다. 수척한 다람쥐가 소나무 가지에 앉아서 앞발 사이에서 꿈틀거리는 눅눅한 털 뭉치를 돌리고 있었다.

자기 새끼를 먹고 있어요. 질이 말했다. 탑에 갇혀 죽은 이탈리아 영주 우골리노처럼.

어린 것이 끼끽거리며 따닥거렸고 다람쥐는 새끼의 두개골을 돌리며 이를 드러내 손대패처럼 살을 벗겼다. 루이스는 커피를 홀짝이다가 인상을 쓰고 혀끝에서 발톱 조각을 짚어냈다. 난간 너머로 침을 뱉고 발톱 조각을 손가락에서 튕겨버렸다. 그러고서 집 쪽을 보자 블루어가 창가에 서서 둘을 지켜보고 있었다.

루이스가 다시 소녀를 보며 경비대 모자를 들어 밝게 물드는 하늘을 가리켰다. 폴슨 대원과 피트도 태우러 가야 하고 오늘 갈 길이 머니 이제 떠나야 한다고 말했다.

질이 담배 연기를 동그랗게 말아냈다. 욕조 쪽을 향해 고갯짓을 했다. 나 소리 다 들었어요.

무슨 소리?

당신이랑 아빠가 자쿠지 안에서 성교하는 거.

무슨 말인지 모르겠네.

지난주에 당신 여기 왔을 때. 둘이 섹스하는 거 들었어요.

아니. 루이스는 갓난 새끼를 견과 열매처럼 해치우는 다람쥐를 보았다. 빌어먹을 동물들 소리를 들은 거겠지.

난 이 남자애랑은 해도 되겠다고 생각했는데, 나중에 걔가 학교에서 내 보지가 낡은 군화처럼 생겼다고 떠들었어요.

루이스가 커피를 데크 너머로 부었다. 남자애들이 비열해질 때가 있지.

남자는 이래야 한다고 생각하면서 행동하는 남자는 가스실로 보내야 돼요. 여자는 이래야 한다고 생각하면서 행동하는 여자도 가스실로 보내야 하고.

우리가 좋아하지 않는 사람들도 필요할 때가 있을지 몰라. 어떤 이유가 있어서 말이야.

그럴지도요. 질이 말하고 또 아무것도 없는데 손을 휘둘러 철썩거렸다. 생태계에 각다귀가 필요한 것처럼 말이죠? 짜증나는 인간들이 모두 없어지면 사회가 끝날지도 모르죠.

루이스가 다시 창문으로 고개를 돌렸다. 블루어가 유리창 뒤 그늘에서 계속 지켜보고 있었다. 미소 지으며 백묵 묻은 손을 들어 올렸다.

아빠가 너를 충분히 인정해주지 못하고 있다는 생각이 들기 시작하네. 루이스가 말했다.

엄마가 아파서 몸을 움직이지 못하게 됐어요. 심지어 말도 할 수 없었어요. 그런데도 아빠는 엄마를 휠체어에서 내려서 거실 깔개 위에서 성교를 하곤 했어요. 죽던 그주까지요.

로맨틱했던 걸 수도.

그렇지 않았어요. 질이 말했다.

루이스는 질이 담배를 빠는 모습을 지켜보았다. 완벽한 코에서 연기가 천천히 퍼지며 빛이 얼굴의 상처 자국을 무늬처럼 비췄다.

질이 말했다. 난 죽기 전에 여러 번 바뀌는 그런 사람들처럼 되고 싶어요. 난 도쿄의 남자와 결혼할 수도 있고 그는 유니세프에서 아프리카 자원봉사를 하다가 바람을 피우는 거죠. 도서관 사서가 돼서 이란계 미국인 여자를 사귈 수도 있어요. 여자친구는 공원에서 핫도그를 팔아요. 물이 새서 곰팡이가 피는 신발 가게 주인이 될 수도 있어요. 망하는 거죠. 노숙자 센터에서 상담가로 일할 수도 있고요. 뉴펀들랜드에서 아들과 낚시 도박을 해서 감옥에 갈 수도 있어요. 지금 여기랑 다르기만 하면 뭐든.

고등학교 먼저 마쳐야 한다고 생각하지 않니?

질이 담배를 난간에 비벼 끄고 루이스를 돌아보았다. 진지하게 좀 대해줘요.

학교를 마치지 않으면 후회하게 될 거야.

뭘 후회해본 적 있어요?

그렇겠지.

그 노부인이 아직 어딘가에 살아 있다면 그 사람도 후회하는 게 있을까요?

뭐, 우리가 발견하면 물어볼 수 있겠지.

추락 때 죽지 않았더라도 지금쯤 자살이라도 했을 거예요.

루이스는 다시 소나무 위로 시선을 돌렸다. 다람쥐는 가고 없었다.

–

루이스는 백미러를 확인했다. 질은 뒷좌석에서 잠이 들어 차창에 몸을 기대고 있었다. 늙은 개는 질의 발치 바닥에 웅크리고 있었다. 피트는 빨간 머리에 두건을 푹 쓰고 질 옆의 좌석에 앉아서 자수를 놓았다. 루이스가 운전을 하는 세 시간 동안 피트는 이따금씩 비디오카메라를 들고 질과 자수틀과 개와 앞좌석의 클로드의 뒤통수를 찍었다. 한번은 루이스에게 고정하고 있다가 보온병에서 메를로 마시는 장면을 잡았다.

상태가 더 안 좋아지는 컴컴한 숲길을 거의 한 시간 더 운전했고 자주 차를 멈추고 도로에 떨어진 나뭇가지를 치워야 할 때 루이스는 몰래 왜고니어 뒤 트렁크로 가서 숨겨둔 메를로를 보온병에 채우곤 했다.

시동을 끄자 질이 깨어났고 다른 사람들은 차 밖으로 나가 문을 쾅쾅 닫았다. 질이 루이스를 향해 잠시 누군지 잊어버렸다는 듯이 눈을 껌뻑이더니 도착했냐고 물었다. 루이스는 그렇다고, 이제 나란히 걸으면서 블랙엘크 계곡까지 등산로를 훑어나갈 거라고 말했다. 거기서 2킬로미터 정도 더 가다가 클로리스 윌드립을 못 찾더라도 어두워지기 전에 돌아올

거라고 했다. 루이스는 클로리스가 계곡에 있을 것 같다고
말했다.

질과 피트에게 형광 주황 조끼를 주고 나서 수색팀은 붉은
칠이 벗겨진 나무 표지판들이 세워져 있는 무성한 등산로를
따라갔다. 차례로 클로리스 월드립의 이름을 외쳐댔다. 클
로드는 박자를 맞춰 마체테 칼로 소나무 가지를 쳐내고 늙은
개는 그 발치에서 비틀거렸다. 관목 덤불 계곡으로 내려가는
그들은 마치 기도하는 순례자들 같았다. 피트는 목에 건 비
디오카메라를 힘겨워하며 쌕쌕거리고 두건을 바로잡거나 새
가슴을 움켜쥐며 멈춰 서곤 했다.

뒤처지지 마, 피티. 클로드가 말했다. 잘못하면 잃어버려.

숲이 끝나고 수풀이 나왔다. 널찍한 골짜기에는 바람에 잔
뜩 휘어진 소나무들도 몇 그루 서 있었다. 저 앞에 강이 있었
다. 그들은 흩어져서 피트와 클로드가 같이 갔다. 개도 종종
거리며 그들 뒤를 따랐다. 죽은 동물 사냥꾼들이 산봉우리들
을 수놓았다.

여기 와보니까 어때? 루이스가 말했다.

당신은 도쿄를 가봐야 한다니까요. 질이 말했다.

루이스가 배낭끈을 조이고 풀밭에 침을 뱉었다. 너는 가봤
어?

아뇨.

그럼 어떻게 알아?

잡지에서 사진을 봤어요.

빌어먹을 자연 풍경 속에 있는 건 어때서?

도쿄가 자연이에요.

루이스가 잇새를 쓰읍 빨아들였다. 네 말이 옳을지도 모르지. 여기와 별반 다르지 않을지도 몰라.

수색팀은 강에 도착해 멈췄다. 질이 바위에 앉아 담배에 불을 붙였다.

그 빌어먹을 걸 여기 버리면 안 돼. 루이스가 질에게 말했다.

클로드와 피트가 하류를 30미터쯤 훑었다. 개도 냄새를 맡으며 돌아다니다가 풀을 먹고 구역질을 했다. 피트가 비디오 카메라를 나무 그루터기에 올려놓고 클로드를 향하게 했다. 클로드는 피트 앞에 서서 물 쪽으로 팔을 휘저으며 손으로 발톱 모양을 만들어 보이고 뭐라 떠들었지만 루이스에게는 들리지 않았다.

질이 파란 칠을 한 듯한 눈에서 머리카락을 쓸어 올리고 바람을 맞으며 손을 찰싹거렸다. 전남편이 아직도 미워요?

루이스가 배낭에서 보온병을 꺼내 뚜껑을 돌렸다. 경비대 모자를 뒤로 밀어젖히고 마셨다. 벌써 늦은 오후였고 강 위로 산들이 푸르게 흔들렸다. 그런 빌어먹을 질문은 왜 하는 거야?

질이 어깨를 으쓱했다.

아니. 루이스가 말했다. 미워하지 않아.

사랑해요?

가끔 그 사람이 경비대 사무소로 오이 샌드위치를 가져와서 같이 점심을 먹곤 했어. 빌어먹을 손도 잡고 나를 사랑한다고 말해줬지. 그때는 나도 사랑했는지 몰라.

왜요?

나한테 한 번도 나쁜 말을 한 적이 없어. 내가 더 많이 말을 했지. 그래서 일이 그렇게 됐는지도 모르지만. 난 편한 사람이 아니야. 아무것도 아닌 일로 그를 힘들게 했어. 하지만 가끔, 그가 봐야 할 게 빌어먹을 나밖에 없다는 듯이 날 보는 걸 알 수 있었지. 그게 문제였는지도 몰라. 그는 나한테 빌어먹게 좋은 남자였어.

난 고양이를 좋아했는데 그러다 그게 우스꽝스럽다는 걸 깨달았어요. 질이 말했다.

루이스가 고개를 저으며 입술의 메를로를 핥았다. 그가 선고를 받을 때 법원에서 다른 아내들 중 하나와 얘기를 했어. 우리 서로 너무 빌어먹게 미안하다고, 그가 우리한테 한 짓이 전부 얼마나 빌어먹게 나쁜 짓이었냐고. 하지만 그 여자가 그러는 거야. 자기가 가졌던 게 정말 특별한 건 줄 알았는데 그렇지 않아서 너무 괴롭다고. 우리 모두 다른 사람들은 가지지 못한 특별한 걸 가지고 싶어 하는 것 같아.

슬프고 멍청한 여자네요. 질이 말했다. 그러고서 바위에 대고 담배를 끈 다음 꽁초를 강으로 날렸다. 정말 특별한 거 따윈 없어요.

네 말이 맞는 것 같아.

전남편이 당신을 사랑했다고 생각해요?

루이스가 다시 보온병을 마시고 트림을 하며 풀밭에 붉은 침을 뱉었다. 그렇게 거짓말을 당했으니 의아해지지. 하지만 나는 그가 빌어먹을 세 명의 여자들에게 자신의 가장 좋은 부분을 나눠주고 돌봐주긴 했다고 생각해. 어쩌면 정말 사랑했고. 모르지. 판사가 왜 그랬냐고 물었더니 빌어먹을 롤런드가 말했어. 우리 중 누구 하나도 없는 삶을 상상할 수 없었다고. 자기가 욕심 많은 남자였을 수는 있지만 사랑하는 단 한 명의 사람과만 함께하는 삶은 충분하지 않았다고. 자기는 나눠줄 사랑이 너무 많아서 사랑을 주는 게 범죄라면 자기를 가두고 열쇠는 물고기에게 주라고.

자기가 고양이를 사랑한다고 믿는 사람도 있는데, 자기가 한 사람 이상을 사랑할 수 있다고 믿는 사람도 당연히 있겠죠.

루이스가 보온병에서 한 모금 더 마셨다. 질이 어느 바위에 위태롭게 앉아 다리를 끌어안았다. 숱 많은 머리채는 바람에 날리기엔 너무 무거워 보였다. 태양이 얼굴의 상처 자국을 골고루 내리쬐었다.

네 아빠는 정말 너를 제대로 인정해주질 못하네. 루이스가 말했다.

질은 아무 말 하지 않았다.

너도 네 아빠를 닮은 데가 있겠지.

우린 전부 똑같이 지루한 사람들이에요.

클로드가 하류 쪽에서 그들에게 휘파람을 불고 팔을 흔들었다. 피트도 팔을 흔들고 휘파람을 불려고 하다가 대신 한바탕 기침을 터뜨렸다. 허리를 굽히고 기침하는 피트의 등을 클로드가 두드려주었다.

루이스와 질이 그들 쪽으로 가보았다. 질은 가는 길에 또 담배에 불을 붙였다. 그들이 클로드에게 가자 그는 말없이 팔을 들어 손가락으로 어느 쓰러진 가문비나무 그루터기를 가리켰다.

루이스가 가까이 가서 무릎을 꿇고 보니 글자들이 어설프게 새겨져 있었다. 그 위를 손가락으로 더듬어보았다. 그러고는 일어나 보랏빛으로 물든 입 주위에 둥글게 손을 대고 비틀비틀 원을 그리며 걸었다. 실종된 여인의 이름을 외쳤다. 손을 내리고 붉어진 눈으로 골짜기 여기저기를 둘러보았다.

빌어먹을, 이럴 줄 알았어. 루이스가 중얼거렸다.

질이 그루터기 옆에 무릎을 꿇고 담배를 피웠다. 피트가 새가슴 위로 손을 쫙 펴서 얹고 질 옆으로 다가왔다. 나 한 대만 빌려줄래? 심장이 불안정해서.

질이 담뱃갑을 흔들어서 그에게 내밀었다.

피트가 한 대를 뽑아 입술 사이에 끼웠다. 담배에 불을 붙이고 소녀를 건너다보았다. 친절 고마워. 이런 말 해줘도 될지 모르겠는데, 넌 내 아내랑 달리 나이 들면 멋진 중년 여성이 될 것 같아.

클로드가 경비대 모자를 벗고 손등으로 파란 코를 닦았다. 개에게 손가락을 튕기자 개가 따라왔고 클로드가 루이스에게 와서 어깨에 손을 올렸다. 좋은 뜻으로 새긴 이름 같지는 않아요, 데브. 이젠 죽었을 것 같은데. 우리가 발견해주기를 바라면서, 알리고 싶었겠지. 대단한 여자인 것 같아요.

조각 솜씨가 좋은 건 아닌데. 피트가 말했다. 애들도 저보단 잘하는 경우가 있던데.

내가 대단하다고 한 건 조각 솜씨가 아니야, 피티.

질이 담배꽁초를 강으로 버리고 다른 이들을 조용히 보았다. 얼굴의 상처가 태양 아래 더 짙은 분홍이 되었다.

루이스가 흙덩이를 찼다. 빌어먹을 시체는?

동물들이 먹어치웠겠지. 클로드가 말했다.

유감스러운 일이야. 피트가 말했다. 여기까지 내려와서 나무에 이름을 새기다니, 엄청난 부인이야. 별로 잘 새기진 못했다고 해도 말이야.

동물이 먹은 흔적은 안 보여. 루이스가 말했다. 피도 없고 머리털도, 뼈도, 빌어먹을 무릎뼈도 안 보이잖아.

질이 수풀 쪽을 둘러보았다. 나도 안 보여요.

클로드가 깨끗한 검은 머리를 쓸어넘겼다. 데브, 이 클로리스 월드립에 대해 당신 정말 이상하게 굴고 있어요.

루이스가 보온병을 벌컥벌컥 마시다가 메를로를 앞섶에 흘렸다. 얼굴을 닦고 나서 와인 묻은 가운뎃손가락을 클로드에게 들어 보였다. 넌 밤마다 빌어먹을 아르마딜로를 탄 외눈박이 빨간 머리를 찾아서 숲을 헤매잖아.

클로드가 아무 말 않고 이맛살을 찌푸렸다. 무례하게 굴 필요는 없잖아요, 데브. 난 그저 노부인이 안 보이는 이유를 설명한 건데.

#

길고 끔찍했던 이틀 동안 그 이상한 숲을 뚫고 정처 없이 앞으로 나아갔지만 마스크 남자가 말했던 옛날 등산로는 아직 나오지 않았다. 보이는 것은 그저 나무들과 더 많은 나무들뿐이었다. 세상에나, 나무들이 이렇게 많았다!

나무 우듬지가 태양을 걸러, 조각조각 부서지는 빛 때문에 무지 어지러웠다. 윌드립 씨가 운전하는 트럭을 타고 클래런던의 굿나잇 거리를 내려갈 때와 마찬가지 효과였다. 그 거리엔 키 큰 오래된 느릅나무 가로수가 줄지어 서 있는데 그 아래를 지나갈 때도 햇빛이 조각조각 갈라져 들어왔었다. 남자가 준 조그만 나침반으로 동쪽으로만 가려 애를 썼다. 하지만 나무들 때문에 뱀처럼 구불구불 갈 수밖에 없었다. 이제는 내가 세상을 떠나기 전에 다시 나무를 못 본다고 해도 괜찮을 것 같았다.

마스크 남자가 더 이상 나를 지켜보지 않는다고 생각하니 불안했다. 테리가 끔찍한 혼돈 속에 숨을 거두던 날 밤처럼

200

무섭도록 외로웠다. 신께 버림받아 무슨 황량한 요정 나라에 온 것 같았다. 기이한 장면들이 나를 맞이했다. 역겨운 음치 새가 지저귀며 벗어져가는 발로 나무에 앉아 있었다. 머리털 이 벗어진 노란 눈의 설치류가 염증으로 고생하며 느릿느릿 움직였다. 심해에서나 볼 법한 색소 없는 곤충들이 손바닥 크기만 했고 안개 속을 검은 나비들이 떠다녔다. 죽은 나무 들의 헐벗은 가지가 서로 부딪쳐 딸깍거리는 동안 나는 그 아 래서 미끈거리는 개구리가 다른 미끈거리는 개구리를 먹는 모습을 지켜보았다. 검은 덤불 주위에 수백 마리의 발광 날 벌레들이 모여 있는 광경도 보았다.

이곳 공기는 정체돼 있어 소리가 잘 전달되지 않았기에 종 이 위의 모래 같은 내 숨소리만 들렸다. 바닥은 떨어진 나뭇 가지로 가득해서 납골당 바닥처럼 계속 버석거리고 따닥거 렸다. 노쇠한 악마처럼 모든 것이 아파 보였다. 나는 두려웠 지만 빗속에서 밤을 보내고 난 다음에야 그 모든 것의 공포가 마침내 실감이 났고 내가 얼마나 외로운지 오롯이 인정하게 되었다.

그 이상한 숲에서 3일째로 헤아려지던 날 밤, 이런 일이 일 어났다. 처음에는 비가 부드럽게 내리기 시작했다. 하지만 점점 더 쏟아부었다. 그때 다행히 커다란 석회암벽에 도착했 다. 예전 애머릴로 시내에 있던 텍사스 주립은행이 생각날 정도였다. 내가 그 분야의 권위자는 아니지만 온갖 원주민들이 한때는 비터루트에 터를 잡고 살았다는 글을 읽은 적이 있기에, 그때 내가 고대 건축물 유적과 우연히 마주친 게 아니었을까 믿고 싶다. 지구 반대편 페트라 유적 같은 것 말이다. 나는 석회암 중간의 돌출부로 올라가서 일종의 처마 비슷한 것 밑에 바짝 붙어 섰다. 그리고 테리의 코트로 몸을 감쌌다. 바위 바닥에는 네모난 파인 부분이 있어서 마치 거리의 하수구처럼 빗물이 그리로 빠져나갔다.

어두워졌지만 나는 더듬거리며 바위 사이 움푹 들어간 곳에서 불을 피울 마른 소나무 잎 같은 걸 좀 찾아냈다. 불을 피우고 싶었다. 그 자리에 서둘러 작은 더미를 만들었다. 불 피우는 막대는 하나 남은 상태였다. 바보 같은 그림이 그려진 라이터도 테리 코트 주머니에서 꺼냈다. 번개가 쳐서 나는 깜짝 놀라며 라이터를 떨어뜨렸고 라이터는 쭉 미끄러지더니 곧장 그 바위 사이 하수구로 쏙 들어갔다! 거기 손을 넣어서 혹시 중간에 걸렸나 더듬어볼까 하는 생각도 들었지만 이미 어두워졌고 그런 위험을 감행할 수는 없었다.

나는 그 자리에 주저앉아 폭우를 지켜보며 손가락의 결혼반지를 돌리기 시작했다. 이젠 비에 익숙해져서 한탄하거나 하지는 않았고 그냥 월드립 씨의 부츠를 내놓고 바위를 타고 흘러내리는 물로 빨간 물통을 채웠다. 눈이 어둠에 적응되고 나자 온통 검고 회색인 숲이 보였다. 비는 억수로 내렸고 나는 뼛속까지 시렸다. 머릿속에는 춥다는 생각 말고는 아무것도 떠오르지 않았다. 배도 무지 고팠기 때문에 좀 더 오래 버텨주길 기대했던 남은 시리얼을 먹었다. 소금 절인 물고기는 그다지 좋지 못했다.

시리얼을 다 먹고 났더니 퓨마가 보였다. 빗속을 뚫고 살금살금 다가왔다. 그 숲의 모든 것이 그렇듯이 노쇠해 보였다. 어깨뼈가 지나치게 커서 익룡처럼 튀어나왔다. 어둠 속에서 보니 마치 신화 속 날개 달린 짐승 같았다. 내가 앉아 있는 석회암 유적을 수호하는 짐승 말이다. 놈은 꼬리를 왼쪽 오른쪽으로 뱀 머리처럼 쓸어댔다. 입이 벌어져 빗물이 잇새로 흘러내렸다. 나는 무지 겁이 났지만 손도끼를 들어 올리고 있는 힘을 다해 고함을 질렀다. 그랬더니 놈이 펄쩍 뛰며 조그만 새끼 고양이처럼 사라졌다. 그 후에 읽어보니 퓨마는 사람 목소리에 본능적인 공포를 느낀단다.

나는 손도끼를 들고 석회암에 앉아 고양이 녀석이 되돌아오기를 기다렸다. 그럴 때 생각이 제멋대로 흘러나가는 방식이 참 이상하다. 일단 위험이 사라지자 그 고양이가 다시 돌아오진 않을 거라는 확신이 점점 들었고, 나는 다시 과거에 대해, 그리고 나의 대차대조표에 대해 근심하게 되었다. 그러니까 갈런드 프라일이 생각났다는 말이다.

우리가 무슨 대단한 연애를 했던 건 아니다. 독자에게 그런 오해를 남기기는 싫다. 내 세대의 텍사스 여자들은 일반적으로 섹스에 대해 말하지 않는다. 돈리 카운티 같은 곳에서 평생을 보내면 나 말고 다른 사람도 섹스를 하고 있는 건지 확신할 수가 없는 채로 살아갈 수도 있는 것이다. 하지만 이 글의 진실성을 존중하고 정면 승부하기 위해서, 나는 여기에 있는 그대로, 내가 갈런드 프라일과 간통을 저질렀다고 적겠다. 자랑스러운 것은 아니지만 사실이다.

두 번이었다. 처음은 벤트리 거리의 작고 아늑한 그의 부모 집에서 일어났다. 우리는 식탁 위에서 사랑을 나누었다. 두 번째 일은 그로부터 일주일도 안 되는 어느 여름날 오후 식료품점 뒤 저장고에서였다. 저장고는 우리의 뜨겁고 젊은 피를 식혀주었고 우리는 오이와 호박들 위에서 사랑을 나누었다. 나는 그게 아주 많이 좋았다. 한동안 이 일은 나를 괴롭혔다. 침대에서 나의 월드립 씨, 그 착한 남자 옆에 누워 있는 밤에도 욕정 가득한 마음이 그를 불러들이곤 했다. 그날 밤 비터루트에서 비를 맞을 때, 더 이상 아무것도 그다지 의미가 없고 신 역시 그 어느 때보다도 그분으로 느껴지지 않을 때, 그 생각이 나를 괴롭혔다. 그렇게 오래전에 갈런드 프라일에게 그분이 역사하신 방식에 대해 나는 헤아릴 능력이 없었다. 무엇보다도 그분이 내게 역사하신 방식에 대해 헤아릴 수가 없었다. 나에겐 나 자신이 가장 큰 수수께끼다.

그것이 나를 두렵게 만들었고 지금까지도 두렵다. 아무리 반복해서 다시 그 좁은 강낭콩 통조림 통로에 다시 서게 되더라도 나는 같은 결정을 내릴 거라고 거의 확신한다. 제일감리교회에서 무릎을 꿇고 용서를 구할 때마다 나는 그게 진실임을 알았다. 모든 회중이 이기적인 기도를 속으로 중얼거리고, 함께 얇은 목재 건물에 앉아 바람이 우짖는 소리조차 들지 않고 모든 우리 죄인들이 영혼의 잔고를 해명하던 때 나는 기도하곤 했다. 저는 다시 할 거예요, 주여. 저는 다시 할 거예요. 그리고 후회가 되는지도 확실하지가 않네요.

—

나는 자지 않고 아침을 기다렸다. 빗줄기가 느려지더니 완전히 멈추고 구름이 밝아졌다. 하룻밤을 더 살아남았다. 탈진하고 추웠지만 몸을 일으켜 지그재그 스웨터를 짜냈다. 그리고 라이터를 찾을 수 있을까 싶어 바위틈 하수구를 들여다보았지만 고여 있는 검은 물밖에 아무것도 안 보였다. 밝은 시간에 보니 유적은 어둠 속에서 상상했던 것만큼 대단하지 않았다. 월드립 씨의 부츠에 담긴 빗물을 작은 빨간 물통으로 옮기고 나침반을 살펴보았다. 다시 동쪽으로 출발했다.

1킬로미터도 가지 않아 긴 휘파람 소리가 남동쪽 나무들 사이 특히 그늘진 곳에서 들렸다. 나는 멈춰서 귀에 손을 댔다. 바람 부는 날 가축우리에서 나는 소리 같았다. 느리고 학교 갈 나이가 된 소년의 음역대였다. 나는 늘 청력이 좋았다. 그때까지 조용한 삶을 살아서 그런 게 아닌가 싶다. 반면에 월드립 씨는 엽총 때문에 오른쪽 귀의 청력을 거의 잃었다.

나는 나무들을 헤치고 휘파람 소리를 찾아갔다. 가까워지자 그 소리는 여자가 남자와 있을 때 내는 소리 비슷해졌다. 10여 미터 앞쪽에 비뚤비뚤한 소나무 두 그루 아래, 조그만 파란 텐트가 세워져 있었다. 놀라워라, 나는 흥분했다!

나는 있는 힘을 다해 고함을 쳐서, 저 안에서 소동을 일으키고 있는 사람에게 내 존재를 알리려 했다. 하지만 너무 흥분해 목이 꽉 잠겨버렸다. 텐트에 도착해보니 갑자기 소음이 멈췄다. 가서 다시 내 존재를 알리려 했지만 그럴 수 없었다. 나는 떨고 있었다. 대신 나는 텐트 옆면을 두드렸다.

아무 반응도 없었다.

결국 나는 간신히 말했다. 실례합니다. 도와주세요. 계세요? 나는 클로리스 월드립이라고 해요. 비행기 사고가 있었어요.

아무 대답도 없었다.

나는 텐트에 대해 아는 게 별로 없다. 야외에서 자는 걸 별로 좋아해본 적도 없고 말이다. 내가 어릴 때 아버지가 한 번 초원으로 데려가서 트럭 바닥에 승마용 담요를 깔고 별들 아래 누워 잠을 잔 적이 있다. 내 생각에 아버지가 정말 하고 싶었던 건 어머니에게서 하룻밤 벗어나는 것이었다. 데이비가 그 전 여름에 세상을 떠났을 때였고 어떤 여자가 와이오밍 주지사로 막 선출되었던 때였다.

이 텐트에는 지퍼가 있었다. 오래된 것인 듯 푸른색은 우중충해지고 태양빛을 받던 천에는 줄무늬가 생기며 갈라지고 있었다. 바닥 쪽은 나일론 천이 불거지고 튀김 요리사의 앞치마처럼 검게 변색되었다. 나는 불안해지기 시작했다. 그걸 발로 찔러보고 다시 내 존재를 알렸다. 아무 일도 일어나지 않았다. 그래서 용기를 짜내 아래쪽의 지퍼를 잡고 입구를 열었다. 전기 나간 냉장고 냄새 같은 게 훅 끼쳤다.

아무도 없었다! 안에는 곰팡이 핀 식료품이 든 커다란 종이봉투와 오렌지 주스 상표가 붙은 검게 부푼 플라스틱 병, 그리고 포장된 종이 접시와 플라스틱 식기가 놓여 있었다. 난 도무지 내가 들었던 게 무슨 소리였는지 알 수 없었다. 바람 소리였는지도 모른다. 오늘날까지도 알 수가 없다.

나는 비명을 질렀다. 목이 터지도록 큰 소리로 비명을 지르고 질렀다. 정말이지 그동안 별일 다 겪었지만 그 빈 텐트의 공포와 충격은 아직도 나를 괴롭힌다. 어쩌다 거기 그게 있게 된 것일까. 무슨 목적에서, 혹은 무슨 소름 끼치는 사건에 의해서 거기 버려져 있게 된 것일까? 나는 내가 무슨 특별한 종류의 퍼즐 지옥에 굴러떨어진 건가 걱정되었다.

한참 비명을 지르고 나서 어느 소나무 기둥에 등을 기대고 잠시 쉬었다. 목이 아프고 어지러웠다. 나는 텐트를 바라보며 다시 소리가 들리기를 기다렸다.

그때 뒤에서 뭔가 움직였다.

부인. 작은 목소리로 속삭였다. 부인.

돌아보니 그였다. 마스크 남자가 나무들 사이에 웅크리고 있었다. 세상에나, 깜짝 놀랐더랬다. 분명 그 퓨마가 뒤쪽에서 덮치려는 건 줄 알았다. 다시 만난 안도감에 입을 여는데 남자가 장갑 낀 손을 들어 제지했다.

그는 둘러보더니 가지고 있던 온갖 물건들을 땡그랑거리며 기어왔다. 내 앞에 서더니 속삭였다. 괜찮아요?

나는 끄덕이고 나서 왜 속삭이느냐고 물었다.

왜 비명을 질렀어요? 그가 물었다.

나는 그에게 헛것을 본 줄 알아서 그랬다고 말했다.

그는 텐트로 기어가서 무릎을 꿇고 다시 지퍼를 닫았다. 그런 다음 일어나서 마스크의 구멍에 눈을 맞췄다. 그가 멘 더플백에는 짐이 가득해 보였다. 작은 낚시 상자, 프라이팬, 세 개의 녹슨 작은 동물용 덫이 매달려 있었다. 낚싯대도 뒤에 비죽 꽂혀 있었다. 마치 전선에 고리를 걸고 달리려는 전차 같았다.

여기는 어떻게 된 거예요? 나는 떨면서 텐트를 가리키며 물었다.

그때 강풍이 숲을 휙 채웠고 착색된 나일론을 펄럭였다. 갑자기 불어온 것만큼이나 순식간에 바람은 사라졌고 모든 것이 다시 고요해졌다. 무지 으스스했다.

나도 몰라요. 그가 말하고 하늘을 보았다. 어서 가야 해요.

나는 끔찍하게 비어 있는 텐트를 마지막으로 한 번 더 보았다. 그러고 나서 남자가 나무들 속으로 들어가자 나도 뒤를 따랐다.

나랑 같이 못 가는 줄 알았는데요. 내가 말했다.

지금 계절에 눈이 오기는 너무 이르지만, 아무래도 올 것 같아요. 그러면 꼼짝달싹 못 할 거예요. 어서 갑시다. 서둘러야 해요.

마침 1986년 가을은 지독하게 이상한 날씨였다. 플로리다에서도 스웨터를 입었고 텍사스의 습지 연못이 얼었다. 하루는 해변에 나가 거의 아무것도 안 입고 있다가도 다음 날엔 실내에서 난로를 지피고 뜨거운 사과주를 마셔야 했다. 인류가 지구에 저지른 짓들 때문에 기후가 혼란을 겪고 있다는 것이 내 생각이다. 우리가 자신의 종말과 우리 불운한 이웃들의 종말을 자초하고 있다는 건 놀랍지도 않다. 우리는 자신을, 그리고 우리가 만든 문명을 미워하는 것 같다. 도시들은 더 커지고 기술은 더 낯설어지고 젊은이들은 더 젊어지면서 나로서는 목적도 목표도 알 수 없는 정보를 소비한다.

여기서 이전에 우리 조카손녀 제시카가 애리조나 주 피닉스에 살고 있다는 점을 밝힌 바 있다. 제시카는 에어컨이 가동되는 곳에서 컴퓨터로 인터넷을 들여다보며 오랜 시간을 보낸다. 그 애가 거기서 의미를 찾는다는 건 알지만 나는 아니다. 나는 그 하얀 상자를 들여다보면 온갖 색의 현란한 빛과 압도적인 그 모든 터무니없음에 눈앞이 캄캄해진다. 나는 그것의 과학에 대해서는 별로 모르겠다. 하지만 제시카가 내 나이가 되었을 때 유명인들이 벌이고 가난한 자들이 싸우는 전쟁으로 망가진 숨 막히게 뜨거운 세상을 보게 되지 않을까 두렵다. 내가 보기에 그렇게 되면 피닉스는 불이 붙어 완전히 타올라 날아가버릴 것이다.

나는 마스크 남자에게 와줘서 고맙다고 했다. 당신 참 괜찮은 남자예요. 내가 말했다.

그는 한 마디도 안 하고 계속 앞으로 갔다.

\#

블루어가 팔에 병을 끼고 손가락 사이에 잔을 두 개 끼우고 루이스를 촛불 켜진 2층의 침실로 안내했다. 벽에는 머리 없는 도마뱀을 안은 나병 걸린 광신자의 유화 세 점이 걸렸고 침대 옆 탁자에는 가재의 집게발을 보며 인상을 찌푸리는 사춘기의 질 사진이 놓여 있었다.

블루어가 메를로를 잔에 따라 루이스에게 건넸다. 미줄라에서 배송시킨 개인 물건들이 좀 있어요. 블루어가 말하며 사진을 향해 고갯짓했다. 예전엔 애가 내 작은 친구였죠.

아직 깨어 있나요? 아니면 자러 갔나요?

블루어가 고개를 저었다. 십대들에게 비탄은 다르게 보이죠. 질 블루어는 어떤 거든, 모든 걸 다르게 봐요.

루이스가 잔을 단번에 들이켰다. 전망창이 밤과 검은 산을 비추었다. 방 건너에는 어두운 테라스로 나가는 유리문이 있었다.

블루어는 루이스에게 개스켈하고 말을 해봤는지 물었다.

더 이상 거기에 쓸 빌어먹을 시간과 비용이 없대요. 심지어 거기 새겨진 게 그 여자 이름인지도 잘 모르겠다나. 내 보기에 개스켈은 그냥 그 얘기를 또 듣는 게 빌어먹게 피곤한 것 같아요.

블루어가 벽의 그림들을 가리켰다. 이것들은 오늘 도착했어요. 노르웨이 미술가죠. 지금 추행 혐의로 재판을 기다리며 감옥에 있어요. 인간이 무슨 일로 흥분하는지 생각하면 재미있죠. 안 그래요?

그게 뭐가 재미있는지 모르겠는데요.

당신은 뭘로 흥분해요, 루이스 대원?

루이스는 벨트에 엄지손가락을 걸고 그림들을 다시 보았다. 남들하고 비슷할 것 같은데요.

그게 뭔데요?

글쎄요, 키스, 빌어먹을 느린 춤, 별건 없어요.

블루어가 다가가서 턱을 루이스 머리에 올리고 긴 팔로 그녀를 감쌌다. 그리고 흔들흔들 작은 원을 그리며 발을 옮겼다. 있죠, 내 아내는 늘, 하고 그가 새된 높은 목소리로 말했다. 자기가 태어난 날 밤이 기억난다고 했어요. 워싱턴 주 야키마와 스포케인 사이 야간 기차에서 예정보다 일찍 태어났다고 했죠. 그때 지나고 있던 작은 마을 이름은 어머니가 기억을 못 했다고 해요. 하지만 아델라이데는 G가 들어가는 이름이었다고 장담을 하죠.

또 빌어먹을 아내.

블루어는 왈츠 박자로 부드럽게 방을 가로질러 루이스를 침대에 눕히고 그녀를 굽어보며 섰다. 열린 방문으로 복도의 조명이 들어와 블루어의 얼굴에 그늘을 드리웠다. 손뼉을 마주쳐서 백묵 가루를 한바탕 날렸다. 루이스가 팔꿈치로 기대고 반쯤 일어나 블루어의 얼굴을 들여다보았다.

블루어가 셔츠 단추를 하나씩 풀면서 매번 허공에 키스를 날렸다. 루이스 옆에 몸을 눕히고 코를 루이스의 팔에 대고 어깨로 올라갔다. 달팽이처럼 미끌거리는 자국이 남았다. 제복 벗어요.

질이 아직 안 자죠? 빌어먹을 문 닫아야 하는 거 아니에요?

열어둡시다. 어떻게 생각해요?

대체 왜 그런 짓을 해야 하죠?

섹시하니까.

알았어요.

루이스가 제복을 벗고 몸을 굴려 **빼내** 바닥에 떨어뜨렸다. 총집의 권총이 카펫 위에 쿵 소리를 내며 떨어졌다.

이제 윗속옷요.

루이스가 브라를 풀어 옆으로 던졌다. 팬티만 남았다.

블루어가 목구멍에서 돌멩이가 연못에 떨어지는 것 같은 소리를 냈다. 검지와 엄지를 높이 들어 비비더니 낮은 조도에서 살펴보았다. 그리고 손을 내려 루이스의 왼쪽 젖꼭지를 잡았다. 결혼 생활은 몇 년이나 했어요, 루이스 대원?

12년요.

블루어가 젖꼭지를 손가락으로 굴렸다. 둘이 정말 헤어지게 된 이유가 뭐죠? 계속 여기 산속에 있어서? 술 때문에? 다른 아내들 때문에?

루이스는 움직이지 않고 누워 시선을 천장에 고정했다. 블루어가 젖꼭지를 꼭 쥐자 인상을 썼다. 그리고 한 번 세게 꼬집자 그의 손을 쳐냈다. 이런 빌어먹을. 무슨 수색구조대가 이래요?

복도의 조명이 블루어의 얼굴에 선명한 그늘을 드리웠다. 움푹 들어간 눈과 널찍하게 베어낸 이마에 더해, 씩 웃자 깊이 파인 볼이 교회당의 그로테스크한 나무 조각처럼 알 수 없는 표정을 만들었다.

블루어가 루이스 위로 올라갔다. 바지의 단추를 열고 부드럽게 루이스 배에 대고 밀어댔다. 루이스는 그의 어깨 너머로 복도를 보았다. 블루어가 백묵 묻힌 손가락으로 루이스의 옆구리를 꼬집었다. 루이스는 꿈틀거렸지만 블루어가 꽉 잡으며 안았다.

괴롭도록 정직한 얘기 듣고 싶어요? 블루어가 말했다.

이런 빌어먹을. 그렇게 해요.

그래서는 안 된다는 걸 알지만, 난 가끔 화가 나요. 내 딸이…… 모자란다고 말하고 싶지는 않지만, 인간 상호 작용의 섬세한 지점들과 고급한 개념들을 이해하기 힘들어하는 딸을 가졌다는 게.

당신 딸은 모자라지 않아요.

블루어는 질이 태어나던 날 아델라이데가 드림캐처를 산 이야기를 들려주었다. 블루어가 드림캐처를 아기 침대에 걸었는데, 여름 어느 날, 아델라이데가 몸이 좋지 않아 아기 침대를 거실 창문 아래 두고 소파에서 잠이 들었다. 얼마 되지 않아 태양이 드림캐처 그늘만 남기고 아기 얼굴 전체에 화상을 입혔다. 아기가 비명을 지르며 울어서 깨어나보니 그 고운 뺨이 물집투성이가 되었다. 우리는 아기를 병원에 데려갔죠. 하지만 질은 몰라요.

말을 안 해줬다고요?

아델라이데는 너무 수치스러워하면서 나보고 절대 말해주지 말라고 다짐을 시켰어요. 당연히 난 지켰고요. 엄마가 그런 짓을 저질렀다는 걸 딸한테 알리고 싶은 사람이 어디 있겠어요.

블루어가 루이스를 다시 꼬집었다. 루이스가 이를 악물고 시선은 계속 문간의 조명에 두었다. 그러자 블루어가 몸을 떼며 다시 루이스의 젖꼭지를 잡고 두 번 세게 비틀면서 허공에 키스를 했다. 루이스는 한 번 소리를 지르고 혀를 깨물었다. 블루어가 내려와 루이스의 허벅지에 몸을 대고 앞뒤로 흔들었다. 루이스는 계속 그의 어깨 너머 문간을 보았다.

바닥이 끽끽거렸다. 질이 복도로 나와 열린 문 밖에서 멈췄다. 질과 루이스의 시선이 마주쳤고 잠시 후 질은 계단을 내려가 주방으로 갔다. 냉장고가 열리고 조리대에 접시를 놓는 소리가 들렸다.

블루어가 백묵 칠한 손으로 스스로 일을 마치고 침대 위쪽의 창문에 길게 싼 다음 루이스 옆으로 쓰러져 웃었다. 아, 멋졌어요. 블루어가 말했다.

루이스는 축축한 손바닥을 가슴 위에 올리고 질이 계단 올라오는 소리를 들었다. 질은 다시 복도를 지나갔다.

블루어가 딸의 이름을 불렀다.

질은 문 앞에서 멈췄지만 돌아보지 않았다.

잘 자라. 블루어가 말했다.

잘 자요. 질이 말하고 자기 침실로 들어가 문을 닫았다. 바깥의 센서등 위로 뭔가 지나갔는지 테라스에 약한 불이 들어왔다. 루이스는 다람쥐가 아닐까 했지만 유리문 밖에서 뭔가 다른 걸 본 듯했다. 어둠 속에 서 있는 마른 여자. 아직 9월 말이었지만 테라스의 차가운 조명 속으로 눈이 내리고 있었다. 옛날 영화에 나오는 스티로폼 조각 같은 눈이라고 루이스는 생각했다. 난간 너머 환히 밝혀진 우뚝한 나무들도 움직임이 없어 마치 바람 없는 무대에 차려놓은 배경 같았다.

뭐, 저것으로 결정 났네. 블루어가 눈을 내다보며 말했다. 클로리스 월드립이 추락에서 살아남았더라도 오늘 밤은 살아남지 못할 거예요.

—

눈이 나뭇가지들을 내리누르고 도로 옆의 화강암 포장재와 키 큰 풀들을 뒤덮었다. 루이스는 질을 왜고니어에 태우고 위태롭게 기우뚱거리며 고산 숲을 운전해 나갔다. 라디오에서는 작게 잡음이 지글거리고 타이어체인이 아까 제설차가 지나간 포장도로의 아직 남은 부분을 파먹었다. 루이스가 보랏빛 입술에 보온병을 댔다. 홀짝이고 나서 왜고니어를 돌려 얼음과 진흙으로 얼룩진 흙길로 들어섰다.

질이 조수석에서 루이스를 보았다. 이러다 어디 처박히는 거 아니에요?

아니, 내가 그렇게 놔두지 않아. 루이스가 다시 보온병을 마시고 뚜껑을 닫았다. 가속 페달을 조금 더 밟았다.

보온병에 든 거 와인이죠?

아니.

둘은 계속해서 흙길로 몇 킬로미터 더 차를 달리며 쌓인 눈들 사이로 도랑을 파고 판자로 막아놓은 산장들을 향해 눈을 뿌리며 지나갔다. 바람을 등지고 선 창문 없는 오두막에 형편없는 솜씨로 손질된 동물 사체가 거꾸로 걸려 흙탕색 고드름처럼 얼어 있었다. 루이스는 딱지를 떼기 위해 멈추지 않았다. 계속 달리며 아무 말도 하지 않다가 질에게 그날 아침 항공안전위원회가 월드립 부부의 비행기 추락을 인적 실수로 판단했다는 얘기를 들려주었다.

테리 스큅이 조종 능력을 잃었던 모양이야. 루이스가 말했다. 마치 갑자기 비행기 모는 법을 전부 잊어버리기로 결정한 것처럼. 마비나 발작 같은 게 왔는지 알아내기엔 빌어먹을 시신이 너무 훼손되긴 했지만 그럴 가능성도 있다네.

질은 아무 말 하지 않고 차창을 내리더니 담배를 꺼냈다. 성냥 하나를 찢어 불을 붙였다.

돌풍 때문에 당황했을 수도 있다지. 루이스가 말했다. 스트레스 관련 우울증 때문에 공황에 빠져 월드립 부부도 그렇게 만들었을 가능성도 배제할 수 없대. 결혼한 지 얼마 안 되는데 잘 안 풀렸나봐. 모텔에서 남자들을 만나고 있었다더군. 집배원도.

질이 담배를 빨아들이고 입술을 창문 쪽으로 가져갔다. 우울증과 집배원이라니. 질이 말했다.

루이스는 검은 진흙에 바큇자국이 포물선을 그리는 길을 따라갔다. 죽어가는 나무들 군락을 넘어 앞쪽에 호수가 반짝거렸다. 뱀 가죽과 더러운 양말들이 못 박혀 있는 원주민 토템 기둥과 곰 의상 조각들이 괴상한 각도로 얼어붙어 걸려 있는 빨랫줄이 나타나자 루이스가 차를 돌렸다. 도로 옆에 기울어지고 있는, 판자로 지은 오두막 앞에 차를 세웠다. 지붕 위 녹슨 파이프에서 녹색 연기가 솟았다. 문으로 쓰이는 다림질 판이 열리더니 머리 하나가 비죽 나왔다. 검은 피부의 남자가 수영복 팬티를 입고 나타났다. 긴 얼음 색 곱슬머리 위로 다이빙 마스크를 밀어 올렸다. 방문자들을 보더니 비치 타월을 두른 다음, 눈을 휘둥그레 뜨고 끈 없는 군화를 눈 위에서 쿵쿵거리며 조수석 쪽으로 뛰어왔다.

루이스가 질에게 차창을 더 내리라고 했다. 질은 한숨을 쉬고 창을 내린 후 이제 사이드미러에 팔을 얹고 있는 남자와 루이스가 얘기를 하도록 몸을 뒤로 젖혔다.

어이, 에릭. 수영복 입고 뭐 하는 거예요?

개헤엄. 남자가 말했다. 찬물에서 개헤엄을 쳐야 정상을 유지할 수 있지. 에릭이 이를 딱딱 부딪혔다. 이 예쁜 아가는 누구?

자원봉사자.

그렇군, 그래. 에릭은 고개를 끄덕이며 몸을 떠느라 마치

고장 난 태엽 장치 같았다. 오늘 같은 날 여기 뭐 하러 온 거예요, 루이스 대원? 게다가 얼어 죽을 것 같은 차림으로.

누가 당신을 신고했어요. 빌어먹을 캠핑하는 사람들을 겁준다고.

난 캠핑하는 사람들 겁준 적 없는데. 내 사유지에서 어떤 애들이 술 먹고 약 하고 임신하기에 곰처럼 입고 크로켓 망치로 쫓아냈을 뿐이지.

그래, 그랬다고 하더라고.

내 사유지였어요.

당신 사유지가 캠핑장이랑 너무 가까우니까. 빌어먹을 표지판이라도 한두 개 세워요. 이런 일이 또 안 일어나게. 누가 당신 땅에 들어오면 경비대 사무소에 무선을 쳐서 나나 폴슨 대원이 처리하게 해요. 이런 일 자꾸 벌이지 말고. 무전기 아직 있죠?

네, 대원님.

그럼 됐어요.

딱지 뗄 거예요?

무슨. 이번에는 아니야.

고마워요.

뭐 하나 물어보죠, 에릭.

네, 대원님.

이 근방에서 지난 몇 주간 눈에 띄는 일 없었어요?

남자가 고개를 숙였다. 갑자기 떨지도 않고 가만히 있었다. 무슨 뜻이에요?

빌어먹을 평상시랑 다른 거 뭐 본 거 없냐고요, 뭐든지.

그 수사슴들 때문에 그러는 건가?

뭐?

남자가 눈을 이리저리 굴렸다. 내 취미 작업장 뒤에서 수사슴 둘이 서로 올라타는 걸 봤어. 어디선가 그런 놈들이 있다는 말을 들었지만 직접 보기는 평생 처음이었지. 처음엔 자연답지 않은 짓이라고 생각했지만, 이젠 나도 모르겠어.

다른 건? 루이스가 물었다.

글쎄, 이런 건 있었지. 어젯밤에 호수에 나가 있는 동안 연기를 봤어요.

연기?

그 전날 밤일 수도 있고. 저쪽에서 야영하는 것처럼. 여기 자원봉사자 머리처럼 꼬불꼬불 솟아올랐어요. 에릭이 길을 가리켰다.

빌어먹을.

아주 가느다란 연기도 있었어요. 옛날 등산로 깊숙한 곳에서 올라오는 것 같던데. 기억해둬야겠다고 생각했지. 이제는 거기서 모닥불을 피우면 안 된다고 나는 지도를 받았으니까.

거기 쉼터 오두막 중 하나에서 나는 게 아닐까 싶던데.

고마워요. 에릭. 빌어먹게 도움이 됐어.

그래요? 에릭이 다시 이리저리 눈을 굴리더니 소녀를 흘긋거렸다. 질은 앞창만 바라보았다.

피닉스에서 왔다는 정신 나간 얼간이 때문에 그러는 건가?

아니. 루이스가 말했다. 몇 주 전에 비행기가 추락했어요. 우린 생존자 한 명을 찾고 있고. 일흔두 살 된 클로리스 월드립이라는 노부인.

남자는 휘파람을 불고 다시 떨기 시작하더니 덜렁거리는 머리를 천천히 저었다. 일흔둘이라고? 그 여자 친척들에게 무덤에는 빈 상자를 묻고 포기하라고 해요.

–

루이스는 오후에 질을 경비대 사무소에 데려다주고 책상 뒤에서 몰래 메를로 병을 머그잔 가득 따른 다음 옛 등산로에서 나던 연기에 대한 보고서를 작성했다. 피트는 간이주방에, 클로드는 자기 책상에 있었다. 질은 창밖으로 눈 덮인 야생의 풍광을 내려다보며 담배를 피웠다. 그러다가 유리판에 엄지를 대고 눌렀다.

클로드가 암호해독법에 대한 소책자를 읽다가 고개를 들었다. 유리에 자국이 나잖아.

질이 남는 의자에 앉아 다리 사이에 머그잔을 끼우고 담배를 껐다.

빌어먹을 유리에 자국 내도 괜찮아. 루이스가 말하고 클로드에게 가운뎃손가락을 들어 보였다.

클로드가 경비대 사무소에 사람이 너무 많다고, 상어가 피에 끌리듯이 코르넬리아는 지문에 이끌린다고 중얼거리며, 자신이 비록 코르넬리아를 발견하고는 싶지만 그녀가 자극을 받으면 무슨 짓을 할지 알 수 없다고 모두에게 경고했다. 책상 아래 늙은 개가 그의 부츠 끝을 핥았고 그는 다시 소책자를 보며 자기 파란 코끝을 쓰다듬었다.

유리창에 소녀의 손자국이 보였다. 유리에 간이주방의 피트 모습이 비쳐, 루이스는 그가 이따금씩 무릎에 놓인 자수틀에서 고개를 드는 것을 볼 수 있었다. 얼마 있다가 피트가 자수틀을 옆에 두고 걸상을 끌고 질 옆으로 가서, 자기 아내가 집 안 화분을 몽땅 침대에 쏟고 나서 자동차 박물관 도슨트랑 사랑을 나누러 간다고 쪽지를 써놓고 가버린 이야기를 들려주었다.

난 도슨트가 뭔지 몰랐어. 피트가 말했다. 그래서 집에서 사전을 찾느라 한 시간 반을 보냈지. 찾을 수가 없어서 도서관까지 가야 했어. 도착하니까 시간이 끝나서 닫았더라고. 그래서 하루하고 반나절이 더 걸렸지. 구경 안내인이라는 뜻이더라. 대부분 여자들은 자기가 나이 들어가는 게 불안해지지 않으려고 남자를 이용할 뿐이야.

어떤 사람들은 어릴 때부터 산소가 없어진대요. 질이 말했다.

루이스는 다시 보고서로 돌아가 본부를 무전 연결해 개스켈 대장을 호출했다. 그날 아침 에릭 쿨드리지가 전날 옛 등산로 근처에서 연기를 보았다고 한 말을 보고했다. 클로리스 윌드럽이 거기까지 내려와서 쉼터 오두막을 찾은 게 아닐까 싶다면서 루이스는 개스켈에게 헬리콥터로 수색팀을 보내달라고 했다.

저기, 데브라. 우리 얘기 다 한 줄 알았는데. 오버.

존, 그녀가 아직 살아 있다고요. 빨리 구해야 해요. 새로운 정보가 들어왔잖아요. 에릭이 연기를 봤대요. 오버.

에릭 이빨핥기 쿨드리지는 알몸으로 나무에 거꾸로 매달리는 사람이잖아. 그게 자기 뇌에 좋다는 망상 때문에. 얼마 전에도 그 꼴을 본 등산객이 아주 불만스러운 전화를 걸어왔다고. 오버.

그게 머리에 좋다고? 피트가 말했다.

루이스는 그를 향해 입술 위에 손가락을 들어 보였다. 클로드는 개와 함께 현관으로 나갔는데 문을 닫지 않아서 새어 들어오는 바람에 책자들과 루이스의 오른쪽 코르크 게시판의 종이들이 날렸다. 미끈한 얼굴에 어두운 눈을 한 애리조나의 젊은 수배자 몽타주 그림이 눈길을 끌었다.

루이스 대원? 루이스 대원, 응답하라. 오버.

루이스가 다시 무전기에 대고 말했다. 애리조나 키스쟁이일 수도 있어요. 오버.

그렇게 생각할 만한 근거라도 있나? 오버.

FBI가 이 지역에 숨어 있을 거라고 했잖아요. 에릭 쿨드리지가 쉼터에서 연기가 오르는 것을 봤다니까. 그 남자가 빌어먹을 쉼터들 중 하나에 숨어 있는 건지도 모르죠. 그 근방엔 세 개의 쉼터밖에 없으니까. 확인해볼 필요가 있어요, 존. 오버.

맥밀리언 사에서 만든 탄광용 도로가 옛 등산로로 이어져 있어. 솔직히 당신한테 내줄 헬기는 없어. 하지만 눈이 좀 녹으면 이틀 정도 클로드랑 가서 확인해보든지. 난 둘 다 아닐 것 같지만 또 모르지. 가능한 한 가까이 차 몰고 가서 옛날 덫 사냥꾼 등산로 좀 직접 걸어 다녀봐. 당분간 내가 해줄 수 있는 말은 이게 최선이야. 하지만 조심해서 다녀. 오버.

알았어요. 빌어먹을 헬기 가능해지면 연락 좀 줘요. 오버.

몸 잘 챙기고, 루이스 대원. 당신을 위해서 우리가 할 수 있는 일이 있으면 알려줘. 마시가 인사 전한대. 늘 기도한다고. 우리 모두 기도하고 있어. 오버.

5부

\#

우리는 낮게 드리운 검은 구름 아래서 하루 종일 걸었다. 마스크 남자는 수시로 나를 돌아보며 내가 뒤처지지 않는지 살폈다. 추위에 그의 둥근 머리에서 입김이 무럭무럭 나서 마치 구운 감자 같았다. 나는 열심히 그를 따라갔지만 그는 평소보다 훨씬 느린 속도였을 것이다. 그는 자주 마스크 밑으로 손가락을 넣어 긁었다. 눈구멍 두 개만 낸 티셔츠를 얼굴에 헛되이 뒤집어쓰고 그렇게 오랜 시간을 보낸다는 건 무지 불편했을 것이다. 그래도 그는 벗지 않았다. 안 좋은 날씨가 오고 있었고 안전한 곳으로 가야 한다는 긴급함이 그에게 박차를 가하고 있었다.

바위 많은 빈터에서 모닥불을 피우고 추운 밤을 보냈다. 그는 거기서 발견한 큰 뿔 양의 마른 흉곽 뼈 안에서 불을 피웠다. 저녁으로는 그의 더플백 안에 있던 웨이퍼를 좀 먹었다. 그러고 나서 그는 마스크를 쓴 채 어느 소나무를 향해 몸을 돌리고 통나무처럼 꼼짝 않고 잠이 들었다. 바위들과 그의 등 위로 양 뼈의 외계인 같은 그림자가 드리워졌고 나는 그가 준 뿔잔에 든 뜨거운 물을 마셨다. 나도 금방 잠이 들어 내내 깨지 않았다.

다음 날 아침 우리는 다시 출발했다. 전날과 같은 식으로 보내며 말은 거의 하지 않았다. 우리는 계속 산길을 가고 또 가며 밤이 올 때까지 쉬지 않았다. 나는 다리가 쑤시고 허리가 아팠다. 흙바닥 위의 빈약한 모닥불 주위에서 또 추운 밤을 보냈다. 다음 날 아침 우리는 몸을 추슬러 다시 하루 종일 걸었다.

그날 저녁 어두워지기 직전에 눈이 내렸다. 초저녁 말간 달이 구름 사이를 뚫고 나와 소나무 사이로 내리는 눈송이들을 비추었다. 텍사스의 붉은 계곡 비탈에 날리던 미루나무의 씨앗들처럼, 처음에는 부드럽고 은은하게 시작되었다. 아주 불길함이 가득하고 아름다웠다.

나는 테리의 코트를 꼭 감싸고 걷는 속도를 유지했다. 그날 아침 일찍 길을 나설 수 있어서 다행이었던 게, 눈이 점점 퍼붓기 시작했던 것이다. 너무 심해서 바로 눈앞의 손도 잘 보이지 않을 정도가 됐을 때, 마지막 남은 빛 속 저 앞에 작은 오두막이 나타났다. 오두막은 빈터에 세워진 것 같지 않았다. 오두막을 지으려고 베어낸 소나무들의 둥치 위에다가 오두막의 기초를 놓은 게 아닐까 싶었다. 아직 살아 있는 동료

소나무들이 오두막에 아주 가까이 붙어 자라고 있었고 두터운 푸른 이끼가 북쪽 면을 얼룩덜룩하게 덮었다. 문 양쪽에 지저분한 캄캄한 작은 유리창 두 개가 바람에 달달 떨렸다. 높이 솟은 경사 지붕엔 검게 그을고 비뚜름한 굴뚝이 솟아 있었다. 으스스한 느낌을 주는 곳이었다.

남자가 어깨로 문을 밀쳐 열었다. 나도 따라 안으로 들어갔다. 그는 먼저 더플백을 내려놓고 불쏘시개에 불을 붙여 철제 난로에 던져 넣었다. 블랙모어 할머니가 거실에서 쓰던 난로와 비슷했다. 그런 다음 방 가운데 탁자 위의 기름등잔에 불을 붙였다. 나무 의자를 하나 꺼내더니 눈 묻은 장갑을 거기 대고 털었다.

기름등잔이 깜빡이며 지저분한 내부를 비추었다. 여기서 오두막 내부를 좀 알려줘야겠다. 다리 하나 없어진 서랍장이 어두운 구석에 기우뚱 서 있었고, 방을 가로질러 매인 빨랫줄에 바지 한 벌과 몇 벌의 셔츠가 걸려 바람에 위아래로 흔들리며 벽에 붙어 있는 이층침대에 그림자를 드리웠다. 침대들 위엔 노란 고무 매트리스가 커버 없이 놓여 있었고 가장자리는 극성스러운 해충들에 갉힌 상태였다. 윌드립 씨가 목장에서 사용하던 것과 같은 노란 밧줄이 또 다른 구석에 감겨 있었다. 탁자 위에는 뚜껑이 따진 통조림도 몇 개 있었는데 반쪽 배와 강낭콩 라벨이 붙어 있었다. 따지 않은 먼지 낀 비트 통조림 위엔 파리 한 마리가 외롭게 죽어 있었다. 내가 탁자에 앉으니 파리가 풀썩 뒤집혔다.

마스크 남자가 빈 통조림들을 바깥의 눈 속에 버리고 탁자를 치웠다. 마치 이곳이 더러운 게 창피하다는 듯했다.

여긴 뭐죠? 내가 물었다.

등산객이 길을 잃을 경우에 대비해 1950년대에 정부에서 만든 거예요.

남자는 다른 의자를 꺼내 앉았다. 마스크를 조정해 다시 눈구멍을 맞추고 팬케이크가 입 위로 오도록 바로잡았다. 장갑을 벗고 부츠 끈을 풀어 벗으며 진흙과 녹은 눈을 나무 바닥에 뿌린 다음 난로 옆에 세워 말렸다. 그러고 나서 웃기게 생긴 줄무늬 양말을 뒤집어 벗어 그대로 빨랫줄에 걸었더니 베이컨 같은 연기가 피어올랐다. 그는 흐린 불빛 속에서 나를 건너다보며 내가 의아하다는 듯 고개를 갸웃했다. 월드립 씨의 래브라도 개 샐리가 월드립 씨가 질문을 하면 그랬던 게 떠올랐다. 남자는 고개를 가로젓더니 난로에 대고 발을 문질렀다.

잠시 후 그는 일어나서 서랍장으로 갔다. 한참 뒤지더니 파란 성과 하얀 말이 그려진 밝은 분홍 셔츠를 가져왔다. 또한 나에게 노란 양말 한 켤레와 반짝이는 어두운 보라색 스타킹을 주었다. 나중에 신문에서는 그걸 스판덱스 레깅스라고 불렀다. 이거 입어요. 그는 말하고 탁자 위에 놓은 다음 구석으로 가서 얼굴을 돌리고 섰다.

나는 감사 인사를 하고 테리의 코트를 벗은 다음 젖고 너덜거리는 옷가지, 올이 나간 지그재그 스웨터와 블라우스와 찢어진 치마를 입은 채 망설였다.

안 볼게요. 그가 말했다.

나는 더러운 옷가지를 벗어 탁자 위에 놓았다. 그는 이미 내가 홀딱 벗은 모습을 보았지만, 월드립 씨가 아닌 남자가 있는 방에서 옷을 벗는 게 나에겐 무지 특이한 경험이었다는 점을 말해두려 한다. 탁자 위의 마른 옷을 입었다. 나처럼 작은 여자에게도 작은 옷들이었다. 셔츠를 입을 때는 그걸 여기 놓고 간 소녀의 냄새가 나는 것도 같았다. 사과와 깎은 잔디의 냄새 같은 게 말이다. 당시에는 더 이상 깊이 생각을 안 했다.

내가 어린애였을 때 나는 아이를 많이 낳기를 꿈꾸었다. 월드립 씨와 내가 결혼했을 때 우리는 바로 노력을 기울였다. 그 당시에는 다들 그랬다. 여성역사연구회를 같이 하는 메리 마사 하트는 결혼 후 몇 주 안 돼 임신했다. 열일곱이었을 때였다. 그래서 아들을 낳았는데 그가 자라서 라스베이거스에서 인기 있는 가수가 되었다. 앵무새 같은 머리를 하고 외로움에 대한 노래를 불렀던 것 같다. 우리 교회 조이스 페

어웰은 아들 딸 쌍둥이가 있다. 남자애는 자라서 벌건 눈의 미치광이가 되었다. 노스다코타 주의 바닷가재 식당에서 사람들을 인질로 잡고 있다가 그중 한 사람이 그가 가진 게 권총이 아니라 구두 광택제가 검게 묻은 당근이라는 것을 깨달았다. 내가 여기서 말하고 싶은 건, 자식이 꼭 좋은 거라는 보장은 없다는 것이다. 그러니 자식이 없는 것도 꼭 나쁜 일은 아니다.

다 입었어요. 내가 말했다.

마스크 남자가 몸을 돌려 나를 보았다. 웃긴 복장이었다. 젊은이들이 옷 입는 방식에 대해서는, 앞으로도 계속 놀라지 않게 될 일은 없을 것이다. 종종 사람들이 입는 옷은 그걸 입는 사람들한테나 말이 되는 것 같다. 그는 나의 복색에 대해 일언반구 하지 않았다.

그러고 나서 그는 한동안 난로에 등을 대고 앉아 물에 빠졌던 것 같은 책을 읽었다. 무슨 책이냐고 물어보자 내가 좋아할 만한 책이 아니라고 대답했다. 내가 오랫동안 도서관 사서였고 문학에 관심이 많다고 하자 마스크 아래서 그의 입 모양이 변하더니 책 표지를 나에게 내밀었다. 바랜 보라색 글씨로 에밀리 시슬리 박사와 버사 해리스의 《레즈비언 섹스의 기쁨: 레즈비언 라이프스타일의 즐거움과 괴로움에 대한 상냥하고 자유로운 안내서》라고 쓰여 있었다.

서랍장에 있었어요. 남자가 말하고 다시 읽기 시작했다.

나도 앉아서 바람 때문에 굴뚝에 부딪히는 눈과 벽 틈새로 부는 휘파람 소리를 들었다. 등잔 불빛이 춤추는 것을 보며 작은 비행기가 추락한 이래 처음으로 텍사스에 다시 돌아가게 되면 어떨까 하는 생각이 들었다. 처음 해야 할 일은 월드립 씨가 돌 밑에 숨겨둔 열쇠를 꺼내 현관문을 여는 것이었다. 나의 고사리들과 줄무늬 관엽들은 늙은 염소처럼 말라버렸겠지. 우리 불쌍한 고양이 트릭시는 우리가 놔둔 음식을 다 먹고 나서 살려고 쥐를 잡고 있을 테지만 그 애가 잡을 수 있을지 모르겠다. 현관 바닥에 뼈와 가죽만 남아 늘어져 있을 모습이 상상되었다. 불쌍한 것.

월드립 씨 없는 인생을 생각해보았다. 참으로 상상이 안 되었다. 밤마다 잠이 깨어 고개를 돌리면 침대에 그가 없다는 것을 깨닫고 그 모든 끔찍한 일들을 다시 다 기억해야 했다. 요즘 시에서 제공하는 호송차를 타고 바보 노인들과 병원 진료를 받으러 가야 할 것이고, 멍청이 황소가 담뱃대를 입에 펜 그 목초지까지 혼자 산책을 가야 할 것이다.

월드립 씨가 없는 집은 참으로 상상이 안 되었다. 게다가 비터루트에서 이 모든 일을 보고 나서 텍사스로 돌아간다는 것 역시 엄두가 나지 않았다.

—

눈은 이틀 동안 녹지 않았다. 마스크 남자와 나는 난롯가의 개들처럼 따뜻하게 지내며 보관된 콩과 비트 통조림을 소비했다. 우리는 거의 말을 하지 않았다. 비트를 먹어서 붉게 물든 이를 하고 잘 때가 되면 서로 밤 인사를 하고 나는 이층 침대 아래서, 그는 위에서 잠을 잤다. 남자는 자면서 거의 뒤척이지 않아서 늘어진 침대 밑판이 아니었다면 아예 아무도 없다는 기분까지 들었다. 월드립 씨 아닌 남자와 이렇게 가까이 자본 적은 정말 오랜만이었지만 그래도 잘 잤다. 머리를 부드러운 곳에 뉘일 수 있다는 건 좋은 일이다.

두 번째 날 밤 나는 무슨 소리를 듣고 창문으로 갔다. 달빛 아래 그 퓨마가 오두막 주변을 어슬렁거리는 게 보였다. 남자에게 알리니 전에도 보았다고 했다. 녀석이 귀에 염증이 있어서 현기증이 심할 거라고 했다. 녀석은 외롭고 혼란스러워서 퓨마답지 않은 행동을 하는 거라고 말이다.

낮 동안 마스크 남자는 난롯가에 앉아 단도로 알 수 없는 형상들을 조각해서 불 속에 던져 넣었다. 나는 그가 발견한 여자들끼리의 동성애 관계에 대한 책을 읽었다. 노골적인 주제를 다룬 흥미로운 책이었다. 내용 전부를 다 이해할 수는 없었지만 그래도 읽을 수 있어서 좋았다. 그렇게 오랫동안 레즈비언이라는 게 존재하는지도 모르고 살아왔다. 오늘날처럼 누가 얘기해줄 만한 주제도 아니었고 말이다. 클래런던에서 우리랑 같이 자란 이디스 피어슨이라는 여자애가 있었는데, 그 애는 남자애들이랑 같이 야구를 했고 드레스 같은 것에는 전혀 관심이 없었다. 그렇다고 레즈비언인 건 아니라는 걸 이제는 배웠지만 이디스는 베스 스타우트라는 여자랑 페리턴에서 이동주택 두 대를 연결한 집에 오래 같이 살았다. 제일감리교 부인들이 이디스에게 무지 잔인하게 굴 때가 있었지만 이제 생각하니 왜 그랬는지 모르겠다.

어느 구름 낀 오후에 바깥 빛이 눈을 푸른 회색으로 산란시키던 날, 나는 월드립 씨와 클래런던 초등학교에 공연을 보러 갔던 저녁이 생각났다. 나는 당시 젊은 교사였고 우리는 어둑한 객석에 앉아 아이들이 텍사스의 첫 목장주에 대한 사랑스러운 연극을 상연하는 모습을 지켜보았다. 5분도 안 되어, 내가 후에 대신하게 된 도서관 사서였던 크래덕 부인이 좌석에서 미끄러져 내리더니 그 객석 바닥에서 세상을 떠났다. 그 오두막 안에 앉아 있던 때의 나와 비슷한 나이였다. 남편으로 짐작되는 허약한 노인이 그 옆에 쭈그리고 앉아 그녀의 귀에 대고 속삭였다. 그는 눈물을 흘리지 않았다. 다른 사람들은 손을 맞잡고 둘러서 있었다. 게이너 박사가 부인을 되살리려고 노력하며 이마에 손을 대고 어깨를 부드럽게 흔들었다. 소용없었다. 카우보이모자를 쓰고 콧수염을 그려 넣은 아이들도 연극을 멈추고 겁먹은 얼굴로 무대 위에서 내려다보았다. 갈대 복장을 하고 바람이 부는 것처럼 몸을 흔들며 무슨 상황인지 모르는 채 여전히 자기 배역을 연기하는 빨간 머리 소년 메리트 스털링을 빼고는 말이다.

당시 크래덕 부인의 죽음은 젊은 내 마음에 특별한 종류의 두려움을 심어주었다. 나는 갑자기 나이 들고 죽는 게, 모든 잘못을 쌓으며 삶을 마구 헤쳐나가는 게 두렵게 느껴졌다. 모든 게 내가 생각하는 대로 되지 않는다는 게 두려웠다. 그러나 이 불편한 생각들을 오래 곱씹지는 않았다. 왜냐하면 다음 날 제일감리교회에서는 몸을 파들거리는 테일러 부인이 전기 이발기처럼 부르르 일어나 크래덕 부인과 그녀의 가족을 위한 기도를 이끌었고 나는 신과 공동체 안에서 모든 것이 안전하다고 안심할 수 있었기 때문이다. 하지만 그 오두막 안에서 모든 것이 전 같을 수 없어지고 수수께끼의 남자가 얼굴에 쓴 셔츠가 입 부근에서 축축해진 것을 바라보면서 그 특별한 종류의 공포가 다시 돌아와, 나는 그동안 내가 편한 것들을 믿는 무지 큰 실수를 저질러왔던 게 아닐까 하는 걱정이 들었다.

우중충한 낡은 오두막에서 보낸 세 번째 날에 마스크 남자는 근처 샘에서 물을 뜨고 덫을 설치하러 나갔고 나는 문 앞에 의자를 내놓고 이른 오후 볕을 쬐며 나무들에서 눈 녹은 물이 떨어지는 것을 지켜보았다. 차갑고 깨끗한 공기를 들이 마시자 더 이상 겁이 나지 않았다. 인간의 정신이 버텨내는 방식은 참 독특하지 않을 수 없다. 예전엔 참을 수 없어 보였을 상황이라도 인간은 적응할 수 있는 것이다.

얼마간 앉아 있자 마스크 남자가 숲을 관통해 서둘러 돌아왔다. 마스크를 바로잡기에 내가 말을 건넸더니 자기 입이 있을 곳에 손가락을 올리며 조용히 시켰다.

가까이 쭈그려 앉더니 자기가 방금 나온 쪽 나무들을 가리켰다. 그는 숨을 헐떡이며 말했다. 저쪽으로 똑바로 가서 당신 이름을 외쳐요.

나는 의자에서 일어나 그에게 누구를 봤냐고 물었다.

날 봤다고 말하지 마요. 그가 말했다. 당신 혼자 있었다고 말해요.

당신 얘기를 해야죠. 내가 말했다. 당신이 날 구해줬는데.

그가 말했다. 부탁해요. 그러고 나서 어깨 너머를 돌아보았다.

나랑 같이 가요. 내가 말했다.

그는 다시 나에게 애원했다. 긴 갈색 머리 한 가닥이 그의 눈구멍에서 빠져나와 마치 고양이 수염처럼 보였다. 나는 그가 바라는 대로 하겠다고 말했다. 그는 고맙다고 했다.

사람들이 믿을까요? 내가 말했다. 내 나이의 여자가 여기서 혼자 살아남았다는 건 믿기 쉬운 일이 아니다.

믿게 만들어야죠. 그가 말하고 장갑 낀 손을 내 팔 위에 얹더니 서둘러 오두막으로 들어가 더플백을 가지고 나왔다. 그리고 반대쪽으로 달리기 시작했다.

나는 그 뒷모습이 보이지 않을 때까지 나무들 사이를 바라보았다.

–

나는 재빨리 걸어 숲속으로 들어가며 내 이름을 외쳤다. 10분도 안 돼 숲이 트이며 벼랑 같은 것이 나타났다. 나는 고함을 멈췄다. 바위투성이 산골짜기에 화강암 경사면 위로 눈이 쌓였고 가문비나무, 소나무들이 드문드문 자라고 있었다. 그리고 저기 멀리서 주황색 옷을 입은 일군의 사람들이 개도 한 마리 데리고 강가 퇴적지를 가로지르고 있었다. 그들이 내 이름을 외치는 소리가 산 위까지 울렸다.

나의 수난을 종식시키려 당도한 은혜로운 사람들을 보며 산속에서 울려 퍼지는 내 이름을 듣는 것이 어떤 기분인지 진정으로 이해할 수 있는 사람은 많지 않을 것 같다. 구조되는 경험을 하는 사람은 드무니까. 비터루트의 산속에서 지낸 지 거의 한 달 가까이 되는 때였다. 그때 내 마음에서 일어난 일을, 내가 내린 결정을 이해할 사람은 더구나 많지 않으리라 확신한다. 분명 이 부분에서 적지 않은 독자들이 외칠 것이다. 고향으로 돌아가, 돌아가, 이 바보 노인! 통재라, 나 자신도 왜 그랬는지 완전히 이해는 안 간다. 하지만 사람은 자신의 행동을 최대한 설명하고 책임질 수 있어야 한다.

나는 꼼짝 않고 서 있었다. 팔을 들어 올리지도, 흔들지도 않았다. 도와달라고 소리치지도 않았다.

그 순간 나를 엄습한 것은 지독한 슬픔이었다. 비터루트 산속에서 견뎌야 했던 그 모든 고난에도 불구하고 나는 집으로 돌아갈 아무런 좋은 이유를 찾을 수 없었다. 클래런던의 우리 집은 더 이상 내가 텍사스 주 팬핸들의 평원에 남겨두고 온 그곳이 될 수 없었다. 어쩌면 심지어 우리 집이 여전히 그 급수탑의 오후 그늘 아래 있다는 것도, 제일감리교회에서 예배가 열리고 있다는 것도, 신도들이 고개를 숙이고 나와 윌드립 씨를 위해 기도하고 있다는 것도 믿기가 불가능해졌다. 그 당시 나는 저 위대한 형형색색의 야생이라는 성벽 너머에 어떤 것이 존재할 수 있는지 확신이 없었다. 돌아가면 아무것도 발견하지 못할까 봐 두려웠다.

내가 지금 살고 있는 삶과 지독하게 다르지는 않을 삶이 두려웠다. 나는 여든한 살이 되던 해부터 11년째 요양시설에 산다. 냉난방이 되는 조그만 방 하나짜리 아파트다. 낮이나 밤이나 대부분의 시간을 혼자 보낸다. 이제 방문객은 거의 없고, 누가 방문을 하더라도 그 사람에게 내가 무슨 의미가 있는지 또는 그 사람이 내게 무슨 의미가 있는지 이제는 잘 모르겠다. 솔직히 누가 찾아오는 게 그렇게 즐겁지 않다. 종종 나는 이곳에서 동정심이 겉치레가 된 게 아닌가 걱정스럽다. 비록 아마도 대부분의 세상에서 그런 식이고 아무도 신경 안 쓸 것 같지만 말이다. 하지만 놀라워라, 나의 수난 덕에 알게 된 새로운 친애하는 사람들이 지금 인생에 나타났고, 나는 가장 구슬픈 방식으로 그들에게 감사하게 생각하고 있으며, 친애하는 당사자들은 이를 알 것이다.

하지만 당시에 나는 사람들이 사는 세상으로 돌아가봤자 무슨 좋은 일이 있을지 아무 가망도 내다볼 수 없었다. 심리학자들은 그때 내가 충격에 의한 외상과 단절에 따른 정신적 해리, 그리고 비탄에 빠져 있었다고 말한다. 하지만 심리학자들은 그런 일을 겪어본 게 아니라 책에 나온 용어들을 읊을 뿐이다. 장담하는데, 나는 완전히 다른 어떤 상태였다.

구조대가 시야를 가로질러 숲속으로 사라질 때까지 지켜보았다. 그런 다음 오두막으로 돌아갔다. 그리고 더럽고 찢긴 옛날 옷들을 난로에 집어넣고 태웠다.

\#

늙은 개가 맨 뒤에서 절뚝이며 따라가고 수색대 네 명은 모두 주황색 조끼를 두르고 침낭을 멨다. 루이스, 클로드, 질, 피트의 순서로 천천히 걸었다. 루이스가 돌출된 바위나 나뭇가지 아래로 앞장서며 모래시계 같은 팔뚝의 멍들을 문질렀고 한쪽 눈은 멀리서 피어오르는 연기에 고정시켰다. 보온병에서 메를로를 마시고 나서는 물통의 물도 마셨다.

클로드가 늙은 개에게 손가락을 튕기자 개가 다가와 그의 발자국 냄새를 맡으며 햇빛 속에서 반짝이는 침을 흘렸다. 데브라가 기대하는 대로 안 될 것 같은데. 클로드가 말했다.

질이 꺼져가는 담배 꽁지를 씹으며 따라왔다.

피트는 맨 뒤에서 쌕쌕거리며 비디오카메라 줄을 당겼다. 자신의 새가슴을 주먹으로 쳤다. 얼마나 더 가야 돼요?

3킬로미터 정도. 루이스가 말했다.

피트가 고개를 젓고 손바닥에 기침을 하더니 뱉어낸 가래를 보고 눈을 휘둥그레 떴다.

클로드가 경비대 모자를 밀어 올리고 하늘을 탐색했다. 돌아가는 게 좋을 것 같은데, 데브. 쉼터까지 못 갈 것 같아요. 어두워지기 전에 차로 돌아가야 해요. 거기까지 걸어서 가기는 너무 멀어.

우린 돌아가지 않아. 루이스가 말했다.

클로드가 멈추자 그 뒤의 다른 사람들도 멈췄다. 침낭은 예비용으로 가져온 줄 알았는데.

루이스가 소나무를 잡고 섰다. 월드립 부인을 발견하면 헬기를 보내라고 무선을 칠 거야.

발견 못 하면?

빌어먹을 사내 야유회라도 왔다고 생각해.

질이 담배를 소나무에 대고 껐다. 우리를 닮은 배우들이 이 살인을 재연할지도 모르겠네요.

피트가 두건으로 얼굴을 닦았다. 이러다가 진짜 무서운 사람을 만나면요? 그 키스쟁이인지 뭔지. 나도 한번 찾아보겠다고 했지, 이렇게까지 할 줄은 전혀 몰랐다고요. 지금 심장 상태도 안 좋은데.

클로리스도 힘들 거야. 루이스가 말했다.

클로드가 루이스를 어느 나무 뒤로 끌고 가 다른 사람들에게 안 들리게 속삭였다. 데브, 괜찮아요?

난 괜찮아. 자꾸 물어볼 필요 없다니까.

지금 와인 마시고 있는 거예요?

아니.

이 말은 안 할 수가 없는데. 야외에서 밤을 지낼 거였으면 저 여자애는 데리고 오면 안 되는 거였어요. 피트도 그렇고.

야외에서 밤을 지내진 않을 거야.

클로드가 루이스를 찬찬히 보았다. 루이스의 제복에 남아 있는 얼룩과 떨어진 단추를 보는 듯했다. 루이스는 셔츠 허리춤을 바지에 집어넣었다.

데브라, 난 걱정돼요.

이런 빌어먹을. 얼간이처럼 굴지 마.

우리 일행들 상태가 출발했을 때랑 많이 달라졌다고 생각하지 않아요?

그렇겠지.

루이스가 다시 출발했고 나머지는 따라갔다.

피트가 성큼성큼 질에게 다가가 어깨에 비디오카메라를 올리고 그녀를 찍었다. 대학 입학 때문에 이걸 하는 거니?

아뇨. 질이 대답했다.

대학은 분명 좋은 거야. 난 가지 않았지. 그랬더니, 나를 봐.

뭘 보라는 거죠?

피트가 카메라를 내렸다. 이 나이에 산에서 수색대 자원봉사를 하고 있어. 상처 난 가슴 때문에 자살하지 않으려고. 고등학교 때 절친은 외눈박이 여장남자 유령 때문에 정신이 나가 있고 저기 그 친구 동료는 실종된 노부인 때문에 정신이 나가 있어. 내 인생에 남아 있는 누구에게서도 위안을 찾을 수 없어. 오래전 예수님께 운전대를 맡기지 않았다면 나도 온전하진 못했을 거야.

운전대를 맡은 분이 잠든 것 같은데요. 질이 특유의 이상한 억양으로 말했다.

피트가 목을 긁고 두개골 안쪽에 새겨진 답이라도 찾는 것처럼 눈을 위쪽으로 굴렸다. 너 꽤나 똑똑하구나.

일행은 한동안 말없이 계속 전진했다. 그저 사람들 숨소리와 개의 킁킁 소리, 인식표 딸랑대는 소리와 나무에서 눈이 척척 떨어지는 소리만 계속되었고 이따금씩 루이스가 실종된 여인의 이름을 앞쪽에서 외쳐 불렀다. 어둠이 내리기 시작해 하늘 색이 그들이 따라가던 연기 색으로 깊어졌다.

루이스가 손전등을 꺼내 뒤따르던 사람들을 향해 빛줄기를 비추었다. 다들 눈살을 찌푸리는 모습이 아버지의 동물병원 뒤쪽 죽음의 우리에 갇혀 있던 병든 개나 고양이와 그다지 다를 바 없어 보였다. 그 운명 지어진 동물들을 보며 아버지가 하던 이상한 말을 루이스도 읊조리곤 했다. '알레아 야크타 에스트(주사위는 던져졌다).'

＿

저기 숲속에 한 쌍의 침침한 창문이 나란히 나 있는 오두막이 보였다. 루이스는 소나무 타는 냄새를 맡았다. 너른 하늘은 어둡고 공기는 차갑고 일행은 나무와 화강암 사이 희끗희끗 비치는 빛을 보며 나아갔다. 루이스가 멈춰서 어느 바윗돌에 몸을 기댔다. 나머지도 뒤에서 멈췄다. 아무도 말하지 않았다. 늙은 개가 발치에서 헉헉댔다.

앞쪽 어둠 속을 푸른 형체가 웅크리고 천천히 지나갔다. 루이스가 그리로 움직이다가 부츠에 뭐가 걸렸다. 웬 독수리 동상이 눈 녹은 진창 속에 누워 있었다. 루이스가 고개를 들어보니 형체는 사라진 후였다. 루이스는 오두막에 시선을 고정하고 보온병을 한 모금 마시더니 앞으로 달려 나가며 외쳤다. 클로리스, 클로리스, 클로리스. 월드립 부인!

그 뒤에서 클로드가 조용히 하라고, 천천히 가라고 외쳤다.

루이스가 문에 도착해 귀를 댔다. 월드립 부인? 국립 산림청 경비대입니다. 안에 계십니까?

클로드가 그 옆으로 뛰어왔다. 질도 따라와 또 담배에 불을 붙였다. 피트는 멀찍이 멈춰 섰다.

루이스가 권총을 꺼내 한 손에 들고 다른 손으로 손전등을 들어 겹쳐댔다. 문을 몸으로 밀자 열렸다.

조심해, 데브.

빌어먹을 내 걱정 좀 하지 마.

루이스가 천천히 들어가며 권총과 손전등을 바닥으로 조준했다. 어둠 속에 대고 실종된 여인의 이름을 불렀다. 조그만 석탄불이 철제 난로 안에서 타고 있었다. 클로리스? 루이스가 말했다. 손전등을 위로 올렸다. 불빛이 통나무 벽과 몇 안 되는 가구들 위로 미끄러졌다. 공기 중의 먼지와 연기도 비추었지만 사람의 형상은 보이지 않았다. 루이스가 권총을 주머니에 넣고 경비대 모자를 벗은 후 이마에서 땀을 닦았다. 방을 가로지르는 빨랫줄에 지저분한 녹색 줄무늬 양말이 걸려 있었다. 루이스가 자기 손에서 장갑 끝을 이빨로 물어 벗었다. 그리고 손으로 양말이 축축한 걸 확인했다. 난로 앞에 무릎을 꿇고 불을 들여다보았다. 불 속에서 벌겋게 달아오른 청동 단추 몇 개가 보였다.

클로드가 방을 뒤지고 개가 바닥에 코를 끌며 뒤를 따랐다. 누가 방금까지 있다 간 것 같은데. 클로드가 말했다.

질도 문간으로 다가와서 안을 들여다보았다.

루이스가 일어나 모자를 다시 쓰고 장갑을 주머니에 넣었다. 이런 빌어먹을. 왜 떠났을까?

저 양말은 노부인이 신을 만한 건 아닌 것 같은데, 데브.

이거 다 별로 마음에 안 드는걸. 피트가 문가에서 말했다.

루이스가 탁자에서 비틀린 하드커버 책을 집어 들었다. 에밀리 시슬리 박사와 버사 해리스가 쓴 《레즈비언 섹스의 기쁨: 레즈비언 라이프스타일의 즐거움과 괴로움에 대한 상냥하고 자유로운 안내서》였다. 도로 내려놓고 질에게 라이터를 달라고 해서 탁자 위의 등잔에 불을 붙였다. 그리고 창문으로 가서 더러운 유리를 내다보았다.

루이스가 일행을 돌아보았다. 다들 기대고 앉아 어두침침한 가운데 주황색 조끼만 빛났다. 개는 벌써 난롯가에 엎드려 웅크렸다.

루이스는 탁자에서 의자를 꺼내 앉았다. 검지로 탁자 위먼지에 동그라미를 그렸다. 오늘 여기서 잡시다.

난 싫어요. 질이 말했다.

루이스가 보온병을 꺼내 마신 뒤 입을 닦고 말했다. 걱정마. 빌어먹게 위험하진 않아.

그들이 돌아오면요? 질이 말했다.

피트가 문으로 한 발 더 들어왔다. 누가? 누가 돌아오는데?

이제 그만해요, 데브. 클로드가 말했다. 더 이상 찾는 거돕지 않을 거야. 존이 헬기를 보내준대도 안 해. 더 이상 참여하지 않을 거예요. 이런 방식은 건강하지 않아.

가능하면 누굴 돕는 건 좋은 일이에요, 루이스 대원. 피트가 말했다. 하지만 가능하지 않다면 좋은 일이 아니죠. 나도 힘들게 배웠어요. 가정 내 문제라는 힘든 길의 끝에서.

그들은 내일 동이 트자마자 등산로의 출발점으로 돌아가기로 합의했다. 피트와 클로드는 메추라기 무리처럼 난롯가에 개와 함께 옹송그리고 모여 앉았다. 루이스와 질은 이층 침대로 갔다. 아래층 침대에서 루이스는 클로드가 잠이 드는 모습을 바라보았다. 피트는 난로 불빛을 얼굴에 가득 받으며 문을 응시했다. 클로드가 파란 코를 끙끙거리며 잠꼬대로 복음 성가를 웅얼거렸다. 질은 위층 침대에 누웠다. 조용히 있어서 루이스는 질이 자는지 아닌지 알 수 없었다.

루이스는 잠이 안 와서 깨어 보온병에 남은 메를로를 빨아먹고 그들이 피워놓은 시끄러운 소나무 모닥불이 조용해지며 꺼져가는 소리를 들었다. 권총은 가슴 위에 놓았다. 눈을 감은 지 몇 시간이 지났을 때 루이스는 다시 눈을 뜨고 침대 옆을 보았다. 질이 서 있었다.

무슨 일이야?

질이 가까이 왔다. 작은 창으로 들어오는 달빛이 소녀의 곱슬머리와 얼굴의 상처들을 어루만졌다. 당신이랑 같이 자도 돼요?

루이스가 팔꿈치로 짚고 일어나 잇새의 메를로를 빨아들이고 질을 보았다. 아버지 병원의 화장실 세면대에 걸려 있던, 물 자국이 튄 아르테미스 그림이 떠올랐다. 뭐라고?

당신이랑 자도 되냐고요.

여기서?

혼자 위에 누워 있기가 싫어요.

왜?

춥고 무서워요.

이러기엔 나이가 너무 많지 않니?

춥기에 많은 나이도 아니고 무섭기에 많은 나이도 아닌데요.

루이스가 질을 한참 보더니 말했다. 그러든지.

루이스가 옆으로 몸을 비키자 질이 위층 침대에서 침낭을 가져와 아래층에 폈다. 침대에 들어와 루이스에게 등을 대고 누웠다. 질의 머리칼이 흩어졌다.

소리 들려요?

무슨 소리?

누가 성교하는 것 같은 소리.

루이스는 귀를 기울여보았다. 그냥 어느 빌어먹을 동물일 거야.

난 음악 안 틀면 잠자기 힘들어요. 질이 말했다.

어째서?

조금만 소리가 들려도 전부 신경이 쓰이거든요. 음악이 덮어주면 괜찮아요.

여긴 음악이 없고 내가 노래를 부르는 일도 없을 거야.

내가 어릴 때 지미 듀런트 노래 테이프가 있었어요. 한쪽 면이 끝나면 내가 깨어나서 돌려 넣곤 했죠.

넌 아직도 빌어먹게 어려.

말없이 몇 분이 흘렀고 루이스는 질의 숨소리가 느려지고 몸을 움찔거리는 것으로 봐서 잠이 들었다고 생각했다. 루이스는 질의 머리를 만지고 목의 냄새를 맡았다. 바닥이 끼긱거려 내다보니 피트가 난롯가에서 일어나 비디오카메라를 어깨에 올렸다. 검은 렌즈가 루이스를 마주 응시했다. 어둠 속에 테이프가 돌아갔다. 루이스는 움직이지 않았다.

피트는 찡그리며 뷰파인더를 들여다보고 비디오카메라를 바닥으로 낮춘 다음 장작을 쌓아놓은 방 한쪽 구석에 무릎을 꿇었다.

—

다른 사람들이 아직 자는 동안 루이스는 추위에 몸을 웅크리고 코트를 입고 모자를 쓰고 오두막에서 살금살금 나갔다. 동이 트고 있는 숲으로 터벅터벅 들어가며 잇새의 묵은 메를로를 빨아들였고 널찍한 나무 둥치에 기대 바지를 내렸다. 김이 솟아올랐다.

비명이 고요를 가르며 개가 짖었다.

루이스는 바지를 끌어올리고 오두막으로 달려가며 허리띠를 맸다. 질이 문간에 쓰러져 있고 개가 호들갑스레 질의 손에서 검은 피를 핥았다.

루이스가 소리치며 개를 발로 찼고 개는 깽 하고 나가떨어졌다. 무슨 일이야? 루이스가 질에게 물었다.

질이 피 묻은 손으로 숲을 가리켰다. 누굴 봤어요. 저기서.

클로드가 모자를 뒤로 쓰고 문간에 나타났다. 곰 퇴치 스프레이를 들고 있었다. 누구야?

피트가 눈을 비비며 클로드의 어깨 너머로 내다보았다. 우리 공격당했어?

루이스가 무릎을 꿇고 질의 피 묻은 손을 살펴보았다. 상처는 어디야?

질이 왼손을 내밀었다. 밖에서 오줌 누고 있는데 누가 보였어요. 도망치다가 금속 독수리 위로 엎어졌는데 손으로 그걸 짚었어요.

클로드가 피에 목마른 늙은 개의 목걸이를 잡아 앉혔다. 금속 독수리?

동상요. 질이 말했다. 땅에 있었어요.

피트가 고개를 저었다. 이런 데서 발견할 만한 물건은 아닌데. 안 그래요, 루이스 대원?

루이스가 질의 손바닥에서 동그란 상처를 발견했다. 피가 꽤 흐르네. 괜찮니?

네.

아파?

아뇨. 질이 대답했다. 누가 저기 있다니까요.

코르넬리아 아케르손.

이런 빌어먹을, 클로드. 얼간이 소리 그만하고 좀 도와.

클로드가 배낭에서 하얀 플라스틱 상자를 꺼내주었다.

루이스가 뜯어 열고 요오드 병을 꺼냈다. 따끔할 거야. 뚜껑을 이빨로 열고 상처에 부었다. 질이 인상을 썼다. 루이스가 그 위에 거즈를 댔다. 붕대는 없어. 여기, 그 빌어먹을 것 좀 줘봐. 루이스가 피트의 머리에서 두건을 낚아채 붕대를 만들었다. 누굴 봤다는 게 무슨 소리야?

무슨 소리가 들려서 봤더니 뭔가 움직였어요. 저쪽요. 질이 피 묻은 손가락으로 숲속 한 지점을 가리켰다.

피트가 비디오카메라를 들고 질의 손을 찍었다. 그 키스쟁이인가?

루이스가 나무들 사이를 훑어보았다. 아직 태양이 산등성이 위로 뜨지 않아 빛이 약했다. 여기서 기다려.

나도 같이 갈게. 클로드가 말했다.

이런 빌어먹을, 질이랑 같이 있어. 피 좀 멎게 해보고. 빌어먹을.

피와 와인 얼룩이 묻은 경비대 모자를 비딱하게 쓰고 루이스는 전쟁에 지친 병사처럼 구부정한 걸음으로 잇새를 빨면서 앞으로 나갔다. 권총을 꺼내 피 묻은 양손으로 들고 산비탈까지 걸었다. 산비탈 아래로 광대한 숲과 덤불을 내려다보았다. 그녀는 혼자였고 다른 사람은 보이지 않았다.

월드립 부인? 월드립 부인? 클로리스?

나무 사이로 돌풍이 확 불자 위쪽에서 타닥하는 소리가 들렸다. 올려다보았다. 은박 풍선이 끝이 허옇게 죽은 소나무 높은 가지에 엉켜 있었다. 굵은 분홍 글씨로 '얼른 나아요'라고 써 있었다. 루이스는 눈을 껌뻑이며 쳐다보다가 털썩 무릎을 꿇었다. 풍선에서 눈을 떼지 못했다. 그렇게 풍선이 떠오르는 태양에 환해지다가 용접공의 토치 끝 방울처럼 타오를 때까지 한동안 경건하게 쳐다보았다.

루이스가 얼굴을 만져보니 젖어 있는 게, 울고 있었던 것 같았다. 뒤쪽에서 루이스의 이름을 부르는 소리들이 들렸다. 그녀가 뺨을 닦아내자 질의 피와 섞였다. 그런 다음 일어서서 권총을 집어넣었다.

쉼터의 일행들에게 돌아가보니 온통 피투성이였다. 밖에 서 있는 두 남자의 손이 벌겠다. 클로드는 제복 단추를 잠그고 있었다. 질은 문틀에 등을 기대고 앉아 있었다. 질은 왼손에 클로드의 러닝셔츠로 붕대를 감고 있었고 피트는 다시 진홍색으로 얼룩덜룩해진 두건을 쓰고 있었다. 질은 피 묻은 담배를 피웠다. 개는 바닥에 떨어진 핏방울을 핥았다.

질이 안 다친 손에 묻은 피를 자기 곱슬머리에 닦았다. 뭐 좀 봤어요?

나무에 걸린 빌어먹을 풍선이 있었어.

\#

나를 찾으러 온 수색대를 두고 도망치다니, 미친 늙은 황소개구리라고 생각할 독자들이 많을 게 분명하다. 그럴지도 모른다. 자기 마음이라도 알기는 무지 힘든 법이다. 시력이 나쁜 윌드립 씨가 안경을 엉뚱한 데 두었을 때에 비유하고 싶다. 불쌍한 내 남편은 미친 신앙 치료사처럼 집 안 여기저기를 부딪고 돌아다니며 가구들을 더듬곤 했다. 입속으로 욕까지 중얼거렸다. 시력이 좋은 축복을 받은 덕에 안경을 찾아내 그 실없는 소동을 멈추는 것은 늘 나였다. 마음도 마찬가지 아닐까 싶다. 마음을 찾기 위해서는 마음이 필요한 법이다. 그러니 내 마음을 잃었다면 찾는 걸 도와줄 마음이 하나 더 있는 게 좋다.

나는 그 작은 낡은 오두막 안에 앉아 난로에서 내 더러운 옷가지가 타는 모습을 바라보았다. 늦은 오후쯤 나는 마스크 남자가 나타나는지 더러운 창문을 내다보았다. 수색대가 나를 데리고 갔다고 생각하고 그가 다시 돌아오길 기다렸다.

나는 그를 놀래키고 나서 그와 함께 산에 있겠다고 말할 준비가 돼 있었다.

이 생각이 내 머릿속으로 들어오자마자 당연히, 얼마나 터무니없는 짓인가 하는 점도 머리를 스쳤다. 대부분의 사람은 한 가지만을 계속 원하지 않는다. 다른 말로 하면, 내 마음은 금방 바뀌었다. 세상에나, 내가 지금 무슨 짓을 하고 있지? 난 여기서 탈출해서 텍사스로 돌아가야 해! 심장이 냄비 속 콩 한 알처럼 콩닥거리기 시작했다. 나는 난롯가에서 벌떡 일어섰다. 핸드백을 챙기고 테리의 코트를 둘렀다. 허둥지둥 오두막을 나서며 내 이름을 외쳐 불렀다.

숲속으로 들어가서 얼마 못 가 뭔가 발끝에 세게 부딪쳐 나는 엎어지며 얼굴을 바닥에 처박고 입술이 찢어졌다. 다른 곳은 다치지 않았다. 내가 걸려 넘어진 것은 금속이 변색된 독수리 동상이었다. 참 산속엔 별게 다 있었다. 오늘날까지도 어쩌다 그런 게 숲속에 있게 됐는지 이해가 안 간다. 나는 몸을 추스르며 잠깐 살펴보았기에 다른 정보는 발견할 수 없었다. 그때의 수수께끼가 아직도 나를 괴롭힌다. 내 독자들 가운데 하나는 답을 알지도 모르겠다.

나는 일어나서 서둘러 계속 갔다. 캐서린 드루어가 유산소 걷기라는 것을 하며 의기양양하게 이웃들 창밖을 차례로 지나가던 모양처럼 나도 한심해 보였을지 모르겠다. 나의 친애하는 천식 친구 낸시 바우어에게 캐서린이 항문 병이라도 걸린 동네 바보처럼 보인다고 했더니 낸시는 폭소를 터뜨리다가 기침이 나서 집에 가야 했다. 그리고 그날 내내 침대에 누워 있었다. 불쌍한 낸시는 몇 년 전 천식 합병증으로 세상을 떠났다.

클래런던으로 돌아가 몇몇 낯익은 얼굴들과 낸시 바우어와 루이즈 앨터와 빌 목사 같은 친애하는 친구들과 함께 제일감리교회에서 내 남편을 애도할 마지막 기회를 스스로 포기했다는 끔찍한 공포가 나를 사로잡았다. 갑자기 다시 집에 대한 그리움이 사무쳤다. 심지어 캐서린 드루어 같은 멍청한 늙은이를 다시 봐도 기쁠 것 같았지만 그 점은 확신을 못 하겠다.

다시 그 계곡을 지나가던 수색대가 보이던 벼랑이 나올 줄 알았는데 그렇지 않았다. 가도 가도 낯선 곳만 나왔다. 사방은 거대한 나무들의 그늘 속에 이상한 모양의 눈과 얼음만 뒤덮여 있었다. 어디로 가야 할지 알 수 없어 나는 어느 나무 등치에 드러난 뿌리 위에 털썩 주저앉아 숨을 몰아쉬며 터진 입술을 빨았다. 바람이 일어나 나무들이 가지를 할퀴며 서로 기댔다. 월드립 씨와 내가 애머릴로에서 토요일 저녁 영화를 보고 집으로 돌아올 때 대로변 식당들 앞에서 보곤 하던 술 취한 주연객들 같았다.

나중에 내가 수색대와 반대쪽으로 갔다는 걸 알게 되었다. 오두막을 나가서 오른쪽이 아니라 왼쪽으로 갔더라면 그들과 정통으로 마주쳤을 것이다. 그들도 그날 저녁 오두막에 도착했으니까 말이다.

가끔 그처럼 꼬인 상황에 대해 우스꽝스러움을 느끼지 않기도 지독히 힘들다. 슬픈 상황에 대해서도 마찬가지다. 유명한 로데오 선수가 댈러스의 어느 술집에서 기계 황소를 타다가 죽은 일이 있었다. 조명 기구에 머리를 부딪힌 것이다. 재밌는 일은 아니지만 윌드립 씨가 그 이야기를 하면 나는 늘 뭔가 끔찍하게 간지러운 기분이었다. 지금 이 이야기를 쓰면서는 웃고 있다. 그 로데오 선수의 어머니는 그 일에 대해 웃어본 적이 있을까 궁금하다. 그 생각을 하면 괴롭다.

나는 한 바퀴 돌아 길을 잃었다. 그래서 산중에서 일어나는 바람과 어둠의 합창을 보고 들으며 대충 자리를 잡아 앉았다. 그때는 무엇에 대해서도 전혀 웃지 않았다. 아직은 그 안의 우스꽝스러움을 볼 수 없었다. 대신 나는 다시 외치고 또 외치기 시작했다. 도와줘요. 나는 클로리스 윌드립이에요.

–

나는 테리의 코트로 몸을 감싸고 앉아 밤새 미친 사람처럼 덜덜 떨며 외치다가 목이 잠겨 속삭이기도 힘들게 되었다. 입술도 꽤 부어올라 당나귀처럼 침이 흘러내렸다. 하늘이 밝아오기 시작하고 태양이 산 위로 떠오르기 시작할 때, 나는 거의 얼어 죽기 직전이었다.

갑자기 뭔가 숲에서 살금살금 다가오는 소리가 났다. 내가 있는 곳에서 몇 미터 떨어져 멈추었지만 나무들 때문에 보이지 않았다. 누가 땅 위에 오줌을 누는 것처럼 후두둑 소리가 났다. 못된 늙은 곰이나 지난번의 그 퓨마 아니면 수색대 중 한 명일 터였다. 나는 겨우 몸을 일으켜 기웃거려보았지만 보이질 않았다. 내 이름을 말해보려 애썼지만 새어 나오는 것은 섬뜩한 신음 소리뿐이었다. 후두둑 소리가 멈추었다. 나는 비틀거리며 가보았다.

뭔지는 모르겠지만 꽥 소리를 지르더니 허둥지둥 달려갔다. 나는 그것을 쫓아갔다. 하지만 그것은 너무 빨랐고 나는 어둠 속에 자취를 놓쳤다. 그래도 계속 그쪽으로 가보았다.

그러다가 비탈을 못 보고 말았다.

다리가 쓱 들리며 차가운 진흙과 돌투성이가 내리막으로 몸이 미끄러졌다. 허우적거리며 바위를 움켜잡으려다 손톱 하나가 통째로 빠졌지만 그대로 낭떠러지로 밀려나갔다. 피투성이 손가락으로 바위 가장자리를 간신히 움켜잡고 매달렸다. 낭떠러지 아래가 얼마나 되는지 고개를 돌려볼 수도 없었다. 대롱대롱 공중에 매달려 다리를 허우적거리며 디뎌지는 곳이 있는지 찾았다. 핸드백이 어깨에서 미끄러져 눈앞의 낭떠러지 위에 놓여 있었지만 그걸 잡을 수는 없었다. 반짝이 보라 스타킹을 신고 검은 진흙투성이 분홍 셔츠를 입고 매달린 한심한 꼴이었다. 손가락에 쥐가 나고 피가 뿜어 나왔다. 그렇게 영원히 매달려 있을 수는 없는 노릇이었다.

그래서 놓았다. 어쩔 수 없는 일에 대해 우아하게 받아들이는 건, 말해둘 가치가 있는 일이다.

감사하게도 그렇게 높은 낭떠러지는 아니었다. 하지만 땅과 부딪히는 충격을 내 다리는 버텨내지 못했고 발목이 접질리며 머리를 바위에 부딪혔다. 세상에나, 어쩌나 아프던지, 나는 잠시 제정신이 아니었다. 태양이 떠오르며 낭떠러지 위에서 어떤 여자가 내 이름을 부르는 소리를 분명 들었다. 나는 그 가파른 비탈의 바닥에, 축축한 바위와 거친 갈색 덤불들 위에 팔다리를 벌리고 뻗은 채 움직일 수 없었다. 내 위쪽에 껍질 없는 죽어가는 나무가 경사면에서 자라고 있었다. 그 헐벗은 높은 가지 위에 은박 풍선이 걸려 있었다. 슈퍼마켓에 가면 물 뿌린 꽃들과 함께 팔거나 병원 입원실 구석 같은 곳에 버려져 있는 풍선 말이다. 분홍 글씨가 써져 있었는데 나는 알아볼 수 없었다.

처음 그게 보였을 때는 헬리콥터인 줄 알았다. 풍선일 뿐이라는 것을 깨닫고 땅이 꺼지는 듯 실망했다. 1978년 9월 내가 담낭 제거 수술을 받았을 때 시누이 론다 리 월드럽이 저런 풍선을 가져왔다. 병원에서 퇴원해 월드립 씨의 트럭을 타러 가다가 실수로 놓치고 말았다. 텍사스에 흔한 바람 부는 날이었고 풍선은 하늘 위로 무지 빨리 사라졌다. 그때 그 풍선이 이때 이 풍선이 아니었을까 하는 재밌는 생각도 한다. 이렇게 멀리까지 올 수 있었다면 놀라운 일이다.

나는 꼼짝 않고 누워 내 몸의 부상들을 느껴보았다. 하지만 이전에 여기 쓴 대로 내 뼈는 튼튼했다. 그 1년 전에 식료품점 농산물 매대 근처에서 미끄러져서 아주 친절한 젊은 부부를 무척 놀라게 만든 적도 있지만, 나는 다치지 않았었다.

시간이 지나 일어나 앉아서 다리를 보았다. 일어서려 해보았지만 끔찍한 통증과 함께 쓰러졌다. 나는 다시 절망한 거북이처럼 드러누워, 내가 산속을 헤매기 시작한 이래 저지른 많은 실수들을 헤아려보았다. 이렇게 오래 살아남은 것도 기적이었다. 나무 꼭대기의 풍선을 다시 올려다보며 월드립 씨가 아직도 땅으로 못 내려오고 있는 건 아닐까 생각했다. 하지만 눈앞엔 은박 풍선과 그 위로 구름과 햇살이 가득한 너른 하늘이 펼쳐질 뿐이었다.

나는 일어나 앉아 엉덩이를 끌고 낭떠러지 아래로 갔다. 진흙이 일부 쓸려 나가 나무뿌리들이 드러난 흙벽에 등을 기댔다. 다리를 펴고 피투성이 손가락들을 보았다. 무지 배고프고 다급하게 목이 말랐다. 나는 기다리면 된다고, 수색대가 나를 발견할 거라고 스스로를 다독이기 시작했다. 그들은 나를 찾고 있었고 나도 그들을 보았다.

—

1983년에 남자 하나가 우리 목장 근처에 땅을 약간 샀다. 1~2천 평밖에 안 되는 척박한 땅이었다. 그는 거기에 특이한 작은 구조물을 지었다. 인디언식 사우나 같은 것이었다. 전부 색색의 가죽으로 만들어 바람에 시끄럽게 펴덕였다. 그는 내가 아는 한 어떤 종류의 인디언도 아니었고 누구보다도 하얀 백인이었다. 셔츠 없이 하얀 바지만 입고 도넛 모양의 작은 색색 모자를 썼다.

목요일 오후가 되면 월드립 씨는 우리 목장으로 가서 동쪽 목초지의 가축용 물 저장소에서 관리인 조 플러드를 만났다. 나도 따라가서 엘 솜브레로에서 점심을 먹고 나서 월드립 씨가 조를 만나는 동안 차에서 기다렸다.

월드립 씨가 주차를 한 곳에서 그 이상한 주거 장소가 건너다 보였는데, 그럴 때면 북쪽 도로에서 젊고 예쁜 소녀 하나가, 내가 지금까지 본 중 가장 예쁠 수도 있는 여자애가 자전거를 타고 먼지 구름을 일으키며 나타나곤 했다. 늘 푸른색의 좋은 면 원피스를 입고 잘 빗질된 아맛빛 금발을 멋지게 등 뒤로 늘어뜨린 소녀였다. 그 아이는 틀림없이 1시 30분에 왔고, 나는 내가 갔던 모든 목요일마다 그 장면을 목격했다.

그 애는 그 이상한 곳으로, 펄럭이는 들소 가죽 천 뒤로 사라져서, 적어도 한 시간이 지나기 전까지는 나오지 않았다. 나는 그때 왜 이 아름다운 소녀가, 그토록 젊고 활기가 넘치는 소녀가 이 매력 없고 이상한 옷을 입은 나이 많은 남자를 방문하는지 짐작조차 할 수 없었다.

늘 내 형편없는 의심은 그 애가 남자에게서 돈을 받고 자신을 내주러 들어가는 게 아닌가 하는 거였다. 하지만 비터루트에서 그 생각을 해보다가 나는 문득 그 여자애가 돈 때문이 아니라 원해서 거기 온 거였을 수도 있다는 생각이 들었다. 그 애가 이 특이한 작은 남자를 욕망하는 것도 불가능하지는 않을 것 같았다. 우리에게 자유 의지가 주어지긴 했다면 그녀도 거기 자신의 자유 의지로 왔던 것이다. 비록 나는 우리 모두 볼 수 없는 길들에 묶여 있는, 미지의 주인들의 노예는 아닐까 하는 의문을 가지고 있지만 말이다. 나는 우리가 누구를 또는 무엇을 욕망하든지 어쩔 수 없다고 믿게 되었다. 자신이 무엇을 원하는지 알게 된 순간부터 우리는 망한 것이다. 그리고 나는 사람들이 자기가 원하는 것을 안다고 해서 비난하지 않는다. 다만, 결과에 대해서는 생각 못 하고 그것을 얻어내려 뭐든지 하려는 데에는 비난할 것이다.

오해를 바로잡자면, 내가 조사를 좀 하고 적절한 사람도 만나보니, 그 남자의 이름은 톰 캘리어였고 여자애는 루시

캘리어였다. 여자애는 남자의 딸이고 어머니와 함께 꽤 떨어진 동네에 살았다. 나는 루시를 만나보기까지 했다. 그녀는 이곳 버몬트로 나를 만나러 올 정도로 친절했다. 나는 비터루트에서 잠깐 클래런던으로 돌아가 뒷수습을 하고 난 후 이제 거의 20년째 버몬트에 살고 있다. 예상대로 월드립 씨 없는 텍사스는 너무 울적하고 삭막했다. 나무들이라면 이제 지긋지긋했음에도 나는 버몬트로 왔다. 어릴 때 우리 미국에 대한 그림책에서 버몬트의 사계를 그린 수채화를 보고 가보고 싶던 곳이었다. 벌링턴에 아파트를 얻어 내 골반이 말을 안 듣기 시작할 때까지 살다가 10여 년 전 브래틀보로의 리버벤드 요양원으로 옮겼다. 어쨌든 이 루시 캘리어라는 여자애도 공교롭게 코네티컷으로 이사를 오게 되어 버몬트에서 멀지 않고 내가 그 수난 후에 일종의 유명인이 되었으니 기꺼이 보러 오고 싶다고 했다. 우리는 즐거운 만남을 가졌다. 루시는 여전히 아름다웠고 결혼해서 피부색이 검으며 너무 사랑스러운 코를 가진 아이 둘을 두었다. 루시는 자신의 아버지가 점잖고 평화를 사랑하는 남자라고 장담했다. 더 원시적인 시대의 방식대로 자급자족해서 사는 데 관심이 있어서 그런 거였다고 말이다.

내가 이 일화를 여기 집어넣은 이유는 그냥 멀찍이서 보기만 하고서 어떤 것의 실체에 대해 추측하거나 판단을 내릴 수는 없다는 점을 보이기 위해서다. 이 문제에 관한 지독한 진실은, 나 자신에 대해 가장 이해 못 하는 부분, 그때의 이해의 분량이 결국 다른 사람에 대해 가장 많이 이해할 수 있을 때의 이해의 분량과 대체로 같다는 점이다.

#

루이스는 왜고니어를 산 아래로 몰았고 질은 손바닥에 난 구멍을 꾹 누르고 있었다. 그들은 그날 밤 9시경에 산 아래의 마커스 데일리 병원에 도착했다. 회색 2층 건물 앞에는 술에 취하고 차 유리 조각이 박혀 피투성이가 된 남자 둘이 담배를 피우며 가로등 아래서 수정 조각상처럼 반짝이고 있었다. 루이스는 차 뒤쪽에서 보온병을 다시 채웠다. 그런 다음 조수석 문을 열고 질과 함께 이 빠진 '응그실' 네온사인이 깜빡이는 입구로 들어갔다.

두 사람은 어항에 기다란 물고기들이 들어 있는 좁은 대기실에서 불가해한 갈색 피가 말라붙은 옷차림을 하고 한 시간 동안 나란히 앉아 있었다. 열린 문으로 젊은 여자 하나가 말없이 손짓했다. 천으로 칸막이가 된 기다란 방에서 얼룩진 면 가운을 입은 남자 하나가 자기를 의사라고 소개하며 세면대에서 손을 씻었다. 선글라스를 끼고 악마 같은 수염을 기른 남자였다. 질은 종이를 씌운 침대에 앉았고 루이스는 비틀거리며 파티션 한쪽에 기대어 의사가 소녀의 무릎을 벌리고 바퀴 달린 의자로 다가앉아 손에서 붕대를 푸는 모습을 지켜보았다. 남자는 정육점에서 고기라도 사는 것처럼 손을 뒤집어보더니 한 바늘만 꿰매면 되겠다고 말했다. 곧 오겠다고 한 다음 방을 나갔다.

손은 정말 미안하게 됐다. 루이스가 말했다.

전남편을 다시 보게 될 것 같아요?

안 그랬으면 좋겠는데. 왜?

질이 고개를 저었다. 나도 친구를 만들고 나서 언젠가는 다시 보고 싶지 않게 될까요?

그럴 수 있지. 원래 그런 거니까.

내가 그들을 더 이상 보고 싶지 않아진다고요? 아니면 그들이 나를 더 이상 보고 싶지 않아진다고요? 아니면 우리가 피차 볼 생각이 없어지나요?

뭐, 상황은 변하니까. 루이스가 말했다. 네 엄마는 네 아빠한테 그런 말 한 번도 안 했니?

한때 친하게 지냈다가 이제는 연락도 하지 않는 사람들이 있어서, 그들이 죽었다고 해도 당신한테는 아무 실질적 차이가 없는, 그런 경우가 있는 게 사실 아닌가요?

난 아무도 죽길 바라지 않아, 질. 더 이상 소식을 못 듣는다고 해도 어딘가에서 잘 지내길 바라고.

당신 전남편도요?

난 그 빌어먹을 남자가 죽기를 바라지 않아.

하지만 다시 보고 싶지는 않잖아요?

그렇지. 다시 보고 싶지는 않아.

죽었는지 잘 살고 있는지는 알고 싶고요?

이런 빌어먹을. 나도 모르겠다.

질이 갑자기 손을 확 휘둘러 피를 바닥에 뿌렸다. 어쩌면 당신은 앞으로도 알 수 없을 거예요. 그 남자는 지금쯤 죽었을지도 모르죠. 당신한테는 아무 차이도 없고.

빌어먹을. 뭐 내가 모르면 상관없겠지.

내가 만난 서른 이상의 사람은 전부 낮은 등급의 사이코패스예요. 질이 말했다.

잠시 후 의사가 돌아와 손을 꿰맸는데 질이 꿈적하지 않자 의사가 착하다며 칭찬하고 자기 가랑이를 질의 무릎에 갖다대며 의자 바퀴를 앞뒤로 굴렸다. 끝났다. 착한 아가씨. 아기한테 다 잘됐네.

이제 그만해요. 빌어먹을. 루이스가 말하고서 질의 팔을 잡고 떠났다.

왜고니어를 타고 둘은 다시 산으로 올라갔다. 포장도로에서 500미터마다 서 있는 총 자국 난 낙석 주의 표지판을 왜고니어의 전조등이 비추었다. 질은 무릎을 안고 앉아 창틈으로 빨려 나가는 한 줄기 연기에 매달려 있었다.

루이스는 보온병을 마셨다. 병원에서 빌어먹을 네 아빠한테 전화하는 걸 잊었네. 우리가 안 돌아와서 걱정할 텐데.

질이 담배꽁초를 허벅지 사이에 끼운 탄산음료 캔에 집어넣고 아무 말 하지 않았다.

루이스는 운전을 계속해 크리스털 펭귄 편의점을 지났다. 저산지의 마을 젊은이들이 가게의 가스등 아래서 가짜 노을빛으로 빛났다. 머릿기름을 잔뜩 바른, 허약하고 여성스러운 세 명의 십대 소년이 번호판 없는 파란 픽업트럭 짐칸에 앉아 씩 웃었다. 사이렌 소리가 울리자 셋은 갈색 병을 들어 올리고 느릿느릿 환호성을 질렀다. 쇠테 안경을 낀 깡마른 모호크 머리 소년이 손을 흔들며 피어싱한 혀를 날름댔다.

질도 붕대 감은 손을 흔들며 말했다. 우리는 서로 얼마나 알고 지낼지 궁금하네요, 루이스 대원.

–

멀리서부터 블루어가 데크 불을 켜고 기다리는 모습이 보였다. 흔들의자에 꼼짝 않고 앉아 팔짱을 끼고 다리를 난간에 올리고 있었다. 루이스는 자정이 막 지난 시각에 하얀 통나무집 앞에 차를 멈췄다. 블루어가 의자에서 일어났다.

루이스가 질을 보고 말했다. 도와줘서 고마워. 다치게 해서 미안하고.

못 찾아서 유감이에요. 질이 말했다.

둘이 함께 하얀 통나무집으로 가자 블루어가 백묵 묻힌 손가락을 들어 올렸다.

쉼터에서 하룻밤 자야 했어요. 루이스가 말했다.

손은 어떻게 된 거야?

꽤 심하게 찔렸어요. 빌어먹을 병원에 갔다 왔죠.

블루어가 계단 아래까지 내려와 질의 손을 잡고 살펴봤다. 쿠지. 너 괜찮니?

네.

블루어가 두 사람을 바라보다가 집 안으로 안내했다. 루이스와 질은 하얀 소파에 앉았고 블루어는 주방에서 연어와 아스파라거스를 준비하며 두 사람이 잘못된 줄 알고 걱정하면서 썼다는 서정시 구절들을 읊었다. 셋은 식탁에서 먹으며 메를로 두 병을 마셨다. 블루어가 무슨 일이 있었는지 물었고 루이스와 질은 클로리스 월드립을 못 찾았다는 것 말고는 별 말을 하지 않았다.

다 먹고 나서 블루어가 접시를 가져가자 루이스와 질은 메를로 한 명을 더 꺼내 뒤쪽 데크로 나갔다. 둘은 야외 의자에 앉아서 맑은 하늘 아래 마시기 시작했다.

질이 갈색 피가 묻은 담배를 꺼내 불을 붙였다. 왜 애리조나 키스쟁이라고 부르는 거죠?

애리조나에서 어린 소녀한테 키스를 했대. 루이스가 말했다. 더 이상은 잘 몰라. 알고 싶지도 않고.

블루어가 유리문을 열고 와인을 한 병 더 가지고 나왔다. 허공에 대고 두 번 키스를 하고 욕조로 가서 덮개를 젖힌 다음 병을 가장자리에 놓았다. 검은 털 덩어리가 물속에 떠서 돌아가고 있었다. 어이쿠, 쿠지!

루이스가 비틀거리며 자리에서 몸을 좀 일으켰다. 빌어먹을, 또 뭐예요?

스컹크가 들어간 것 같네.

블루어가 손에 백묵을 묻힌 다음 꼬리를 잡고 물에서 꺼내 그들 쪽으로 들어 보였다. 차가운 공기 속에 축 늘어진 동물은 김을 피워 올리며 데크 위로 검은 물을 뚝뚝 흘렸다. 소독약 이외에 다른 냄새는 나지 않았다. 죽음은 미친 박제사처럼 스컹크의 눈과 입을 광적으로 으르렁거리는 모양으로 고정시켜놓았다. 살이 꼬리에서 미끄러지더니 몸체가 쿵 소리를 내며 데크로 떨어졌고 블루어는 넥타이 같은 길쭉한 털만 들고 서 있었다.

어라. 블루어가 말하고 무릎 꿇고 앉아서 몸체를 들어 올리더니 한 번 웃고는 난간 너머 숲속으로 던져버렸다. 스컹크는 어느 높은 가지로 날아가 척 걸쳐졌다.

왜 그런 거예요? 루이스가 말했다. 이제 죽은 스컹크 냄새가 여기까지 코를 찌를 텐데.

내일 내려야죠.

질도 일어나서 빈 잔을 의자 옆의 작은 나무 탁자에 놓았다. 유리문으로 가더니 안으로 들어가기 전에 파란 눈으로 루이스를 한참 바라보았다. 루이스는 이해할 수 없는 미소를 지었다.

블루어가 박수를 치고 욕조를 가리켰다. 나랑 목욕 좀 할까요, 루이스 대원?

빌어먹을 죽은 스컹크가 1분 전에 빠져 있었는데요.

있죠, 물은 소독돼 있어요. 내 아내는 늘 소독약이 뭐든 죽일 수 있다고 했죠.

왜 당신 부인은 당신한테 그런 얘기를 맨날 한 거죠?

블루어는 옷을 벗고 녹색 물에 조금씩 몸을 담그더니 성긴 금발 꽁지머리의 윗부분만 수면 위에 남았다. 루이스는 남자를 한동안 바라보다가 메를로를 한 잔 더 마시고 벌거벗은 다음 따라 들어갔다.

둘이 물속에 둥둥 떠 있는 동안 루이스는 작은 목소리로 아직도 클로리스 월드립이 그 오래된 산속 쉼터에 있었다고 믿는다고 말했다. 그녀였던 거라고.

블루어는 대답하지 않고 혼자 흥얼거렸다. 스컹크가 걸려 있는 소나무를 바람이 흔들었다. 주방 창문 불빛을 받은 스컹크의 눈이 번들거렸다. 루이스는 커다란 가문비나무 위에 걸려 있던 월드립 씨를 발견한 순간이 떠올랐다.

블루어가 조용해지더니 루이스의 어깨를 잡고 끌어당겼다.

잠깐. 루이스가 말했다.

블루어가 놔주었다. 왜 그래요?

루이스는 메를로 병을 들어 한참 마시고 다시 욕조 가장자리에 놓았다. 알았어요. 루이스가 말했다.

블루어가 루이스의 어깨를 다시 잡고 키스했다. 팔의 멍든 곳들을 쓰다듬더니 꼬집었다. 나의 표범. 그가 말했다. 블루어가 루이스를 돌려세우고 뒤쪽에서 거의 안으로 들어가 짧게 용두질을 했다. 루이스는 스컹크의 검은 털 가닥들이 부글거리는 녹색 물 표면에 둥둥 떠다니는 모습을 보았다. 1분도 안 돼 블루어가 욕조에서 나가 데크 쪽에서 일을 마쳤다. 루이스는 옷을 입고 젖은 머리에 경비대 모자를 썼다.

안 자고 가요, 루이스 대원?

집에 가야 해요.

자고 가면 좋은데.

제복을 갈아입어야 해요. 제복에 묻은 피를 지울 수 있을지 모르겠네. 아침에 당신 딸 데리러 들를게요.

—

루이스가 다시 지나갈 때 크리스털 펭귄의 가스 등불은 꺼져 있었다. 루이스는 그곳을 천천히 지나가며 따뜻한 밤 기온 덕에 열어둔 차창으로 고개를 내밀었다. 왜고니어를 산 높이까지 몰아 이집션포인트로 가며 '닥터 하우에게 물어보세요'의 새벽 재방송을 들었다. 라디오 신호가 잡혔다가 끊겼다가 했다. 전에도 들었던 굵은 목소리의 청취자가 전화를 걸어 아픔과 고생의 상대성에 대해, 그리고 왜 어떤 사람들은 개가 죽었을 때 우는지 물었다. 그들은 진정한 비극과 상실을 모른단 말입니까? 남자가 말했다. 루이스는 블루어의 통나무집에서 떠나기 전에 보온병에 담아둔 메를로를 마셨다. 블루어의 식품저장실에서 병 하나를 통째로 훔쳐 조수석에 끼워두었더니 비포장도로를 올라갈 때 옆에 부딪쳐 툭탁거렸다.

길머리에 왜고니어를 세웠을 때 번호판 없는 파란 픽업트럭이 주차돼 있었다. 루이스는 선바이저를 내려 거울을 보며 엄지로 이를 문질렀다. 그런 다음 엄지를 핥고 입가와 눈썹을 따라 문질렀다. 경비대 모자를 벗고 손으로 머리를 쓸어 넘겼다. 허리띠에서 권총집을 풀어 글로브박스에 넣었다. 차 키를 빼내는데 계기판의 시계가 2시 40분을 가리켰다.

메를로 병을 들고 어둠 속의 산길을 걸어 올라갔다. 나무들 사이 목소리에 귀를 기울이며 모닥불 빛을 찾아보았다.

가까이 가자 바위 아래 불이 보였다. 앞쪽에 소년들이 모여 마녀들의 집회처럼 미친 듯 낄낄거리고 있었다. 루이스는 빈터 옆에 멈춰서 귀를 기울였다. 메를로 병을 가슴에 꼭 끌어안았다.

소년들이 높은 목소리로 숨 가쁘게 지껄였다. 한 명이 새 중고차를 자랑했고 다른 애들은 20년도 안 돼 전화가 사람 생각을 읽고 결혼이 유물이 될 것이며 심리 치료가 술집이나 주유소에서 자판기로 구매될 거라는 얘기를 늘어놓았다.

그러다가 얼음장 같은 목소리가 좌중을 갈랐다. 그 여자가 곧 올 거야.

아니, 안 와, 새끼야. 그게 다 다이어트 콜라나 마시고 호모 머리 한 남자애들하고 키스하는 년들 겁주려는 허풍이라고.

우린 여기 너무 오래 있었어. 올 거야.

우리 할배가 여기서 한 번 그 여자를 봤다고 했어. 커다란 아르마딜로를 타고 신음하면서 바위들 쪽에서 올라왔대. 눈은 하나고 이는 없고 빨간 머리에 젖퉁이랑 고추랑 다 꺼내놓고. 그런 꼴인데도 지독하게 섹시하더라고.

신음은 왜?

원치 않는 오르가슴을 느끼다가 죽었잖아. 영원히 산속에서 메아리칠 거라고 우리 할배가 그랬어.

그럴 리가 없잖아! 원하지도 않는데 오르가슴을 느꼈다고?

그럴 수 있다던데.

루이스는 메를로 병을 꼭 쥐었다. 숨을 한 번 들이쉬고 한 발 앞으로 나가 거의 불빛 속에 모습을 드러낼 뻔했다. 그러나 마지막 순간 몸을 돌려 다시 왜고니어를 향해 내려갔다.

6부

\#

보스턴 신문사에서 온 어느 멋진 젊은 기자가 사랑스럽기 짝이 없는 억양으로 물은 적이 있다. 비터루트에서 수난을 겪는 동안 스스로 목숨을 끊을 생각을 해본 적이 있느냐고. 당시 나는 없다고 대답했다. 그러나 이것이 어떻게든 정직한 기록이 되려면 여기서 실토하고 그 기자에게 사과해야겠다. 나는 자살 생각을 해보았을 뿐 아니라 꽤 노력했다고 말이다. 게다가 그게 처음도 아니었다.

1941년 여름 의사가 내가 임신할 수 없다고 알려주었을 때 나는 무지 슬픈 시간을 보냈다. 나는 스물일곱 살이었고 어찌할 바를 몰랐으며 어떻게 해선지 임신한 주변 여자들에 대한 질투에 눈이 멀었다. 내가 온전한 여자가 아니라는 끔찍한 관념에 사로잡혔다. 요즘 여자들은 그렇게 걱정하지 않아도 되지만 예전 텍사스에서 어머니라는 존재는 우리가 속한 사회 내에 정말이지 몇 안 되는 존경받는 신분이었다.

그래서 어느 여름 한밤중에 나는 월드립 씨의 트럭을 몰아

우리 목장 관리실로 갔다. 카우보이들이 소 약들을 보관하는 낡은 서랍장을 찾았다. 보이는 모든 약병을 들이켠 후 나는 뒤집히는 속으로 개처럼 초원을 헤매다가 어느 울타리 기둥을 붙잡고 허수아비처럼 쓰러졌다. 다음 날 아침 푹 자고 멀쩡히 깨어나서, 놀라는 동시에 살아 있어서 안도했다. 다시 트럭을 타고 식료품점에 들러 달걀을 샀다. 월드립 씨에게 나갔다 온 이유를 대야 했으니까. 그의 착한 마음에 축복이 있길. 내가 때로 돌아버릴 때 무슨 일이 있었는지 그는 대부분 잘 알지 못했다. 설령 알았다고 해도 굳이 밝히려 하지 않았다.

비터루트에서 그날 밤 나는 벼랑에 등을 기대고 앉아 조그만 생물들이 내 위를 기어 다니도록 그냥 내버려둔 채 구름 뒤에서 태양이 뜰 때까지 내 이름을 외쳤다. 오른쪽 발목이 너무 아파 조금도 몸을 실을 수 없었고 어디를 가려면 뱀처럼 배를 깔고 기어가야 할 판이었다. 하지만 어느 방향으로 가야 할지도 알지 못했고 내 핸드백은 저 위 벼랑 끝에 놓여 있었다. 거기 손도끼도, 빨간 물통도, 나침반도 들어 있었다. 월드립 씨의 부츠도 잃어버려서 슬펐다. 그때, 한 달 전에 그 조그만 비행기에서 월드립 씨와 테리와 함께 죽었더라면 더 편했을 거라는 생각이 들었다.

그래서 그때 이 산속에서 자살하자는 결심을 했다. 파리가 여기저기 내려앉은 월드립 씨의 비참한 모습이 머릿속에 떠올랐다. 텅 빈 침대와 애머릴로 글로브 뉴스 및 클래런던 트리뷴에 실릴 부고도 떠올랐다. 통재라, 우리 비극적 이름이 평범하고 흐릿하게 인쇄된 싸구려 신문 용지가 눈앞에 보이는 듯했다. 어떤 가족의 첫 강아지 개집에 깔린 우리의 종말에 대한 기사가, 배설물로 더럽혀지고 구겨진 우리 초상 사진이 보이는 듯했다. 제일감리교회의 많은 부인들은 자살이 죄라며 나를 비난할 게 분명하다는 건 알고 있었지만, 내가 할 수 있는 일은 없었다.

반짝이 스타킹으로 올가미를 만들기로 했다. 스타킹을 벗어서 꼬아 매듭을 지었다. 그리고 주변을 둘러보았다. 안개가 바닥에 깔리고 나무들에는 이슬이 맺혔다. 나는 엉덩이를 움직여 어느 낮은 가지로 가서 스타킹을 걸었다. 그리고 올가미에 머리를 끼워 넣었다. 그런 모습으로, 반쯤 벌거벗고 실없는 애들 옷을 입고 매달린 채 발견되고 싶지는 않았다. 얼마나 형편없는 모습인가! 하지만 더 이상 이 세상에 원하는 게 없어지면 나 없는 세상에서 무슨 일이 벌어지든 상관할 수 없게 되는 법이다.

나는 나무에 기대 몸을 일으켰다. 이제 다리에서 힘을 빼고 올가미가 제 할 일을 하게 두면 되었다. 나는 소나무 높이 걸려 그지없는 회색빛 천상을 배경으로 빛나는 은색 풍선에 시선을 고정했다. 그리고 몸에 힘을 뺐다. 얼굴이 뜨거워지며 감각이 없어졌다. 시야도 캄캄해졌다.

나는 바닥에 누운 채 입에 거품을 물고 있었다. 몸을 일으켜 목을 문질렀다. 무지 쓰렸다. 스타킹은 아직 가지에 걸려 있었다.

이번에는 기어서 갈 수 있는 데까지 가기로 했다. 그러다가 끝을 맞이하면 되지 싶었다. 나뭇가지에서 스타킹을 풀어 다시 입고 엎드린 채 움직였다. 흙바닥을 손으로 짚고 다친 다리를 뒤에서 끌며 딱히 어느 방향이랄 것도 없이 기었다. 그래도 아래쪽으로 가는 게 덜 힘들어 보여서 그렇게 했다. 한 시간 이상을 그렇게 가면서 이러다 죽겠지 했다. 이따금 무지 목이 말라서 동작을 멈추고 그늘진 곳에 남아 있는 재밌게 생긴 모양의 얼음들을 빨아먹었다.

점점 더 지면에 돌이 많아지고 암석 지대가 나왔다. 그중 한곳의 아래쪽에 컴컴한 동굴이 입을 벌리고 있었다. 거의 차도 들어갈 수 있을 정도의 크기였다. 동굴 입구에는 판판한 바위와 재로 검게 얼룩져 반들거리는 곳이 있어 사람들이 자주 모닥불을 피우던 곳임을 알 수 있었다. 인디언들이 있던 곳은 아닐까 상상해보았다. 거기에는 또한 바위에 새긴 고대의 절구처럼 우묵하게 파인 곳이 있었다. 이런 걸 '소문바위'라고 부른다는 얘기를 들은 적이 있다. 그 안에는 개구리들이 알을 까놓은 탁한 물이 고여 있었다.

나는 판판한 바위 위를 기어 동굴로 들어가 입구에 누웠다. 태양이 떠서 날이 따뜻해지고 있었다. 안쪽에서 차가운 바람이 불어와 마치 백화점의 에어컨 같았다. 안쪽에 대고 외쳐보았지만 목이 아파 소리를 크게 내지는 못했다. 누가 대답할 거라 기대를 했는지 모르겠다. 반복되는 긴 메아리가 되돌아왔다. 마치 이 동굴이 산속으로 나선을 그리며 들어가 극동까지 갔다가 거기 사는 동양 사람들이 대답을 외쳐대는 것 같았다. 안으로 들어가기는 겁이 났다. 안쪽은 너무 어둡고 눅눅한 카펫 냄새가 풍겨왔다. 동굴 밖에서 낮을 보내고 밤이 되었다. 이끼 긴 통나무를 베개 삼았고 배고프고 무지 추웠다. 곰이나 이전의 그 퓨마가 돌아와 나를 저녁 삼지 않을까 걱정했다.

다음 날은 불을 피우려 무진 애를 써보았다. 그러면 누가 연기를 보거나 더러운 물이라도 끓일 수 있을 테니까. 문제는 성냥도 라이터도 없다는 것이었다.

나에게 남은 게 뭘까 생각해보았다. 테리의 코트 주머니를 더듬어보니 성경과 윌드립 씨의 안경이 있었다. 윌드립 씨가 뜨거운 날 밖에 나가 독서를 하던 게 기억났다. 태양빛이 안경에 오래 걸려 있으면 책에서 금세 연기가 나곤 했다.

지루한 이야기를 짧게 줄이자면 한나절이 걸려 무척 고생을 한 끝에 〈창세기〉의 몇 페이지를 불쏘시개로 해서 월드립 씨의 안경으로 불을 붙일 수 있었다. 신성모독이라고 고개를 저을 사람도 있으리라는 걸 알지만, 그들에게 해줄 말은, 역사가 우리를 위해 정한 규칙들이 실제로 늘 지켜지지는 못하는 법이라는 것이다. 그날 오후 나는 자신이 꽤 뿌듯했다고 말하고 싶다. 불 옆에 누워, 팬핸들 역사박물관의 모형에서 본 원시 여자의 자랑스러운 후손답다고 생각했다.

오후에 비가 올 것 같았다. 나는 다시 엉금엉금 기어 마른 장작을 샅샅이 모아 동굴 입구에 쌓았다. 시간이 좀 걸렸다. 그러고 나서 나 자신과 논쟁을 벌이고 아주 용감해져서 방울뱀과 체스라도 둘 수 있을 것 같았다. 모닥불에서 막대기 하나를 꺼내 들고 동굴 안으로 들어갔다.

동굴은 건조하고 내 횃불이 비추는 곳은 텅 비어 있었다. 벽들은 평평하고 바닥에서는 밀방망이 크기의 하얀 수정들이 자랐다. 마른 장작을 동굴 안으로 옮기자 비가 내리기 시작했다. 장작더미에 불을 붙이니 동굴 안이 상당히 따뜻해지며 연기가 밖으로 퍼져나갔다. 저녁까지 계속 비가 내렸다.

비가 그치고 밤이 찾아오자 별들이 모두 밖으로 나왔다. 사방이 죽음처럼 잠잠했다. 전날 쉼터를 떠난 이후 아무것도 먹지 못해서 몹시 배가 고팠다. 그때 끔찍하게 이상한 끽끽 소리가 동굴 안에서 들려왔다. 당연히 짐작을 했어야 했다.

박쥐였다. 클래런던에는 박쥐가 많지 않다. 내 평생 두 번쯤 보았을 것이다. 무지 불안했지만 그럼에도 불구하고 배고픔이 엄청났다.

나는 횃불을 들고 좀 더 동굴 깊이 들어갔다. 어마어마한 어둠을 물리치고 박쥐들이 잠자는 천장을 올려다보았다. 나중에 조사를 해보니 재미없게도 '큰 갈색 박쥐'라고 불린단다. 이것들은 피를 마시고 무서운 이야기들의 소재로 등장하는 으스스한 종류가 아니었다. 하지만 맙소사, 수백 마리는 되는 게 분명했다! 그것은 내 굶주림에 대한 응답이었고 떠오르는 생각은 하나뿐이었다. 한 마리라도 머리를 쳐서 불에 구워 저녁으로 먹을 수 있다면.

여러분은 안 믿을지도 모르지만 난 정말 해냈다. 특히 통통한 놈을 하나 골라서 손으로 벽을 잡고 한 발로 일어선 다음, 굴러다니던 돌멩이를 주워 던졌다. 놈이 바로 떨어져 죽었고 나머지 무리가 비명을 지르며 사방으로 날아올라 나는 엉덩방아를 찧으며 넘어졌다. 박쥐들은 동굴 밖으로 날아가 버렸다.

나는 죽은 놈을 소나무 가지에 꿰어 골고루 구웠다. 가죽뿐인 날개는 바삭해지고 몸체는 부풀어 터져 갈라졌다. 안타깝게도 그 불쌍한 녀석은 임신한 암컷이었다. 알고 보니 모두가 그랬다. 박쥐학자들이 모성 집단이라 부르는 무리를 우연히 발견한 것이다.

나는 엄마 박쥐뿐 아니라 태어나지 않은 자식들도 전부 먹어치웠다. 뼈는 빼고. 정말 미안하게 생각했지만 저녁으로 먹지 않을 만큼 미안하지는 않았다. 강에서 부분틀니를 잃어버려 어금니만 써야 했으니 씹는 데는 고생을 했다. 맛이 끔찍하지는 않았다고 인정을 해야 할 것이다. 메추라기 비슷한 맛이었다.

–

그 동굴에서 총 12일을 보내게 되었다. 한 달은 된 것처럼 느껴진 기간이었다. 아주 오래지는 않아 절뚝이며 걸을 수 있게 되었다. 목발로 쓸 만한 옹이지고 구부러진 가지를 발견했다. 목발을 짚고 바위 위를 딸깍거리며 처량 맞은 박쥐와 해충의 목자처럼 돌아다녔다. 분홍 셔츠와 반짝이 스타킹은 시커멓게 더러워졌다. 머리는 마구 엉켰다. 역사에 방치된 시대의 정신 나간 동굴 마녀처럼 보였을 것이다.

동이 틀 무렵 박쥐들이 동굴로 돌아오면 나는 잠든 녀석들에게 몰래 다가가 목발 끝으로 후려치곤 했다. 마침내 박쥐들은 내가 한 놈을 골라 습격하는 동안에도 잠에서 깨지 않게 되었다. 요리 솜씨도 늘었다. 막대에 끼워 그을리는 대신 평평한 석회암 판을 불 위에 올릴 수 있게 되었다. 마실 물은, 돌멩이들을 가열해서 동굴 밖의 웅덩이 속에 떨어뜨려서 끓였다. 원시 시대에도 이런 방법을 썼다고 한다. 그러다 보니 올챙이도 많이 끓이게 됐고 그것들 역시 먹었다.

동굴에서 지내는 동안 이런저런 생각은 별로 하지 않았다. 기계적으로 움직였던 것 같다. 폐도 그렇고 심장도 그런 것처럼 말이다. 살아남기로 마음을 정했지만 그런 결론에 도달한 때를 기억하지는 못한다. 살기 위해 박쥐를 먹고 돌멩이로 더러운 물을 끓이며 눈앞에 닥친 일을 수행해나갔다. 무지 쇠약해져서 많은 시간을 동굴 벽에 기대고 앉아 태양이 바위들 위로 미끄러지는 모습을 지켜보며 보냈다.

동굴에서 지낸 지 일주일쯤 되던 날 밤 고통에 찬 울음소리에 잠에서 깨었다. 아이 아니면 다급한 새 소리 같았다. 나는 목발을 짚고 일어나 동굴 밖의 어두운 숲을 내다보았다. 아직 깊은 밤이었고 안개가 희미하게 내려앉았다. 잠시 후에 울음소리가 다시 더 크게 들렸다. 저 높다란 신음은 아직 젖먹이 동물의, 내가 아는 소리였다. 머리 옆에 고약한 혹 때문에 움직일 수 없게 된 송아지가 내던 울음소리가 기억났다. 조 플러드가 부츠에 넣어 가지고 다니던 총으로 안락사를 시켜줘야 했다. 숲속에서 일어나는 울음소리에는 그때와 비슷한 공포와 슬픔이 깃들어 있었다.

나는 목발을 꽉 쥐었다. 어둠 속에서 바위 색 작은 새끼 산양이 나왔다. 집고양이보다 별로 크지 않았다. 조그만 무릎이 휘어지며 바위 위에 주저앉아 나를 보고 울어댔다. 어느 믿을 만한 동물학자가 최근 알려주기를 산양은 자기 속(屬)에서 유일하게 남아 있는 종이며 사실 양 종류가 아니라고 한다. 오히려 영양에 가깝고 어릴 때는 새처럼 운다. 나는 망설였지만 한 걸음 가까이 갔다. 불쌍하고 착한 어린 것이었음에도 나는 감히 독한 마음을 먹었다. 귀한 것이었으니까! 가 보니 녀석은 꼼짝 않고 누워 있었다.

아이고, 이 녀석아. 왜 그렇게 울었어? 나는 말을 걸었다.

녀석은 불에 사로잡혔다. 조그만 몸이 숨을 쉴 때마다 마치 풀무처럼 들썩였다. 나는 가까이 얹아 천천히 손을 뻗어 털을 쓰다듬었다. 녀석은 피하지 않았고 내가 보기엔 다친 것 같지도 않았다. 태어난 지 며칠 되지 않아 보였고, 혼자 다닐 수 있게 되기 전에 엄마를 잃어버린 듯했다. 같은 일이 월드립 씨의 카우보이들 중에서도 일어났는데 그는 모든 갈색 머리 여자에게 지독한 악감정을 품은, 예의가 없고 성질이 나쁜 젊은이가 되었다. 그는 나중에 일리노이 주에서 결혼해주지 않은 은행원을 때려 죽게 하여 감방에 가고 말았다.

나는 일어나서 꼬마 산양을 데리고 불가로 갔다. 좀 있다가 녀석은 더 가까이 와서 내 옆에 누웠다. 밤새도록 녀석에게 물을 먹이고 털을 쓰다듬었다. 말을 걸며 에라스무스라는 이름을 붙여주었다. 남자아이인 것 같았으니까. 산양은 좀 나아져 진정이 되는 듯했다. 나는 녀석에게 비행기 추락에 대해, 그리고 월드립 씨와 테리에 대해, 마스크 남자의 도움으로 이렇게 오래 살아남을 수 있던 내 사연을 들려주었다.

–

동트기 전에 얼마간 잠이 들었다. 일어나보니 에라스무스도 조그만 발굽으로 일어나 바위틈에서 자라난 약간의 풀을 뜯고 있었다. 아침 인사를 건넸더니 알아듣는 듯 나에게 와서 다시 누웠다. 나도 며칠 만에 처음으로 내 이름이 클로리스 월드립이며 오랫동안 무지 좋은 남편과 결혼 생활을 했고 다른 곳에서 지금과는 매우 다른 삶을 살았다는 것을 떠올릴 수 있었다.

이 부분에서 하려는 이야기는 상당수의 사람들에게 나라는 인간에 대한 큰 논란을 일으킬 것이지만 이제 나에게는 손톱만큼도 상관이 없다. 사실 우리는 모두 곧 허구가 될 것이며 후대의 사람들은 그 가운데 남은 일말의 진실과 선함을 판단할 수 있을 것이다. 아무튼, 나는 캐롤 샌더스라는 여자와 몇 년 알고 지냈다. 클래런던 초등학교의 빵 바자회에서 만났다. 나는 캐롤을 좋아해서 그녀를 초대해 뒤쪽 현관에 앉아 멀리서 우리 남편들이 메추라기를 사냥하는 모습을 지켜보곤 했다. 그들의 주황색 모자가 풀숲 사이로 언뜻언뜻 보였다. 하지만 시간이 좀 지난 후 나는 캐롤이 다른 사람들에 대해 말하는 방식이 뭔가 지독히 잘못돼 있다는 것을 깨닫게 되었다. 캐롤은 자기 자신에 대해서는, 텍사스에 바람 한 점 남지 않게 될 때까지 떠들어댈 수 있었지만, 다른 사람에 대해서는, 심지어 자기 아이들에 대해서조차 별로 자세히 할 말이 없어 했다.

어떤 사람들은 자신에게 소중하다고 말하는 사람들을 소중히 여긴다는 것을 보여주기 위해 최소한의 행동을 하긴 하지만, 실상을 들여다보면 그들이 다른 사람에게서 원하는 것은 오직 자신이 원하는 바를 얻어내는 것뿐이다. 내가 만난 무지 훌륭한 심리학자 언거스터트 박사는 그런 사람들을 소시오패스라고 부른다고 알려주었다. 캐롤이 거기 해당되는지는 모르겠다. 우리 모두 어떤 때는 어느 정도 그렇지 않나 하는 걱정도 든다. 결국 캐롤은 자기 아이들에게 백열전구로 화상을 입히고 있었던 게 드러났다. 동굴에서 작고 무력한 에라스무스 옆에 앉아 캐롤에 대해 생각하면서 나는 신이 캐롤 같다는 무서운 생각에 사로잡혔다. 그저 캐롤은 분명 존재한다는 점이 다를 뿐이었다. 내가 전화부에서 이름을 봤으니까. 나는 늘 믿음 깊은 감리교도였지만 오늘날의 나는 신의 본성에 대해 뭐라고 말해야 할지 확실히 모르겠다. 그러나 캐롤 샌더스의 본성에 대해서는 분명 할 말이 많다.

불쌍한 에라스무스를 내려다보았다. 녀석은 나를 보지 않았지만 그편이 좋았다. 박쥐를 자를 때 쓰느라 갈아놓은 판판한 돌조각을 집어 들고 나는 에라스무스의 뿔을 잡은 다음 목을 베었다. 따뜻한 날이어서 피는 평평한 바위 위에서 금방 말랐고 나는 에라스무스를 저녁으로 먹으려고 한쪽 그늘에 굴려두었다.

낮 동안 불을 피워 검은 연기로 신호를 올리고 셔츠 밑단을 찢어내 숲 여기저기 리본을 묶어놓기로 했다. 리본을 다 만들자 셔츠는 우리 조카손녀가 입던, 배꼽의 조그만 파란 구슬을 보여주던 옷처럼 되었다. 비터루트에서 살아남은 지 거의 6주째가 되던 때였다.

대략 이틀 동안 에라스무스를 다 먹어치우고 뼈는 태웠다. 녀석의 모피는 숄처럼 목에 둘렀다. 나를 아주 따뜻하게 해주었다. 그 이후 베개로 만들어 여기 리버벤드 요양원의 침대에 장식해두고 있다.

목발 없이도 좀 돌아다닐 수 있게 되어 절뚝거리면서 하루 종일 밤새도록 시커먼 봉홧불을 피워 올렸다. 그러던 어느 따뜻한 날 오후, 숲에서 발소리가 들렸다. 나는 내 이름을 외쳐 부르고 도와달라고 했다. 발소리는 가까워졌지만 대답은 없었다. 그래도 나는 그게 누군지에 대해 좋은 기대를 품을 수 있었다.

#

루이스는 옷을 벗고 뜨거운 욕조에 턱까지 담갔다. 머리에서 김이 솟았고 충혈된 눈을 데크 너머 어둠 속에, 굳어버린 해일처럼 퍼렇게 솟아오른 산들에 고정시켰다. 보름달이 그들 위로 굴러갔다. 멀리서 손전등 불빛 두 개가 나무들 사이로 흔들거렸고 목소리도 들렸다. 클로드와 피트가 코르넬리아 아케르손 유령을 찾고 있는 거라 여겨졌다.

빌어먹을 얼간이들. 루이스는 중얼거리고 고개를 저었다. 죽은 스컹크는 아직도 높은 소나무에 걸려 있어 냄새가 나는지 알아보았지만 소독약 냄새밖에 맡을 수 없었다. 루이스는 하얀 통나무집으로 고개를 돌려보았다.

질이 밖으로 나와 욕조 가에 앉았다. 등을 돌리고 담배에 불을 붙였다. 부르르 떨며 한쪽 팔을 스웨트셔츠 속으로 집어넣고 붕대 감은 손으로 담배를 들었다. 바람이 불어 곱슬머리가 휘날리고 입에서 나오던 연기가 흩어졌다.

춥네. 루이스가 거의 빈 잔을 보며 말했다. 얼른 들어와.

난 다 벗지 않을 거예요.

다 벗으라는 말은 안 했는데.

왜 벗었죠?

나도 몰라 질. 메를로를 너무 많이 마셨는지도. 미안해. 부적절한 일이지.

질이 담배를 다 피우고 꽁초를 데크 난간 너머로 튕겼다. 옷을 벗은 후 브라와 팬티만 입고 욕조로 들어왔다. 붕대 감은 손은 물 위로 들어 올렸다.

루이스가 남아 있던 메를로를 쪽 빨아 마시고 옆으로 치웠다. 나무 사이에서 불빛이 움직였고 루이스는 손 하나를 들어 김 나는 손가락을 보았다. 난 한 번도 오르가슴을 느낀 적이 없는 것 같아.

질이 한동안 아무 말 없다가 말했다. 그걸 어떻게 알아요?

모르겠지.

나도 그래요.

그럼 우린 느껴본 적이 없는 거네. 루이스가 말했다. 그러고 나서 빈 잔을 들어 마시려고 했다.

블루어는 주방에서 설거지를 하며 창문으로 그들을 내다보았다.

느끼는 여자들도 있는데. 루이스가 말했다. 나도 알아. 빌어먹을 영화에 나오니까. 고등학교 때 어떤 여자애는 하민이라는 트럼본 연주자와 느낀다고 주장했어. 빌어먹을 관악기 연주자들. 하지만 난 안 돼. 아무리 애를 써도.

어쩌면 아무도 못 느끼는지도 모르죠. 우리가 계속 섹스를 하게 만들기 위한 음모인지도 몰라요.

네 아빠는 정말이지 너를 제대로 인정해주지 못해. 루이스가 말했다. 어쩌면 내가 집중을 잘 못해서 그런지도. 난 빌어먹을 영화를 보면서도 계속 거울 속 카메라 같은 거나 찾고 있다니까. 뭘 본래 목적대로 잘 즐기질 못해.

나도요.

다른 사람들은 다들 집중하는 것 같던데. 그래야 빌어먹을 모든 사람들하고 잘 지낼 수 있는 거겠지. 그래야 사랑도 할 수 있는 걸 테고.

그거보다는 더 필요한 게 있을 것 같은데요.

드물지만 나도 뭐에 꽂혀서 정말 집중하게 될 때가 있어. 루이스가 말했다. 전부 감당이 안 될 정도로, 통제가 안 될 정도로 밀어붙이게 돼.

그래서 벌거벗은 거예요?

어쩌면. 우리가 왜 어떤 일을 하는지는 알기가 힘들지.

나도 뭐에 휩쓸려버릴 때가 있어요.

메를로를 너무 많이 마셨나 봐.

괜찮아요. 질이 말했다.

우리가 만나게 돼서 잘됐는지도 몰라.

나 좋아해요?

그렇겠지.

집중하고 싶을 때 집중하는 법을 배우게 될 수 있을 것 같아요?

루이스가 고개를 저었다. 그러기엔 벌써 빌어먹을 너무 늦었어. 하지만 넌 아직 기회가 있어. 그러고 나서 루이스는 난간 너머로 몸을 내밀고 토했다.

—

루이스는 위층 테라스의 어둠 속 난간에 기대서 아래 욕조에 있는 질을 내려다보았다. 수증기 속에서 작고 창백해 보이는 질은 데크 너머 죽은 스컹크를 멍하니 노려보며 연신 담뱃불을 반짝였다. 통나무집 뒤 숲속의 손전등 불빛도 계속 비쳤고 이제는 도로 쪽을 훑고 있었다.

블루어가 유리문을 열고 나와 루이스 옆에 섰다. 백묵 묻은 손을 앞으로 내밀고 이리저리 뒤집으며 달빛 아래 살펴보았다. 센서등이 꺼졌다. 내일 그 쉼터로 다시 가볼 거예요?

루이스가 끄덕였다. FBI가 헬기를 보낸대요.

뭔가를 찾으려다가 다른 걸 찾게 되다니 재밌죠. 블루어가 말했다.

찾은 건 아무것도 없어요. 개스켈한테 듣기로는 나보고 쉼터까지 안내해달라는 것뿐이었어요. 저기 데크는 내일 청소할게요. 미안해요.

난 우리 얘길 한 건데.

우리가 왜요?

있죠, 루이스 대원, 당신은 매혹적인 여자예요. 나는 여기 추락한 비행기를 찾으러 왔다가 당신을 발견했어요. 안으로 들어가고 싶지 않아요? 추운데.

좀 있다가요.

블루어가 손을 맞비비며 입김을 불었다. 내일 쉼터에서 바닥을 뜯어보라고 해요. 쿠지. 그 실종된 소녀 바로 위에서 잔걸지도 몰라요.

그럴 리 없어요.

블루어가 고개를 저었다. 있죠, 내 아내는 늘 우리 모두가 커튼에 갇힌 말벌이라고 말했어요. 어딘가에서 벗어나려고 아무리 난리를 쳐도 우리 이해의 범위를 너무 한참 넘어서는 곳에 갇혀 있다고요.

루이스가 질과 담배 연기를 보았다.

말벌은 커튼이 뭔지 모르죠. 블루어가 말했다.

알았어요. 빌어먹을.

그리고 아내는 늘 뭐든 가질 수 있을 때 잘 가져가야 하는 거라고 말했죠.

298

그건 빌어먹을 사람들이 많이 하는 말이네요.

블루어가 웃었다. 아내가 말하는 방식은 달랐죠. 블루어가 루이스의 어깨를 잡고 키스했다. 내가 어떻게 해주면 좋겠어요?

뭐라고요?

뭘 하고 싶어요?

뭐든지.

블루어가 난간에 기대 내려다보았다. 딸을 보는 것 같았다. 난간 사이로 앞섶이 조금 솟아올랐다. 루이스를 향해 돌아서 얼굴을 가까이 가져오더니 숨을 내쉬었다. 사랑해요, 루이스 대원.

—

루이스는 동트기 전부터 산 아래 비행장에서 기다렸다. 왜고니어에서 커피를 마셨고 보온병에 메를로를 채웠다. 그리고 도로를 바라보았다.

계기판의 시계가 5시 16분이 되었을 때 검은 세단이 나타났고 윈드브레이커를 입은 세 남자가 타고 있었다. 루이스는 손바닥에 침을 묻혀 머리를 다듬었다. 경비대 모자를 쓰고 왜고니어에서 내렸다. 공기가 찼다. 키가 좀 더 작고 콧수염 기른 남자는 팔에 깁스를 하고 있었는데, 특수요원 폴라이트라고 자신을 소개했다. 다른 둘은 동료 제임슨과 이프라고 소개했다. 둘은 고개를 끄덕이며 인사만 웅얼거렸다. 심통 난 어린 애 같은 표정으로 산들을 향해 고개를 돌렸다.

그들은 헬기에 탑승하고 옛 등산로 가까운 빈터까지 날아간 다음 루이스를 따라 숲으로 들어갔다. 태양이 뜰 때 쉼터를 발견했다. 제임슨과 이프는 휴대 무기를 꺼냈고 이프가 문을 밀어 연 뒤 천천히 들어갔다. 폴라이트가 윈드브레이커 속의 손을 권총 위에 올리고 따라 들어갔다.

루이스도 권총을 꺼내 들고 남자들을 따라 들어갔다. 쉼터는 두고 온 그대로인 듯 보였다. 줄무늬 양말들도 빨랫줄에 그대로 걸려 있었다. 루이스가 탁자 위의 먼지에 그렸던 나선도 그대로였다.

보고서에 썼던 양말입니까? 폴라이트가 물었다.

네.

남자 하나가 목에 걸린 카메라로 양말을 사진 찍었다. 플래시가 윙 터졌고 남자가 탁자로 가서 또 사진을 찍었다.

당신이 발견한 그대로인가요?

네. 하지만 나선은 내가 그렸어요.

왜요?

나도 몰라요. 왠지 모르게 하게 되는 일 있잖아요?

떠날 때랑 다른 게 있습니까?

없는 것 같아요.

잘 보세요.

똑같아요.

폴라이트가 한 바퀴 돌아보더니 양말 옆에 섰다. 탁자의 책을 내려다보고 소리 내어 읽었다. 에밀리 시슬리 박사와 버사 해리스의 《레즈비언 섹스의 기쁨: 레즈비언 라이프스타일의 즐거움과 괴로움에 대한 상냥하고 자유로운 안내서》라. 여기서 막힌 것 같네. 그자가 이렇게 멀리 갈 것 같진 않았는데. 이건 대안적 생각을 가진 사람들의 흔적 같고.

클로리스예요.

클로리스라뇨?

클로리스 월드립이 5주 전에 여기서 멀지 않은 곳 비행기 추락 사고에서 살아남았어요.

무슨 이름이 클로리스예요? 독일계인가? 아일랜드계?

그건 모르겠어요.

아일랜드계인 것 같은데.

난 모르겠군요.

살아남은 건 어떻게 알죠, 루이스 대원? 그녀는 어디 있고요?

실종됐어요. 여기서 20킬로미터 떨어진 곳 어느 빌어먹을 나무 그루터기에 자기 이름을 새기고 사라졌죠.

나무 그루터기?

네.

클로리스?

네.

그래요, 그 여자도 여기 머물렀을 수 있겠군. 폴라이트가 말했다. 그가 다시 방을 조사하며 괜찮은 손으로 자기 콧수염을 쓰다듬었다. 지금은 없고 말이지. 아직까지는 그다지 흥미로운 점이 보이지 않는데. 제임슨, 이 양말들 사진 한 장 더 찍어.

예, 알겠습니다. 비닐에 넣을까요?

그럴 필요가 있을지 모르겠네. 클로리스 월드럽이 이런 양말을 신었나요, 루이스 대원?

모르겠습니다. 이런 양말을 신을 것 같지는 않은데요.

대안적 라이프스타일에 대한 책을 읽는 여자인가요?

모르겠습니다. 그럴 것 같지 않아요.

그럼 뭐, 우리 둘 다 막다른 길에 부딪쳤군요.

바닥에 피가 있습니다. 이프가 말하고 사진을 찍었다.

그건 우리 팀원이 흘린 거예요. 루이스가 말했다. 지난 화요일에 왔을 때 빌어먹을 손을 다쳐서요.

꽤 많이 흘렸는데. 폴라이트가 말했다. 손이 잘렸나요?

아뇨. 찔렸어요. 지금은 괜찮습니다.

당신이나 팀원 중에 누가 지난 화요일에 여기 머물 때 뭔가 우리가 알아야 하는 흔적을 남겼을까요?

말했듯이 내가 저 빌어먹을 무늬를 탁자에 그렸어요.

또 뭐 없어요?

저기 밖에 땅바닥에 빌어먹을 독수리 동상이 누워 있어요. 우리 팀원이 거기에 손을 찔렸어요.

여기로 동상을 가지고 왔어요?

아뇨, 원래 있었어요.

그렇군요. 지금 이 상황에서 그걸 어떻게 봐야 할지 모르겠네요. 폴라이트가 말했다.

루이스는 저쪽 벽의 이층침대로 가서 아래쪽 침대를 쓸어 머리카락 한 가닥을 집어냈다. 작은 창문으로 들어오는 아침 햇살에 대고 보더니 바닥에 떨어뜨리고 밖으로 나갔다. 가방에서 보온병을 꺼내 안개와 나무들 사이에서 마셨다.

폴라이트가 밖으로 나와 그 옆에 섰다. 깁스한 팔꿈치를 쓰다듬었다. 괜찮아요, 루이스 대원?

네. 왜요?

진공 용기에 든 와인을 마시는 것 같아서요.

루이스가 보온병의 마개를 다시 닫고 옆으로 내렸다.

내가 뭐 해줄 일이 있을까요, 루이스 대원?

없을 것 같네요.

한번 얘기해보지 그래요?

루이스가 남자를 흘긋 보았다. 피곤한 얼굴이었다. 루이스는 보온병 마개를 열었고 둘은 나란히 서서 쉼터 안의 플래시 소리에 귀를 기울였다. 자기 자신이랑 친해지기 힘들다는 생각 같은 거 해본 적 있어요? 루이스가 말했다. 다른 사람이랑은 그렇다 치고 말이에요.

나도 알아요. 전에 생각해봤죠. 내가 얘기 하나 해줄까요? 지난여름에 카리브해로 크루즈 여행을 갔다 왔어요. 새로운 사람들을 만나려고. 그런데 난 내 방에서 혼자 《라이프》지를 57권이나 읽었어요. 항구에서 떠나기 전보다 더욱 내가 싫어 졌죠.

나를 주정뱅이라고 생각하겠죠.

술을 너무 많이 마시는 건 문제가 될 수 있어요. 나는 크루즈 배에서 술을 너무 많이 마셨어요. 너무 많이. 아무도 못 봤죠. 문에 사슬까지 걸어뒀으니까.

루이스가 보온병을 마셨다. 나는 누구와 가까워지고 싶은 것 같아요. 하지만 이 사람하고 그래야 하는지는 잘 모르겠어요. 진전시키는 게 적절하지 않을 수도 있고. 이딴 식으로 가까워져야 하는지도 모르겠고.

왜 안 되는데요?

빌어먹을. 미안해요. 일하는 데서 이러면 안 되는데.

내가 물어봤잖아요. 이봐요. 내가 또 얘기 하나 할까요?

크루즈 여행 마지막 날, 그 배에서 제일 매력 없다고 할 수 있는 여자랑 친해졌어요. 어쩌면 어떤 배에서든 그랬을 텐데. 허리 부근에 유산된 자기 아들 초상을 문신한 여자였죠. 바로 여기 말이에요. 그렇게 비참한 문신은 처음 봤어요. 콜턴이라고 이름도 지었던데, 이름도 안 좋고. 그런 걸 보고 싶을 사람이 어디 있겠어요. 저기, 그런 거 할 때 말이에요.

그렇겠죠.

플라이트 요원은 한숨을 쉬고 웃었다. 누구랑 얘길 하니 좋군요. 누구한테도 말 안 했던 거 또 하나 얘기해도 돼요? 술을 너무 마시고 자동차 사고가 나서 어깨가 탈구됐어요. 술집을 나와서 곧장 존경받는 우주인 동상을 들이받은 건데, 한심하죠. 다른 사람들은 다 내가 개를 치지 않으려다가 그런 줄 알아요.

그런 얘기 들려줘서 고마워요. 우리 다시 들어가봐야 할 거 같네요.

맞아요. 그렇지. 당신이 진전시킬 수 없거나 아니면 진전시키기 싫은 사람한데 관심이 간다는 게 부럽지는 않아요. 하지만 충동의 지배를 받을 건지 후회의 지배를 받을 건지 결정은 해야 할 거예요. 뭔가를 할 때 그게 옳을 수도 있고 아닐 수도 있고, 잘못일 수도 있고 아닐 수도 있죠. 나중에 옳은 일로 밝혀질 수도 있잖아요. 하지만 그럴 줄 어떻게 알겠어요?

가능한 행동들의 결과를 알 수가 없기 때문에 옳고 그름을 결코 알 수 없는 건지도 모르죠. 그래서 어떤 중년들은 크루즈 여행을 가는 거고요.

난 그냥 빌어먹을 불평이나 하는 거예요.

폴라이트 요원이 끄덕이며 광택 나는 자기 구두를 내려다보고 나서 하늘을 보았다. 그 부분에 대해서는 나도 할 말이 별로 없군요, 루이스 대원. 나도 불평이나 하는 것 같긴 해요.

–

헬기는 태양이 질 때 빈터에서 이륙했고 보라색이 된 입술을 꾹 다문 루이스는 폴라이트 요원 옆에 말없이 앉았다. 밤이 산들 위로 무분별한 안개를 드리우고 저 아래 야생이 전부 어둑해졌다. 루이스는 보온병을 마시고 광대 색이 된 입을 소매로 훔쳤다. 창유리에 비친 폴라이트의 눈이 그녀를 흘긋보았다.

비행장에 도착해서 루이스는 헬기에서 구르듯 내려 쓰레기통에 토했다. 폴라이트가 운전을 못 하게 할 거라 생각했지만 그는 그러지 않았고 루이스는 이슬 내린 어두운 길을 하얀 전조등으로 훑으며 깨진 유리처럼 빛나는 동물 시체도 거침없이 지나 산으로 올라갔다. 한 손으로 운전하며 다른 손으로는 라디오 신호를 찾았다. 이따금씩 곁눈질하는 조수석에는 너덜거리는 《레즈비언 섹스의 기쁨》이 놓여 있었다.

\#

집에 간 줄 알았는데요. 마스크 남자가 말했다. 2주 전 봤을 때보다 여위고 옷도 더 너덜거렸다. 단추 셔츠에서 잘라낸, 색색의 부활절 달걀이 그려진 다른 마스크를 쓰고 있었다. 나도 분명 형편없는 몰골이었을 것이다. 정도를 벗어난 소름 끼치는 젊은이처럼 한심한 스타킹에 분홍색 짧은 웃옷을 입고 피가 말라붙고 흙이 묻은 더럽고 정신 나간 꼴이었으니까. 그것만으로도 모자라 몸을 기댈 수 있는 동굴 입구에다가 배설을 해놓고 있었는데, 그것이 쌓여 퉁퉁한 아기 크기의 끔찍한 검은 원뿔을 이루고 있었다. 해충들이 거기 통로를 뚫고 그 안에서 잠을 잤다. 그러나 내가 처한 상황에 그렇게 부끄러워하지 않았다는 게, 지금 생각해보면 재미있다. 나는 뻔뻔하게 지팡이를 짚고 서서 고개를 저었다.

그가 어떻게 된 거냐고 물어서 나는 길을 잃어버렸고 발목을 다쳤고 박쥐를 먹고 지냈다고 했다.

좀 어때요? 그가 물었다.

클로리스   307

메추라기와 지독히 다르지는 않은 맛이에요.

발목 말이에요.

나아가고 있어요. 고마워요.

그 사람들이 이쪽으로 오지 않았어요?

나는 다시 고개를 젓고 어떻게 나를 발견했냐고 물었다.

당신을 찾으려던 게 아니었어요. 쉼터에 놔두고 간 게 있어서 돌아왔는데 연기가 보였어요. 당신이 아닐까 싶었죠.

쉼터에는 뭘 놔두고 갔는데요?

아무것도.

찾았어요?

그렇다고 하고서 미안하지만 나를 거기 놔두고 가야 할 것 같다고 했다. 나를 돕고 싶지만 바뀐 건 없고 여기서 더 먼 곳까지 데려다줄 수는 없다고 했다. 육포를 좀 줄 테니 동쪽으로 계속 가면 그 등산로가 나올 거고 거기서 도로로 나갈 수 있을 거라고 했다.

도로까지는 얼마나 되죠?

이삼 일이면 될 거예요. 가방은 어딨어요?

나는 잃어버렸다고 말하고 나서 그에게 어디로 갈 거냐고 물었다.

내가 어디로 가냐고요?

나는 고개를 끄덕였다.

당신은 모르는 게 나아요.

쉼터로 다시 돌아갈 거예요?

아뇨, 부인. 그럴 수 없어요.

나도 당신을 따라가면 안 돼요? 맙소사, 나는 내 말이 무슨 뜻인지 별로 생각도 해보지 않고 그렇게 물었던 것이다.

그는 한동안 아무 말도 하지 않았다. 집에 가고 싶지 않아요?

나는 그에게 혼자 있고 싶지 않다고 말했다.

그는 한동안 생각을 하더니 부츠 밑창에서 진흙을 떼어냈다. 미안합니다. 그가 말했다.

제발요. 내가 말했다. 설령 집에 가게 돼도, 더 이상 뭘 해야 할지 모르겠어요.

그는 나를 보며 잠깐 다시 말이 없었다. 바람이 그의 마스크를 펄럭였다. 그럼 그들이 당신을 찾을 수 없을 거예요. 그가 마침내 말했다. 나랑 같이 가면 당신을 절대 찾을 수 없을 거예요.

그래도 괜찮아요. 내가 말했다.

그는 고개를 갸웃하더니 다시 마스크를 바로잡고 더 이상 아무 말도 하지 않았다. 그리고 불을 피워 더플백에 매달려 있던 작은 철제 냄비에 건빵을 끓였다. 태양이 질 때쯤 저녁을 먹은 뒤 곧 나는 마치 인류의 기원을 목격하는 듯 바위에 일렁이는 마스크 남자의 그림자와 모닥불을 보며 동굴 벽에 기대앉아 잠이 들었다. 그제야 그 역시 나처럼 혼자 있고 싶지 않음을 알았다.

다음 날 아침 그는 일어나 내가 일주일 이상 지키고 있던 불을 껐다. 정말 따라오려면 이제 일어나요.

나는 지팡이를 짚고 숲으로 들어갔다. 하루를 걸어 어두워지자 마른 모래 골짜기에서 끔찍한 조그만 빨간 딱정벌레들이 갉아먹은 가문비나무 아래서 불을 피웠다. 저녁으로는 건빵을 더 끓여 먹고 털이 남아 있는 육포와 오는 길에 마스크 남자가 쳐 죽인 느린 회색 다람쥐를 먹었다. 우리는 자고 나서 다음 날 아침에 말 한 마디 나누지 않고 출발했다.

그런 식으로 하루 종일 길을 가고 밤이 내려서야 얕은 협곡에 도착했다. 달빛에 은빛으로 빛나는 가느다란 차가운 물줄기가 흐르고 있었다. 헐벗은 백송이 여기저기 뒤틀려 자라고 있었지만 대부분은 자갈과 풀밭이었다.

마스크 남자는 협곡 앞에서 멈추었다. 장갑 낀 손으로 한 곳을 가리켰다. 특히 크고 괴상하게 생긴 소나무가 마치 거대한 해골의 손뼈처럼 하얀 가지 다섯 개를 뻗고 있었다. 거기 기대 지은 스쿨버스 길이의 오두막이 그 손아귀 속에 숨듯이 자리 잡고 있었다. 가지들을 노란 밧줄로 엮고 여러 색의 천을 덮어 꽤 견고해 보였다. 문 부분에는 어린이용 침구 같은 게 덮여 있는데, 식료품점의 시리얼 상자에서 본 듯도 한 근육질 캐릭터가 반복적으로 인쇄된 무늬였다.

마스크 남자가 오두막으로 가는 좁은 통로로 나를 안내했다. 입구의 이불을 젖히자 안은 소 뱃속만큼이나 캄캄했다. 그가 대용량 올리브 통조림 캔이었던 작은 난로에 불을 피웠다. 또한 어떤 동물의 깨진 두개골 안에 소나무 옹이를 넣어 만든 일종의 등잔에도 불을 밝혔다. 그제야 안이 보였다. 한쪽에는 나뭇가지와 천을 쌓아 만든 침상이 있었다. 그 옆 구석에 온갖 옷이 쌓여 있었다. 소나무에서 뻗어 들어온 가지 하나에는 웃기게 생긴 스웨덴 모자가 걸려 있었다. 지붕을 떠받친 서까래 하나에는 '러시아'라고 글씨가 새겨져 있었다. 한동안 살아온 오두막처럼 보였다.

그는 옷 더미를 오두막 반대편으로 옮겨 공간을 만든 뒤 돌고래가 그려진 담요를 폈다. 오늘은 내 침대를 써요. 내일 하나 더 만들게요.

나는 바닥에서 자도 완벽하게 편안하다고 말했다. 그냥 예의상 한 말이 아니었고 그때쯤에는 무지 익숙해졌다. 그래도 그는 고집을 부렸고 나는 감사 인사를 했다.

그가 접힌 스웨터에서 육포를 꺼냈고 우리는 더 먹었다. 돌이켜보면 그는 늘 상냥하게도 이가 많이 없는 나를 위해 모든 음식을 물렁해질 때까지 끓였다. 그래서 아주 맛이 있었다. 몇 주 동안이나 박쥐를 먹고 지낸 후였으니까. 그는 또 야생 덩이줄기와 열매들도 익혀주어서 영양 보충이 되었다. 나는 매우 피곤해서 먹자마자 잠이 들었다. 눈이 감기는 줄도 몰랐다.

아침에 일어나보니 그는 없었지만 난로에서 불이 타고 아침용 고기 냄비가 김을 내고 있었다. 바닥에 작은 돌멩이들로 '다시 와요'라는 글자도 만들어져 있었다. 그날 하루는 계곡 주변을 지팡이를 짚고 어슬렁거리며 얕은 물에서 내가 쳐 죽일 느린 물고기가 없나 기웃거리며 보냈다. 물고기는 먹기는 쉬웠지만 나는 한 번도 잡은 적이 없었다.

그날 저녁에 내가 계곡에서 꽤 아래쪽의 어느 바위 옆에서 배설을 하고 있는데 마스크 남자가 낚시 상자와 낚싯대를 들고 굽이를 돌아 나타났다. 마스크를 쓰고 있지 않았다. 맙소사, 우리는 피차 깜짝 놀랐다! 그는 송어를 떨어뜨리며 얼굴을 숨겨서 난 잘 보지도 못했다. 나는 엉망을 만들지 않고 일을 마무리하려고 무진 노력했다.

미안합니다. 그가 등을 돌리고 셔츠를 얼굴에 감으려 애쓰며 말했다.

나는 허술한 옷이나마 다시 입고 일어섰다. 그렇게 내키는 대로 왔다 갔다 하면 당신이 어디 있는지 내가 알 수가 없잖아요. 나는 쏘아붙였다.

그는 다시 사과했다.

나는 사과를 받아들이고 쏘아붙여서 미안하다고 말했다.

–

나는 송어와 함께 그가 계곡 위쪽 숲에서 찾아낸 야생 양파를 같이 난로에서 요리했다. 그렇게 좋은 냄새는 평생 처음이었다. 남자는 오두막 구석에 앉아 마스크를 쓰고 지켜보았다. 나는 그가 준 담요를 두르고 있었다. 날씨가 추워져 태양이 지고 나자 밖에서 이상한 가지들을 손가락처럼 펼친 커다란 늙은 소나무에 대고 바람이 알 수 없는 노래를 불렀다.

우리는 말없이 저녁을 먹었다. 오두막 안은 침침했지만 올리브 캔 난로와 소나무 옹이 등잔이 우리 그림자를 드리우기에 충분했다. 저녁을 다 먹고 나서 접시로 썼던 넙적한 이판암을 치우자 마스크 남자가 나를 다시 봤다. 생기 있는 녹색 눈이 마스크 구멍에서 자리를 잡고 마스크 아래 입이 움찔거렸다. 일어서서 오두막 저쪽 구석으로 가더니 장작더미 뒤에서 커다란 녹색 유리병을 가지고 왔다. 그리고 들어서 흔들어 보였다.

그게 뭐예요? 내가 물었다.

강장제요. 그가 말했다. 이것 때문에 쉼터에 다시 갔죠. 여긴 위안 거리가 별로 없어요. 그나마 있던 것들도 꽤 귀해지기 시작했어요.

나는 술을 마시는 일이 거의 없다고 말했다. 주류 판매에 제한이 많은 클래런던 분위기도 그렇고 월드립 씨도 전혀 술을 마시지 않았다. 돌이켜보면 내가 술을 마신 건 1969년 성탄절 전야가 유일했다. 그때 월드립 씨와 나는 뉴멕시코 주 앨버커키의 조카 메리 부부 집에 성탄절을 보내러 갔는데, 거기서 나는 샴페인 한 잔을 마시고 그들의 고양이에 대해 뭔가 부적절한 말을 한 다음 침대로 갔었다.

마스크 남자는 뚜껑을 비틀어 따고는 마스크 아래 부분을 코밑까지 접어 올렸다. 짧지만 북슬한 턱수염이 드러났다. 그리고 병을 들어 한 모금 마셨다. 기분이 좋아졌는지 아닌지는 구분이 되지 않았지만 그는 남은 양을 가늠하더니 오케스트라에서 트럼펫을 부는 사람처럼 한 모금 더 마셨다.

지금 처지를 생각하면 나도 마시는 게 좋을 것 같다는 생각이 들었다. 병을 향해 손을 내밀었다. 그는 일어나 병을 나에게 건넸다. 한 모금 마셨더니 알코올에 목이 타는 듯해 기침을 했다. 진을 병째 마시는 일을 조금이라도 우아하게 해내기 위해서는 상당한 연습이 필요할 것 같다.

그가 염소 뿔에 물을 좀 담아 가져다주었다. 나는 그 물을 마시고 다시 병에서 한 모금 마시고 또 기침을 했다. 곧 기분이 썩 좋아졌다. 에라스무스의 모피로 얼굴을 닦았다. 그는 난롯가의 내 옆에 책상다리를 하고 앉아 서로 병을 주고받으며 바람의 소리에 귀를 기울였다. 마치 이동 중인 심상한 카우보이 둘처럼 말이다.

현기증을 티 내지 않으려 애쓰면서 나는 그에게 그동안 해준 모든 일에 얼마나 감사한지 모른다고 말했다.

괜찮아요. 그가 말하고 좀 더 마셨다.

나는 다시 그에게서 병을 받아 한 모금 또 마시고 기침했고 귀가 뜨거워졌다. 그러고 나서 내가 그에게 왜 여기서 이렇게 사냐고 물었다.

긴 얘기예요. 그가 말했다.

시간 많아요. 내가 말했다.

그는 아무 말도 하지 않았다.

부모님은요? 내가 물었다.

부모는 왜요?

뵈러 가나요?

아뇨.

보고 싶어 하시겠네.

아닐걸요.

아뇨, 분명 보고 싶어 하실 거예요.

당신이 어떻게 알아요?

알아요. 당신은 맘씨 좋은 천사니까. 당신이 친절하게 나를 돌봐주지 않았으면 나는 오래전에 죽었을 거예요.

그는 병을 다시 내게서 받아 마셨다. 난로의 불을 응시한 채 코로 숨을 쉬며 쭉 마셨다. 그러고 나서 커다란 뻑 소리를 내며 입술을 병에서 떼어냈다. 당신 비행기가 떨어지는 걸 봤어요. 그가 말했다. 계곡에 덫을 설치하고 있는데 그 산 위로 떨어졌죠. 산이랑 부딪히는 소리보다 모습이 먼저 보였어요. 아무도 살아남지 못했을 거라고 생각했어요. 구조대가 오나 보려고 이틀 밤을 기다렸어요. 아무도 오지 않아서, 내가 먼저 가서 잔해에서 보급품을 좀 건져야겠다고 생각했죠. 무전기도 얻을 수 있지 않을까 싶었어요. 거리를 유지하면서 망원경으로 계속 지켜봤어요. 추락 후 이삼 일 지난 다음 아침에 그리로 올라갔어요. 밤이 오기 전에 거의 도착할 뻔했는데, 먼저 당신이 피운 불을 봤어요. 그다음 비가 내렸고 당신도 발견했죠.

나도 봤어요. 내가 말했다. 나무 사이에 있었죠.

그는 자기도 안다고 말했다. 숲에서 기다리다가 다음 날 아침 비가 그치고 나서 계곡으로 나를 따라 내려가다가 내가 기도하는 소리를 들었다고 했다. 그제야 내가 왜 비행기를 떠났는지 알게 되었다고. 내가 그때 계곡 쪽으로 내려간 동기가 되었던 불은 그가 피운 것이었다.

그러니 당신이 아직도 이러고 있는 건 일종의 내 탓이죠. 그가 말했다. 구조대가 볼지도 모르니까 그렇게 트인 곳에서 불을 피우지 않으려고 했는데, 비가 와서 아침에 너무 추웠어요. 몸을 따뜻하게 하지 않으면 아플 것 같았죠.

내가 물었다. 왜 당신이 여기서 지내는 걸 아무에게도 알리지 싶어 하지 않나요?

여긴 아무도 없어야 하는 곳이에요. 그가 말했다.

날 그냥 놔두고 비행기에 가볼 수도 있었잖아요. 내가 말했다.

책임감을 느껴서요.

당신 부모님이 제대로 키웠네요. 당신은 좋은 사람이에요.

좋은 사람이라. 그래요. 그럴 수도 있겠죠.

나는 한동안 그가 난로 불빛 속에서 술을 마시는 모습을 바라보았다. 그러다가 아직도 내 머릿속에서 계속되는 질문을 다시 던졌다. 왜 당신이 여기 있다는 걸 아무에게도 알리지 않고 싶어 해요?

그 점에 대해서는 더 얘기하고 싶지 않군요. 그가 말했다.

그럼 알았어요. 내가 말했다. 하지만 발견되고 싶지 않다면 무전기는 뭐에 쓰려고요?

그는 한 모금 또 크게 마셨다. 여기 있으면 정말 외로워져요. 가끔은 그럴 필요가 없는 것 같아서요. 적어도 무전기가 있으면 가끔 신호를 잡아서 다른 목소리를 들을 수 있겠죠.

무전기를 못 얻었네요.

그래요. 대신 당신을 얻었죠.

나는 미소를 지었고 가려지지 않은 그의 얼굴 부분으로 볼 때 그도 미소를 짓고 있었다. 술 때문에 대담해진 나는 일어나서 양손을 그의 마스크로 가져갔다.

그는 몸을 빼며 내 손목을 잡았다. 뭐 하는 거예요?

당신 얼굴을 보고 싶어요.

그건 좋은 생각이 아니에요.

당신 범법자예요?

그는 그냥 나를 쳐다보기만 했다.

난 아무 데도 안 갈 거예요. 그리고 당신도 그 실없는 걸 내내 쓰고 있을 순 없어요. 무지 불편하고 건강에 안 좋을 게 분명해요.

그는 계속 내 손목을 잡고 있었다. 당신은 이제 술이 더 필요 없겠네요.

물론 맞는 말이었다. 나는 어지럽고 열이 났다. 얼굴 좀 보여줘요, 젊은이.

그가 다시 웃었다. 고주망태가 된 늙은이를 보는 게 재밌었던 듯싶다. 그의 미소는 보기 좋았고, 쉽게 잊을 수 없을 것이다. 그는 불가에서 일어나더니 나에게 병을 주었다. 그리고 한동안 나를 내려다보았다. 그러더니 마스크를 벗어 바닥에 떨어뜨렸다.

드디어 나는 이 젊은이의 맨얼굴을 볼 수 있게 되었다. 아주 잘생긴 생김이었고, 알게 되겠지만, 이 지구에서 스물여덟 해 이상 된 것 같지 않았다. 하지만 실제 나이가 몇이든 어려 보이는, 그런 얼굴들 가운데 하나이기도 했다. 또한 동물 두개골에서 타고 있는 소나무 옹이 불빛에 비춰볼 때, 지독한 걱정과 근심에 익숙한 얼굴이 분명해 보였다.

그는 다시 앉아서 눈을 비볐다.

벗으니까 좋죠? 내가 물었다.

그는 그렇다고 했다.

당신을 보니 내가 젊을 때 알던 잘생긴 젊은이가 생각나네.

어떤 사람이었는데요?

이름이 갈런드였죠. 잘생기고 당신처럼 좋은 사람이었어요. 나를 연모했지.

그는 술을 마시고 나에게 병을 주었다. 내가 누구랑 닮았다니 좋네요.

내 눈에는 참 닮아 보이네요. 나도 병에서 한 모금 들이켰고 이번에는 기침하지 않았다. 제발 당신이 왜 여기 살고 있는지 말해줘요. 내가 말했다.

남자는 고개를 저었다. 난 아무도 가까이 하고 싶어 하지 않을 그런 사람이에요.

말도 안 돼.

그는 난로의 불에서 눈을 떼지 않았다. 엮은 지붕을 덮어 고정시킨 방수포에 바람이 불어댔다. 당신도 사람들이 어떤지 봐왔겠죠. 그가 말했다. 환영받는 사람은 없어요. 환영받는다고 해도 어떻게 해야 할지 아는 사람이 없고요.

그는 일어나 나에게서 병을 받아 들고 자기 잠자리로 갔다. 나를 위해서도 솔잎과 풀을 모으고 이불을 덮어 잠자리를 만들어주었다. 나는 잠자리 가장자리에 앉아 건너편 그를 바라보았다. 우리는 3미터도 안 떨어져 있었다. 그는 한동안 잠자리에 누워 있었다. 눈이 번들거렸다.

나는 그에게 이름을 물어보았다.

알려줄 수 없어요.

그럼 뭐라고 불러야 돼요?

한동안 주저하다가 그가 말했다. 원하면 그냥 갈런드라고 불러요.

그러고 보니 그러면 되겠네요. 내가 말했다.

그가 옆으로 누워 손을 포개 머리를 받쳤다. 그러고서 반대쪽으로 돌아누워 나에게 등을 돌리며 잘 때가 되면 불을 끄라고 말했다.

—

잠이 잘 오지 않았다. 비가 내리기 시작했고 나는 잠자리에 누워 방수포에 떨어지는 빗소리를 들었다. 그는 등을 대고 누워 웃긴 담요를 덮고 잠들었다. 난로 불빛이 그의 잘생긴 얼굴 위에서 깜박였다. 참 상냥한 생김이었다. 내가 알던 잘생긴 젊은이들의 추억을 조금씩 모은 듯했다. 그들 모두 지금은 오래전에 떠나고 없다. 남자들은 여자보다 수명이 짧은 편이니까. 클래런던에서 30킬로미터도 안 떨어진 헤들리에 늙은 과부들만 가는 침례교회가 있다.

나는 잠자리에서 일어나 앉아 담요로 몸을 감쌌다. 내가 기억하는 한 이러했던 것 같다. 나는 잠자리에서 최대한 조용히 내려와 그 옆에 무릎을 꿇었다. 그리고 내 얼굴을 그의 얼굴에 아주 가까이 가져가, 잠들어 있는 그 젊은이에게 확실하게 키스했다. 아랫입술에 가볍게. 그때 나를 덮친 게 무엇이었는지 논리적인 말로 설명은 못 하겠다. 다만 술과 그를 향해 자라나는 감정이 문제였을 거라고 생각한다. 여기 쓴 이런 이야기들로 제일감리교회의 많은 여자들이 서로 만나서 나를 엄청 비난할 모습이 그려지는 듯하다. 하지만 그들도 혼자 있으면서 생각에 잠길 때는, 내가 변한 모습을 알아보고 너무 늦기 전에 자신에 대해서도 다른 지평을 보기를 바란다.

젊은이는 몸을 뒤척였지만 깨지는 않았고 나는 살금살금 다시 내 자리로 돌아와 바로 잠들었다. 그날 밤은 비터루트에서 헤매는 꿈을 꾸지 않았다. 하지만 어젯밤에는 여기 버몬트 주 브래틀보로의 거리를 우박이 휩쓸었고 나는 리버벤드 요양원의 침대에서 따뜻한 꿈을 꾸었다. 우리가 아는 문명이 실망스럽게 끝나고 억겁의 시간이 흐른 후 새로운 종의 인류가 나타나는 꿈이었다. 그들은 우리의 잔해를 발견하고 어리둥절해했다. 장대했던 대도시의 하수구에서 발굴해낸 화석화된 피임 기구들에서 우리를 유전적으로 다시 살려내어 집과 통나무집과 오두막들에 집어넣고 우리 모두가 서로에게 하려고 애쓰는 게 무엇인지 연구하는 꿈이었다. 거기서 나는 실험 대상 중 하나였는데 그들을 더욱 혼란스럽게 만들 뿐이었다.

7부

\#

그들은 산 아래 한 식당 부스 좌석에 앉았다. 질은 탄산음료를, 루이스는 커피와 메를로를 마셨고 햄버거를 먹으며 창밖의 도로변에서 글씨가 번진 판지를 흔드는 걸인이 비에 쫄딱 젖는 모습을 지켜보았다. 다 먹은 후 루이스는 웨이트리스에게 촛불 꽂은 사과파이 한쪽을 가져오게 했고 웨이트리스와 요리사가 노래를 불렀다. 루이스도 그들과 함께 노래를 중얼거리며 탁자 아래서 보온병에 든 메를로를 머그잔에 다시 따랐다. 질이 촛불을 껐다.

요리사가 박수를 치고 웨이트리스가 잉크 묻은 손을 질의 등에 대고 몸을 기울였다. 루이스는 웨이트리스가 질의 얼굴 상처를 살펴본다고 생각했다. 무슨 생일이야, 아가?

열여덟요. 질이 대답했다.

그게 뭐야, 예쁜이?

이제 열여덟 번째 생일이에요. 루이스가 말했다.

젊고 예쁠 때네. 요리사가 말하며 휘파람을 불었다. 세상에, 이제 인생 시작이야.

웨이트리스가 루이스를 보았다. 엄마로서 자랑스럽겠어요, 그죠?

루이스가 충혈된 눈으로 웨이트리스를 보았다. 난 엄마가 아니에요.

새로 와서 그래, 루이스 대원. 요리사가 말했다.

빌어먹을, 알았어요.

웨이트리스가 눈을 껌뻑거리자 요리사가 그녀를 끌고 주방으로 갔다. 루이스가 테이블 위에 하얀 종이로 싼 상자를 올렸다. 생일 축하해.

열어보라고요?

아니면 어쩌려고?

질이 종이를 찢었고 루이스가 주머니칼로 끈을 끊었다.

이틀 전에 산 아래로 내려갔다가 주유소 옆의 골동품 가게에서 발견했어. 내 빌어먹을 눈을 믿을 수가 없었지. 사야 했어. 조심해. 더럽게 무거워.

질이 상자를 열었다. 뭉친 신문지들을 집어내니 나뭇가지에서 날아오르는 독수리상이 나왔다.

손이 찔린 게 여기 와서 생긴 일 중 최고는 아니겠지만, 그게 있으면 다른 시간들도 기억할 수 있을 것 같아서.

질이 손을 들어 하얀 빗금 같은 상처 자국을 보여주었다.

이제 다 나았어요. 다른 때 만들어진 같은 새인지도 모르겠네요.

바닥에 글씨도 새겼어.

질이 소리 내어 동상 받침을 읽었다. '미국 산림청 자원봉사 숲 경비대 질 블루어 1986'

빌어먹을 두 달이나 참여했으니 자랑스럽게 생각해도 되지.

당신이 찾던 부인을 못 찾았는데요.

루이스가 주의 이름을 헛되이 부르고 고개를 저었다. 아침 9시에 개스켈 대장이 경비대 사무소에 무전을 쳐, 주 당국에서 클로리스 윌드립을 실종 후 사망한 것으로 발표했다고 알렸다. 잘 풀린 일이 거의 하나도 없네. 루이스가 말했다. 우린 최선을 다할 수밖에 없지 뭐.

그 부인이 죽었다고 생각해요?

안 죽었다고 해도 아마 알아볼 수 없게 됐을 거야.

계속 찾을 거예요?

지켜보려고.

비가 멈췄고 루이스는 질을 태우고 읍내의 음침한 구석에 위치한 아울렛으로 갔다. 루이스는 깃 달린 셔츠들이 있는 통로를 돌아보았고 질은 탈의실에서 폴리에스터 원피스들을 입어보았다. 루이스는 커튼을 흘금거리며 보초를 서다가 근

클로리스

처에서 주머니에 손을 넣고 어슬렁거리는 깡마른 소년에게
인상을 구겨 보였다. 꺼지라고 했더니 소년은 그렇게 했다.
질이 다 입어보자 루이스는 질에게 바지 한 벌과 파란 면 원
피스를 사주고 자신은 카키 셔츠를 산 다음 주류 판매점으로
차를 몰아 할인 메를로 10병을 샀다. 왜고니어에 짐들을 싣
고 다시 산으로 올라갔다. 붉은 저녁 해가 도로 표지판의 긴
그림자를 드리우며 마지막 전신주들을 핏빛 십자고상으로
만들었다.

　루이스는 바닥에서 뒹굴던 메를로 병을 붙잡아 질에게 주
고 글로브박스에서 병따개를 꺼내 따라고 했다. 이집션포인
트의 등산로 입구에 왜고니어를 세웠다. 그리고 차에 앉아
일몰 안개가 산 아래 골짜기의 어둠 속으로 밀려가는 모습을
바라보았다. 거기 이동식 주택 뒷마당에 실크 풋 매기가 쓰
고 버린 콘돔과 맥주 캔으로 녹슨 색의 성들을 지어놓고 어정
거렸다.

　월요일이었고 그들 말고 다른 주차된 차는 보이지 않았다.
루이스는 엔진을 끄고 고요가 찾아들길 기다렸다. 병을 들고
마셨다. 벌써 데려다주고 싶진 않아서. 괜찮지?

　질이 끄덕이고 창문을 내려 담배에 불을 붙였다. 둘은 함
께 메를로를 병째 마셨고 질은 담배 연기를 창밖으로 뿜었
다. 구름 하나가 달을 가려, 실크 풋 매기의 뒷문에 달린 붉은

전구빛만 남았다. 질의 머리가 반짝였다. 루이스는 손을 뻗어 만졌다.

뭐 하는 거예요?

머리가 젖은 줄 알았어. 진짜 예쁘다. 정말 떠날 계획이야? 이제 열여덟이 되었으니?

질은 다음 날 떠날 거라고 했다.

네 아빠는 뭐래?

여기 있으면 좋겠대요.

너도 원하면 머물러도 돼. 루이스가 말하고 손을 거뒀다. 아빠 집에 있을 필요 없어. 내 집에 있어도 돼. 상자만 쌓아둔 빌어먹을 남는 방이 있으니까. 전남편의 서재였는데. 얼마든지 써도 좋아.

내가 거짓말을 했어요. 질이 말했다. 아빠는 엄마가 마비된 다음 섹스하지 않았어요.

그랬구나. 왜 거짓말을 했니?

당신은 자기가 한 행동의 이유를 전부 아나요?

아니, 빌어먹을, 나도 안 그러네.

언젠간 당신도 나를 그렇게 좋아하지 않게 될 거예요.

그런 거짓말 난 상관없어. 우린 다 멍청한 이유에서 하는 짓들이 있으니까, 질. 늘 깨닫지는 못한다고 해도.

난 당신 집에서 지낼 수 없어요. 루이스는 질을 좀 오래 바라보다가 운전대를 잡고 시동을 걸었다.

—

루이스가 입술 한쪽을 병에 끼운 채 취해 하얀 소파에 늘어져 있었다. 나방들이 자꾸 창문에 와서 부딪쳤다. 둥근 난로 안에는 가짜 통나무들이 불속에 누워 있었다. 그 불꽃 너머 거실 구석에는 마르고 악취를 풍기는 인체 모형이 기대어져 반쪽 낸 테니스 공으로 만든 눈으로 루이스를 멍하니 바라보았다. 두개골의 구멍에서 귀뚜라미 노랫소리가 들렸다.

루이스의 뒤쪽에서 문이 열리고 거실에 기다란 그림자가 드리워졌다. 루이스는 병에서 입술을 빼내고 돌아보았다. 블루어가 레이스로 된 노란 가운을 입고 있었다.

당신 괜찮아요, 루이스 대원?

뭘 입고 있는 거예요?

아델라이데 거였어요.

알았어요. 루이스가 방 건너 인체 모형을 향해 고갯짓했다. 저 빌어먹을 물건이 흩어져서 정말 엉망이 되기 전에 갖다 버리는 게 좋을 거예요.

오늘 질을 데리고 가줘서 고마워요.

열여덟 번째는 중요하죠. 이 빌어먹을 산에서 하루쯤 벗어나고 싶을 것 같았어요.

블루어가 가운을 어깨에서 내려 바닥에 떨어뜨렸다. 난로 불빛을 받으며 엉덩이를 한쪽으로 기울여 보였다. 그의 기다란 벗은 몸은 털이 깎여 있었고 음경은 작게 오므라들어 있었다. 금발 꽁지머리가 마치 일본의 가발 같았다. 손에 백묵 덩이를 들고 이리저리 옮긴 다음 탁자에 놓았다. 그리고 루이스 옆 소파에 앉았다. 살갗이 닿자 합성 가죽에서 소리가 났다. 블루어가 병을 빼앗아 나머지를 마셔버리고 루이스의 옆구리를 가볍게 꼬집었다. 루이스가 아무 소리 내지 않자 더 세게 꼬집었다. 루이스가 손으로 입을 막았다. 블루어가 다시 세게 꼬집고 낮게 울음소리를 내자 루이스는 입을 막은 손가락 사이로 주의 이름을 헛되이 들먹였다.

뭘 하고 싶어요? 블루어가 물었다.

뭔가 해보고 싶어요. 루이스가 말했다.

뭔데요?

바닥에 내려가서 입을 벌려요.

당신 옷 먼저 벗고 싶지 않아요?

아뇨. 여기선 필요 없어요.

블루어가 그녀를 보고 나서 바닥으로 내려가 등을 대고 누웠다.

이제 입을 벌려요. 루이스가 소파에 앉은 채 말했다.

블루어가 그렇게 하자 루이스는 일어나서 그 위에 섰다. 블루어는 벌거벗고 누워서 루이스를 응시했다. 루이스는 그가 확대되고 변형된 소녀 같아 보인다고 생각했다. 루이스는 블루어를 타고 앉아 얼굴을 서로 가까이 가져갔다.

혀 내밀어요. 루이스가 말했다. 블루어가 그렇게 했다. 루이스는 입을 오므렸다가 침을 밀어냈다. 블루어가 고개를 돌렸다. 루이스가 안 돼, 했고 블루어는 고개를 다시 돌렸다. 루이스는 조준을 한 다음 블루어의 입 안에다 침을 뱉었다. 계속 벌리고 있어요. 루이스가 말하고 다시 침을 모았다. 언제 삼킬지 알려줄게요. 루이스는 그의 입에 가득 찰 때까지 침을 흘렸고 블루어의 눈이 그렁그렁해졌다. 그러자 루이스는 일어나 앉아 삼키라고 말했다. 블루어는 삼키고서는 구역질을 하며 팔꿈치로 몸을 일으켰다. 루이스는 블루어의 몸에서 내려와 다시 소파에 앉았다.

블루어는 한동안 멍하니 있더니 목구멍을 꾸륵거리고 물새가 공중으로 날아오르듯이 신경질적으로 머리에서 땀을 털어냈다. 그리고 일어서 불 앞에서 다리를 떡 벌리고 발기했다. 거기서 사정해 인공 통나무 위에 뿌려진 정액이 수증기 같은 연기를 내며 치익 타버렸다. 블루어는 최고의 성적 경험이었다고, 루이스를 사랑한다고 말한 다음 탁자 위의 물컵을 들어 벌거벗은 채 마셨다.

루이스는 한동안 블루어를 쳐다보다가 말했다. 나는 괜찮지 않아요.

블루어가 유리컵을 내려놓았다. 토하려고요?

아뇨. 난 우리 관계를 끝내고 싶어요. 직업적으로나 다른 것으로나.

메를로를 두 병이나 마신 상태잖아요.

빌어먹을 네 병을 마셨지만 내가 무슨 말을 하고 있는지 알아요. 지금도 그렇고 앞으로도 그럴 거예요.

아닌 거 같은데.

내가 뭘 안다 모른다 말하지 말아요. 당신은 이런 빌어먹게 얼빠진 짓, 나 없이도 할 수 있잖아요. 나 같은 사람 널렸다고요. 난 그저 매번 또 다른 종류의 똑같은 사람일 뿐이에요. 당신도 마찬가지고.

아뇨, 당신은 달라. 난 당신을 사랑해요.

당신의 빌어먹을 사랑도 역시 특별하지 않아요. 루이스는 목을 가다듬고 나서 앉은 자리에서 불속으로 침을 뱉었다. 그렇다고 착각하지 말아요. 모든 다른 사람들도 똑같은 낙인을 가지고 있으니까.

블루어는 벌거벗은 채 부르르 떨고 한 발짝 다가왔다. 쿠지. 내일 술 깬 다음 다시 이야기합시다.

루이스는 소파에서 매무새를 정돈한 후 허리띠의 권총집을 바로잡았다. 이쯤에서 놔두고 제 갈 길 갑시다.

나랑 얘기는 한번 해야 해요.

빌어먹을 옷 좀 입으면 안 돼요?

왜 나에 대한 감정이 바뀌었죠?

바뀐 건 아닐 거예요.

블루어가 루이스 옆에 앉았다. 이해가 안 가요.

빌어먹을 옷 좀 입으라고요.

블루어가 바닥에서 가운을 주워 입었다. 내 아내는 늘 신
은 조그만 발을 가져서 시간 속을 살금살금 다니지만 우주를
야단법석으로 만들어놓는다고 말했죠.

이런 빌어먹을. 루이스가 말했다. 당신 빌어먹을 아내가
늘 당신한테 하려고 했다는 말, 반도 못 알아먹겠어요. 그리
고 나머지 반은 다른 빌어먹을 인간들이 이전에 벌써 했고 처
음 말했을 때도 아무에게 도움이 안 된 말처럼 들려요. 난 우
리가 왜 전부 똑같은 빌어먹을 말을 계속 서로에게 하고 누
군가에게는 새롭고 좋은 게 되리라 기대하는지 이해가 안 가
요. 난 당신한테 끌리지 않아요. 섹스도, 그게 섹스라면 말이
지만, 안 좋고요.

미안해요. 블루어가 말했다. 난 당신이 좋아하는 줄 알았
어요.

잘못 안 거예요.

우리가 서로의 환상을 안전하고 편한 곳에서 탐험할 수 있
을 줄 알았어요. 난 당신이 건강한 자아를 가진 강하고 진보

적인 여자라고 생각했어요.

자기가 진보적이라고 말하는 사람들 중에는 거꾸로 가는 사람도 있어요.

나는 당신이 성적으로 관대하고 모험적인 그런 여자인 줄 알았는데.

아니에요. 빌어먹을.

블루어는 백묵 덩이를 탁자에서 들고 손에서 굴렸다. 이전에 말을 했어야죠.

그러게요. 루이스가 말했다. 하지만 이런저런 짓에 즐거움도 있었어요. 난 빌어먹을 아무것에도 즐거움을 발견하지 못했던 것 같아요. 내가 원하는 걸 얻은 적이 별로 없지만 시도는 해봐야겠다고 생각했죠.

난 심리 치료를 받을 거예요. 내가 백묵을 좀 덜 사용하고 우린 당신이 좋아하는 거에 대해 더 많이 얘기해볼 수 있을 거예요. 오늘 밤에 한 거, 당신이 원하는 만큼 자주 할 수 있어요.

난 가요, 스티븐. 당신도 돌아가야죠. 미줄라든 빌어먹을 타코마든 당신이 온 곳으로. 난 관심 없어요.

블루어가 소파에서 미끄러져 무릎을 꿇었다. 루이스의 허벅지에 고개를 뉘었다. 가운이 말려 허리께로 올라갔다. 등의 척추 줄기가 털 없는 창백한 엉덩이 틈새로 사라졌다. 그렇게 잔인하게 굴지 않았으면 좋겠어요. 블루어가 말했다. 쿠지. 난 불안증이 있어요.

나보고 뭐라고 해도 괜찮아요. 루이스가 말했다. 당신은 그저 내가 그다지 함께 있고 싶지 않은 사람일 뿐이에요. 당신이 그렇게 느껴서 미안해요. 하지만 난 당신을 도울 만큼 관심이 없어요.

질은요?

루이스는 아무 말 하지 않았다.

있죠, 그 애는 당신을 가족으로 생각하게 됐어요. 블루어가 말했다. 그 애가 모자란다는 인상을 주고 싶진 않지만.

루이스가 손을 들어 올려 남자의 머리를 만졌다. 그리고 기름한 금발을 쓰다듬었다.

블루어는 얼굴을 닦고 백묵 묻힌 손을 문질렀다. 이 산에 올라오기 전에 내가 안 좋은 상태였어요. 내가 일을 중단하고 있었던 거 알아요?

빌어먹을 바닥에서 일어나요.

존이 전화해서 이 산에서 내가 해줄 일이 있다고 했어요. 난 불안증에서 벗어나고 여기 올라오면 치유력을 찾을 수 있을 것 같아서 받아들였죠. 그리고 당신을 만나서, 바로 돌아가고 싶지 않았어요. 지금도 가고 싶지 않아요, 루이스 대원.

루이스는 눈알을 굴리고 잇새에서 메를로를 빨아 마시다

가 트림하며 구역질을 좀 했다. 삼켜버리고 일어서서 블루어를 내려다보며 말했다. 빌어먹을 월드립 부인이 다른 산맥에 가서 추락했으면 좋았을걸. 빌어먹을 바닥에서 일어나거든 질한테 작별 인사 전해줘요.

루이스는 문밖으로 나가서 왜고니어를 몰고 자신의 통나무집으로 돌아갔다. 진입로에 주차하고 차 안에 앉아 있었다. 늦은 시간이었지만 파란 통나무집에 불이 켜져 있었는데 클로드가 늙은 개를 숲으로 보내놓고 있었다. 루이스의 집이 어두웠으므로 집 앞에서 기다리던 클로드는 루이스를 보지 못했다. 잠시 후 클로드는 늙은 개를 데리고 다시 집 안으로 들어갔다. 루이스는 차 안 좌석에서 잠이 들었다.

–

루이스는 차창을 두드리는 소리에 눈을 떴다. 태양이 가느다란 빛을 던지며 뜨고 있었다. 루이스는 좌석을 일으키고 유리창을 내렸다. 눈 위를 손으로 가리며 내다보았다. 질이 짐가방과 독수리 동상을 매단 여행가방을 들고 서 있었다.

질?

나예요. 아빠가 떠났어요. 미줄라로 돌아갔다가 타코마로 갈 거래요.

루이스는 보라색 물이 든 입술을 건조하게 쩝쩝거리고, 운전대를 집고 몸을 일으켰다. 빌어먹을.

나는 남기로 했어요.

너 혹시 물 있니?

아뇨.

아빠가 뭐랬어?

당신이 우리를 더 이상 보고 싶지 않다고 해서 집으로 가야겠다고요.

루이스는 질을 보았다.

이 귀신 들린 산에서 이미 시간을 너무 많이 낭비했대요. 나한테도 더 이상 좋지 않다고요.

넌 뭐라고 했어?

난 성인이고 나한테 뭐가 좋은지, 어디서 내 시간을 낭비할지 스스로 결정을 내릴 거라고요. 이제 열여덟이니까 다들 내 말을 있는 그대로 존중해야 할 거예요.

질은 어디로 가고 싶은지 결정하기 전까지 루이스 집에서 지내고 싶다고 했다. 루이스는 빈 보온병을 혀 위에서 흔들어보고 뒷좌석으로 던졌다. 질을 보며 눈을 몇 번 껌뻑이고는 빈방에서 자라는 말 아직 유효하다고 말했다.

아빠는 당신을 다시 보고 싶지 않대요. 질이 말했다. 당신이 위험하고 뒤틀린 여자래요.

왜 그런 말을 하는지 이해해.

왜 차에서 자고 있어요?

338

루이스가 얼굴을 비빈 다음 차 문을 열고 내려섰다. 왜고니어를 짚고 서더니 뒤쪽에 토했다. 어제 너무 많이 마셨어.

아빠는 화가 났어요. 날 여기 내려주면서 당신이 안 받아줄 거라고 했죠. 그리고 집으로 갈 버스비만 줬어요. 그러고 나서 저 징그러운 걸 가져와서 저기 던져버렸어요.

루이스가 일어나서 입을 닦고 질이 가리키는 곳을 보았다. 고양이 뼈와 쓰레기들이 도로에 떨어져 있었다. 반쪽 난 테니스공과 박살 난 두개골이 뒹구는 옆에 악취 나는 제복도 널브러져 있었다. 루이스가 나무들과 화강암 사이에서 타오르는 태양을 향해 눈살을 찌푸렸다. 왜고니어에서 경비대 모자를 집어 썼다.

알았다. 늦었네. 경비대 사무소에 가야겠다.

#

　나는 한 달이 약간 못 되는 동안 그 작은 오두막을 집이라고 불렀다. 남자와 나는 매일 거기서 같이 저녁을 먹고 매일 밤 2미터 떨어져 잤다. 그리고 남는 많은 시간 동안은 두개골 속 소나무 옹이 등잔불 아래서 그에게 이야기들을 들려주었다. 나는 그를 갈런드라고 불렀다. 우리는 꽤 좋은 동반자가 되었다.

　함께 조금씩 모험도 겪었다. 어느 날 저녁 죽은 백송 가지를 타고 내려와 지붕을 뚫고 떨어진 검은 곰 새끼와 몸싸움이 벌어졌다. 내 인상으로는, 우리보다 녀석이 더 겁에 질린 것 같았다. 그래도 녀석은 우리를 무지 놀라게 했고 나는 녀석에게 저녁식사 거리를 집어던졌다. 남자는 앞표지에서 뒤표지까지 백만 번은 읽은 《내셔널 지오그래픽》지를 말아 몇 번 세게 치면서 밖으로 몰아냈다. 우리는 한동안 복수하러 올 엄마 곰을 기다렸지만 다행히도 엄마 곰은 오지 않았다.

　또 어느 날 밤은 저녁을 마치고 나서 바깥에서 이상한 애절한 울음소리가 들렸다. 꼭 열정에 들뜬 여자가 내는 소리 같았다. 전에도 들은 적 있는 소리였다. 숲에서 마주친 그 텅 빈 파란 텐트 근처에서. 우리는 앉아서 한참 그 소리를 들었다. 그냥 나무에 우는 바람 소리이길 바라면서 말이다. 오래지 않아 남자는 용기를 모아 도끼와 특이한 검을 빼 들고 밖으로 나갔다. 반 시간쯤 후에 돌아왔는데, 바닷물처럼 파랗게 질려 떨고 있었다. 그 소리는 새벽이 올 때까지 그치지 않았다. 그는 자기가 뭘 보았는지 말하지 않았다.

대부분 밤 동안 나는 난롯가에 앉아서 그에게 클래런던과 월드립 씨의 이야기를 들려주었다. 옛날에 시골에서 자라는 게 어땠는지, 두 번의 세계 대전을 어떻게 지나왔는지 하는 내용이었다. 첫 번째 전쟁 때 아버지가 퍼싱 장군 휘하에 프랑스까지 가서 독일군이랑 싸우고 돌아와 오른손이 곱아 주먹을 쥘 수 없게 되었을 때는 내가 세 살이었으니 기억이 거의 안 나지만 말이다. 2차 대전 동안의 배급과 고무 모으기 운동에 대해, 월드립 씨가 근시 때문에 신검 불합격을 받은 일, 아내를 패던 형편없는 그의 사촌이 노르망디에서 전사하자 영웅으로 추앙받은 일, 내가 클래런던 초등학교에서 가르치다가 학교 도서관 사서로 자리를 옮겨 40년 넘게 근무했던 일, 내 아이를 너무나 가지고 싶었지만 결국 생기지 않던 일, 제일감리교회와 수십 년 동안 그곳을 거쳐 간 목사들, 그중 제이컵 목사는 교회를 그만두고 불가지론자가 되어 멕시코 가정부와 엘파소에서 결혼했다.

나의 동반자는 말이 많지 않았고 자신에 대해 아주 조금밖에 말하지 않았다. 나는 악명 높은 수다쟁이인 데다 그는 대화 주제를 되도록 자신에게서 멀리 이끌면서 내가 계속 또 계속 떠들다가 자연스레 끝을 맺도록 했다. 그럼에도 나는 그가 동부 어딘가에서 태어나 여덟 살 때부터 어머니와 함께 세상을 여행해왔고 독일에서 잠시 산 적도 있다는 것을 알게 되었다. 그러면서 늘 가난했고 아버지의 이름도, 어디 출신인지도 알지 못했다.

그의 어머니는 남편이 필요 없으며, 그의 말에 따르면 늘 낯선 사람들에게서 애정을 구하는, 잠시도 가만히 있지 못하는 성격의 여자였던 듯했다. 어머니는 동네 술집들이 문을 닫을 때까지 자리를 지켰으며 어쩔 수 없을 때가 아니면 집에서 밤을 보내지 않았다. 그의 말을 듣자면 어머니는 꽤 대단한 자기애성 성격장애였던 것 같다. 그녀가 모성적 관심을 조금이라도 보여줄 때는 그를 자신의 자아의 연장으로 볼 때뿐이었다고 한다. 그러면서 시골에서 살 때도 많았기 때문에 그는 대부분 혼자 야외를 쏘다니며 사냥하고 낚시하는 걸 좋아하게 되었다고. 그래서 이렇게 능력 있는 자연 속 생존자가 된 것이다.

그는 또한 딱한 이야기도 하나 들려주었는데 분명 많은 독자들은 짐작 가는 게 있을 것이다. 여기 포함시키는 이유는 그의 성품에 대해 그 어떤 판단을 제시하기 위해서가 아니라 그가 나에게 이야기를 해주었고 내가 연민을 느꼈기 때문이다. 그가 소년 시절에 살던 거리 건너편 집에 불가리아에서 이민 온 예쁜 소녀가 살았다. 그보다 한 학년 위였고 그와 작은 학교의 복도에서 마주치곤 했다. 그런데 하루는 학교가 끝나고 나서 이 소녀가 그에게 다가오더니 농부 축제에 같이 가자고 했다. 그들은 같이 가서 그가 아이스크림도 사주고 했는데, 그녀는 그를 한쪽으로 데리고 가더니 입을 바짝 들이대며 그가 키스하고 싶어 하는 걸 안다고 못되게 놀려댔다. 조그만 겁쟁이 소년이라고 놀리면서 자기는 그에게 절대 키스 안 해줄 거라고, 백만 년이 지나도 안 된다고 말했다. 그때 그가 할 수 있었던 일이라고는, 단내 나는 입김을 맡으며 그걸로 최대한 만족하는 것뿐이었다고 한다.

–

사람들이 이야기를 하는 이유는 우리가 반복해서 다시 할 수 있기 때문인 부분도 있다고 생각한다. 어떤 이야기에 무지 익숙해지고 처음과 끝은 물론 중간 부분들도 속속들이 알게 될 수 있다. 하지만 어떤 이야기에는 진짜 세상의 특별한 부분이 들어 있는 반면, 대부분은 그렇지 않다. 우리는 이야기를 조작할 수도 있다. 오늘날 젊은이들을 혼란스럽게 만드는 것은 많은 부분, 이야기와 자연적 세상의 실제 사건 사이의 차이를 거의 구분하지 못하기 때문이라고 생각한다. 하지만 만일 우리가 충분한 관심을 기울여본다면 인생에 개작이란 없고 우리는 자신의 비밀스러운 손에 의한 자신의 운명의 저자임을 오래지 않아 알게 될 것이다. 삶에서 되돌릴 수 없는 끝에 다다르지 않는 선택이란 없다.

불이 난 것은 11월 5일이었다고 본다. 날씨가 무지 화창하고 태양이 쨍해서 나는 하루를 계곡 옆에서 보냈다. 가을이라 공기가 차가웠지만 그것을 날려 보낼 햇빛이 충분했다. 나는 제일 좋아하는 바위 위에 앉아서 딱히 용도는 없는 갈대를 땋고 있었고 그는 계곡 저쪽에 설치한 덫과 함정을 살펴보러 갔다. 그는 구불구불 협곡을 내려갔다가 저 아래쪽 모래톱에 시든 덤불이나 바위처럼 작아져서 모습을 드러냈다. 그는 우리가 겨울 준비를 해야 한다고 말했다. 대체로 보아 다른 날들과 별다를 게 없는 날이었다. 그는 뭉개진 오소리의 꼬리를 잡아 들고 돌아왔다. 불쌍한 동물은 늙고 시든 회색 주둥이에서 피를 흘렸다. 나는 그것과 함께 스튜를 끓이려고 부들을 좀 뽑았다.

그날 밤, 야생에서 지낸 이래 태양이 그 어느 때보다 일찍 졌고 나는 이제 가을이 진정 우리 깊숙이 다가왔다는 표현을 떠올렸다. 그는 밖에서 소나무 옹이 등잔 불빛에 오소리를 씻고 나는 난로에 불을 피우며 불쌍한 동물의 내장이 후두둑 떨어지는 소리를 들었다. 문으로 쳐놓은 낡은 이불을 들추고 내다보니 그는 그 특이한 검으로 동물을 손질하고 있었다. 돌풍이 불어 긴 머리를 날리고 파란 패딩을 부풀려 옛날 남자처럼 보였다. 바람은 미지의 영토에서 불어오고 언어에는 단어가 더 적었던, 지나간 시대에서 온 남자 말이다.

그는 깨끗해진 오소리를 들고 들어와 자르기 시작했다. 내가 밖에서 방금 무슨 생각을 했는지 알아요?

아니, 뭔데요? 너무 열렬히 대답하지는 않으려고 애썼지만, 그가 먼저 대화를 시작하는 건 드문 일이었다.

내가 원할 때마다 외모를 바꿀 수 있으면 정말 좋겠다고요. 다른 사람이 될 수 있다면요. 매일 다른 삶을 살 수 있잖아요. 하루는 아름다운 여자가 되어 대도시로 나가서 어떻게 되는지 보는 거죠. 다음 날에는 평범한 고등학생이 되어 댄스파티에 가는 거예요. 아니면 아이가 되어 영화를 보러 가서 사람들을 만나는 거죠. 어떤 날은 녹색 눈의 백인 남자가 되어 해변에 가고 또 다른 날은 갈색 눈의 흑인 여자가 되고요. 어떤 모습이든 될 수 있다면요.

나는 질문을 좀 했다. 외모만 바뀌는 거예요? 아니면 당신 자체도 바뀌어요? 그러니까, 정말 다른 사람이 되는 게 아니라면, 일부러 다르게 행동해야 하잖아요?

일단 다른 모습으로 보이면, 사람들이 이미 보고 있는 그 모습으로 보이기 위해 그렇게 애쓰지 않아도 돼요.

나는 그에게 왜 변신 능력을 가지고 싶으냐고 물었다.

그는 오소리 자르기를 중단했다. 천 조각을 집어 손에서 피를 닦고 말했다. 어떤 사람들에게는 남들에게는 불가능한 경험에 접근할 자격이 주어졌어요. 나도 최대한 많은 경험을 하고 싶어요. 그리고 난 좀 늘, 내가 어떤 존재이든 간에, 한 사람 안에 모두 들어가기엔 너무 다양한 존재라고 생각했어요. 무슨 말인지 알겠어요? 예를 들어 예전에 알던 남자가 있는데 가끔 자기가 여자인 기분이 든다고 했어요. 대부분 사람들은 어떤 사람이 하나의 존재이기만을 바라고 다른 존재가 되는 건 허용하지 않으려 해요. 그편이 쉬우니까요.

우리는 저녁을 먹고 잠이 들었다. 밤에 바람이 다시 일어나 오두막 틈새로 한기를 밀어 넣으며 나를 깨웠다. 그는 자기 자리에서 몸을 웅크리고 자고 있었다. 나는 에라스무스의 모피를 목에 꼭 여미고 난로 앞으로 돌아누워 불을 지폈다. 따뜻해진 나는 바람 소리를 듣다가 곧 다시 잠이 들었다.

밤중에 다시 일어났다. 이번에는 추위가 아니라 강렬한 열기 때문이었다. 맙소사, 텍사스의 태양이 얼굴에 내리쬐는 듯했다. 눈을 떠보니 내 위로 어마어마한 연기와 불꽃의 소용돌이가 솟구치고 있었다!

불이야! 정말이지 불밖에 아무것도 안 보였다. 나는 증기 엔진처럼 기침을 해대며 손으로 얼굴을 가렸다. 내 친구를 위해 소리를 치려고 애썼지만 겨우 할 수 있는 것은 기침뿐이었다.

대화재의 소란 위로 내 이름을 외쳐대는 그의 목소리가 들렸다. 월드립 부인! 월드립 부인!

나도 빙글 돌며 혼돈 속에서 그를 찾았다. 통재라, 그가 보이지 않았다!

갑자기 그가 불을 뚫고 뛰쳐나와 지옥 같은 불꽃과 연기에 휩싸여 비틀거리며 고통에 찬 비명을 질렀다. 그리고 나를 테리의 코트와 담요로 감싼 다음 아이처럼 들쳐 안고 밖으로 나왔다. 차가운 공기와 함께 바람이 열기를 날려주었다.

나는 풀 위에 눕혀져 눈을 감았다. 숨을 다시 쉬기가 쉽지 않았다. 쿵 소리가 들려 계속 기침하며 눈을 떴다. 거대한 불길이 오두막을 삼키고 불꽃이 사방으로 솟아올라 성령강림파의 미친 의식 같았다. 백송도 역시 불타올라 어둠 속에 거대한 빛의 손바닥을 만들었다. 그 순간은 너무 끔찍하도록 아름다웠고 소름 끼치도록 진정한 신의 손처럼 보였다. 죄책감이 일으킨 환상이었을 것이다. 그날 밤 내가 난로에 장작을 더 넣지 않았다면 화재는 일어나지 않았고 지금과는 뭔가 다른 미래가 오지 않았을까 싶다. 하지만 나는 인생의 무지 많은 시간이 죄책감을 어떤 다른 개념으로 변형시키는 법을 배우는 데 쓰인다는 걸 이해하게 되었다. 계속 살아나가는 데 너무 방해가 되지 않도록 말이다.

내 몸을 더듬어보았다. 기적적으로 다친 부분이 없어 보였다. 나의 친구를 찾아보았다. 내 옆에 누워 있었다. 얼굴이 검고 시든 자두처럼 끔찍하게 비틀려 있었다. 옷에서는 연기가 났고 청바지를 입은 다리 한쪽은 타서 없어진 채 아직 불씨가 남아 타들어갔다. 무릎 아래로 검게 탄 살이 드러나 마치 월드립 씨가 좋아하던 베이컨 구이가 생각났다.

나는 벌떡 일어나 그에게 남아 있는 불씨를 손으로 껐다.

그가 신음을 흘렸다. 내가 괜찮으냐고 물어도 눈을 뜨지 않았다.

나는 괜찮은데 그는 어떠냐고 물어보았다.

그렇게 좋진 않아요.

다리가 심하게 탔어요.

그런 것 같아요.

나는 기다리라고 말하고 서둘러 계곡으로 가서 어둠 속에서 우리가 쓰던 낡은 플라스틱 양동이를 찾아냈다. 물을 채워서 다시 그에게 가지고 가 다리와 얼굴에 부어 검댕을 씻어냈다. 그는 다시 신음하고 의식을 잃었다. 나는 그의 가슴에 귀를 대고 호흡과 느린 박동 소리를 들어보았다. 그렇게 해가 뜰 때까지 깨어 그의 호흡 소리에 귀를 기울이며 오두막과 백송이 타오르는 가운데 지옥의 가장자리처럼 따뜻하게 보냈다.

–

불은 아침까지 계속 탔다. 태양이 산 위로 타오르며 회색 재와 연기 기둥을 비추었고 창백해져가던 불꽃이 아직 기억에 생생하다. 손가락 다섯 개를 펼치고 우뚝 서 있던 백송은 검게 변해 연기를 뿜으며 스러져가는 불의 핏줄 사이로 갈라져 마치 동화책 속 거인이 화장된 후 남은 손처럼 보였다. 그날 아침 풀에는 이슬이 내리고 무지 추웠다. 나는 남자를 끌어안고 남아 있는 불에 최대한 가까이 있으려 했다. 우리 둘다 한 쌍의 유령처럼 하얗게 재를 뒤집어썼다. 나는 그의 맥박에 계속 손가락을 대고 있었다.

그가 드디어 의식이 돌아왔고 일어나 앉아 자기 다리를 보았다. 징그러울 정도로 참혹했다. 살갗이 수포들로 울룩불룩 부풀어 올라 수정처럼 번들거리며 월드립 씨와 함께 팬핸들 역사박물관에서 본 무슨 희귀한 종류의 암석 같았다. 그는 고개를 흔들고 다시 풀 위에 누웠다.

좀 어떠냐고 물었더니 괜찮을 것 같다고 했다.

데이비가 무릎이 까지면 블랙모어 할머니가 약초 잎과 뿌리로 만들어주던 습포가 생각났다. 숲으로 가서 좀 찾아 만들어보겠다고 그에게 말했다.

길을 잃고 말 거예요. 그러면 우린 어떻게 되겠어요? 결국 이렇게 됐네요. 그러지 말고 물이나 좀 갖다줄 수 있을까요?

나는 계곡으로 가서 양동이를 다시 채워 가지고 왔다. 그는 그것을 잡고 나의 도움을 받아가며 마셨다.

나를 또다시 살려주었다고 그에게 말했다. 그는 아무 말도 하지 않았다.

걱정 말아요. 내가 치료해줄게요.

나는 이제 열기와 연기만 남고 불꽃은 거의 보이지 않는 잿더미로 다가갔다. 막대기 하나를 주워 그의 잠자리가 있던 곳의 잿더미를 헤쳤다. 재가 얼굴까지 날렸다. 결국 찾아낸 검을 불 밖으로 차냈다. 섬세한 참나무 손잡이는 타버렸고 칼날과 장식 칼집은 남아 있었다. 칼이 충분히 식자 그걸로 남자의 청바지를 잘라냈다. 그는 내가 윌드럽 씨와 식료품점 상자들 속에 숨어 있던 음탕한 노숙자 이외에 성기를 보게 된 첫 번째 남자였다. 당시에는 별생각 없었지만 그도 내가 태어날 때의 옷만 입고 있는 것을 보았으니 나도 내 친구의 벗은 모습을 보는 게 공평했던 것 같다. 그가 불에서 나를 감싸 데리고 나왔던 담요로 그를 덮어주었다.

그날 하루는 그에게 물을 주고 불타고 남은 자리에 뭐가 남아 있는지 찾아보며 지냈다. 불이 거의 사그라진 다음에는 재를 헤집으며 밤이 올 때를 대비해 계속 불 피울 불씨와 장작을 찾기 시작했다.

\#

작은 남자의 음침한 형체가 도로변에서 어슬렁거렸다. 내려오는 어둠 속에서 루이스의 전조등 불빛이 그를 잡아냈고 피트임을 알 수 있었다. 비디오카메라를 목에 걸고 여전히 핏자국 묻은 두건을 쓰고 있었다. 피트가 팔을 저었다. 루이스는 왜고니어를 피트가 서 있는 전망대 옆 아스팔트 갓길에 멈췄다. 루이스가 차창을 내렸다. 동전을 넣는 망원경은 꺾이고 훼손돼 기우뚱 서 있었고 그 뒤의 나무 표지판은 총구멍들 때문에 '미국 산림청 블랙그래스 전망대'라는 글씨가 잘 보이지 않았다. 산등성이가 일몰에 붉게 물들었다.

저녁이네요, 루이스 대원. 당신을 찾고 있었어요.

무슨 일이죠, 피트?

블루어 대장이 오늘 아침 떠났더라고요. 나도 이번 주말에 집으로 돌아가려고요.

이제 충분해요?

마음이 회복 중이고 이제 일상으로 돌아가야 할 때가 아닐까 해서요.

행운을 빌어요.

고마워요, 루이스 대원.

루이스는 피트를 보며 기다렸다. 뭐 또 있어요? 크리스털 펭귄이 닫기 전에 질한테 담배를 사다 줘야 해서.

그냥 당신한테 뭘 좀 주고 싶어서요. 이제 솔직히 말할게요. 처음엔 당국이나 블루어 대장한테 신고할까 생각했죠. 근데 옳은 일인지 확신이 안 들어서. 쿠지.

그 빌어먹을 말 좀 쓰지 마요, 피트. 진짜 단어도 아니고.

아니라고요?

이런 빌어먹을, 피트. 안 그래도 힘든 하루였는데.

피트가 허리 뒤춤에서 비디오테이프를 꺼냈다. 우리가 쉼터에서 자던 날, 으스스하니 잠이 안 와서 일어나 있다가 클로디의 외눈박이 섹스 유령이 나타나길 기다리며 영상을 찍었어요. 근데 이 카메라한테도 지능이 있는 것 같더라고요. 피트가 테이프를 열린 창문으로 내밀었다.

루이스는 시동을 끄고 카세트를 받아서 뒤집어보았다. 무슨 소리야?

당신과 질이 아래 침상에서 껴안고 있었죠.

무슨 소린지 모르겠네.

테이프에 찍혔어요. 보통 사람들이 알아채지 못하는 뭔가

가 둘 사이에 있는 것 같더군요. 어두워서 영상이 그리 잘 보이진 않지만 알아볼 수는 있었어요. 당신이 깊이 자는 동안 키스를 하더라고.

루이스가 작은 남자에게 험악한 표정을 지어 보였다. 대체 무슨 말이 하고 싶은 거지?

피트가 고개를 저었다. 나는 여기 와서 내 마음에 솔직해지려고 정말 노력했어요. 그래서 옛 친구 클로디랑 같이 지냈던 거예요. 녀석이 좀 이상해지긴 했지만. 당신도 노력해서 자신이 누군지, 뭘 원하는지 알아내야 해요. 아니면 정말 무서운 경우가 돼버릴 가능성이 커요. 뭔가 나쁜 일을 스스로에게 하거나 우연히 옆에 있던 누군가에게 하거나. 나한테는 그렇지 않은 척할 필요 없어요, 루이스 대원. 난 비난하려는 게 아니니까.

루이스는 조수석에서 보온병을 들어 마셨다. 이런 빌어먹을. 나한테 원하는 게 뭐야, 얼간이 자식아?

오해하지 마요, 루이스 대원. 난 아무것도 원하는 거 없어요. 그 특별하다는 섹스 유령 희귀 영상도 못 찍고 여기 와서 한 게 없지만 이건 찍었죠. 이것도 꽤 희귀한 거 같아요. 그리고 내가 말했듯이, 처음엔 어쩔 줄 몰랐어요. 둘 다 여성이고 애는 열일곱이고 당신 자원봉사 프로그램에 지원한 건데.

열여덟이야.

어제 열여덟 된 거 아니에요?

그래.

그렇다고 해도 힘의 불균형 같은 게 여전히 있죠. 어쨌든 테이프를 몇 번 더 보다가 둘 다 그렇게 나빠 보이지 않는다는 생각이 들었어요. 당신이 그 애를 만지고 둘 다 여성이고 그 애는 어리고 당신 보호하에 있는 게 잘못이 아닌 것처럼. 그리고 힘의 문제는 언제나 조금 있는 거니까. 안 그래요? 누구든지, 언제든지, 누가 몇 살이 됐든지 말이에요. 한쪽은 우위에 있게 되죠.

난 우위에 있은 적 없어. 루이스가 말했다.

중요한 건, 이게 뭔가 나쁜 일이, 내키지 않는 일이 일어나고 있는 것처럼 보이지는 않는다는 거예요. 망할, 만약에 당신이 나랑 내 아내가 같이 있는 걸 봤다면, 차라리 사랑을 모르는 그 죽은 몸뚱이들에 돌을 던지는 게 나았을 거예요. 오늘 경비대 사무소에서 당신들 둘을 보니까 그 애한테 진심으로 잘해준다는 걸 알겠더군요. 그래서 내가 하려는 말은, 고맙다는 거예요, 루이스 대원. 뭔가 정말 좋은 걸 보여줘서 고마워요.

루이스는 비디오테이프를 내려다보고 다시 뒤집었다. 그리고 고개를 흔들었다. 클로드한테 보여줬어요?

아뇨, 대원님.

말도 안 했고? 누구한테 말한 적은?

아뇨, 대원님. 내가 낄 자리가 아니라고 봤어요.

루이스는 열린 창문으로 피트를 보았다. 피트는 코트 주머니에 손을 넣고 구부정하게 서 있었다. 루이스는 다시 고개를 저었다. 빌어먹을 여기가 레즈비언들 천지라고 생각하든지 말든지.

피트는 미소를 짓고 자기 새가슴에 손을 얹었다. 나를 자원봉사 프로그램에 받아주어 고마워요, 루이스 대원. 나 같은 남자가 구할 수 있는 최고의 치유의 몇 달이었어요. 내가 이상한 놈인 거 나도 알지만, 나쁜 놈은 아니라고 꽤 확신해요.

그래, 당신 나쁜 사람 아냐, 피트.

–

전조등이 이집션포인트 등산로 입구의 썩은 나무 표지판을 비추었다. 루이스는 왜고니어를 주차하고 엔진을 껐다. 전조등도 끄자 온통 캄캄해졌다. 조수석의 질에게서 나온 담배 연기가 달빛 아래 흩어졌다. 질은 문을 열고 나와 뒷좌석에서 메를로 병을 꺼냈다.

둘은 길을 따라 이집션포인트로 갔다. 루이스는 울퉁불퉁한 곳에 손전등을 비추며 길가에 침을 뱉었다. 빈터에 도착했는데 구덩이에 모닥불은 피워져 있지 않았다. 바람도 없고 조용했다. 보이는 것은 하늘의 달과, 녹인 양초와 메를로 병으로 만든 키 큰 조형물들의 윤곽이었다. 긴 손목은 전선으로, 가슴은 그릇을 엎어 만들어놓았다. 조형물 하나는 낡은 경비대 모자를 쓴 걸 루이스는 알아보았다.

이런 빌어먹을, 매기.

질이 구덩이 주변에 놓인 통나무들 가운데 한 곳에 앉았다. 담배를 또 하나 피우며 조그만 무릎 사이에 메를로 병을 끼우고 뚜껑을 땄다. 루이스는 근처에 쌓인 장작 다발을 구덩이 가운데로 끌고 왔다. 코트 주머니에서 발화 액체가 든 튜브를 꺼내 통나무에 발랐다. 성냥을 거기 떨어뜨리다가 바지에 불이 붙어 흙 위에서 쿵쿵거려 껐다. 통나무에 불이 붙자, 앉아서 바라보는 질의 얼굴 상처가 빛에 드러났다.

루이스가 옆에 앉아 메를로 병을 받았다. 마시고 말했다. 너 괜찮니?

뭐가요?

오늘 아침에 아빠가 떠났잖아. 힘들 것 같아서.

질이 병을 다시 받아 마셨다. 성채처럼 견고한 관계는 없어요. 다 텐트 같은 거예요.

루이스가 질을 찬찬히 보았다. 이런 빌어먹을, 네 아빠는 정말이지 널 너무 잘못 파악하고 있어.

둘은 함께 병에 든 걸 다 마셨고 루이스는 보온병에 남은 것도 마셨다. 코트 주머니에서 피트가 준 비디오테이프를 꺼냈다. 한 번 흔들고 불에 던졌다.

그게 뭐죠? 질이 물었다.

아무것도 아냐. 루이스가 말했다.

둘은 테이프가 통나무들 사이로 유독한 연기를 뿜으며 녹아내리는 모습을 지켜보았다.

등산로에서 사람들이 오는 소리가 들렸다. 루이스는 엉덩이께의 권총으로 손을 내렸다. 크리스털 펭귄 앞에서 전에 본 적 있는 세 젊은이였다. 그들 중 하나는 터틀넥을 입고 맥주 상자를 안고 있었다. 깡마른 모호크 머리 소년이 무리를 이끌며 모닥불 앞으로 나왔다. 둥근 안경이 두 개의 은색 동전처럼 불투명하게 반들거렸다.

아가씨들이 저녁을 즐기고 계시네? 그가 말했다. 혀를 뚫은 장신구가 번쩍였다.

루이스가 일어나 바지를 털었다. 너희는 여기 올라오면 안 돼. 너희도 알 텐데.

당신은요?

난 빌어먹을 미국 산림청 경비대잖아.

터틀넥이 질을 향해 고갯짓했다. 그럼 쟤는요? 쟤는 나무 경찰도 아닌데.

너희는 알 필요 없어. 루이스가 말했다. 돌아가지 않으면 빌어먹을 딱지 끊을 거야.

모호크 소년이 슬금슬금 모닥불을 돌아가 어느 통나무에 걸터앉았다. 다른 둘도 양쪽으로 앉았다. 불에서만 소리와 빛이 났고 바람은 잠잠했으며 나무는 천천히 타들어갔다. 소년들은 상자에서 맥주 캔을 땄다. 모호크 소년은 커다란 가방을 열고 샌드위치 가방과 금색으로 글이 새겨진 검은 나무 탁상시계를 꺼냈다.

우리 엄마 시계예요. 소년이 말했다.

죽었지. 또 다른 소년이 말하고 샌드위치 가방을 들어 올렸다. 우린 여기서 재를 뿌리면서 추모 좀 하려고요.

모호크 소년이 옆의 그루터기에 시계를 놓았다. 셋 다 잠시 조용해져 활활 타는 불과 커다란 째깍째깍 소리에 귀를 기울였다. 우리 아빠랑 엄마가 내 나이였을 때 아빠가 말했어요. 저기 커다란 못난이 바위에 자기들 이름을 새겼다고. 엄마 시계는 내 트레일러보다는 여기가 더 잘 어울려요. 트레일러에 나랑 있으면 정말 아닌 것 같거든.

여기 있으면 날씨 때문에 금방 망가질 텐데.

괜찮아요. 모든 게 모든 걸 망가뜨리니까. 안 그래요?

루이스가 모닥불에 침을 뱉었다. 빌어먹을, 네 엄마에 대해선 유감이야. 그러고 나서 그녀는 아이들에게 재를 뿌리고 잠시 추모식을 하는 건 허락하지만 그런 다음에는 가야 한다고 말했다.

소년들은 서로 꿍얼거리고 맥주 캔을 든 다음, 하늘 위 달에 줄이 걸린 꼭두각시들처럼 통나무에서 일어났다. 모호크 소년은 샌드위치 가방을 들고 일어나 아래쪽 장관이 펼쳐지는 벼랑 위에 가서 섰다. 그러곤 샌드위치 가방을 열더니 끝을 잡고 흔들어 내용물을 바람이 불지 않는 어둠 속으로 날렸다. 다시 어슬렁거리며 동료들 있는 곳으로 돌아오는 셔츠와 바지에 회색 가루가 덮였고 눈은 빛을 반사하는 안경 때문에 보이지 않았다. 다른 소년들이 그의 어깨를 두드리며 캔을 마셨다.

그래 됐어. 루이스가 말했다.

모호크 소년은 고개를 끄덕이고 시계를 그루터기에서 들어 널찍한 바위벽 높은 곳 자기 부모 이름 아래 움푹 들어간 곳에 놓았다. 그러고는 돌아서 빈 가방을 어깨에 메고 길을 내려갔다. 다른 소년들도 천천히 따라갔고 터틀넥 입은 소년은 맥주 상자를 들려고 무릎을 꿇었다.

그것들은 놓고 가야 할 거야. 루이스가 말했다.

왜요?

빌어먹을 국유지에서 알코올 섭취는 안 돼. 멍청한 딱지 끊고 싶지 않으면. 그냥 거기 놔둬, 내가 처리할 테니.

그래, 분명 당신이 처리하겠지. 다른 녀석이 말했다. 저 와인 처리하고 있듯이.

당신은 진짜 더러운 나무 경찰이야. 당신도 알았으면 좋겠네. 다른 녀석이 말했다. 권력을 휘두르는 것도 모자라 우리가 똥 같은 늙은 여자랑 실랑이할 마음이 없는 걸 이용해먹으려 하지.

이제 서른일곱이라고. 질이 말했다.

진짜 더러운 나무 경찰. 진짜 슬픈 늙은 레즈. 터틀넥 소년이 말했다. 그 자웅동체 유령이 당신을 짓이겨서 영혼을 악마한테 팔아먹길.

루이스는 그들에게 다시 한번 꺼지라고 말했고 그들은 서로 쳐다보고 질을 한 번 본 다음 발을 끌면서 등산로를 내려가기 시작했다.

루이스는 일어나 맥주 상자를 들고 질 옆으로 돌아왔다. 맥주를 따서 질에게 건넨 다음 자기도 하나 따서 들어 올렸다. 우리를 위해. 루이스가 말했다.

둘은 나란히 통나무 위에 앉아 맥주를 마시고 또 마셨다.

코르넬리아 유령 얘기 믿지 마. 루이스가 말했다. 빌어먹을 인간들이 이야기보다 훨씬 무서워. 내가 전부 안전하게 지켜줄게.

날 지켜주고 싶다고요?

물론이지.

왜요?

루이스가 통나무에서 내려와 불 앞의 따뜻한 흙바닥에 누웠다. 누운 채 맥주 캔을 쭈그러뜨린 다음 부츠 발을 들어 올려 구덩이로 차 넣었다. 네가 어떤 여자로 자라날지 알아내고 싶은 것 같아.

난 죽을 때까지 이 크기일 거예요.

넌 죽지 않아. 네가 내 나이가 되면 빌어먹을 알약이 발명될 테니까.

안 죽는 약이요?

심지어 다시 젊게 만들어줄지도 몰라. 세상이 죽지 않는 십대로 가득해지겠지.

질도 통나무에서 슬슬 내려와 루이스 옆에 누웠다. 난 죽고 싶지 않아요.

그렇게 놔두지 않을 거야. 루이스가 말했다. 전화를 더 이상 안 하거나 연락이 없도록 놔두지 않을 거야. 죽게 놔두지도 않을 거고. 우린 늘 서로에 대해 알고 있게 될 거야.

질이 소리를 냈는데 웃음소리 같았다. 최선을 다해보죠.

루이스가 옆으로 몸을 돌려 질을 보았다. 뺨에 손을 올리고 얼굴 위에 지도를 그린 상처를 엄지로 훑었다. 질이 얼굴을 가까이 가져와 루이스의 뺨에 입술을 댔다. 루이스도 움직여 입술을 맞댔다. 바위벽의 시계가 박자를 맞춰 째깍거리고 두 사람은 불가에 함께 누워 코트를 덮었다.

–

루이스가 어둠 속에서 깨어났다. 구덩이에서는 불이 꺼져
가며 검게 변한 캔과 와인 병이 뒹굴었다. 시계가 5시를 알렸
다. 양초 녹인 형상들이 루이스를 굽어보았다. 나무들 사이
에서 신음 소리가 들리고는 사라졌다. 루이스는 팔꿈치를 짚
고 흙바닥에서 일어나 남은 불씨에 대고 찡그리며 자기 손을
살펴보았다. 붉은 개미들이 손가락 위를 돌아다니고 있었다.
그중 통통한 놈이 깨물자 튕겨냈다. 신음이 다시 시작되었고
나무들이 어둠 속에서 흔들렸다. 검은 야행성 새들이 사방으
로 날아올랐다.

빌어먹을. 누구야?

루이스가 천천히 일어서며 카누라도 타고 있는 듯 몸의 균
형을 잡았다. 권총집의 단추를 풀었다. 신음 소리가 더 커졌
고 돌멩이 하나가 나무들 속에서 날아와 루이스를 스치고 지
나갔다. 그녀는 권총을 뽑아 조준하면서 넘어졌다.

신음 소리가 멈췄다. 루이스는 기다렸다. 아무 소리도, 움
직임도 없었다.

질이 우는 소리가 들려서 돌아보았다. 덮고 있던 회색 코
트 아래서 머리를 빼고 떨고 있었다. 개미들이 얼굴을 돌아
다니며 곱슬머리 안에서 허우적거렸다. 루이스가 권총을 다

시 차고 질에게 갔다. 개미들을 털어내고 어깨를 잡은 후 흔들어 깨웠다.

질이 울음을 멈추고 일어나 앉았다. 빨간 물린 자국이 뺨과 입술에 퍼졌다. 힘없이 눈을 껌뻑이며 부어오른 입술을 닦았다. 이게 뭐예요?

우리가 빌어먹을 개미집 위에서 잠든 모양이야.

질은 춥고 몸 상태가 좋지 않다며 집에 가도 되냐고 했다.

루이스가 손전등을 비추며 둘은 비틀비틀 길머리로 나왔다. 왜고니어 옆면에 '레즈'라고 낙서가 되어 있었다.

루이스가 산악 도로를 구불구불 내려가며 운전대를 꽉 쥐고 몸을 앞으로 기울였다. 중간에 차를 세우자 질이 창문을 열고 도로변에서 자라는 야생화들 속에 토했다. 루이스는 운전석 옆 창으로 토했다.

30분 후 통나무집에 도착했을 때 질은 잠이 든 상태였다. 루이스는 주차를 하고 조수석으로 가서 문을 열고 소녀를 들쳐 안았다. 휘청거리며 진입로를 지나가 자신이 파묻었던 사슴 머리의 코에 걸려 넘어질 뻔했다. 자갈이 헤쳐져 일부 드러난 사슴의 해진 얼굴이 부츠 발 사이로 빼꼼히 그녀를 올려다보았다. 루이스는 계속 집으로 가서 한 손가락으로 문손잡이를 잡고 질을 안으로 옮겼다. 어두운 거실에서 질을 소파에 눕혔다. 질은 몸을 뒤척였지만 깨지는 않았다. 루이스는 주방 창으로 들어오는 새벽빛을 받으며 질의 잠든 모습을 지켜보았다.

곧 잠이 깬 질이 일어나 앉아 손바닥으로 얼굴을 가리고 울었다.

왜 그래?

집에 가고 싶어요.

나랑 있고 싶은 줄 알았는데.

아빠한테 전화해서 데리러 오라고 해도 돼요?

루이스는 질 앞에 무릎을 꿇었다. 난 네가 여기 있고 싶어 하는 줄 알았어.

질은 울음을 그치고 셔츠 소매로 눈을 닦았다. 상처가 새겨지고 물린 자국이 난 얼굴을 들어 루이스를 보고 특유의 억양으로 말했다. 우리 모두 서로를 제물로 희생시키고 있으면서도 알지 못하는 게 아닐까요?

빌어먹을. 나도 몰라.

간밤에 그 시계 소리를 계속 들으면서 그 늙은 부인에 대해 생각했어요.

클로리스 월드립?

남편이 죽었잖아요. 평생을 함께해온 사람을 잊으려면 또 다른 평생이 걸릴 것 같아요. 충분한 시간이 없는 거죠. 자신을 그렇게 오래 누구 곁에 머물게 만든다는 게 잔인하다고 생각하지 않아요?

나도 몰라, 질. 네가 안 갔으면 좋겠어.

이 산에 당신과 머문다는 건 나한테 잔인한 일 같아요.

우린 다른 데도 갈 수 있어. 루이스가 말했다. 도쿄에 가자.

질이 아무것도 없는 허공에 팔을 휘젓고는 작은 손으로 루이스의 뺨을 감쌌다. 날 이해해줘요. 당신이 내 나이 때 내가 태어났어요. 난 2005년에 당신 나이가 될 거고요. 그때는 상황이 달라지겠죠.

나도 알아.

어떤 사람들은 세월에 시달려도 변하지 않지만 당신은 시들었어요.

나이차 때문이야. 넌 날 어머니로 생각하잖아.

난 온실 속에서 살아온 거예요. 하지만 아직 젊어요. 몇 년만 지나면 다른 사람이 되겠죠. 2~3년 내에 다른 사람이 되고 싶어요.

자연히 그렇게 되겠지. 루이스가 여전히 질의 손에 얼굴을 맡긴 채 말했다. 하지만 네가 뭘 원하는지 모르겠어. 내가 어떻게 하면 될까?

내 부모는 내가 이런 얼굴을 가지고 태어났다고 했어요. 질이 말했다. 하지만 난 무슨 일이 있었는지 알아요. 모두가 맨 처음과는 달라져요. 우린 모두 늘 서로를 변화시키고요. 당신은 내 경험을 넘어서는 걱정거리들을 가지고 있어요. 난 아직 절박하지 않아요. 지금 당신처럼 절박한 경우를 주위에서 본 적도 없고요. 그래서 기뻐요. 하지만 이렇게 보고 나니, 언젠가는 나도 그렇게 되리라는 걸 알겠고, 다른 사람들에게 어떤 영향을 미칠지 걱정하는 품위는 가질 수 있게 되면 좋겠어요.

루이스가 질의 손을 자신의 뺨에서 떼어내 손목을 잡았다. 이런 빌어먹을, 질. 정말이지 네 아빠는 널 제대로 평가해주지 못했어.

질이 소파에서 바닥으로 내려와 루이스의 허리에 팔을 둘렀다. 루이스도 질을 감싸 안았다. 둘은 태양이 떠오를 때까지 그렇게 안고 있었다.

\#

나는 누구도 진정으로 다른 사람을 속속들이 알 수 있다고 인정하지 않는다. 나는 월드립 씨를 누구보다 잘 알았지만, 비터루트에서의 수난 이후 그가 아칸소 주 리틀록의 어느 여인에게 편지를 쓰고 있었던 걸 발견하게 될 줄은 몰랐다. 우리 유언장은 유산을 제일감리교회에 제공하도록 돼 있었다. 월드립 씨와 내가 실종 상태에서 사망한 것으로 선언되자 나의 친애하는 친구 새러 매 데이비스는 자원해서 그 모든 것들을 정리하는 큰 수고에 참여했다. 그뿐 아니라 내가 알기로 그녀와 그녀의 조카는 친절하게도 우리 불쌍한 고양이 트릭시에게 능금나무 아래 마지막 안식처도 마련해주었다. 내가 걱정한 대로 트릭시는 결국 살아남지 못했다. 찬장 위에서 발견되었다고 한다. 어쨌든 새러 매는 월드립 씨의 서재 책상을 치우다가 아칸소에서 온 이 편지들을 발견했고, 읽은 다음에 간직하기로 결정했다. 아칸소의 그 여자 이름은 여기 쓰지 않을 것이다. 결혼한 여자였던 듯하니 여기 끌어내 밝힐 이유가 없다. 아직 살아 있다면 말이지만.

내가 알기로 월드립 씨는 1965년 가축을 보러 리틀록에 갔다가 거기 신문의 개인 광고란에서 그녀를 발견했다. 그는 그때 53세였을 것이다. 요즘 젊은이들은 인터넷에서 펜팔을 한다는 거 안다. 우리 때는 신문을 이용했다. 믿지 못하는 사람도 있겠지만, 장담하는데, 편지 때문에 나는 화나지 않았다. 편지를 다 읽은 것 같은데도 그들이 직접 만난 적이 있는지는 잘 모르겠다. 그건 나한테 별로 중요하지 않다. 하지만 이건 달랐다. 월드립 씨가 다른 여자에게 편지를 쓰고 그녀가 그에게 답장을 한 방식으로 보아 그는 그녀에게 큰 애정을 품었던 듯하다. 새러 매가 편지를 읽은 걸 알면 그는 무지 창피했을 것이다.

월드립 씨가 내가 결혼하길 바랄 수 있었던 가장 친절하고 품위 있는 남자였음을 알 만큼 내가 그를 잘 알았다는 게, 이 문제의 핵심일 것이다. 나는 그를 사랑하고 그가 아주 많이 그립다. 그는 힘 있고 다정한 남자였고 이 여자가 그에게서 이런 애정을 얻었다면 뭔가 특별한 일을 했음이 틀림없으니 나는 그녀에게 악감정을 품지 않는다.

우리 대부분이 남들에게 보여주려 하는 것보다 훨씬 복잡한 사람들임을 나는 이제 이해한다. 우리 모두에게는 각자의 삶이 있고 무덤까지 가져가려 애쓸 비밀을 적어도 하나는 가지고 있지 않은 사람이 어딘가 존재할 수 있다는 걸 나는 인정할 수 없다. 우리 모두는 가슴속에 자신만 열쇠를 가지고 있는 잠긴 문이 적어도 하나씩은 있다고 나는 본다. 우리 모두는 외로운 침실인 건지도 모른다. 그리고 이 글에서 내가 아무리 철저히 스스로를 발가벗겨도 여전히 혼자만 간직해야 할 어떤 것이 존재함을 나는 알고 있다.

오두막이 불탄 다음 날 나는 잿더미를 뒤져 물을 끓일 올리브 절임 깡통 하나를 찾아냈다. 한 시간 정도 걸려 불을 피울 재료를 모았고 잔해에서 찾아낸 불씨를 붙였다. 계곡 물을 끓여 남자에게 주었다. 그는 마셨고 말이 없었다. 커다란 나무 아래 바윗돌에 등을 기대고 그냥 하늘만 바라보았다.

우리는 야외에서 그렇게 두 밤을 보냈다. 천만다행히 비는 오지 않았다. 우리 둘 다 무지 배가 고팠고 나는 추위와 꺼지지 않게 지켜야 하는 불 때문에 잠을 별로 자지 못했다.

남자의 다리는 더 나빠졌다. 색이 바뀌며 캐서린 드루어의 끔찍한 버섯 캐서롤 같은 냄새를 풍기기 시작했다. 통재라, 그 여자는 설탕과 소금을, 에티켓과 정직함을 구분하지 못했다. 때로 그녀는 향수와 고양이 오줌도 구분하지 못하는 듯했다.

남자의 덫과 올가미는 상당히 멀리 설치돼 있는 데다 숨겨져 있으니 감히 나 혼자 찾으러 갈 수는 없었다. 걸려든 불쌍한 동물의 소리가 들리지도 않았으니 그냥 비어 있을 거라고 생각했다. 두 번째 날, 나는 우리를 위해 물고기를 좀 잡으려 애썼다. 그의 낚시 상자는 불에 타버려 나는 그의 검을 나뭇가지 끝에 묶어 창으로 사용하려 했다. 두어 시간은 족히 계곡에서 이 고기 저 고기 찔러대다가, 믿거나 말거나 결국 어느 느린, 퇴행 중인 듯한 미꾸라지의 정확히 가운데를 찔러 물속에서 뽑아냈다! 나 자신이 무지 자랑스러웠다. 씻어서 불 위에서 익혔다. 내장이 쉭 소리를 내며 검은 연기 속에 타올랐다. 우리는 늦은 오후에 저녁을 먹었다. 내 친구는 많이 먹지 않았다. 우리는 부들도 좀 먹었다.

그날 밤 내가 잠이 들었다고 생각될 때 그는 몇 번 신음을 하며 일어나 몸을 끌고 큰 바위 뒤로 가서 배설을 했다. 두 번째 날 밤 그가 통곡하며 조용히 하려 애쓰는 소리가 들렸다. 남자가 아무도 안 듣는다고 생각할 때 혼자 어둠 속에서 통곡하는 소리는 범상하다 할 수 없다. 그 끔찍하게 비참한 소리를 어디에 비유해야 할지도 알지 못하겠다. 나는 깨어 있는 티를 내지도 못했고 일어나 위로해주지도 못했다. 그랬다면 그가 너무 창피할 테고 안 좋은 상황만 더 악화시킬 거라고 생각했던 것 같다.

11월 8일이라고 짐작되는 화재 후 세 번째 날, 남자는 열이 나기 시작했다. 온몸이 열기와 땀으로 번들거렸고 그는 눈을 반쯤 감은 채 말이 없었다. 얼굴이 썩은 연못 색을 띠었고 입술이 갈라져 피가 났다. 내가 뭔가 하지 않으면 그의 생명이 곧 끝날 것임을 알 수 있었다.

그날 일몰, 보랏빛 눈이 산등성이의 가장 높은 봉우리에서 불어올 때, 내가 직접 그를 산 아래로, 병원으로 데리고 가겠다고 마음먹었다. 어떻게 해야 할지는 아직 알 수 없었지만 단념할 수는 없다고 결심했다. 어두워지기 전에 그에게 가서 눈을 감고 있는 귀에 대고 속삭였다. 안전한 곳으로 데리고 갈게, 갈런드.

\#

루이스는 자기 통나무집 뒤 울타리와 낮은 편암 바위벽을 넘어 숲으로 들어갔다. 중심을 잡으려 묵직한 메를로 병을 허리께에서 휘두르며, '닥터 하우에게 물어보세요'에 전화를 걸어 자신의 할아버지 무릎에 대한 꿈을 질문하는 생쥐 목소리의 소녀에 대해 혼자 화풀이를 씨근거렸다. 입은 어릿광대처럼 검게 물들고 비딱하게 쓴 경비대 모자 아래 머리는 엉켜 있었다. 곧 아래쪽에 야생의 회색 숲이 내려다보이는 화강암에 다다랐다. 루이스는 거기 앉아서 내려오는 밤을 지켜보았다. 병이 비자 산을 향해 던져버렸고 어디 떨어져 깨졌는지는 알 수 없었다.

손전등을 찾아 코트를 더듬었지만 통나무집에 두고 온 모양이었다. 어둠 속에 앉아서 입을 비죽이고 끙끙거리다가 화강암 위에 누워 다시는 질 블루어의 소식을 듣지 못할 거라고 생각했다. 전날 오후 통나무집 앞에서 자기를 데리러 온 아버지의 검은 트럭에 타던 질의 모습을 떠올려보았다. 블루어는 차에서 나오지 않았다. 마지막으로 본 모습은 그들이 떠나가면서 조수석 창밖으로 뿜어 나온 담배 연기뿐이었다.

루이스는 일어나 다시 집으로 돌아가기 시작했다. 구름이 달을 가렸다. 데크에 켜두고 나온 불빛이 나무 사이로 작고 희미하게 보였다. 몇 걸음 가지 않아 어디선가 알 수 없는 소리가 났고 루이스는 걸음을 멈췄다. 예전에 아버지의 책상 위에 있던, 아버지만 참을 수 있는 불협음을 일으키던 낡은 진동 벨트 선풍기 소리가 기억났다.

그 소리가 뚝 멈췄고 숲은 다시 조용해졌다가 전에 들어본 신음 소리가 났다. 구슬프고 성적인 소리였다. 왼쪽에서는 발을 끄는 소리도 들렸다. 루이스는 흠칫 놀라며 차고 있던 총집의 단추를 풀고 권총을 꺼내 어느 나무에 등을 댔다. 권총을 빼들고 흔들었다.

거기 누구야?

아무 답이 없이 뭔가 가까이 왔다.

빌어먹을, 거기 누구야? 나는 산림 경비대다. 무기가 있어.

답이 없었다.

빌어먹을 클로리스 월드립이 아니라면 물러서 돌아가.

나무들 뒤쪽 발걸음이 빨라졌고 루이스는 두 소나무 사이 어두운 곳에 총구를 맞췄다. 거기서 뭔가 점 하나가 외눈처럼 반짝거렸다. 루이스는 어릴 때 이후 처음으로 아이처럼 흐느끼기 시작했다.

이런 빌어먹을, 그만 집어치우고 날 잡아먹어, 이 빌어먹을 얼간아.

나무 사이에서 검은 형체가 튀어나왔다. 루이스는 있는 힘을 다해 주의 이름을 헛되이 외치며 총 다섯 발을 발사했다.

총구가 작열한 후 숲은 그지없이 캄캄해졌다. 루이스의 귀가 윙윙거렸다.

그녀는 아무것도 들리지도 보이지도 않는 채 주저앉아 헐떡이며 탄약 연기를 들이마셨다. 권총을 내리고 잠시 앉아 있다가 소나무 가지를 잡고 몸을 일으켰다. 구름이 날려가고 달이 안개와 탄약 연기 속에 걸렸다.

루이스는 소매로 눈을 훔치고 그 어두운 쪽을 향해 다시 물었다.

답이 없었다.

탄창을 열다가 엄지를 데었다. 손바닥으로 배출기를 눌러 탄피들을 그냥 부츠 위에 떨어지게 했다. 허리띠 뒤쪽에 차고 있던 탄띠를 떼어 장전한 다음 바지 다리에 대고 닫았다. 살금살금 앞으로 나가 눈을 달빛에 적응시켰다. 땅을 살펴보았다.

그러다 멈췄다.

개가 옆으로 누워 입에서 혀를 빼물고 있었다. 검은 피가 솔잎 위로 흘러내려 낮은 흙바닥 위에 고였다.

이런 빌어먹을. 루이스는 중얼거리며 무릎을 꿇고 총신으로 개를 찔러보았다. 눈을 가늘게 뜨고 보니 두개골에 구멍이 나 있었다. 이런 빌어먹을. 목걸이를 잡고 돌려보니 피에 젖은 하트 모양 이름표가 나왔다. 달빛에 '찰리'라는 이름이 반짝 빛났다.

루이스는 고개를 저으며 바닥에 주저앉았다. 손에 묻은 피와 털을 바지에 문질렀다.

#

매년 가을이면 제일감리교회 부인들은 일주일에 한 번 교회 지하에 모여서 가난한 사람들을 위한 퀼트를 만들고 성경에 대해 토론하고 일주일간의 소식을 나누었다. 그 시간 동안 나는 퀼트 만드는 법을 아주 잘 배웠다. 또한 튼튼한 새끼줄 엮는 법도 안다고 알려주고 싶다.

사서가 되기 전에는 우리 학급 부산스러운 작은 소녀의 검은 머리를 땋아주곤 했다. 머리를 땋아주어야만 《작은 아씨들》이나 《허클베리 핀의 모험》을 읽어주는 동안 가만히 있게 만들 수 있었다. 잠시도 가만있지 못하는 어여쁜 소녀였다. 학교가 끝나고 그 애를 데리러 오던 형편없는 엄마를 내가 얼마나 부러워했던지. 담배를 피우며 자기 아이들이 이해할 수 없는 악마라도 되는 것처럼 인상을 써대던 여자였다. 내가 사서 자리를 받아들인 이유는 그 작은 소녀와 같은 학생들이 나에게 내 아이를 가질 수 없는 불행을 자꾸 상기시켜주었기 때문이기도 했다. 여기서 전에도 썼듯이 당시에는 그 때문에 무지 힘들었다. 우리는 한때 입양도 생각했지만 당시 클래런 던에서 일반적인 관습은 아니었고 과정이 너무 어려운 데다 우리 형편보다 훨씬 많은 돈이 필요했다.

이 모든 것은 비터루트에서 11월 9일로 짐작되는 날 깨어 났을 때 나에게 좋은 생각이 하나 떠올랐다는 것을 말하기 위 해서다. 나는 타지 않은 것들을 그러모아 뗏목을 만들기 시 작했다. 갈대와 부들을 꼬고 적당한 길이의 소나무와 격자로 엮어 큰 매트리스 크기로 만들었다. 그런 다음 그을린 담요 조각들을 검과 갈대로 결합시켜 나의 괴상한 탈것 위를 덮었 다. 말도 안 되게 힘든 작업이었지만 끈질기게 계속해 일몰 즈음엔 마쳤다. 뗏목은 괜찮아 보이지 않았지만 뜨기를 바랐 다. 조그만 늙은 여자가 다 큰 남자를 조잡한 뗏목에 싣고 노 를 저어 산속 계곡을 내려가는 게 가능하다고 보지 않을 독자 가 많을 것이다. 하지만 나는 그렇게 하려는 것이었다.

어느 여름 이야기를 들려주자면, 우리 목초지에서 암송아 지 하나가 도랑에서 뒷다리가 부러진 걸 목장 관리인 조 플 러드가 발견했다. 조는 체구가 작은 남자였지만 영리했고 그 럭저럭 트럭에 가지고 다니던 울타리 기둥과 방수포로 임시 변통 들것을 만들었다. 혼자서 암송아지를 본부의 축사로 데 리고 와, 아내의 주방에서 가져온 국자와 주걱으로 지지대를 만들어주었다. 그때 그의 아내는 친척집에 가 있었는데, 집에 와서 식기가 암송아지 뒷다리에 붙어 있는 것을 보고 짜증을 부렸다고 한다. 하지만 조는 그 암송아지를 구했고 암송아지는 자라서 새끼를 낳으며 비육장에서 좋은 가격을 받았다. 만일 작은 조가 기발한 재주와 착실한 노력으로 암송아지를 혼자 구했다면, 이렇게 여러 번 나를 구해준 이 부상당한 남자를 나도 구할 수 있어야 했다.

그날 남자는 물 요청 말고는 별말을 하지 않았다. 안색은 녹색에서 끔찍한 주황색이 되었고 호흡은 교회에서 내 뒤 신도석에 앉아 자갈길을 달리는 트럭 바퀴처럼 들썩이던, 평생 담배를 피워온 주디스 엘러리처럼 되었다. 주디스의 호흡은 점점 나빠져 어느 일요일 예배에 오지 않았다. 파슬리 밭에서 엎어진 그녀를 아들이 발견했다.

너무 어두워지기 전에 나는 뗏목을 미끄러운 진흙 경사면으로 끌어내려 물에 뜨는지 보려고 계곡에 넣었다. 감사하게도 물에 떴다! 하지만 우리 둘 다를 태우고 뜰지는 알 수가 없었다. 다시 물에서 끌어냈다. 가지고 갈 수 있는 건 다 모았다. 라이터 하나와 불쏘시개 막대 하나, 그리고 장식 검 등을 천으로 싸서 뗏목에 묶었다. 삿대로 쓸 만한 긴 소나무 가지도 묶어두었다. 다음 날 아침에 떠날 작정이었다.

그날 밤 나는 내 친구 옆에 등을 대고 누워 불을 바라보며 잤다. 별로 많이 못 잤다. 새벽은 일찍 왔고 추워서 나는 테리의 코트를 잘 여미고 반쯤 탄 담요 조각들로 손을 감아 추위에 삿대를 잘 잡을 수 있도록 했다. 하늘은 가느다란 구름이 가린 회색이었고 새들은 노래 부르고 싶지 않은 모양이었다.

희미하게 동이 터올 때 그를 깨웠다. 지금 움직여야겠어요. 내가 말했다. 뗏목에 타야 해요. 내가 부축할 테니 한 번에 한 걸음씩 계곡으로 가요.

그는 눈을 조금 떴지만 대답은 하지 않았다. 뗏목은 몇 미터 떨어진 계곡 옆에 놔두었다. 그는 눈동자만 움직여 뗏목을 보았고 그러다가 옆에 있는 가문비나무를 붙잡고 몸을 일으켰다. 끔찍한 욕설을 외치고 얼굴을 고통으로 우그러뜨리며 성한 다리로 섰다. 나는 그가 무지 불쌍했지만 그런 사악한 말은 왜 필요했는지 모르겠다. 그는 나와 내 지팡이에 의지했고 내가 매 걸음 숫자를 큰 소리로 외치며 우리는 조금씩 나아갔다. 그는 뗏목 위로 쓰러지며 다시 욕을 뱉었다. 딱한 눈물이 그의 뺨 위로 흘러내렸다. 일단 눕고 나자 그는 눈을 감고 다시 조용해졌다.

나는 심호흡을 크게 하고 모든 힘을 모아 뗏목을 진흙 경사면 아래로 밀었다. 생각보다 쉽게 내려갔다. 남자의 몸무게를 계산하지 못한 것이다. 맙소사, 뗏목이 확 밀려 내려갔다! 늙은 여인으로서 최대한 쫓아갔지만 이미 나 없이 물 위로 올라갔다. 그는 물살에 끌려 들어가는데 나는 뗏목에 타

380

지 못했다! 부상당한 남자를 혼자 띄워 보내게 되는 건가 싶었다. 나는 몇 걸음 돌아가 지팡이를 집어 들고 달렸다. 그리고 뗏목을 향해 뛰어올랐다. 내가 그의 다리 위로 떨어져 그가 큰 고함을 질렀다. 지팡이를 뗏목에 걸치고 올라탔다.

무게가 고르지 않아 차가운 물이 위로 철벅거렸다. 그는 좀 괴로워하다가 눈을 질끈 감았다. 나는 헐떡이며 다친 다리 위로 떨어져서 너무 미안하지만 걱정 말라고, 그를 무사히 병원에 데려가겠다고 말했다. 나는 그의 다리 사이에 앉아 위치를 잡고 작은 뗏목이 균형을 잡고 떠가게 했다.

처음엔 물살이 세지 않아 뗏목이 천천히 움직였고 종종 얕은 곳에 걸렸다. 그래서 삿대로 밀어내야 했다. 얼마 후 계곡은 강이 되었고 협곡이 열려 석회암과 분홍 화강암이 깎인 거대한 색색의 골짜기가 되었다. 그는 잠이 들었고 우리는 드물게 따뜻한 날씨의 축복을 받아 햇빛을 받으며 빠르게 항해해 나갔다. 잠시 후 아는 곳을 지나갔다. 내가 그루터기에 이름을 새긴 곳이었다.

강은 점점 더 침엽수 속으로 굽이쳐 내려갔다. 한동안 소나무들 사이를 평화롭게 지나간 후 물살이 하얗게 빨라지며 한 무리의 비죽비죽한 바위들 위로 굉음을 내며 흘렀다. 작은 뗏목이 빙빙 돌기 시작했다! 우리는 거꾸로 흘러갔고 우현의 통나무 하나가 떨어져 나갔다. 차가운 물에 일부 잠긴 그는 인상을 쓰고 신음을 질렀지만 눈은 뜨지 않았다. 우리가 뒤집혀 물에 빠지지 않을까 두려웠다. 물이 튀어 눈에 들어갔다. 나는 닦아내며 고개를 이리저리 돌려 앞을 보려 애썼다. 강 앞쪽에 작은 폭포가 나타나 나는 부들부들 떨었다. 그걸 넘다가 우리 뗏목이 망가질 거라 확신했다. 나는 삿대를 방향타처럼 이용해 강가로 가려고 애썼다.

작은 뗏목을 조종해보려 온 힘을 짜낸 것이다. 갑자기 없던 힘이 솟았다. 관절염도 사라졌다. 자기 아이를 보호하려고 원래 능력을 넘어서는 믿을 수 없는 괴력을 행사한 여자들이 있다는 얘길 들었다. 내가 그를 아들로 여겼다는 게 아니라, 그를 무지 좋아하게 되었다는 것이다. 리버벤드 요양원의 세심하고 꼼꼼한 인도 의사가 아드레날린 분출 때문에 그랬던 거라고 알려주었다. 그래서 세상에, 나는 이를 악물고 제때 뗏목을 돌려 강가로 밀려날 수 있었다.

딱한 작은 뗏목이 강가에 좌초하자 나는 단단히 버티고 서서 마지막 남은 힘을 모아 그를 진흙과 바위 위로 끌어올렸다. 그리고 그 옆에 드러누웠다. 우리는 한동안 아무 말 없이 누워서 흠뻑 젖어 벌벌 떨면서 따뜻한 태양에 몸을 말렸다.

곧 어둠이 내려왔다. 나는 억지로 몸을 일으켰다. 불을 피워야 했다. 손이 너무 떨려 가상의 건반 위에서 어려운 곡을 연주하려 애쓰는 사람처럼 보였다. 라이터와 마지막 남은 불쏘시개로 불을 피웠다. 추위 속에 밤이 되었고 나는 남자 옆에 꼭 붙어 있었다. 그가 열이 나서 난로 같은 열기를 뿜었다.

–

아침이 되어 내 친구가 소나무에 등을 기대고 다리를 뻗고 앉아 있는 걸 발견했다. 불쌍해라, 밤새 똥을 싸버린 모양으로 청바지가 검어졌다. 나는 눈치 못 챈 척했다. 그는 깨어나 산을 바라보았다.

아침 인사를 하고 일어났다. 좀 어때요? 내가 물었다.

나아졌어요. 그가 말했다.

아, 세상에. 잘됐네. 그리고 일어나 강가로 가며 부들을 좀 끓여 아침으로 먹고 우리 믿음직한 탈것을 곧 고치겠다고 했다. 오후까지는 여기서 떠나야 해요. 순풍을 받아 번개보다 빠르게 병원에 가게 해줄게요.

난 안 가요.

바보 같은 소리. 치료를 받아야 해요.

그러고 싶지 않아요.

나는 그런 소리 말라고 했다.

그러자 그가 말했다. 나는 병원에 갈 수 없어요.

왜요? 내가 물었다.

난 괜찮을 거예요. 그가 말했다.

심하게 다쳤어요. 의사한테 치료를 받아야 해.

그는 강 앞쪽을 보았다. 난 병원에 갈 수 없어요. FBI에 쫓기고 있으니까요.

나는 상당히 오래 아무 말 못 했다. 결국 지금까지의 어떤 대화도 이번을 준비시키지는 못했던 것처럼, 나는 한심한 질문을 던졌다. 범법자냐고.

그는 말했다. 그들이 말하는 그런 짓은 하지 않았다는 점만 알아주면 좋겠어요.

뭘 했다고 고발당했는데요.

내가 열 살 난 소녀를 납치했대요.

그들이 왜 그런 어이없는 소릴 할까?

오해한 거예요.

어떤 오해요?

그는 소나무 아래 흙 속으로 조금 꺼져드는 듯 보였다. 어린 소녀와 사랑에 빠졌거든요. 경찰이 개입을 했지만 난 어떤 혐의도 받지 않았어요. 그들도 그걸 알아요. 그 후에 다른 소녀가 사라졌다는 곳에서 좀 떨어진 집에 내가 머물고 있었어요. 근데 왜 내가 납치했다고 생각했는지 이해가 안 가요. 어느 날 아침 일어나보니 내 얼굴 그림이 뉴스에 나왔어요. 전의 일 때문이겠죠. 하지만 그들은 내 이름도 몰랐어요. 내 얼굴이 어떻게 뉴스에 나오게 되었는지는 몰라요.

나는 그에게 이해가 안 간다고, 그가 사랑에 빠졌던 소녀는 몇 살이었냐고 물었다.

열두 살요. 그가 말하고 허벅지를 움켜잡았다. 난 아무도 다치게 한 적 없어요.

나는 다시 한동안 아무 말 할 수 없었다. 흙투성이 손을 무릎 위에 깍지 끼고 흘러가는 강물을 바라보았던 기억이 난다. 당신이 그 소녀한테 뭘 했는데요?

누구요?

열두 살 소녀요.

아무 짓도 하지 않았어요. 우린 쇼핑몰에서 만났어요. 나는 거기 극장에서 일하고 있었고 그 애가 들어와서 영화를 보고 나한테 말을 걸었죠. 우린 푸드코트에 가서 중국 음식을 먹었어요.

그 애를 만졌나요?

무슨 뜻이에요?

부적절하게 만졌나요?

어느 날 우린 영화를 보다가 키스를 했어요. 서로 시작했어요. 서로 안고 키스했고, 그게 다예요. 난 영화관에서만 그 애를 봤을 뿐이에요. 그 애를 사랑했고 다치게 하지 않았어요.

나는 다시 한동안 침묵했다. 그러고 보니 내가 봤던 것들이 떠올랐다. 손목에 두르고 있던 속옷 고무줄들, 외투 주머니에서 발견한 여자 속옷. 낡은 자물쇠에 딸린 것으로 보였던 열쇠. 그가 주어서 내가 입고 있던 반짝이 스타킹과 핑크 셔츠. 어디서 났을까? 내 심장이 풀려난 사냥개처럼 뛰었다. 나도 모르게 그에게서 물러나고 있었다.

결국 내가 말했다. 왜 열두 살 소녀한테 그랬어요?

그는 한숨을 쉬고 고통스레 늘어졌다. 내 나이의 사람들을 보면 또래같이 안 느껴져요. 나이 들어 보여요. 저 사람이 내 나이일 리가 없다는 생각이 들죠.

나는 다시 그에게 이해가 안 간다고 말했다.

끌리지 않는 거예요. 외면과 다른 내면을 가지고 살아가는 건 힘들어요. 사람들은 겉으로 보이는 것과 다른 사람을 받아들이지 않으니까.

우린 병원에 갈 거고 그다음엔 경찰서에 갈 거예요. 다 해결해보죠. 당신이 결백하다면 여기 있을 필요가 없어요.

아뇨, 난 여기 있어야 해요. 결백하든 아니든.

나는 그에게 말했다. 자, 갈런드, 그러지 말고……

내 이름은 갈런드가 아니에요.

제발 진실을 말해줘요. 난 알고 싶어요. 정직해줘요. 신이 더 이상 있든 없든, 그리고 그분이 지금 이 순간 당신에게 정직에 대해서 뭐라고 할지는 모르겠지만. 그 소녀를 당신이 납치했나요?

아뇨. 난 그러지 않았어요.

나는 그를 바라보았다.

그가 말했다. 내가 왜 이런 곳에서 이러고 있는지 알고 싶죠? 나 자신을, 내 모습을 어쩔 수 없기 때문에 여기 있는 거예요. 그렇다고 하더라도 내가 다른 사람들과 그렇게 다르다고는 생각하지 않아요.

그는 바위처럼 하얗게 반들거리는 소나무에 기대어 힘없이 앉아 있었다. 다리의 살에는 구멍들이 생기고 색색으로 부풀어 올랐다. 그는 뭔가 무섭게 떨면서 내 눈을 보지 않으려 했다. 나는 어떻게 생각해야 할지 알 수 없었다. 하지만 이제 92세가 되도록 이 세상을 살아오면서 이 이상 누구에게 연민을 느낀 적은 없었다고 여러분에게 말하고 싶다. 많은 독자가 그런 남자에게 연민을 품었다고 나를 비도덕적 늙은 마녀로 간주할 게 분명하다. 그러나 여러분 대부분은, 인생의 종말을 경험하고도 안간힘을 쓰며 세상으로 다시 돌아와 보니 그곳의 거주자들과 그들이 창조해온 모든 것이 하찮고 우스꽝스럽고 신경 쓸 가치가 없거나 인과응보를 벗어나 있는 것처럼 보이는데도 그냥 계속 살게 된 적이 없을 것이다. 그와 같은 일을 겪고 나서 살아보지 않고는 결코 이해할 수 없으리라고 본다. 내가 제대로 설명할 수 있다고 믿지 않는다. 다만 여기 적으려는 것은 도덕성이 선함의 닻이 될 수 없고 인간은 우리 모두의 편의를 위해 한 가지로만 규정되기엔 너무 많은 면을 가진 존재임을 내가 깨달았다는 것이다. 이 남자가 어떤 사람이었든, 그 점에 대해서는 그가 옳았다.

나는 그의 더러운 손을 잡고 꼭 쥐었다. 그는 고개를 들었고 내 표정에서 위안이 되는 뭔가를 본 모양이었다. 그는 내 손을 꼭 쥐었다 놓은 다음 긴 한숨을 쉬었다.

나는 다시 떠나기 전에 끓여 먹을 부들과 물을 가져오겠다고 했다. 그가 무슨 짓을 했든 안 했든 거기 두고 갈 수는 없다고 말했다. 그는 눈을 감고 고개를 다시 소나무에 기댔다.

–

나는 강으로 가서 깡통을 잔잔한 물에 집어넣었다. 피라미나 올챙이라도 좀 잡았으면 했다. 차가운 산들바람이 불어왔다. 텍사스에서 듣던 바람 소리 같았다. 세상에나, 정말 듣기 좋았다! 나는 눈을 감고 노란 풀들이 물결치는 평원과, 먼지가 피어오르는 시골 도로들과, 우뚝 선 급수탑의 움직이는 그림자가 드리워진 우리 작은 집을 떠올렸다. 그리고 내가 미줄라에서 작은 비행기에 올라탔다가 맑은 파란 하늘에서 비터루트 산으로 떨어진 그 이상하고 끔찍한 연중 시기의 첫 일요일 아침까지 살아온 날들을 헤아려보았다.

나는 눈을 뜨고 강에서 깡통을 떠올렸다. 혹시 피라미나 가재나 다른 불운한 생물이 들어 있는지 보았다. 하지만 깡통 속에 든 것은 조그만 깃털 하나뿐이었다. 고개를 들어보니 그런 깃털이 엄청나게 사방으로 날리고 있었다. 산들바람 속에 소용돌이를 일으키며 이리저리 뒤채다가 하루살이들처럼 하얀색과 회색으로 강물 위에 내려앉았다. 무지 이상했지만 아름다운 풍경이었다.

어디서 나오는 깃털인가 싶어 둘러보았다. 나무들 사이로 남자가 있는 곳을 기웃거렸는데, 그는 10미터쯤 하류 쪽에 있었고 풀들 사이로 부츠만 보였다. 바다의 트림처럼 하얀 거품 색 작은 깃털들이 주변에 전부 퍼졌다.

나는 깡통에 물을 떠서 한쪽 팔로 안고 지팡이를 짚으며 그에게 돌아갔다. 조그만 깃털들이 점점 더 많이 바람에 실려 왔다. 나무와 바위 위에도 내려앉고 풀잎들에도 달라붙어 마치 다른 세상에서 눈송이가 사방으로 내리는 듯했다.

나는 그에게 소리쳤다. 당신도 보여요?

나는 어느 나무를 돌아 해가 드는 곳에 그가 옆으로 누워 있는 것을 발견했다. 그의 오리털 패딩 일부가 가지에 걸려, 팔이 오케스트라 지휘자처럼 땅에서 들린 자세였다. 패딩이 찢어져 그 안의 털이 밖으로 흘러나왔고 바람이 털들을 뭉텅 뭉텅 날라 퍼뜨리고 있었다. 나는 지팡이를 떨어뜨리고 서둘러 그의 곁으로 갔다. 옆에 무릎을 꿇고 가지에 걸린 걸 풀어냈다. 그리고 그를 굴려 눕힌 다음 얼굴에서 깃털들을 쓸어냈다.

사람들이 세상을 떠날 때 그저 잠이 든 것처럼 보이는 경우가 꽤 있다는 말을 전에도 가끔 들었다. 그런 말을 하는 사람은 정말 죽은 사람을 본 적이 없을 거라고 믿는다. 얼굴을 아는 사람이라면 그 얼굴이 굳거나 어떤 알 수 없는 영원의 생각에서 멈춰버린 듯 보이는 모양으로 인해 죽음을 알아볼 수 있다. 데이비가 세상을 떠났을 때 관 뚜껑을 연 장례식을 지냈다. 나는 어린 소녀였을 뿐이지만 작은 관 속에 방부 처리되어 뻣뻣하게 굳은 남동생을 보며 누가 나를 속이려 한다고 생각했던 기억이 난다. 그 애는 내가 알고 사랑하던 작은 소녀처럼 보이지 않았다. 밀랍으로 만든 모형이라고 확신했다. 그를 전혀 모르는 어떤 멍청이가 만들어놓았다고 말이다.

나는 미시건의 레베카 앨코트라는 친절한 의사와 편지를 주고받은 적이 있다. 그녀는 그가 이미 외상을 입고 패혈증이 생긴 신체로 일어서려고 애쓰다가 너무 많은 부하를 순환계가 감당 못 해 심정지가 온 걸 거라고 설명했다. 그는 그대로 쓰러져 죽었지만 낮은 뾰족한 가지에 외투가 걸려버렸고 충전재가 바람에 쏟아진 것이다.

나는 그의 시신 곁에, 태양과 반짝이는 깃털과 바람 속에 얼마간 앉아 있었다. 다시 일어나면서는 거기서 쓸모 있는 것은 챙기고 남겨둘 것은 남겨두었다.

8부

\#

사냥용 오두막 처마에 박힌 고리에 엘크의 사체가 걸려 있었다. 한쪽 팔만 코트에 넣은 남자처럼 반쯤 껍질이 벗겨져 있었다. 루이스는 엔진을 끄고 경적을 울린 후 조수석 쪽으로 몸을 기울여 창문을 내렸다. 이름을 불렀다.

검은 머리가 오두막 뒤에서 빼꼼히 나와 두리번거렸다. 뒤이어 커다란 남자의 몸도 나왔다. 남자는 신발도 안 신고 왜고니어까지 껑충껑충 뛰어왔는데 너무 작은 턱시도를 입고 있었다. 뻣뻣한 머리칼은 뒤로 한데 묶었고 옛날식 콧수염을 길러 기름으로 구부렸다. 루이스 대원. 그가 말하며 왜고니어의 조수석 열린 창문에 팔뚝을 걸쳤다. 일요일에도 일해요?

에릭, 못 알아보겠네.

엡. 지난주에 산 아래서 만난 여자 때문에 노력 좀 해보고 있지. 미줄라의 자선 가게에서 이 정장을 샀어요.

좋아 보여요.

고마워요, 루이스 대원. 당신도 좋아 보여요.

지옥 같은데. 이번 주말에 술을 끊었어요. 당신에 대한 전화가 또 왔어요, 에릭.

이번엔 또 내가 뭘 했는데? 지난주에 내가 걸려 넘어진 텐트들 중에 누가 있었던 건가? 그래요? 그 찌질이들이 텐트 구역에 세웠어야지. 내가 밤에 물 마시러 수돗가에 가는 건 신성불가침의 권리예요. 모자 위의 벼룩을 볼 수 없듯이 그들 텐트도 볼 수가 없었다고.

아니, 그거 아냐. 누가 당신이 야영지 가까이에서 나체로 수영했다고 신고했어요.

어디서요?

빌어먹을 클로버에서였던 것 같은데.

그럼 이 동네에선 맨 가죽 채로는 수영할 수 없는 건가? 지금이 몇 세기인데 벗은 몸이 그렇게 금지가 됐죠? 이런 데서 발가벗을 수 없다면 여긴 다 뭐에 쓰는 곳인데?

상식적 예절도 규칙이에요. 루이스가 말했다. 조례와 내규에 따라 전국 모든 국립공원과 휴양지에선 그래. 특히 주변에 아이들이 있으면. 빌어먹을 품위를 지켜야죠.

에릭이 고개를 저으며 콧수염 끝을 손가락으로 돌렸다. 이런 똥통 같은 경우가. 왜 한 번의 별거 아닌 위반이 다른 것들보다 더 대단한 게 되지? 더 이상 어디까지 말이 되고 어디서

부터 말이 안 되는 건지 모르겠네.

그냥 야영지들 쪽은 가지 마. 그러기만 하면 돼요, 빌어먹을. 알았죠?

알았어요, 알았어. 에릭이 말했다. 근데 당신들 찾고 있던 그 늙은 부인 찾았어요?

아뇨. 안 나타나더라고.

그거 안됐네. 늙은이들은 자기 뼈다귀가 묻히고 이름이 새겨져서 아이들이 찾아올 곳이 필요한데.

루이스는 다시 운전석에 자리 잡고 시동을 켠 다음 차창 밖으로 침을 뱉었다. 뭐 하나 물어봐도 될까?

그럼요.

왜 이런 데서 사는 거예요?

글쎄요, 루이스 대원. 사람들이 대체로 나를 싫어하더라고.

루이스가 고개를 끄덕였다. 그래, 뭐 요즘 이상한 거 본 건 없는지도 좀 알려줘요.

에릭이 때 묻은 얼굴을 하늘로 돌리고 실눈을 뜨며 차가운 가을 태양을 바라보았다. 검은 눈에 눈물이 돌았다. 이상한 거 정말 많이 보는데. 더 이상 뭐가 정상이고 뭐가 이상한지도 모르겠어.

연기 같은 건? 그 옛 등산로에서 연기 또 못 봤어요?

보통 나던 것보다 훨씬 많은 연기가 올라온 적 있었어요. 무선 탑이 안 보이게 되는 게 무섭지 않던 60년대 야영객들처럼. 밤에 지독한 화재가 일어났던 것 같은데. 그러니까, 저쪽에.

남자가 가리키는 곳을 보니 구름 속 높이 솟은 봉우리들을 덮은 눈이 햇빛을 반사하고 있었다. 그 아래 나무들이 초승달 모양을 이루다가 무한히 뻗어나간 곳에 자칫 놓치기 쉬운 하얀 빈터가 살짝 보였다.

저기서 연기가?

예. 틀림없어요.

루이스는 고개를 젓고 기어를 옮긴 다음 손을 맞잡고 운전대에 기댔다. 누가 저기까지 올라갔담.

–

다음 날 루이스는 일찍 경비대 사무소로 가서 히터와 커피 머신을 켰다. 넓은 창으로 동이 터오는 동안 자기 책상 위 약한 전구 아래서 지역 신문을 읽었다. 하루 지난 1986년 11월 9일 일요일 신문이었다. 1면 기사 옆에는 실종된 소녀의 사진이 실렸다. '새러 호빗이 여전히 나타나지 않고 당국은 최악의 상황을 가정하고 있다.'

루이스는 신문을 다 읽고 발치의 쓰레기통에 떨어뜨렸다. 왜고니어에서 판지 상자를 가지고 와 책상을 치웠다. 책상과 벽 사이 공간에 숨겨두었던 빈 와인 병들을 배낭에 담고 간이 주방으로 가서 보온병에 든 메를로를 비웠다. 메를로가 빙글 돌며 배수구를 빠져나갔고 루이스는 아버지 병원에서 수술 후 뼈톱과 수술칼 씻는 일을 돕던 기억이 떠올랐다.

벽시계가 9시 5분을 가리킬 때 클로드가 관리소 문으로 들어왔다. 그는 문간에 멈췄다. 어? 보통 우리가 봄에 하던 일을 하고 있다고 해야겠는데. 안 그래요?

루이스가 젖은 걸레로 책상을 닦고 있었다. 그녀는 걸레를 놓고 말했다. 클로드, 당신은 정말 빌어먹게 좋은 동료였어. 하지만 난 더 이상 이 직업에서 즐거움을 찾을 수 없어.

즐거움?

큰 도시로 이사 가려고. 시애틀이나 보스턴 같은.

그럼 이 경비대 사무소에 인력이 모자라겠는데.

피트는 벌써 떠났어?

주말 전에 떠났어요. 클로드가 루이스 뒤의 창을 내다보았다. 지금쯤 빅팀버에 도착했겠는데. 클로드가 목에 두른 얼기설기한 목도리를 건드렸다. 뜨고 있던 이 얼빠진 것만 남겨주고.

좋은 남자야. 루이스가 말했다.

괜찮다고는 할 수 있죠.

이상한 구석이 있긴 하지만.

그렇기도 하고.

존이 목요일에 내 후임자를 보내겠대. 소콜로프라는 남자야.

소콜로프? 러시아 사람이겠네.

그렇겠지.

당신이 떠난다고 해서 놀랐다고는 못 하겠네요.

당신은 잘 지낼 거야. 에릭 쿨드리지랑 빌어먹을 실크 풋매기도 사흘 정도는 잠잠할 거고. 그다음엔 소콜로프가 오니까.

보스턴에서는 뭘 하려고요.

보스턴일지는 모르겠어. 빌어먹을, 나도 모르겠다. 주차관리 일을 찾아볼 수도 있을 것 같아.

클로드가 경비대 모자를 벗고 단정한 검은 머리를 매만졌다. 누가 찰리를 쏜 거 알아요?

찰리라니?

며칠 전에. 그녀를 박살 내줬더라고.

그녀?

찰리는 암컷이었어요.

루이스가 창밖으로 산골짜기에 그림자를 드리우는 거위 떼를 바라보았다. 잊어버리고 있었네.

숲속에서 발견했어요. 배변이 불규칙적이라서. 기억하죠?

한참 밖에 혼자 내보내놓고 그랬는데. 박살을 내놨더라고.
증오가 가득한 인간이 그런 짓을 저질렀다고 봐야겠지.

무슨 소리 못 들었어?

샤워 중이었어요.

유감이야, 클로드.

당신이 그랬을 수도 있다고 생각했는데. 클로드가 말했다.

뭐?

당신 집에서 들린 소리가 있어서.

미안하지만 아냐.

뭐, 여기가 꽤 외로워지겠다고 해야겠네요. 클로드가 파란
코끝을 엄지로 눌렀다.

루이스가 배지를 가슴에서 떼어, 총집에 든 권총과 무전
수신기만 남은 깨끗한 책상에 놓았다. 창으로 들어온 빛이
책상 래커에 어른거렸다. 루이스가 손가락으로 책상을 짚고
잠시 가만있었다. 그러고 나서 와인 병이 든 배낭을 어깨에
둘쳐 메고 땡그랑거리며 문으로 갔다. 상자 들래?

클로드가 경비대 모자를 다시 쓰고 상자를 들고 따라 나갔
다. 상자를 왜고니어 뒷좌석에 놓고 팔짱을 낀 채 루이스가
배낭을 뒤에 싣는 것을 보았다.

하늘에서 비구름이 일어나 둘 다 올려다보았다. 아직 코르
넬리아 아케르손의 증거를 못 잡아서 유감이야. 루이스가 말

했다.

난 봤어요. 데브. 다른 사람들은 안 믿어줘도 상관없어. 나는 내가 그녀와 글립토돈트를 봤다는 걸 알아요. 정말 중요한 건 그거뿐이라고 해야겠죠.

알았어. 그것도 괜찮지.

클로드가 도로를 향해 고개를 끄덕였다. 당신과 블루어 대장 사이가 잘 안 풀려서 유감이에요.

이런 빌어먹을. 그냥 맞지가 않았어.

그렇죠. 나한테도 그래 보였어.

그래?

괴상한 사람이었잖아요.

루이스가 왜고니어 앞으로 가서 차 후드에 기댔다. 자리 잡게 되면 한번 놀러 와.

내가 보스턴에 갈 거라고 생각한다면 날 정말 모르는 거라고 해야겠네요.

11년을 같이 일했어, 클로드.

클로드가 혀를 차고서 시선을 돌렸다. 뭐, 사람은 오고 가기 마련이라고 해야겠죠. 어쩔 수가 없어. 부츠를 내려다봤다. 바짓단에 피가 묻어 있었다. 뭔가에 매달리고 애를 쓰게 되면, 그때 진짜 문제가 생기게 되는 거라고 해야겠지. 사랑하는 어떤 것에도 집착하지 말아야 한다고 생각해요.

그 말이 옳을지도. 당신은 내 가장 친한 친구야, 클로드. 알아줬으면 좋겠어.

고마워요.

진심이야. 빌어먹을 당신보다 좋은 친구는 없었어. 하지만 내가 늘 좋은 친구가 돼주지는 못해서 미안해.

클로드가 고개를 저었다. 제복을 잡아당기고 허리를 편 다음 경비대 모자 테에 손을 올렸다. 땅을 돌보고 사람들에게 봉사하기. 그가 말했다.

루이스도 경례했다. 땅을 돌보고 사람들에게 봉사하기.

클로드가 미소를 짓고 손을 뻗어 루이스의 팔을 잡았다. 잘 가요.

루이스가 끄덕이고 왜고니어에 올랐다. 클로드는 다시 경비대 사무소로 들어갔다. 루이스는 기다리다가 경적을 울렸다. 클로드가 문 앞에서 돌아보았다. 루이스는 조수석 창을 내리고 몸을 기울였다. 내가 개를 쏘았어, 클로드. 루이스가 외쳤다. 빌어먹게 미안해.

클로드가 우뚝 서서 하늘을 올려다보았다. 그럴 줄 알았어. 괜찮아요. 잘 가요. 그리서 돌아서서 경비대 사무소로 들어갔다.

루이스는 방충문이 딸각 닫히는 것을 보고 도로로 나왔다.

—

천둥이 밤의 산속을 흔들었고 비가 차 앞창에 쏟아졌다. 루이스는 맑은 눈으로 앞을 주시하며 왜고니어를 구불구불한 고산 도로로 몰면서 손가락 끝으로 이를 문질렀다. 어느 굽이를 하나 돌 때, 반대 방향인 산 위로 향하는 찌그러진 중형 승용차를 스쳐 지나갔다. 어둠 속에서 운전대를 잡은 유령 같은 여자가 전조등에 잠깐 비쳤다. 얼굴은 시체 같은 녹색에 검은 입을 딱 벌리고 크게 부푼 머리를 하고 있었다. 그 순간 낯선 두 사람은 서로의 삶에서 가장 중요한 사람이었다. 죽음으로부터 그들을 확실히 분리해놓은 것은 노란 선과 체제에 대한 믿음 덕분이라고 루이스는 생각했다.

루이스는 라디오를 켜고 후두암이 걸린 여자가 닥터 하우에게 전화를 걸어 애도의 본질에 대해 물으며 왜 자기 언니가 어머니 장례식에서 모두 그녀가 우는 걸 보기를 원했는지 질문하는 걸 들었다.

닥터 하우가 말했다. 대다수의 사람들에게 애도란 우리가 사람이라는 것을 모두에게 상기시키기 위해 하는 일입니다. 우리 안에 감정과 생각의 우주 전체가, 자신만이 진정으로 알고 접근할 수 있는 우주가 들어 있다는 점을 상기시키는 거죠.

오래지 않아 루이스는 산 아래 도착해 평지인 플로리다 대로에 들어섰다. 북쪽으로 차를 몰아 한 시간 좀 더 걸려 미줄라에 도착했다. 따뜻한 가로등불 아래 운전대를 돌리며 여전히 라디오와 빗소리에 귀를 기울였다. 굵은 목소리의 남자가 전화를 걸어 닥터 하우에게 사랑에 대해, 자신이 사랑을 하게 되면 언제 확실히 알 수 있냐고 물었다. 사랑은 놀랍고도 잡아내기 힘든 상태입니다. 닥터 하우가 말했다. 바로 그 본질상 그걸 아는 상태에 놓여본 적이 없는 사람에게 설명하기란 어렵죠. 사랑은 느끼게 되면 알 수 있는 그런 겁니다. 당신도 사랑을 하게 되면 알게 될 겁니다.

루이스는 고개를 젓고 작은 거리로 들어섰다. 가게들은 문을 닫았고 뒷골목은 캄캄했다. 닥터 하우는 계속 굵은 목소리의 남자를 위해 사랑의 정의를 내렸다. 루이스는 버스 정류장 옆 벽돌 건물에 설치된, 가로등 아래 비를 잔뜩 맞은 주황색 공중전화를 발견했다. 왜고니어를 거리 옆에 붙이고 공중전화까지 보도를 반쯤 올라갔다. 조수석으로 옮겨 가서 라디오 음량을 올리고 차 문을 열고 빗속으로 나왔다.

주머니에서 동전 두 개를 찾아 공중전화 투입구에 넣었다. 갈색 머리가 벌써 흠뻑 젖어 주저앉아 테가 풀어진 밀짚모자 모양이 되었다. 외우고 있는 번호를 누르고 수화기 너머 목소리에 대고 결혼 전 이름을 댔다. 목소리가 루이스에게 다음 차례로 방송될 거라고 말했다.

내리꽂는 빗속에서 루이스는 왜고니어에서 울려 나오는

라디오 소리에 귀를 기울였다. 사랑은 희망을 품을 가치가 있는 특별한 일입니다. 닥터 하우가 말했다. 모든 괴로움과 두려움의 연고약이지요. 발견하기 어렵고 유지하기는 더 어렵지만요. 당신도 찾아내길 바랍니다. 전화 감사합니다, 호프스코치 씨, 행운을 빌어요. 이제 다음 전화를 받죠. 실버네일 양. 전화 연결되었습니다. 실버네일 양, 어떻게 도와드릴까요?

당신은 사랑에 대해서 제대로 말한 게 하나도 없다고 생각해요, 닥터 하우. 루이스가 말했다.

왜 그렇게 느끼는지 말해줄래요?

예. 나보다 훨씬 어린 소녀와 사랑에 빠졌다고 확신했었죠. 그 애는 열여덟이었는데 난 나이가 많아요.

자신을 레즈비언이라고 생각합니까, 실버네일 양?

그건 중요하지 않아요. 하지만 이 빌어먹을 소녀와 사랑에 빠지면서 알아낸 걸 얘기해줄게요. 그건 그 소녀와 거의 아무 상관도 없었어요. 난 그녀와 같이 있는 게 즐거웠고 그녀에게 끌렸죠. 잠시 동안은 내가 어머니 같은 기분인 건지 알 수가 없었어요. 그녀가 나에 대해 어떻게 생각하는지도 몰랐고. 그러다가 꼭 안고 키스하고 온갖 종류의 애정과 보호를 주고 싶은 욕구를 가지기 시작했어요. 그게 사랑이라고 생각했죠.

404

사랑이 아니면 뭐였죠?

루이스가 한숨을 쉬었다. 빗물이 얼굴과 수화기를 쥔 손에서 흘러내렸다. 글쎄요, 나도 몰라요, 빌어먹을. 그게 핵심이에요. 절박감일지도. 난 사람들한테 관심을 기울이는 게 좋았던 적이 한 번도 없어요. 하지만 내가 이해 못 하는 것들에 이름을 붙이지는 않기로 결심했어요. 사랑 같은 거 말이에요. 사랑의 기쁨, 섹스의 기쁨 같은 거. 옳든 그르든, 좋든 나쁘든. 다른 사람들도 더 이상 그래선 안 된다고 생각해요.

사랑 같은 걸 가리키는 데 쓸 단어가 없으면 그런 것에 대해 어떻게 이야기를 나누죠?

우린 그게 뭔지 몰라요, 닥터 하우. 그게 핵심이에요, 빌어먹을. 뭐라고 부를 말이 있다고 해서 이야기할 수 있는 건가요? 그 모든 빌어먹을 단어들 뒤에 있는 건 다 똑같아요.

되도록 말씀 좀 조심해주세요, 실버네일 양.

난 그냥 그런 것들 없이 살기로 결심했어요. 다들 그래도 괜찮을지는 모르겠어요. 왜냐하면 당신 같은 사람들이 그 모든 낡은 의미 없는 단어들을 사용해서 하고 또 하는 똥 같은 말들 때문에, 여전히 너무 많은 사람들이 그저 누군가에게 그런 말을 하면 기분이 좋아진다는 이유에서 하고, 또 같이 지내려고 할 테니까요. 그게 사랑이라고 사람들은 말하겠죠. 그러고 나서 그 말대로 되려고, 더 이상 외롭지 않으려고 온갖 난리를 피우죠. 빌어먹을. 여기 우리들은 진정한 사회적 동물이 아니에요, 닥터 하우. 아무리 노력하고 스스로를 설득하려고 해도 말이에요.

혹시 당신은 그저 자신의 반사회적 정서를 피력하고 있는 거 아닐까요?

아뇨. 어떻게 해선지 이 열여덟 살 소녀는 그 모든 걸 이해하고 있었어요. 천재일지도 모르죠. 비록 그 애 아빠는 그 애가 모자란다고 생각하지만. 그 애 세대나 그다음 세대는 사랑 같은 단어들을 우리보다 더 잘 처리할 수 있게 될 거라고 생각하고 싶네요. 그리고 호프스코치 씨, 아직 듣고 있다면, 미안하지만 당신이 원하는 그런 식의 사랑은 불가능하다고 봐요. 그러니 당신은 이야기들 속에서나 그걸 찾을 수 있을 거예요. 사랑이라는 게 진짜 존재한다는 말은 우리가 절대 인정해서는 안 되는 거짓말들 중 하나일 뿐이에요. 우리가 계속 몰두하고 즐기고 찾아 헤매다가 실패하게 만드는 헛것이요. 그저 또 다른 멍청한 빌어먹을 유령 이야기인 거죠.

정말 상처 주려고 하는 말 같네요, 실버네일 양.

거리 저쪽에서 웬 노부인이 우산을 들고 혼자 걷고 있었다. 구부정하게 변형된 몸으로 가로등이 비추는 빗속으로 멀어져갔다. 아뇨, 아직은 아니에요. 루이스가 말했다. 난 그저 그럴 준비를 하고 있을 뿐이에요.

루이스는 전화를 끊고 빗속으로 그 늙은 여자를 따라갔다. 라디오 소리가 멀어지며 잘 들리지 않게 되었다. 그럼 다소 절망적인 전화를 끝으로 오늘 저녁 시간은 마쳐야 하겠네요. 실버네일 양에게 세상의 모든 사랑을 빌어봅니다……

실례합니다. 루이스가 노부인을 불렀다. 실례합니다, 부인.

노부인이 돌아보았다. 루이스가 아는 얼굴이 전혀 아니었다.

미안합니다. 이런 빌어먹을. 다른 분으로 착각했어요.

\#

세상에는 온갖 종류의 특이한 변태들이 있다. 내가 친애하
는 조카의 인도 없이 처음이자 유일하게 들어갔던 인터넷에
서 어느 젊은 남자에 대한 글을 읽었다. 2,367마리의 개와 고
양이, 그리고 112마리의 소와 성교했다고 주장하는 대니얼
플랜트라는 자였다. 그는 자기 노력에 대단한 자부심을 느끼
는 모양으로, 기네스북에 등재를 요청했다. 거절당한 게 이
해된다. 자, 그럼 사람들은, 내 나이의 사람은 논외로 하더라
도, 그런 것들을 어떻게 봐야 할까? 나는 역사 속의 다양한
문화들 속 성적 관습에 대해 좀 시간을 들여 읽어보았다. 내
가 배운 것들 중엔 나를 대단히 분노하고 혼란스럽게 만든 특
정 관습들이 있었다. 고대 그리스에서는 특히, 심지어 지금
도 태평양의 어떤 섬들에서는 여성이 한 명 이상의 남편을 가
지고 또 다른 섬들에서는 노인이 어린이와 잠자리를 하는 것
으로 알려졌지만, 그 모든 것이 용인되었다. 하지만 이 세상
어딘가의 누군가의 입장에서 볼 때는 우리 모두 좋든 싫든 이

런 혹은 다른 종류의 일탈자가 되는 거라고 나는 본다. 당대의 생활 방식에 따라 우리 중 일부는 나머지보다 더 붉거져 나오게 된다.

조금만 생각을 해보면 시대의 흐름을 따라 문명사회에서 무엇은 용납되고 무엇은 용납되지 않는지 결정하는 방식은 참 우습다. 늘 합리적인 이유를 찾을 수 있는 것은 아니다. 우리는 늘 이런 또는 저런 것을 욕망한다. 우리는 그저 우리와 같은 것을 원하지 않는 사람들을 고통스럽게 만들지 않고 그것을 추구할 수 있는 품위 있는 방식을 발견해야 할 뿐인 듯하다. 플랜트 씨의 문제는 그 동물들에게서 동의를 받았는지 알 수 없다는 것이다. 받지 못했다는 쪽으로 나는 기울어진다. 나는 플랜트 씨를 모르지만 돼지에게 성교 허락을 받아낼 수 있던 사람이 있다는 얘기를 들어본 적이 없다.

그러나 플랜트 씨를 단죄하기에는 문제가 있다. 우리 역시 돼지가 우리에게 해주는 일에 대해 별로 할 말이 없기 때문이다. 돼지들이 베이컨을 만드는 데 자원하지는 않았을 거라고 믿으니 말이다. 그럼에도 이 나라의 대부분 사람들은 여기 참여하면서 무지 행복해한다. 이제 내가 이해하게 된 것은 단죄는 종종 편리를 위해 내려진다는 것이다. 나는 또한 우리 대부분이 첫 번째 돌을 던질 때 얻는 잔인한 만족감이 결국 문명을 몰락시킬 거라고 믿고 싶어진다. 이런 이유로 우리가 서로를 이해하는 데서 생겨나는 문제들에 구원책은 없는 게 아닐까 두렵다. 그리고 이런 게 어떻게 종식될 수 있는지에 관한 예측을 감히 해볼 자신이 없다. 이런 상황에서 찾아낼 수 있는 위안이 있다면 이 모든 것이 얼마나 더 나빠질지 나는 그다지 오래 지켜보지 않아도 될 거라는 점이다.

—

미연방수사국의 데릭 엘러리 요원은 내가 문명으로 돌아온 후 몇 주에 걸쳐 나와 얘기를 나누었다. 나는 그에게 비터루트의 내 친구에 대해 말해주었다. 그 후로는 엘러리 요원으로부터 어떤 소식도 더 듣지 못했다. 그는 퉁명스럽고 사람을 무시하는 젊은이였고 내 말을 믿었는지도 알지 못하겠다. 수년 후 이 글을 위해 조사를 하다가 제임스 폴라이트라는, 이제 은퇴한 FBI 특수요원과 연락이 되었다. 그는 무지 자애롭게도, 매우 끈질기고 매우 늙은 여인의 매우 많은 질문에 대답을 해주었다. 나는 그에게 내 이야기를 들려주었고 그는 비터루트에서 나를 도와준 남자가 벤저민 머베크라는 이름일 수 있다고 했다.

FBI는 1986년 6월 27일 금요일 오전 1시 35분경 머베크가 피닉스에 있는 마이클과 폴라 호벳 부부의 집 뒷문으로 들어갔다고 생각했다. 머베크가 2층 계단을 올라가 호벳 부부의 외동딸의 침실로 몰래 들어갔다는 것이다. 열 살 난 새러 호벳을 마취제를 적신 천으로 기절시키고 어떤 알려지지 않은 곳, 아이다호 주의 삼림지대 같은 곳으로 이동시켰다고 추측한다. 그로부터 20년이 지난, 내가 이 글을 쓰는 2006년에도 아직 불쌍한 새러 호벳을 발견하지 못했다는 점을 여기 밝혀두는 게 나의 지독한 의무일 것이다. 그녀가 어디에 있든, 신께서 지켜주시길. 실종된 아이만큼 잔인한 일도 드물다.

납치 후 몇 개월 동안 조사해도 혐의자를 밝히지 못하자 결국 FBI는 머베크를 '애리조나 키스쟁이'라는 이름으로 용의선상에 올렸다. 그의 외모가 어린 소녀들에게 키스를 하며 돌아다니던 어느 성인 남자의 것과 일치했고 그의 외모와 일치하는 남자가 또 다양한 옷가게에서 소녀용 속옷을 사는 모습이 포착되었다.

폴라이트 특수요원은 자신의 이름에 걸맞게 버몬트 주 브래틀보로의 리버벤드 요양원으로 나를 (비공식적 입장에서) 방문하러 올 정도로 친절했다. 나에게 FBI에서 만든 몽타주를 보여주었는데, 그게 벤저민 머베크의 유일한 이미지였다. FBI는 아무 사진도 구할 수 없었다. 운전면허국에도 없었고 그의 어머니도 지하실 침수로 가족 사진첩을 잃어버렸다고 했다. 몽타주 그림은 6월 26일 저녁 호벳의 동네 중학교 인근을 배회하는 수상한 남자를 봤다는 어떤 여자의 증언으로 작성된 것이었다. 세상에나, 나의 용맹했던 친구와 빼닮은 그림이었다고 하지 않을 수 없다. 거기 색이 들어갔더라면 눈은 에메랄드의 녹색이어야 했을 것이다. 그래서 나는 이 머베크라는 남자와 비터루트의 내 친구가 같은 사람일 수 있다고 인정한다.

많은 사람이 머베크가 새러 호벳을 데려갔다고 믿는다. 하지만 20년이 지난 후까지도 그 납치에 대한 수사는 아직 진행 중이었고 그래서 폴라이트 특수요원은 머베크에게 불리한 그들의 증거를 나에게 다 알려줄 수 없었다. 하지만 내가 파악하기론 허약하고 정황적인 증거 같았다. 폴라이트 특수요원도 그런 식으로 말했다. 오늘날 흔한 DNA 증거 하나 확보하지 못했다니 한심한 일이다. 그러므로 나는 이것이, 머베크의 다른 행동들은 유죄일지도 모르지만, 그가 납치에 대해서는 무죄라는 점을 보여줄 수 있다고 믿는다. 그러나 머베크는 세상을 떠났고 그의 시신은 찾지 못했다. 그래도 어떤 미친 이들은 그가 죽었다는 내 말을 믿지 않는다. 내가 이 모든 이야기를 지어냈다고 믿는 사람들도 분명 있다.

다음은 일반적으로 알려진 부분에 대해서 적도록 하겠다.

머베크는 호벳의 집에서 좀 떨어진 곳의 헛간을 개조한 집에서 살았다. 새러와 그녀의 친구들이 드나들던 영화관에서 매표원으로 일했다. 새러가 그를 알았는지는 확실하지 않다. 그 몇 년 전에는 여름 캠프에서 열두 살 소녀와 부적절한 관계를 맺어 해고되었고 영화관에서도 비슷한 일로 또 해고되었다. 어떤 범죄로도 체포되거나 기소된 적은 없었지만 몇몇 사법 관계자가 얘기를 나누고 기록을 남겼다. 그는 또한 소녀용 속옷을 산 것으로 알려졌다. 머베크가 입으라고 주었던 웃긴 옷들에 대해서도 혹시 새러 호벳의 옷은 아니었는지 내가 특수요원 폴라이트에게 물어보았다는 점을 여기 적어둔다. 그는 답을 줄 수 없었다.

벤저민 머베크가 그 불쌍한 소녀를 납치했는지 나로서는 확실히 말할 수 없다. 이제 내가 확신을 가지고 말할 수 있는 주제는 몇 가지 남아 있지 않다. 그러나 나는 그가 그랬다고 믿지 않는다. 독자 중 몇몇은 이 책을 탁 닫으며 내가 끔찍한 고난과 상실을 겪고 나서 혼이 나가고 비틀린 한심한 늙은 여자이며 신이 돼지에게 주신 만큼의 이성도 없다고 외칠 것이다. 무엇을 믿고 싶은지는 독자 스스로 결정해야 할 것이다.

그래도 여전히, 이 모든 일을 어떻게 봐야 할지 전부 알지는 못하겠다. 하지만 이 남자가 우리와 그렇게 끔찍하게 다르다고는 믿고 싶지 않다. 내가 아는 한 우리 모두는 분명 우리가 원하는 것을 얻기 위해 상당한 문제를 일으킨다. 우리 모두는 어떤 방식으로든 타인의 불이익의 수혜자들이다. 뭐라고 변명을 하든지 말이다. 우리는 차례로 비밀스러운 제단에 바쳐지게 돼 있으며 또한 차례로 희생의 칼을 휘두른다.

나 역시 그 일부였고 월드립 씨는 더 나은 아내와 결혼할 수도 있었다는 진실을 이제는 피하지 않으려 한다. 나는 언젠간 다 갚으리라는 희망도 품을 수 없을 만큼 많은 것을 받아 온 사람이고 예전의 그 작은 외유로 인해 바람을 위한 새로운 길들을 낼 수 있었다.

이 이야기를 듣고도 벤저민 머베크에 대해 아무 연민도 느끼지 못할 냉혹한 도덕주의자들에게 더 이상 할 거창한 질문은 없다. 분명 그들을 비난할 수도 없다. 내 모험 이전에는 나도 그들과 같은 입장에서 그 딱한 남자를 경멸했을 것이다. 그러나 어떤 특이한 변태성이 그 안에 있었든지 간에 그에게는 나를 위해 자신의 생명을 위험에 빠뜨렸던 영웅의 자질 또한 있었다. 그가 비터루트에서 나를 위해 해주었던 것들 중 하나라도 캐서린 드루어가 해주었을지 나는 확신할 수 없다. 그녀는 내 머리를 친 다음 알맞은 불에 구워 먹었을 것이다.

내가 확신할 수 있는 것은 머베크가 악마가 아니라는 것이다. 내가 사람들 가운데서 발견할 수 있는 유일한 진정한 악마성은 다른 사람들을 악마라고 부르는 데서 시작된다. 아무것도 우리가 원하는 대로 다 되지는 않는다. 요즘 세상이 만들어진 대로는 잘 들어맞지 않는 사람들이 있는 법이다. 그 점에 대해서는 나도 머베크에게 조금 공감하는 듯하다.

머베크 같은 부적응자들에 대해 우리가 너무 신경을 안 쓰는 듯해 걱정이 된다. 오늘날 젊은이들에게서 죽음과 같은 공허가 보인다. 때로 나는 요즘 사람들에게 허상과 대규모의 나쁜 장난에 참여하려는 무지 이상한 집단적 열망 이외에는 남은 게 거의 없는 건 아닌지 걱정이 된다. 어쩌면 나는 그저 너무 늙었고 거기 어떻게 참여할지 모르는 것뿐인지도 모른다. 어쩌면 세상을 떠나는 사람들은 늘 더 나쁜 세상을 후대에 남기고 떠난다고 한탄을 하는지도 모른다. 좋았던 옛날은 가버렸다고 우리는 말한다. 어쩌면 젊은 사람들이 모든 저 불가능한 빛들을 받아 빛나는 맑은 눈으로 오늘날 볼 수 있는 것을 나는 그저 보지 못하는지도 모른다.

–

머베크가 세상을 떠난 날 밤, 비가 내리기 시작했다. 나는 바람을 막고 선 석회암 돌출부 아래 자리를 잡고 마른 장작을 좀 모아 라이터로 불을 붙였다. 물을 받으려 깡통을 내놓고 테리의 코트로 몸을 감싸고 대충 잠이 들었다.

어둠 속에서 엄청난 발소리에 잠이 깼다. 동화 속 거인이라도 나타났나 싶었는데 월드립 씨의 트럭만 한 엘크 수컷이 다가왔다. 지저분한 늙은 녀석이었고 달고 있는 뿔이 너무 무거워 보였다. 패이고 상처 난 꼴이 칠이라도 해줘야 하는 가구처럼 보였다. 그러고 보니 엘크 수명으로는 내 나이 정도 됐을 듯했다. 어쨌든 세상에나, 녀석은 거대했다!

나는 움직이지 않았다. 녀석은 석회암 아래 겨우 2미터쯤 떨어진 곳에 자리를 잡았다. 손을 뻗으면 닿을 듯했다. 나는 해가 뜰 때까지 일어나 앉아 늙은 짐승이 숨을 쉬고 빗물을 몸에서 털어내려 애쓰는 소리를 들었다. 그러고 나서 천천히, 최대한 조용히 일어나 깡통을 들고 다시 잔잔한 빗속을 나아갔다. 작은 강을 따라 하류로 내려갔다. 우중에 태양이 나왔다. 그러면 월드립 씨는 악마가 아내를 때리는 거라고 말하곤 했다.

밤들은 어둡고 눅눅하고 추웠고 전부 비가 조금씩 왔다. 천만다행히도 눈은 오지 않았다. 나는 잠을 많이 자지 못했다. 잠이 들면 따뜻한 욕조와 속이 빈 유리를 사람들이 따뜻한 물로 채우는 꿈을 꾸었다. 그래도 나는 매일 아침 지팡이 끝으로 땅을 딱딱 짚으며 하류를 향해 출발했다. 먹을 수 있는 것은 뭐든 먹었다. 대부분 덩이줄기를 먹었고 한 번은 썩은 벌통에서 벌레도 한 움큼 먹었다. 낚시를 하느라 자주 지체하지는 않았다. 계속 움직여야 한다고 생각했다.

혼자 하류로 내려가기 시작한 지 닷새째 되던 날, 나흘 밤을 지내고 나서 어느 이슬 맺힌 작은 향나무 군락을 만났다. 비가 누그러지긴 했지만 구름이 여전히 하늘을 가리고 있었다. 그래도 아주 춥지는 않았다. 나는 어느 작고 다채롭게 상태가 안 좋은 노간주나무에 앉아 쉬었다. 지팡이를 바닥에 떨어뜨리고 깡통에 담긴 물을 마시며 산을 바라보았다.

내가 숲에서 나가게 되었을 때 신문에 대서특필되고 많은 유명인과 연예인을 만났다. 이후 20년 동안 수많은 대단한 사람들과 교류도 할 수 있었다. 그런 사람들 가운데 활기와 카리스마가 넘치고 짧게 자른 갈색 곱슬머리에 철조망 같은 상처가 얼굴에 새겨진 여자가 있었다. 존재하지 않는 나라에서 이민이라도 온 듯 특이한 말투에 질리언이라는 이름이었던 걸로 기억한다. 올해 초 나의 수난 20주년에 내가 어느 잡지에 쓴 글에 대해 뉴욕시의 탐험가 클럽에서 열린 강연회를 갔다가 그녀를 만났다. 그 글은 〈전례 없는 시절: 일흔두 살 여인과 마스크를 쓴 남자의 비터루트 야생 여행〉이라는 제목이 붙었다. 어쨌든 질리언은 내가 떠나려 할 때 다가와서 그때 당시부터 내 이야기를 모두 알고 있었다고 말했다. 내 수난 시기에 그녀는 열일곱이었고 몬태나 주 산림청에서 자원봉사를 했다는 것이다. 그녀의 아버지가 나를 찾던 수색대를 이끌었다며 그녀는 거기 산림 경비대원이었던 데브라 루이스라는 여자에 대해서도 언급했다. 모두가 포기한 후에도 그 경비대원이 수색을 계속해야 한다고 고집을 부렸단다. 질리언은 오랫동안 그 당시에 대해 별로 생각을 못 했고 그 경비대원과도 연락을 하지 않았다고 했다. 하지만 경비대원에 대한 그녀의 이야기와 설명이 내 마음에 깊이 남았다.

나는 데브라 루이스 대원을 찾기 위해 노력했지만 지금까지는 운이 따르지 않았다. 그녀와 같이 일했던 클로드 폴슨이라는 경비대원과 존 개스켈이라는 경비대장을 찾기는 했다. 앞사람은 그녀가 떠난 후 소식을 듣지 못했다고 미안하다고 했다. 뒷사람은 불행히도 세상을 떠난 후였다. 데브라 루이스는 아직도 나에게 미지의 인물로 남아 있지만 이따금 생각에 잠기게 된다. 내 모험에 그녀가 무슨 차이를 만들었는지 알기는 어려운 일이다. 아마 그녀의 노력은 입증되지 못한 성과 없는 과정으로 남았을 것이다. 아마도 결국은, 벤저민 머베크의 노력도 마찬가지였는지 모른다. 나의 노력도 마찬가지다. 그 조그만 비행기에서 기어 나온 이래 이렇게 20년을 더 살아야 했던 어떤 그럴듯한 이유도 나는 찾지 못했다. 그렇게 따지면 어느 지구상 생물도 살아갈 그럴듯한 이유를 찾을 수 없을 거라는 게 이 사안에 대한 지독한 진실이 될 것 같다. 하지만 우리는 어쨌든 살아간다. 심지어 우리가 계속 살아가지 말아야 할 그럴듯한 이유를 모두 찾아냈을 때도 그렇다. 우리가 끼치고 있는 모든 해악을 잠깐만 생각해봐도 말이다. 이런 모든 말들은 그러니까, 만일 루이스 대원이 이 글을 읽을 기회를 갖게 된다면 내가 이야기를 제대로 썼다고 생각해주기를 희망한다는 뜻이다.

비터루트에서 보낸 지 내 계산으로는 일흔일곱째 밤, 태양이 지자 나는 무지 피곤했다. 나는 내가 지나온 뒤쪽 나무들 위로 태곳적부터의 산들을 올려다보았다. 그 작은 비행기가 추락한 곳으로 짐작되는 산을 구분해보았다. 아직도 월드립 씨의 시신이 걸려 있을 거라 생각했던 곳이었다. 이제는 모든 것이 작게 느껴졌다. 구름 사이로 붉은 해가 산 아래로 떨어지고 밤이 산을 푸르게 바꾸었다.

굽고 병든 노간주나무 위로 오두막에서 건진 더러운 담요를 씌우고 떨어지는 비를 그을 텐트를 만들었다. 그날 밤은 불을 피우지 않았다. 테리의 코트로 몸을 감싸고 다리를 당겨 몸을 최대한 동그랗게 말고 잠이 들었다.

–

바다 소리와 얼굴에 닿는 태양빛에 잠에서 깼다. 어디선가 파도가 해변에 부딪치고 있었다. 서른두 해만에 처음 듣는 소리였다. 마지막은 내 마흔 살 생일 직후였다. 우리는 월드립 씨 형의 임종을 지키러 플로리다의 바닷가 병원을 방문했다. 형이 세상을 떠난 후 월드립 씨와 나는 해변으로 걸어가 햇빛을 받고 앉아 눈을 감았다. 파도 소리에 귀를 기울이다가 눈을 떴더니 옆에 월드립 씨의 악어가죽 부츠 속에 양말이 뭉쳐져 들어 있던 기억이 난다. 그는 청바지를 걷어 올리고 휘적휘적 물속으로 들어갔다. 어린 소년처럼 파도와 장난을 쳤고 나는 그를 얼마나 끔찍이 사랑하는지 생각했으며 이렇게 헤어지게 될 줄은 전혀 예상 못 했던 게 기억이 난다.

나는 햇빛 아래 눈을 떴다. 담요는 밤새 날려 갔고 어디서도 보이지 않았다. 비도 바람도 멈췄다. 파도 소리가 들렸던 방향을 둘러보았다. 다시 파도 소리가 들렸다. 평화로운 쏴아 소리가 나무들 뒤에서 들렸다. 문득 내가 시간의 흐름을 잃어버리고 몇 달에 걸쳐 강을 따라 바다까지 내려왔다는 생각이 들었다.

지팡이를 짚고 몸을 일으켰다. 파도 소리는 다시 들리지 않았지만 나무들 사이로 뭔가 다른 게 보였다. 찢어진 신을 신고 앞으로 나갔다. 어느 가문비나무 아래로 기어 들어갔다가 밝은 태양 밖으로 나왔다. 머리는 젊은 시절 이후 유지해오던 것보다 길어졌고 입성은 도시 사람들만큼이나 괴상했으며 상당히 너덜거리는 흙색이 되었다. 그러나 놀랍게도 나는 2차선 포장도로 가장자리에 서 있었다!

지팡이를 떨어뜨리고 무릎을 꿇었다. 따뜻한 아스팔트에 손바닥을 대보았다. 사방이 죽은 듯 고요했다. 삼림지역 골짜기를 가르며 양쪽으로 쭉 뻗은 도로 어느 쪽에도 자동차가 보이지 않았다. 나는 다시 일어섰지만 지팡이는 들지 않았다. 나는 도로 양쪽을 번갈아 바라보았다.

10분도 되지 않아 왼쪽에서 저 멀리 어렴풋이 희미한 점이 나타났다. 거기서 눈을 뗄 수 없었다. 찌릿하면서 눈물이 흘러내렸다. 점은 점점 가까워지며 스테이션왜건이 되었다. 지금도 눈을 감으면 그 모습을 떠올릴 수 있다. 점점 커지던 차는 속도를 늦추더니 몇 미터 앞에서 멈췄다.

젊은 여자가 나왔다. 녹색 볼링 모자를 쓰고 시끄러운 오토바이족들처럼 검은 가죽점퍼를 입었다. 그녀는 나를 얼룩무늬 암소라도 되는 것처럼 바라보더니 말했다. 부인, 괜찮으세요?

가까운 마을까지 태워주면 좋겠네요. 내가 말했다.

이 친애하는 아가씨는 나중에 알고 보니 시드니 위건트라는 이름의 무지 친절하고 정직한 젊은이였다. 워싱턴 주 스포케인의 학교에서 도시학이라는 신기한 것을 공부하다가 콜로라도 주의 집으로 돌아가는 길이었다. 산속을 통과하는 경치 좋은 도로를 선택한 것이었다.

시드니는 나에게 다가와 팔을 내밀었다.

자기 차까지 나를 부축하고 문을 열어 태워준 다음 운전석으로 가서 포장된 도로를 따라, 야생에서 멀리 떠나가기 시작했다. 나는 조그만 소나무 모양 방향제가 백미러에 매달려 흔들리는 앞창을 내다보며 좁은 지평선 위로 건물과 전선들이 나타나기를 기다렸다.

나중에 클래런던으로 돌아온 후 도허티 보안관이 급수탑 아래 우리 작은 집으로 나를 들여보내주어야 했다. 보안관이 우리 현관을 부숴야 했었기 때문에 자물쇠도 교체된 후였다. 월드립 씨가 운전대처럼 생긴 바위 아래 숨긴 열쇠는 아무도 찾아내지 못했다. 집은 어둡고 눅눅했다. 남아 있는 것은 카펫 위의 가구 자국뿐이었고 식품저장실 문 위의 1986년 제일 감리교회 달력은 미처 못 치웠는지 그대로 있었다. 식품저장실 전등 스위치가 올라가 있어 전구는 나가 있었다. 보안관이 기다리는 현관에서 불어든 바람에 달력 페이지들이 날렸다. 달력은 여전히 8월을 가리키고 있었다. 나는 회한에 사로잡혀 월드립 씨가 연중 시기의 첫 일요일인 31일에 쳐놓은 작은 동그라미를 손가락으로 더듬었다. 나 자신도 그 이후 달력에 1986년 11월 16일, 그 극심했던 시절의 마지막 일요일에 동그라미를 쳤다. 무시무시한 비터루트에서 탈출한 날이었다.

그러나 시계의 시침을 탈출할 수 있는 것은 아무것도 없다. 그리고 인생에서 아무것도 우리가 기대한 그대로 되는 일은 없다. 게다가 어느 것도 단순하거나 쉬울 때가 드물다. 특히 내 나이가 되고 나면 말이다. 거친 언어 사용을 무릅쓰자면, 여기서 굿나잇 대령, 텍사스 팬핸들의 개척자이자 음식 판매 마차의 발명가가 예전에 한 말이 기억난다. 노년은 나름 영예롭지만 우라지게 불편하다.

이 글을 마치는 지금은 2006년의 겨울이고 나는 예전의 그 사람이 아니라는 점을 말해두고 싶다. 지금의 나에게 남아 있는 게 뭐든지 간에 다 곧 클래런던으로 돌아갈 것이다. 내 시신을 날려 보낼 예정이다. 더 이상 텍사스에서 하루도 살고 싶지 않지만 거기 묻히는 것은 괜찮다. 클래런던 시민 묘지에 안장되어 오랜 작은 미루나무의 떠다니는 씨앗들 아래, 나의 친애하는 월드립 씨 옆에 머물 것이다.

이 소설의 원제인 '킹덤타이드(Kingdomtide)'란 기독교의 연간 전례 행사 중 부활절과 강림절 이후부터 성탄절 이전 대림절까지의 중간 시기를 의미한다. 교회에서는 이 기간을 자선과 통합의 시간이라고 강조하지만 솔직히 말하면 이 연중 시기란 특별한 전례가 없는 기간이다. 마치 별 볼 일 없는 우리 일상처럼 말이다.

그 연중 시기가 시작되는 첫 일요일인 1986년 8월 31일에 작은 비행기 추락 사고가 발생한다. 그로부터 11월 16일까지 80여 일간 이어진 고난과 수색이 이 소설의 주요 여정이다. 그러나 때로 회상은 20세기 초반, 클로리스 할머니의 어린 시절로 거슬러 올라가기도 하고, 그녀의 회고록이 씌어지는 2000년대 후반 인물들의 조언과 해설도 들려온다.

초등학교 교사이자 사서로 44년을 근무하고 은퇴한 72세의 클로리스 월드립 할머니는 평생을 텍사스 주 작은 마을에서 독실한 감리교도로 살아왔다. 50년 이상을 함께한 남편은 소목장을 운영했다. 그동안 여행다운 여행을 별로 가보지 못했던 이들 부부는 친구의 여행 자랑을 듣고 몬태나 주 비터루트 산맥 국립공원에서 며칠을 보내기로 했다. 이를 위해 작은 전세 비행기를 대절해 날아가다가 깊은 산속으로 추락하는 사고를 당한다.

조종사와 남편은 죽고 혼자 생존한 클로리스 할머니는 슬픔과 외로움 속에 야생의 자연 속에서 살아남으려 고군분투한다. 야생 동물들에 쫓기고 비탈에서 미끄러져 벼랑으로 떨어지고 급류에 휩쓸리고 갑작스러운 날씨 변화와 저체온증에 떨고 수상한 물과 음식물 때문에 열병을 앓고 대화재의 수난도 겪는다. 안타까운 모험담이 전개되는 동시에, 난데없이 산중에서 나타나 그녀를 조금씩 돕는 수수께끼 남자의 이야기가 끼어든다.

그리고 독자가 점점 깨닫게 되는 사실은, 클로리스 할머니가 그 사건 이후로도 20년을 더 살았고, 완전히 가치관이 흔들린 채 92세가 되어 대륙 반대편 요양원에 기거하며 회고록을 쓰고 있다는 것이다. 즉 이 소설은 큰 사건들의 충격과 기이한 생존 투쟁의 결과가 그녀의 72세 인생을, 세계를 어떻게 바꿔놓았는지에 대한 가슴 치는 이야기다.

그리고 이와 나란히, 해외 독자들로부터는 분노에 찬 리뷰를 다소 받고 있는, 데브러 루이스의 이야기가 번갈아 진행된다. 비딱하게는 '나무 경찰'이라고 불리는, 국립 산림 경비대 선임 대원인 37세의 데브러 루이스는 주로 근방의 괴짜 자연인(은둔자)들을 단속하고 관광객들의 민원을 처리하며 깊은 산중 경비대 사무소와 혼자 사는 통나무집을 오간다.

또한 루이스 대원은 최근 3중혼이 밝혀진 남편과 이혼하고 음주 문제를 겪고 있으며 입이 거칠다. 무엇보다 그녀의 기묘하게 어그러진 사적 인간관계들이 독자의 신경을 긁는다. 그러다가 클로리스 할머니의 추락과 실종 사건이 자신의 근무 지역 내에서 발생하자 루이스 대원은 희박한 가능성에도 집요하게 몰두한다. 급기야 루이스 대원은 정부에서 파견한 수색팀이 해산된 후에도 주변의 문제적 인물들을 모아 더욱 깊은 산속으로 클로리스 할머니를 추적해 들어간다.

끊임없이 백묵 가루를 손에 묻히는 남자, 욕조와 소파에서 이루어지는 이상한 섹스, 정신 나간 쓰레기 설치 미술가, 아동 성애를 암시하는 행색들, 진부하면서도 거부할 수 없는 사회의 도덕률을 가르치는 라디오 상담가 같은 주변 인물들의 지형도와 루이스 대원의 황량한 마음은 깊고 험준한 산지보다 더욱 막막한 야생의 풍경이 되어 정신적 수난의 여정을 펼쳐낸다. 혐오스러운 일상들을 끈질기게 헤쳐나가는 위태로운 그녀의 마음이야말로 어쩌면 자연의 위협이 거의 사라진 현대에 더욱 사실적인 영웅담이 될 수도 있을 것이다.

이 책은 전형적인 생존 소설의 구조를 이루고 있다. 하지만 신나는 모험담을 기대한 독자라면 아연해질 수도 있을 것 같다. 어쩌면 이 작품은 부적응자들의 생존기라고 하는 게 맞겠다. 야생의 상태에서는 살아남을 수 없는 노부인이라는 부적응자, 그리고 무난하고 화목한 사교 생활이 어려운, 루이스 대원을 포함한 일군의 부적응자들의 산속 생존기 말이다.

하지만 클로리스 할머니와 루이스 대원은 단순한 부적응자들이 아니다. 그들은 끈질긴 비순응자들이기도 하다. 가혹한 환경과 지긋지긋한 상황에 도무지 순순히 굴복하질 않는다. 클로리스 할머니는 거친 산속에서의 고생을 통해 오히려 왕성한 호기심을 발전시키고, 중간중간 회상되는 그녀의 인생 이야기는 점점 더 깊어지며 어둡고 나약한 진실을 드러낸다. 그리고 마침내 심연과도 같은 질문, 대답 불가능한 질문들로 우리를 이끌어간다. 루이스 대원과 다른 인물들의 이야기는 우리를 인간 행태와 사고방식의 복잡성과 다양성에 대한 명상에 잠기게 만든다. 그리고 외로움의 실체와 섬뜩한 자기 인식에 도달하고야 마는 그들의 이상한 투지는 참기 힘든 연민을 유발한다.

여러분 대부분은, 인생의 종말을 경험하고도 안간힘을 쓰

며 세상으로 다시 돌아와보니 그곳의 거주자들과 그들이 창
조해온 모든 것이 하찮고 우스꽝스럽고 신경 쓸 가치가 없거
나 인과응보를 벗어나 있는 것처럼 보이는데도 그냥 계속 살
게 된 적이 없을 것이다.

당신 빌어먹을 아내가 늘 당신한테 하려고 했다는 말, 반도
못 알아먹겠어요. 그리고 나머지 반은 다른 빌어먹을 인간들
이 이전에 벌써 했고 처음 말했을 때도 아무에게 도움이 안 된
말처럼 들려요. 난 우리가 왜 전부 똑같은 빌어먹을 말을 계속
서로에게 하고 누군가에게는 새롭고 좋은 게 되리라 기대하
는지 이해가 안 가요. 난 당신한테 끌리지 않아요. 섹스도, 그
게 섹스라면 말이지만, 안 좋고요.

이들의 모습은 일견 너무 낯설게 느껴지지만, 한 발만 물
러서서 생각하면 너무나 익숙한 우리 자신의 내면이다. 그래
서 결국 클로리스 할머니의 여정에도, 루이스 대원의 여정에
도 딱히 구원은 없다. 그저 살아남아, 계속 살아나갈 뿐이다.
그러다가 때로 더 이상 견딜 수 없는 이 장소를 떠나 다른 장
소를 찾아보거나, 그곳에서 겪은 이야기를 재조직해 누군가
에게 들려줄 기회라도 얻으려 한다. 클로리스 할머니의 말처
럼 "우리는 모두 곧 허구가 될 것이며 후대의 사람들은 그 가

운데 남은 일말의 진실과 선함을 판단할 수 있을" 테니까.

　사람들이 이야기를 하는 이유는 우리가 반복해서 다시 할 수 있기 때문인 부분도 있다고 생각한다. 어떤 이야기에 무지 익숙해지고 처음과 끝은 물론 중간 부분들도 속속들이 알게 될 수 있다. 하지만 어떤 이야기에는 진짜 세상의 특별한 부분이 들어 있는 반면, 대부분은 그렇지 않다. 우리는 이야기를 조작할 수도 있다……하지만 만일 우리가 충분한 관심을 기울여본다면 인생에 개작이란 없고 우리는 자신의 비밀스러운 손에 의한 자신의 운명의 저자임을 오래지 않아 알게 될 것이다. 삶에서 되돌릴 수 없는 끝에 다다르지 않는 선택이란 없다.

　정말 보기 드문 작품, 그리고 옮긴이 개인적으로도 젊은 시절 이후 처음 경험하다시피 하는 낯선 독서였다. 진부한 부분이라곤 찾아볼 수 없이, 등장인물들이 하는 말들에 매번 입을 딱 벌릴 수밖에 없었다. 실없어 보이는 문장 한 줄 한 줄이 폐부를 찌르는 듯했다. 세계에 대한 이런 고통스러운 인식 후에 남는 건 뭘까. 이런 사람들이 너무 지긋지긋하면서도, 그들이 결국 바로 나이고 또한 그들 덕분에 내가 이 세상을 계속 살아갈 수 있다는 걸 인정할 수밖에 없다. 그리고 그런 절망감이 우리를 이야기 듣기, 이야기하기의 욕망으로 이

끈다는 사실을 새삼 깨닫는다.

나는 여든한 살이 되던 해부터 11년째 요양시설에 산다. 낮이나 밤이나 대부분의 시간을 혼자 보낸다. 이제 방문객은 거의 없고, 누가 방문을 하더라도 그 사람에게 내가 무슨 의미가 있는지 또는 그 사람이 내게 무슨 의미가 있는지 이제는 잘 모르겠다. 솔직히 누가 찾아오는 게 그렇게 즐겁지 않다. 종종 나는 이곳에서 동정심이 겉치레가 된 게 아닌가 걱정스럽다. 비록 아마도 대부분의 세상에서 그런 식이고 아무도 신경 안 쓸 것 같지만 말이다. 하지만 놀라워라, 나의 수난 덕에 알게 된 새로운 친애하는 사람들이 지금 인생에 나타났고, 나는 가장 구슬픈 방식으로 그들에게 감사하게 생각하고 있으며, 친애하는 당사자들을 이를 알 것이다.

옮긴이 이수영

연세대 국문과와 같은 대학원 비교문학과를 졸업했다. 편집자, 기자, 전시기획
자로 일하며 《밴디트: 의적의 역사》 등 인문서로 번역을 시작했다. 지금은 문학
번역에 전념하고 있으며 소설 《굿모닝 미드나이트》《XX》《비하인드 도어》, 에세
이 《국경 너머의 키스》《마이 코리안 델리》, 여행기 《헤밍웨이의 집에는 고양이
가 산다》《너의 시베리아》 등을 옮겼다.

클로리스

2020년 12월 4일 초판 인쇄
2020년 12월 11일 초판 발행

지은이 | 라이 커티스
옮긴이 | 이수영
발행인 | 윤호권 박헌용
책임편집 | 황경하

발행처 | ㈜시공사
출판등록 | 1989년 5월 10일(제3-248호)

주소 | 서울시 성동구 상원1길 22(우편번호 04779)
전화 | 편집 (02)2046-2817 · 마케팅 (02)2046-2800
팩스 | 편집 · 마케팅 (02)585-1755
홈페이지 www.sigongsa.com

ISBN 979-11-6579-324-1 (03840)